BASTEI
LÜBBE

Jonathan Kellerman

EXIT

Ein Thriller
aus der Welt der Medizin

Einzig berechtigte Übersetzung
aus dem Englischen von
Bernd Seligmann

BASTEI
LÜBBE

BASTEI LÜBBE TASCHENBUCH
Band 26060

Vollständige Taschenbuchausgabe

Bastei Lübbe Taschenbücher ist ein Imprint der Verlagsgruppe Lübbe

Originaltitel: Devil's Waltz

Lizenzausgabe: Verlagsgruppe Lübbe GmbH & Co. KG,
Bergisch Gladbach
Einbandgestaltung: CCG, Köln
Titelfotos: Mauritius
Satz: hansatenSatz-bremen, Bremen
Druck und Verarbeitung: Cox & Wyman Ltd.
Printed in Great Britain
ISBN: 3-404-26060-0

Sie finden uns im Internet unter
http://www.luebbe.de

Der Preis dieses Bandes versteht sich einschließlich
der gesetzlichen Mehrwertsteuer.

1

In meinem Bauch kribbelte es vor Aufregung. Nach fünf Jahren betrat ich zum erstenmal wieder das Western Pediatric Medical Center. Die lange Abwesenheit hatte mich zu einem Fremden gemacht.

Die Eingangshalle war überfüllt mit meist dunkelhäutigen, billig gekleideten Menschen. Sie standen Schlange vor verglasten Anmeldungsschaltern und warteten auf die Zuwendung steingesichtiger Verwaltungsmenschen, deren Spezialität es war, jeden Blickkontakt zu vermeiden. Die Schlangen schienen sich nicht zu rühren.

Ich drängelte mich zu den Aufzügen durch und wollte gerade einsteigen, als aus dem Nichts ein untersetzter Mann in der marineblauen Uniform einer privaten Sicherheitsfirma erschien und sich mir in den Weg stellte.

»Kann ich Ihnen behilflich sein?«

»Ich bin Dr. Delaware. Ich habe einen Termin bei Dr. Eves.«

»Können Sie sich ausweisen?«

Überrascht fischte ich eine fünf Jahre alte Ausweisplakette aus der Tasche. Er nahm sie in die Hand und studierte sie, als wäre sie ein Indiz für irgendwas. Er schaute abwechselnd mich und das zehn Jahre alte Schwarzweißfoto an. In der anderen Hand hatte er ein Funkgerät, an seinem Gürtel hing ein Pistolenhalfter.

»Der Ausweis ist abgelaufen«, stellte er fest. »Sind Sie noch hier beschäftigt?«

»Ja.«

»Sie brauchen einen neuen Ausweis. Gehen Sie rüber zur Sicherheitsabteilung, dort wird man ein Foto von Ihnen machen und Sie weiter verarzten.« Er tippte den Anhänger an seinem Revers an: Farbfoto und zehnstelliger Nummerncode.

»Wie lange wird das dauern?« fragte ich.

»Kommt drauf an, wie viele vor Ihnen dran sind. Und ob Ihre Akte auf dem neuesten Stand ist.«

»Hören Sie zu«, sagte ich ungeduldig, »meine Verabredung mit Dr. Eves ist in ein paar Minuten. Ich bin wirklich in Eile. Wie wär's, wenn ich mir für heute einen Besucherausweis holte?«

»Besucherausweise sind für Besucher, Sir.«

»Ich besuche Dr. Eves.«

»Besucherausweise gibt es drüben bei der Anmeldung.« Er wies mit dem Daumen auf eine der endlosen Schlangen.

»Keine Ausnahme möglich?« versuchte ich es noch einmal lächelnd.

»Nein, Sir. Ich kann nichts für die Bestimmungen, ich sorge nur dafür, daß sie eingehalten werden.«

Er machte mir zögernd den Weg frei und blinzelte mir nach, bis ich um die nächste Ecke verschwand. Ich schaute mich um und rechnete damit, daß er mir folgen würde, doch der Korridor blieb still und menschenleer.

Die Tür mit der Aufschrift SICHERHEITSDIENST war zwanzig Schritte den Gang hinunter. Am Türknopf hing ein Schild, ZURÜCK UM, darunter eine Papieruhr mit beweglichen Zeigern, die auf 9:30 standen. Es war zehn nach neun. Ich klopfte trotzdem. Keine Antwort. Ich schaute mich nochmals um. Kein Privatsheriff in Sicht. Ich erinnerte mich, daß direkt hinter der Nuklearmedizin ein Personalaufzug war, und ging weiter den Korridor hinunter.

Aus der Nuklearmedizin war inzwischen etwas namens GEMEINSCHAFTSEINRICHTUNGEN geworden. Noch eine verschlossene Tür. Den Aufzug gab es noch, doch die Knöpfe waren verschwunden. Er war auf Schlüsselbetrieb umgestellt worden. Ich hielt nach dem nächsten Treppenhaus

Ausschau, als zwei Pfleger mit einer leeren Rollbahre auftauchten. Einer von ihnen zog einen Schlüssel aus der Tasche und steckte ihn in das Aufzugschloß. Die Tür öffnete sich, und sie schoben die Bahre hinein. Ich hinterher.

Die allgemeine Kinderabteilung belegte die Ostseite des vierten Stocks und war durch eine Schwingtür von der Entbindungsstation getrennt. Die Ambulanz hatte erst vor fünfzehn Minuten geöffnet, doch das kleine Wartezimmer war bereits brechend voll. Ich betrat den Korridor, an dem die Ärzte ihre Büros hatten. Stephanie Eves' Tür, die dritte in einer Reihe von sieben, stand offen. Das amtliche Beige der Wände in ihrem Zimmer war zum Teil unter Regalen voller Bücher und Zeitschriften und ein paar Miró-Postern versteckt.

Stephanie saß an ihrem Schreibtisch. Sie trug einen langen weißen Kittel über einem weinrot-grauen Kleid. Sie war dabei, ein Aufnahmeformular für einen ihrer ambulanten Patienten auszufüllen. Als ich das Zimmer betrat, schaute sie lächelnd auf und legte ihren Stift beiseite.

»Alex!« Sie stand auf und kam auf mich zu.

Seit ich sie das letztemal gesehen hatte, war sie zu einer gutaussehenden Frau geworden. Das mattbraune Haar, früher schulterlang, schlaff und barettbedeckt, war nun kurz, locker toupiert und an den Spitzen getönt. Statt der alten Großmutterbrille trug sie Kontaktlinsen, wodurch sich Bernsteinaugen offenbarten, die mir früher nie aufgefallen waren. Ihre Figur wirkte konturenreicher, akzentuierter. Sie war nie ein Schwergewicht gewesen, doch nun war sie wirklich dünn. Die Zeit war nicht spurlos an ihr vorübergegangen. Sie hatte die abschüssige Seite der Dreißiger erreicht. Ein Netz von Fältchen spielte um die Augenwinkel, und der Mund hatte eine gewisse Härte angenommen, doch ihr Make-up wurde gut damit fertig.

»Schön, dich wiederzusehen«, sagte sie und ergriff meine Hand.

»Schön, dich zu sehen, Steph.« Wir umarmten uns kurz.

»Kann ich dir etwas anbieten?« Sie zeigte auf eine Kaffeemaschine, die auf einem Beistelltisch zwischen zwei Sesseln thronte. An ihrem Handgelenk klimperten vergoldete Kupferreife. Am anderen Arm eine goldene Uhr, keine Ringe. »Magst du normalen, einfachen Kaffee oder echten *Cappuccino*? Der kleine Kasten da bläst tatsächlich Dampf durch die Milch.«

Ich lehnte dankend ab und schaute mir die Maschine an: kompakt, schwer, mattschwarz und Edelstahl. Deutsches Markenzeichen. Die Kanne war winzig, zwei Tassen nur.

»Süß, nicht wahr? Ein Geschenk von einem Freund. War höchste Zeit, etwas Stil in diese Bude zu bringen.«

Sie lächelte. Stil war etwas, worum sie sich früher nie gekümmert hatte. Ich lächelte ebenfalls und ließ mich auf einem der Sessel nieder. Auf einem weiteren Tisch, in Griffweite, lag ein ledergebundenes Buch. Ich nahm es zur Hand: eine Gedichtsammlung von Byron. Das Lesezeichen stammte von einem Buchgeschäft namens »Browsers« – ein verstaubtes, vollgestopftes Lädchen in Los Feliz, direkt oberhalb von Hollywood, das hauptsächlich Lyrik verkaufte. Eine Menge Schund und vereinzelte Schätze. Während meiner Praktikumszeit hatte ich manchmal dort meine Mittagspause verbracht.

»Ein wunderbarer Dichter«, sagte Stephanie. »Er gehört zu meinen Bestrebungen, meinen Horizont ein wenig zu erweitern.«

Ich legte das Buch zurück. Sie setzte sich auf ihren Arbeitsstuhl und drehte sich zu mir. Ich bewunderte ihre Beine, die, passend zu ihrem Kleid, in hellgrauen Strümpfen und Wildlederpumps steckten.

»Du siehst großartig aus«, sagte ich.

Sie lächelte wieder, beiläufig, aber herzlich, als käme das Kompliment nicht unerwartet, doch immer noch willkommen. »Du auch, Alex. Danke, daß du so kurzfristig kommen konntest.«

»Du hast mich neugierig gemacht.«

»Tatsächlich?«

»Na klar, bei all diesen Andeutungen über Intrigen . . .«

Sie drehte sich halb um, zog eine Akte aus einem Stapel auf ihrem Schreibtisch und legte sie ungeöffnet auf ihren Schoß.

»Ja«, sagte sie, »kein einfacher Fall, soviel steht fest.«

Abrupt stand sie auf und schloß die Tür.

»So«, sagte sie, nachdem sie sich wieder gesetzt hatte, »was ist es denn für ein Gefühl, wieder einmal hier zu sein?«

»Als ich hereinkam, wäre ich fast verhaftet worden.« Ich erzählte ihr von meiner Begegnung mit dem Sicherheitsbeamten.

»Faschisten«, sagte sie heiter, und mein Gedächtnis kam in Bewegung: Beschwerdekomitees, in denen sie den Vorsitz geführt hatte, statt weißem Kittel Jeans, Sandalen und gebleichte Baumwollblusen. »Stephanie, bitte, nicht Doktor. Titel sind Ausgrenzungswerkzeuge der Machtelite«, war einer ihrer Sprüche gewesen.

»Ja«, meinte ich, »es wirkte schon ein bißchen paramilitärisch.«

Ihr Blick ruhte wieder auf der Krankenakte auf ihrem Schoß. »Intrigen, sagtest du. Ich würde eher sagen, wir haben es hier mit einem Krimi zu tun – wer war's, wie hat er's gemacht, *hat überhaupt jemand etwas gemacht.* Nur daß dies kein Agatha-Christie-Schmöker ist, sondern Wirklichkeit. Ich bin nicht sicher, ob du helfen kannst, doch ich wußte nicht, an wen ich mich sonst wenden sollte.«

Vom Korridor sickerten Stimmen durch die dünne Wand, Schimpfen und Zanken und Rennen und der Angstschrei eines Kindes.

»Das ist ein Zoo hier«, sagte sie. »Laß uns verschwinden.«

2

Die Cafeteria war fast leer. Stephanie führte mich zu einem Tisch am Ende des Hauptsaals.

»Bist du sicher, daß du keinen Kaffee willst?«

Ich kannte die Krankenhausbrühe und antwortete: »Danke, ich hab meine Koffeinquote für heute schon erfüllt.«

»Also«, begann sie, nachdem wir uns gesetzt hatten, »es handelt sich um ein einundzwanzig Monate altes Kind namens Cassandra, oder Cassie, weiß, weiblich, voll ausgetragen, normale Entbindung, neun von zehn auf der APGAR-Skala. Das einzig Ungewöhnliche ist, daß kurz vor ihrer Geburt ihr Bruder im Alter von einem Jahr dem plötzlichen Säuglingstod erlag.«

»Gibt es noch weitere Geschwister?« fragte ich, während ich Notizheft und Stift zur Hand nahm.

»Nein. Es schien alles in Ordnung zu sein mit ihr, bis sie drei Monate alt war und ihre Mutter bemerkte, daß sie nicht atmete, als sie nachts einmal nach ihr schaute. Als sie sie nicht wach bekam, führte sie eine Herzmassage durch und holte sie so zurück. Dann brachte sie sie zu uns. Als ich dazukam, schien es ihr gutzugehen, meine Untersuchung erbrachte keinen Befund. Ich nahm sie zur Beobachtung auf und führte alle üblichen Tests durch. Nichts. Nach ihrer Entlassung stellten wir der Familie einen Schlafmonitor und eine Alarmanlage zur Verfügung. In den folgenden Monaten klingelte es ein paarmal, doch es war immer falscher Alarm – das Baby atmete einwandfrei. Die Monitorkurven zeigten Ausschläge, die auf momentanen Atemstillstand hinweisen könnten, doch auch eine Menge Bewegungsartefakte – das Baby schien sich herumzuwälzen. Meine Deutung war, daß es einfach unruhig war – diese Alarmanlagen sind nicht narrensicher –, und den Atemstillstand nahm ich als unerklärlichen Vorfall hin. Trotzdem ließ ich es durch einen Lungenspezialisten untersuchen, wegen der Tragödie mit seinem Bruder. Negativ. So beschlossen wir, es während der Periode des höchsten Risikos für Krippentod im Auge zu behalten.«

»Das heißt, für ein Jahr, nicht wahr?«

Sie nickte. »Ich wollte aber ganz sichergehen, deshalb plante ich für fünfzehn Monate. Wir begannen mit wöchentlichen ambulanten Checks und vergrößerten dann die Abstände, so daß ich nach den ersten neun Monaten bereit war, es bis zur Einjahresuntersuchung in Frieden zu lassen. Zwei Tage später war es wieder in der Aufnahme: nächtliche Atemprobleme –

es war keuchend aufgewacht, mit bellendem Stickhusten. Wieder Herzmassage durch die Mutter, bevor es hergebracht wird.«

»Ist diese Art von Wiederbelebung nicht etwas extrem in einem Fall von Atemnot? Oder war das Baby bewußtlos gewesen?«

»Nein, zu keinem Zeitpunkt, es hatte nur stark gekeucht. Die Mutter hat vielleicht überreagiert, doch wer sollte ihr daraus einen Vorwurf machen, nachdem sie ihr erstes Kind verloren hatte? Als ich ins Untersuchungszimmer kam, ging es der Kleinen wieder gut: kein Fieber, keine Beschwerden. Das ist nicht überraschend, denn kühle Nachtluft kann Keuchhusten leicht beheben. Ich ließ eine Brustdurchleuchtung und Bluttests durchführen: alles normal. Ich verschrieb Hustensaft, viel Flüssigkeit und Ruhe und wollte sie nach Hause schicken, doch die Mutter bat mich, das Kind hierzubehalten. Sie war überzeugt, daß es etwas Ernstes war. Ich war fast sicher, daß nichts vorlag, doch in letzter Zeit hatten wir einige beunruhigende Fälle von Atemwegerkrankungen gehabt. So nahm ich sie auf und verordnete tägliche Blutuntersuchungen. Die Daten waren normal, doch nach zwei Tagen in der Klinik wurde sie schon hysterisch, wenn sie nur einen weißen Kittel sah. Ich entließ sie und übertrug die wöchentlichen ambulanten Nachuntersuchungen jemand anders, denn sobald ich das Zimmer betrat, fing sie an zu schreien.«

»Die Freuden des Arztberufs«, bemerkte ich.

Sie antwortete mit einem traurigen Lächeln und schaute zur Essensausgabe hinüber. »Die machen jetzt zu. Möchtest du irgendwas?«

»Nein danke.«

»Ich habe noch nicht gefrühstückt; wenn du nichts dagegen hast . . .«

»Aber nein, nur zu.«

Sie ging schnell zur Theke und kam mit einer halben Grapefruit und einer Tasse Kaffee zurück. Sie trank einen Schluck und zog eine Grimasse.

»Vielleicht fehlt nur die Dampfmilch«, meinte ich.

Sie nahm eine Serviette und wischte sich den Mund ab. »Nein, diese Brühe ist nicht zu retten.«

»Wenigstens ist sie umsonst.«

»Wer sagt das?«

»Was? Kein Freikaffee mehr für die Ärzte?«

»Die Zeiten sind vorbei, Alex.«

»Noch eine Tradition, die dahingeht. Die alte Leier von Einsparungen, oder was ist der Grund?«

»Natürlich. Kaffee und Tee kosten jetzt neunundvierzig Cent die Tasse. Ich frag mich, wie viele Tassen wir trinken müssen, bis die Kasse wieder stimmt.«

Sie löffelte aus ihrer Grapefruit. Ich spielte mit meinem Kuli und erinnerte mich: »Ich weiß noch, wie hart ihr damals dafür gekämpft habt, daß auch die Assistenten und Praktikanten ein Recht auf Gratiskaffee bekamen.«

»Erstaunlich, worüber wir uns damals noch aufgeregt haben.«

»Sind denn die Geldprobleme jetzt schlimmer als früher?«

»Ich fürchte ja.« Sie schaute besorgt, legte ihren Löffel hin und schob die Grapefruit beiseite. »Doch zurück zu dem Fall. Wo war ich stehengeblieben?«

»Bei dem Baby, das schreit, sobald es dich sieht.«

»Richtig. Also, alles scheint in Ordnung zu sein, ich vergrößere die Untersuchungsintervalle wieder, stelle die Nachuntersuchungen am Ende ganz ein und gebe ihnen einen Termin für zwei Monate später. Doch dann, nach drei Tagen, seh ich sie in der Aufnahme wieder: Keuchhusten, zwei Uhr morgens. Nur daß die Mutter jetzt sagt, das Kind wäre diesmal tatsächlich bewußtlos gewesen und hätte sich blau verfärbt. Erneut Herzmassage.«

»Drei Tage, nachdem du die Untersuchungen abgesetzt hast«, warf ich ein und machte mir eine Notiz. »Beim erstenmal waren es nur zwei Tage gewesen.«

»Interessant, nicht? Okay, ich mache die üblichen Tests. Der Blutdruck ist ein bißchen hoch, der Atem flach, doch Sauerstoff bekommt sie genug. Kein Pfeifen. Ich dachte, entweder ein Asthmaanfall oder irgendeine Angstreaktion.«

»Panik vor dem Krankenhaus?«

»Entweder das oder die Aufregung der Mutter, die sich auf das Kind überträgt.«

»War die Mutter sehr erregt?«

»Äußerlich nicht, aber du weißt ja, die Verbindung zwischen Müttern und Säuglingen kann an Telepathie grenzen. Andererseits konnte ich eine physische Erkrankung nicht ausschließen. Wenn ein Säugling das Bewußtsein verliert, dann ist das ernst zu nehmen.«

»Sicher«, sagte ich, »aber es könnte auch nur ein ungewöhnlich heftiger Wutanfall gewesen sein. Manche Kinder lernen sehr früh, den Atem anzuhalten und eine Ohnmacht herbeizuführen.«

»Ich weiß, doch es geschah mitten in der Nacht, Alex, nicht nach irgendeinem Machtkampf. Ich nehme sie also wieder auf, ordne Allergietests an und eine vollständige Untersuchung der Lungenfunktion – kein Asthma. Ich beginne auch, an seltenere Sachen zu denken: spontane Epilepsie oder dergleichen, Enzymstörungen. Ganze fünf Kollegen kümmern sich für eine Woche um den Fall, alle möglichen Spezialisten, die wir im Haus haben, geben sich die Klinke in die Hand, es wird herumprobiert, in alle Richtungen spekuliert. Das arme kleine Ding wird verrückt, wenn sich nur die Zimmertür öffnet, und niemand kommt zu einer Diagnose, und die ganze Zeit, die sie hier verbringt, kein Vorfall von Atemnot. Also zurück zu meiner Angsttheorie. Ich entlasse sie wieder, und das nächstemal empfange ich sie in meinem Büro. Mit dem kleinen Mädchen mache ich gar nichts, versuche nur, mit ihr zu spielen. Sie will trotzdem nichts mit mir zu tun haben. So bringe ich vorsichtig das Thema Angst zur Sprache, doch die Mutter will nichts davon wissen.«

»Wie reagierte sie?« fragte ich.

»Jedenfalls nicht verärgert – das ist nicht der Stil dieser Dame. Sie sagte nur, das würde sie nicht glauben, wo das Baby noch so klein war. Ich gab zu bedenken, daß Phobien in jedem Alter auftreten können, doch offenbar konnte ich sie nicht überzeugen. Also gab ich nach, schickte sie nach Hause und ließ ihr etwas Zeit, darüber nachzudenken. Ich hoffte, ihre Ängste würden sich legen, wenn das Kind erst ein Jahr alt wäre und das Krippentodrisiko fiele, und daß das Baby sich dann ebenfalls entspannen würde. Vier Tage später waren sie wieder im Untersuchungszimmer: Stickhusten, Keuchen, die Mutter in Tränen, um Aufnahme bettelnd.

Ich nahm das Baby auf die Station, ordnete aber keine Tests an, nichts, was im entferntesten nach einem Eingriff aussah, nur Beobachtung. Und das Baby schien vollkommen in Ordnung zu sein – nicht der kleinste Keucher. An diesem Punkt nahm ich die Mutter beiseite und konzentrierte mich mehr auf den psychischen Aspekt. Weiterhin ohne Erfolg.«

»Hast du je den Tod des ersten Kindes angesprochen?«

»Nein. Ich dachte daran, doch zu dem Zeitpunkt schien es einfach nicht das richtige zu sein, Alex. Zuviel für die Frau. Ich meinte, ein gutes Gespür für sie zu haben. Ich war die behandelnde Ärztin, als sie das erste Kind tot hierherbrachten. Ich leitete die Obduktion. Ich trug es in die Leichenhalle, Alex.«

Sie schloß die Augen und öffnete sie wieder, blickte aber ins Leere.

»Muß schlimm gewesen sein«, meinte ich.

»Ja – und es war purer Zufall, daß ich damit zu tun bekam. Sie waren Rita Kohlers Privatpatienten, doch die war verreist, und ich hatte Bereitschaft. Ich hatte die Leute nie zuvor gesehen, und dann blieb auch noch die Sterbefallbetreuung an mir hängen. Ich gab ihnen die Standardberatung und nannte ihnen Trauergruppen, an die sie sich wenden konnten, doch sie zeigten kein Interesse. Als sie anderthalb Jahre danach zurückkamen und mich baten, ihr zweites Baby zu behandeln, war ich echt überrascht.«

»Wieso?«

»Ich hätte erwartet, daß sie mich mit ihrer Tragödie in Verbindung bringen würden, einfach weil ich damit zu tun hatte.

Als dem nicht so war, bildete ich mir ein, daß ich meine Sache gut gemacht hatte.«

»Das hast du bestimmt.«

Sie zuckte die Schultern.

»Was war Ritas Reaktion, als du den Fall übernahmst?« fragte ich.

»Was sollte sie machen? Sie war nicht da, als sie sie brauchten. Sie hatte damals ihre eigenen Probleme. Ihr Mann – du weißt doch, mit wem sie verheiratet war, oder?«

»Otto Kohler.«

»Der berühmte Dirigent – so hat sie ihn immer genannt. ›Mein Mann, der berühmte Dirigent.‹«

»Er ist kürzlich gestorben, nicht wahr?«

»Vor ein paar Monaten. Er war lange krank gewesen, eine Reihe von Schlaganfällen. Seitdem ist Rita noch öfter fort als gewöhnlich, und wir anderen haben ihre Arbeit zu machen. Meistens ist sie auf Konferenzen und hält ihre alten Vorträge. Jetzt will sie sich zur Ruhe setzen.« Stephanie lächelte verlegen. »Ich überlege, ob ich mich nicht um ihre Stelle bewerben soll. Kannst du dir das vorstellen, Alex, ich als Abteilungsleiterin?«

»Sicher.«

»Wirklich?«

»Aber klar, Steph, warum nicht?«

»Ich weiß nicht. Die Position ist irgendwie . . . von Natur aus autoritär.«

»Zu einem gewissen Grad, ja«, sagte ich, »doch ich glaube, sie erlaubt durchaus verschiedene Führungsstile.«

»Na ja«, sagte sie, »ich bin nicht sicher, ob ich eine gute Chefin abgeben würde. Ich mag es eigentlich nicht, Leuten zu erzählen, was sie zu tun haben . . . Wie auch immer – ich verliere den Faden. Die Erstickungsanfälle mit Bewußtlosigkeit wiederholten sich noch zweimal, bevor ich die psychische Seite wieder aufbrachte.«

»Zwei weitere Anfälle«, wiederholte ich und schaute auf meine Notizen. »Das macht nach meiner Rechnung insgesamt fünf.«

»Richtig.«

»Wie alt war das Kind da?«

»Fast ein Jahr. Und eine Krankenhausveteranin. Zwei weitere Einweisungen, keinerlei Befund. An diesem Punkt setzte ich mich mit der Mutter zusammen und empfahl eindringlich, einen Psychologen zu Rate zu ziehen. Worauf sie erwiderte . . . hier, ich lese dir vor, was sie sagte.« Sie öffnete die Akte und las mit leiser Stimme: »›Das ist sicher sinnvoll, Dr. Eves, aber ich weiß einfach, daß Cassie krank ist. Wenn Sie sie nur gesehen hätten, wie sie dalag, zyanotisch.‹ – Zitatende.«

»So hat sie sich ausgedrückt? ›Zyanotisch‹?«

»Ja. Sie hat einen medizinischen Hintergrund. Eine Ausbildung als Beatmungshelferin.«

»Und zwei Kinder mit Atemstillstand. Interessant.«

»Ja.« Stephanie lächelte bitter. »Nur war mir damals noch nicht klar, *wie* interessant. Ich war noch zu sehr damit beschäftigt, zu einer Diagnose zu kommen. Meine Sorge war, wann die nächste Krise eintreten würde und ob ich in der Lage sein würde, etwas dagegen zu tun. Zu meiner Überraschung passierte für eine Weile nichts.« Sie schaute wieder in die Akte. »Ein Monat verging, zwei, drei, immer noch kein Zeichen von ihnen. Ich freute mich, daß es dem Baby gutzugehen schien, doch ich fragte mich auch, ob sie sich nicht einfach an einen anderen Arzt gewendet hatten. Also rief ich sie zu Hause an, redete mit der Mutter. Alles bestens. In dem Moment fiel mir ein, daß ich in der ganzen Hektik die Einjahresuntersuchung vergessen hatte. Wir machten einen Termin aus, und ich fand das Kind völlig gesund, außer, daß es ein bißchen langsam war, was Lautbildung und Sprache anging.«

»Wie langsam?«

»Nicht wirklich zurückgeblieben. Es gab einfach kaum einen Laut von sich – eigentlich hörte ich gar nichts von ihm, und die Mutter sagte, daß es auch zu Hause recht still sei. Also überwies ich das Kind in die Sprach- und Gehörlabors, wo man die hundertprozentige Normalität der Ohren und des Kehlkopfbereiches attestierte und meine Beurteilung unterstützte: mögliche leichte Entwicklungsstörung infolge Krankenhaustrauma. Ich gab der Mutter ein paar Hinweise, wie sie ihre Tochter zum Sprechen anregen könnte, und hörte die nächsten zwei Monate nichts mehr von ihnen.«

»Das heißt, bis sie vierzehn Monate alt war«, sagte ich, während ich mir weiter Notizen machte.

»Ja, und vier Tage danach waren sie wieder in der Aufnahme. Diesmal nicht mit Atemproblemen, sondern mit hohem Fieber – vierzig Komma fünf. Rotglühend, trocken, fliegender Atem. Wenn ich ehrlich bin, Alex, war ich fast froh über das Fieber – endlich hatte ich etwas Organisches vor mir, an dem ich arbeiten konnte. Doch die Leukozytenzahlen schlossen eine Virus- oder bakterielle Infektion völlig aus. Also weiter zur Toxikologie. Alles sauber. Na gut, Labortests sind nicht unfehlbar – sogar bei uns liegt die Fehlerrate zwischen zehn und zwanzig Prozent. Und das Fieber war echt – die Temperatur hatte ich selbst gemessen. Wir badeten sie und gaben ihr Tylenol, brachten sie runter auf achtunddreißig-neun. Wir nahmen sie auf – Diagnose: Fieber unbekannter Ursache –, wir rehydrierten sie und ließen sie durch eine wahre Hölle gehen: Rükkenmarkspunktierung, um Meningitis auszuschließen, obwohl ihre Ohren sauber waren und ihr Hals weich, denn nach allem, was wir wußten, mußte sie furchtbare Kopfschmerzen haben. Außerdem zweimal am Tag Blutabnahme – sie drehte durch, wir mußten sie festhalten. Und selbst dann schaffte sie es manchmal, sich die Nadel herauszureißen.«

Stephanie atmete tief und schob die Grapefruit weiter weg. Sie wischte sich Schweißperlen von der Stirn und sagte: »Dies ist das erste Mal, daß ich die Geschichte von Anfang an erzähle.«

»Wie, hattet ihr keine Fallbesprechungen?«

»Nein, das machen wir kaum noch. Rita ist im Grund ein Totalausfall.«

»Wie reagierte die Mutter auf all die Prozeduren?« fragte ich.

»Ein paar Tränen, doch im allgemeinen behielt sie die Fassung. Sie konnte das Baby beruhigen, umarmte es, wenn es vorbei war. Ich sorgte dafür, daß sie nicht helfen mußte, wenn wir es festhielten – um die Mutter-Kind-Bindung nicht zu gefährden. Wie auch immer, die Bluttests blieben normal, doch ich zögerte die Entlassung hinaus, bis sie vier Tage hintereinander kein Fieber hatte.«

Sie seufzte, fuhr sich durchs Haar und blätterte weiter.

»Nächste Fieberkrise. Das Kind ist fünfzehn Monate alt; die Mutter sagt einundvierzig-eins. Der Aufnahmearzt mißt vierzig-drei, badet es und bringt es runter auf achtunddreißig-sechs. Die Mutter berichtet von neuen Symptomen: Würgen, Erbrechen, Durchfall und schwarzer Stuhl.«

»Innere Blutungen?«

»So hört es sich an. Und das ließ nun alle aufhorchen. Ihre Windel zeigte Spuren von Diarrhöe, aber kein Blut. Die Mutter sagte, sie hätte die blutige Windel weggeworfen und würde versuchen, sie wieder rauszufischen. Der Rektalbereich zeigte eine leichte Rötung, eine Reizung an den äußeren Rändern des Schließmuskels. Keine Verspannungen, die ich hätte ertasten können – der Bauch war schön weich, vielleicht ein bißchen berührungsempfindlich. Doch das ist schwer zu sagen, weil das Kind ohnehin bei jeder Untersuchung zu toben anfing.«

»Ein wundes Rektum also. Irgendwelche Narben?« fragte ich.

»Nein, nein, nichts dergleichen. Nur eine leichte Irritation, konsistent mit Diarrhöe. Wir mußten noch Verstopfung oder Appendizitis ausschließen. Ich zog einen Chirurgen hinzu, Joe Leibowitz – du weißt, wie gründlich der ist. Er untersuchte sie und sagte, es gäbe nichts, was es rechtfertigen würde, sie aufzuschneiden, doch er würde sie einweisen lassen und für eine Weile beobachten. Wir hängten sie an den Tropf – das war schrecklich, kann ich dir sagen – und führten das volle Testprogramm durch. Diesmal fanden wir einen leichten Leukozytenüberschuß, doch immer noch im Rahmen des Normalen, nichts, was die vierzig-drei hätte erklären können. Am nächsten Tag war sie auf siebenunddreißig-acht, noch einen Tag später auf siebenunddreißig-drei, und sie schien keine Bauchschmerzen zu haben. Joe sagte, es sei bestimmt nicht der Blinddarm, ich sollte die Magen-Darm-Leute hinzuziehen. Ich suchte Rat bei Tony Franks, der sie auf Anzeichen von chronisch empfindlichem Magen, Dünndarmentzündung und Leberproblemen untersuchte. Negativ. Dann noch mal das volle Toxikologieprogramm und genaue Nachforschungen, was sie gegessen hatte. Zusätzlich bat ich die Allergologie und Immunologie noch einmal, sie auf eine etwaige Überempfindlichkeit auf irgend etwas Ausgefallenes zu testen.«

»War sie ein Flaschenkind gewesen?«

»Nein, gestillt, obwohl sie inzwischen ganz auf Festnahrung umgestellt war. Nach einer Woche sah sie vollkommen gesund aus. Gott sei Dank hatten wir sie nicht aufgeschnitten.«

»Fünfzehn Monate alt«, sagte ich, »gerade jenseits der Hochrisikophase für Krippentod. Und prompt beruhigt sich das Atmungssystem, und der Bauch fängt an, Schwierigkeiten zu machen?«

Stephanie sah mich forschend an. »Möchtest du eine Diagnose wagen?«

»War das denn schon alles?«

»O nein. Es gab noch zwei Magen-Darm-Krisen, im Alter von sechzehn Monaten – vier Tage nach einem Termin bei Tony in der Magenklinik – und anderthalb Monate später, nach ihrem abschließenden Besuch bei ihm.«

»Dieselben Symptome?«

»Richtig. Doch diesmal brachte die Mutter blutige Windeln mit, die wir auf alle möglichen Krankheitserreger untersuchten – ich meine Typhus, Cholera und tropische Krankheiten, die man auf diesem Kontinent noch nie gesehen hat. Und Umweltgifte – Blei, andere Schwermetalle, was du willst. Doch alles, was wir fanden, war ein bißchen gesundes Blut.«

»Sind die Eltern in Berufen tätig, wo sie gefährlichen Substanzen ausgesetzt sein könnten?«

»Kaum. Sie ist Hausfrau und Mutter, und er ist College-Professor.«

»Biologie?«

»Soziologie. Doch bevor wir zu den Familienverhältnissen kommen, hör dir den Rest an. Vor sechs Wochen: wieder eine Krise. Nichts mehr mit Magen und Darm, nein, Organsystem Nummer drei ist an der Reihe. Willst du raten, welches?«

Ich dachte einen Augenblick nach. »Nervensystem?«

»Volltreffer.« Sie lehnte sich zu mir herüber und berührte meinen Arm. »Ich bin so froh, daß ich dich um Hilfe gebeten habe.«

»Anfälle?«

»Mitten in der Nacht. Epilepsie, wenn man nach den Eltern geht, inklusive Schaum vorm Mund. Doch das EEG zeigte keinerlei abnorme Hirnaktivität, und die Reflexe waren alle da. Als nächstes also eine Durchleuchtung mit dem Computertomographen, noch eine Rückenmarkspunktierung und sämtliche neurologischen Videospiele; vielleicht war es ja ein Hirntumor. Und das war es, was mir wirklich Angst einjagte, Alex, denn je mehr ich darüber nachdachte, um so klarer wurde mir, daß ein Tumor alles erklären würde, von Anfang an. Ein Gewächs, das auf verschiedene Hirnbereiche drückt und im Laufe seines Wachstums verschiedene Symptome hervorruft. Gott sei Dank ergaben alle Durchleuchtungen keinerlei Befund.«

»Sah sie aus, als hätte sie einen Anfall hinter sich, als sie sie einlieferten?«

»Was Benommenheit und Teilnahmslosigkeit angeht, ja. Doch bei einem kleinen Wurm, der mitten in der Nacht ins Krankenhaus geschleppt und in die Mangel genommen wird, ist das nichts Außergewöhnliches. Trotzdem hatte ich Angst, etwas Organisches übersehen zu haben. Ich bat die Neurologie dranzubleiben. Das taten sie für einen Monat, ohne etwas zu finden. Zwei Wochen später – vor zwei Tagen – ein weiterer Anfall. Ich brauche deine Hilfe, Alex. Sie sind jetzt oben in West fünf. Was die Krankengeschichte angeht, habe ich dir den ganzen Schlamassel erzählt. Meinst du, du kannst mich erleuchten?«

Ich ging meine Notizen durch. Wiederholte, unerklärte Erkrankungen. Vielfache Einweisung. Wechselnde Organsysteme. Widersprüche zwischen Symptomen und Labortests. Weibliches Kind mit Panik vor Behandlung oder Berührung. Mutter mit Sanitäterausbildung. Eine sehr nette Mutter.

Eine Mutter, die möglicherweise eine Bestie war, die Drehbuch, Choreographie und Regie bestimmte in einer Horrorposse, in der ihr eigenes Kind der unfreiwillige Star war.

Eine seltene Diagnose, doch die Fakten stimmten. Bis vor zwanzig Jahren hatte noch niemand davon gehört.

»Übertragenes Münchhausen-Syndrom«, sagte ich, während ich mein Notizbuch weglegte. »Ein Fall wie aus dem Lehrbuch.«

»Ja, so klingt es, wenn man die Geschichte als Ganzes betrachtet. Doch wenn du mittendrin steckst . . . sogar jetzt bin ich mir noch nicht sicher.«

»Denkst du immer noch an etwas Organisches?«

»Das muß ich, bis ich das Gegenteil beweisen kann. Letztes Jahr hat es einen anderen Fall gegeben, drüben im Kreiskrankenhaus. Fünfundzwanzig Einweisungen hintereinander, im Zeitraum von sechs Monaten, wegen seltsamer Infektionen. Ebenfalls ein kleines Mädchen mit einer aufmerksamen Mutter, die für den Geschmack der Ärzte ein wenig zu ruhig wirkte. Mit dem Baby ging es wirklich bergab, und sie waren schon im Begriff, die Behörden einzuschalten, als sich herausstellte, daß es eine seltene Immunschwäche war – drei bekannte Fälle in der Literatur; die Spezialtests konnten nur im Bundesgesundheitsamt durchgeführt werden. Als ich davon hörte, ließ ich Cassie sofort auf dieselbe Sache hin testen. Negativ. Aber das heißt nicht, daß es keinen anderen Faktor geben kann, den ich übersehen habe. Andauernd taucht irgend etwas Neues auf – ich schaffe es kaum, mit den Veröffentlichungen Schritt zu halten.«

Sie rührte nervös in ihrem Kaffee.

»Oder vielleicht lüge ich mir auch nur in die Tasche – vielleicht versuche ich mir nur ein besseres Gefühl zu verschaffen, weil ich die Münchhausen-Geschichte nicht früher erkannt habe. Deshalb habe ich dich hergerufen – ich brauche deinen Rat, Alex. Wie soll ich weiter verfahren?«

Ich dachte eine Weile nach. Münchhausen-Syndrom. Alias *Pseudologia phantastica.* Alias Simulationssucht. Eine besonders groteske Form krankhaften Lügens, benannt nach dem Freiherrn von Münchhausen, dem legendären Lügenbaron.

Münchhausen in seiner einfachen Form ist zum Wahnsinn entartete Hypochondrie. Patienten täuschen Erkrankungen vor, indem sie sich selbst verstümmeln und vergiften oder indem sie einfach Lügen erzählen. Sie verwickeln Ärzte und Pflegepersonal, das ganze Gesundheitssystem in Psychospielchen. Erwachsene Münchhausenpatienten schaffen es, ohne medizinische Notwendigkeit wiederholt in Krankenhäuser eingewiesen zu werden, und landen sogar auf dem Operationstisch. Masochismus, bemitleidenswert und ratlos machend – eine Geisteskrankheit, die sich bis heute unserem Verständnis entzieht.

Doch was wir hier vor uns hatten, war jenseits allen Mitleids. Dies war die böse Variante: *übertragener Münchhausen – Münchhausen per Stellvertreter.* Eltern – meistens die Mütter – täuschen Erkrankungen ihres eigenen Nachwuchses vor. Sie benutzen ihre Kinder – besonders Töchter – als Gefäße für ein gräßliches Gebräu aus Lügen, Schmerz und Krankheit.

»So vieles paßt zusammen, Steph, von Anfang an. Atemstillstand und Bewußtlosigkeit könnten auf Ersticken zurückzuführen sein – die Ausschläge in den Monitorkurven könnten bedeuten, daß das Kind sich wehrte.«

»Kürzlich las ich von einem Fall in England, bei dem solche Bewegungsartefakte verrieten, daß eine Frau versuchte, ihr Baby zu ersticken.«

»Es würde auch ins Bild passen, daß die Mutter, mit ihrer Ausbildung in Wiederbelebungstechniken, zuerst mit dem Atmungssystem herumspielt. Was ist mit den Darmgeschichten? Irgendeine Vergiftung vielleicht?«

»Höchstwahrscheinlich, aber nichts, was mit unseren Tests nachzuweisen war.«

»Vielleicht benutzte sie etwas mit kurzer Wirkungsdauer.«

»Oder einen Reizstoff, der Magen und Darm in Aufruhr versetzt und sofort wieder ausgeschieden wird, ohne in die Blutbahn zu gelangen.«

»Und die Anfälle?«

»Dito, würde ich schätzen. Aber ich weiß es nicht, Alex, ich weiß wirklich nicht.« Sie drückte wieder meinen Arm. »Ich habe keinerlei Beweise. Was ist, wenn ich mich irre? Du mußt objektiv sein mit Cassies Mutter. Im Zweifel müssen wir alles zu ihren Gunsten auslegen – vielleicht schätze ich sie ja falsch ein. Versuch, dich in sie hineinzudenken. Wir müssen weiterkommen, der Fall könnte sonst in einer echten Katastrophe enden.«

»Hast du der Mutter gesagt, daß du mich hinzuziehen willst?«

Sie nickte.

»Steht sie einer psychologischen Beratung jetzt freundlicher gegenüber?«

»Freundlich würde ich es nicht nennen, aber sie hat zugestimmt. Ich glaube, ich habe sie überzeugt, indem ich in letzter Zeit jede Andeutung vermied, daß Streß die Ursache für Cassies Probleme sein könnte. In ihren Augen halte ich die Anfälle für organisch bedingt. Ich gab ihr lediglich zu verstehen, daß Cassie Hilfe braucht, um mit dem Trauma der Hospitalisierung zurechtzukommen. Ich sagte ihr, daß Cassie noch sehr viel mehr Zeit hier verbringen würde, wenn es sich um Epilepsie handelt, und daß wir ihr helfen müßten, damit fertig zu werden. Ich habe ihr erzählt, du seist Spezialist für Krankenhaustraumen und könntest eine Art Hypnose anwenden, die Cassie während der Behandlungen entspannen würde. Klingt das vernünftig?«

Ich nickte.

»Gleichzeitig kannst du die Mutter analysieren und sehen, ob sie eine Psychopathin ist.«

»Wenn es übertragener Münchhausen ist, dann haben wir es eventuell gar nicht mit einer Psychopathin zu tun.«

»Was denn sonst? Wer könnte dem eigenen Kind so etwas antun?«

»Das weiß niemand so richtig«, erwiderte ich. »Es ist eine Weile her, daß ich die Literatur studiert habe. Wahrscheinlich handelt es sich um eine Variante von Persönlichkeitsstörung. Die Schwierigkeit ist, daß es so nur wenige dokumentierte Fälle gibt; die Datenbasis ist sehr dünn.«

»Daran hat sich bis heute nichts geändert, Alex. Ich bin in die Fakultät gegangen und habe die wenigen Quellen durchgesehen, die es gibt.«

»Ich würde die Artikel gern ausleihen.«

»Ich habe sie dort gelesen, mitgenommen habe ich nichts«, sagte sie. »Aber ich glaube, ich habe die Quellenangaben irgendwo. An den Ausdruck ›Variante von Persönlichkeitsstörung‹ kann ich mich übrigens noch erinnern – was immer damit gemeint sein mag.«

»Es bedeutet, daß wir nichts wissen, deshalb saugen wir uns etwas aus den Fingern. Beschreibung anstelle von Erklärung. Ein Teil des Problems ist, daß Psychologen und Psychiater auf Informationen angewiesen sind, die von den Patienten kommen. Und einem Münchhausen eine Geschichte abnehmen heißt, sich auf einen chronischen Lügner zu verlassen. Doch die Geschichten, die solche Menschen erzählen, wenn sie entlarvt sind, scheinen einigermaßen Sinn zu machen: frühe Erfahrungen mit schwerer Krankheit oder Schmerz, Familien, in denen Krankheit und Gesundheit überbetont waren, Kindesmißhandlung, auch Inzest. Als Ergebnis sehr geringe Selbstachtung, Beziehungsprobleme und ein krankhaft übersteigertes Bedürfnis nach Aufmerksamkeit. Das Krankenhaus wird zur Arena, in der sie dieses Bedürfnis ausleben – deshalb ergreifen so viele von ihnen Berufe im Gesundheitswesen. Doch eine Menge Leute mit derselben Vorgeschichte werden nicht zu Münchhausen-Fällen. Münchhausens, die sich selbst verletzen, und solche, die Stellvertreter benutzen und ihre Kinder quälen, lassen sich von ihrem Hintergrund her nicht unterscheiden. Es gibt sogar Anhaltspunkte dafür, daß Stellvertreter-Münchhausens als Selbstverstümmler anfangen und erst später dazu übergehen, ihre Kinder zu mißbrauchen. Doch niemand weiß, warum und wann das passiert.«

»Verrückt«, sagte Stephanie kopfschüttelnd, »es ist wie ein Tanz. Ich komme mir vor, als tanzte ich Walzer mit ihr, und sie ist diejenige, die führt.«

»Ein Teufelswalzer.«

Sie schauderte. »Ich weiß, wir reden hier nicht über exakte Wissenschaft, Alex, aber wenn du nur versuchen könntest, an sie heranzukommen, wenn du mir sagen könntest, ob sie verantwortlich ist oder nicht . . .«

»Sicher. Aber ich wundere mich ein wenig, daß du die Psychologen hier im Hause nicht hinzugezogen hast.«

»Die Abteilung existiert nicht mehr.«

»Wie bitte?«

»Sie sind alle gefeuert worden.«

»Die ganze Abteilung? Wann?«

»Vor ein paar Monaten. Liest du die Personalrundschreiben nicht?«

»Nicht sehr oft.«

»Hat ganz den Anschein. Jedenfalls ist die psychologische Abteilung aufgelöst worden. Hardestys Vertrag mit der Regionalverwaltung lief aus, und andere Finanzmittel hatte er nie beantragt. Folglich stand er plötzlich ohne Geld da. Und der Vorstand weigerte sich, ihn aufzufangen.«

»Und was ist mit seiner Fakultätsstelle? Und die anderen – Greiler und Pantissa – hatten die nicht auch Dauerstellen?«

»Und wenn schon. Die Stellen sind von der Uni, nicht von der Klinik. Deshalb durften sie ihre Titel behalten; aber die Gehälter sind eine ganz andere Geschichte. Das war eine Ernüchterung für die unter uns, die dachten, sie hätten einen sicheren Arbeitsplatz. Nicht daß irgend jemand für Hardesty gekämpft hätte. Alle hielten ihn und seine Leute für unnützen Ballast.«

»Keine Psychoabteilung mehr«, sagte ich, »und keinen Gratiskaffee. Und was gibt es sonst noch Neues?«

»Oh, jede Menge. Betrifft dich das irgendwie – daß die Abteilung geschlossen wurde, meine ich?«

»Nein. Ich gehöre zur Kinderabteilung, Onkologie, genauer gesagt, obwohl es Jahre her ist, daß ich das letztemal einen Krebspatienten vor mir hatte.«

»Gut«, sagte sie, »dann wird es wenigstens von der Verwaltung her keine Schwierigkeiten geben. Noch Fragen, bevor wir nach oben gehen?«

»Nur ein paar Bemerkungen. Wenn es Stellvertreter-Münchhausen ist, dann stehen wir unter Zeitdruck – der normale Verlauf bedeutet Eskalation. Bisweilen kommen Kinder zu Tode, Steph.«

»Ich weiß«, sagte sie bedrückt. Sie rieb sich die Schläfen. »Aber bevor ich gegen die Mutter vorgehen kann, muß ich ganz sicher sein.«

»Und was ist mit dem ersten Kind? Ich nehme an, du hast da auch Mord in Betracht gezogen?«

»O Gott, ja, seit mein Verdacht gegen die Mutter Gestalt angenommen hat, hat das die ganze Zeit an mir genagt. Ich bin seine Akte durchgegangen, Buchstabe für Buchstabe, ohne irgend etwas Dubioses finden zu können. Ritas laufende Protokolle waren einwandfrei – er war vollkommen gesund, bis er starb, und die Autopsie kam zu keinem Ergebnis, wie so oft in solchen Fällen. Doch jetzt habe ich es mit einem lebendigen, atmenden Kind zu tun und habe keine Ahnung, wie ich ihm helfen kann.«

»Ich finde, du tust dein Bestes.«

»Ich versuch's, aber es ist so verdammt frustrierend.«

»Was ist mit dem Vater?« fragte ich. »Über den haben wir noch gar nicht geredet.«

»Ich kann nicht viel mit ihm anfangen. Es ist hauptsächlich die Mutter, die sich um das Kind kümmert, und meistens habe ich mit ihr zu tun. Und seit die Möglichkeit auftauchte, es könnte sich um einen Münchhausen-Fall handeln, schien es besonders wichtig zu sein, sich auf sie zu konzentrieren, denn sind es nicht immer die Mütter?«

»Ja«, bestätigte ich, »doch in manchen Fällen stellen sich die Väter als passive Komplizen heraus. Irgendwelche Anzeichen, daß er einen Verdacht hat?«

»Wenn das der Fall ist, dann hat er es mir nicht erzählt. Er macht auch keinen besonders passiven Eindruck – er ist eigentlich ganz nett. Genau wie sie. Sie sind beide nett, Alex. Das ist die eine Sache, die es so schwer macht.«

»Das typische Münchhausen-Szenario. Die Krankenschwestern sind wahrscheinlich ganz vernarrt in sie.«

Stephanie nickte.

»Und was noch?«

»Was meinst du?«

»Die andere Sache, die es dir schwermacht.«

Sie rieb sich die Augen. Sie brauchte lange, bevor sie antwortete.

»Das andere ist«, sagte sie, »und das klingt jetzt vielleicht furchtbar kalt, das andere ist, wer sie sind, gesellschaftlich und politisch. Der volle Name des Kindes ist Cassie Brooks Jones – klingelt es jetzt bei dir?«

»Nein«, erwiderte ich, »Jones als Name ist nicht gerade außergewöhnlich.«

»Jones, wie in Charles L. junior. Der große Finanzier. Der oberste Finanzverwalter des Krankenhauses.«

»Kenn ich nicht.«

»Natürlich – du liest ja keine Rundschreiben. Vor acht Monaten ist er zum Vorstandsvorsitzenden ernannt worden. Es hat eine große Umbesetzung gegeben.«

»Wegen des Haushalts?«

»Weswegen sonst? Ich geb dir mal den Stammbaum: Charles' junior einziger Sohn ist Charles der Dritte – wie bei den Windsors. Man ruft ihn Chip, und er ist Cassies Papa. Die Mutter heißt Cindy. Der verstorbene Sohn hieß Chad – Charles der Vierte.«

»Lauter Cs«, sagte ich, »die scheinen eine Menge von Ordnung zu halten.«

»Egal. Wesentlich ist: Cassie ist Charles' junior einziges Enkelkind. Ist das nicht wundervoll, Alex? Ich sitze hier mit einem potentiellen Fall von übertragenem Münchhausen, der uns jeden Moment um die Ohren fliegen kann, und die Patientin ist das einzige Enkelkind des Kerls, der uns den Gratiskaffee weggenommen hat!«

3

Wir gingen auf den Hauptausgang der Cafeteria zu. »Der Aufzug, mit dem ich zu deinem Büro gekommen bin, ist auf Schlüsselbetrieb umgestellt. Warum plötzlich all diese Sicherheitsmaßnahmen?« fragte ich.

»Die offizielle Erklärung ist Verbrechensverhütung«, antwortete Stephanie. »Man will verhindern, daß die Verrückten von der Straße hereinkommen. Was zu einem gewissen Grad berechtigt ist – es hat schon Probleme gegeben, meist während der Nachtschicht. Doch ist Hollywood-Ost nach Einbruch der Dunkelheit je sicher gewesen?«

Ein Angestellter war schon dabei, die Cafeteria abzuschließen. Als er uns kommen sah, hielt er verdrossen die Tür für uns auf.

»Kürzere Öffnungszeiten«, sagte Stephanie, »auch eine Haushaltseinsparung.«

Im Treppenhaus fragte ich weiter: »Welcher Art war denn die Kriminalität, mit der ihr es zu tun hattet?«

»Das Übliche, nur eben gehäuft: Autodiebstähle, Vandalismus, verschwundene Brieftaschen, auch einige Fälle von Straßenraub draußen auf dem Sunset, und vor wenigen Monaten hat man zwei Krankenschwestern auf dem Parkplatz drüben auf der anderen Straßenseite überfallen.«

Ich nahm zwei Stufen auf einmal, um mit ihr Schritt zu halten. »Vergewaltigungsversuche?« fragte ich.

»Das ist nie herausgekommen. Keines der beiden Opfer haben wir danach wiedergesehen. Es waren Nachtschwestern, Aushilfen. Ich hab nur gehört, daß sie schwer verprügelt und ihre Handtaschen gestohlen worden waren. Die Polizei schickte einen Beratungsbeamten, der uns die übliche Vorlesung über persönliche Sicherheit gab und am Ende gestand, daß niemand unsere Sicherheit garantieren konnte, wollte man das Krankenhaus nicht in eine Kaserne verwandeln. Die weiblichen Angestellten machten eine Menge Geschrei, so daß die Verwaltung versprach, regelmäßige Streifengänge einzuführen.«

»Und das hat man auch durchgezogen?«

»Ich glaub schon. Man sieht mehr Uniformen auf dem Gelände, und seitdem ist niemand mehr überfallen worden. Doch der Preis dafür ist eine Anzahl weiterer Änderungen, um die niemand gebeten hatte. Privatbullen auf dem Campus, neue Ausweise und häufig Schikanen von der Art, wie du sie erlebt hast. Persönlich glaube ich, daß wir der Verwaltung nur in die Hände gespielt haben – daß wir ihr die Rechtfertigung verschafft haben, stärkere Kontrolle auszuüben. Und wenn sie diese Kontrolle einmal hat, dann wird sie sie so schnell nicht wieder aufgeben.«

Im fünften Stock waren Kinder zwischen einem und elf Jahren untergebracht, die keiner hochtechnisierten Pflege bedurften. Die hundert Betten der Oststation nahmen zwei Drittel des Stockwerks ein. Das übrige Drittel im Westen gehörte einer Privatstation mit zwanzig Betten, die durch eine Teakholztür mit Messingschild und der Aufschrift SONDERABTEILUNG HANNAH CHAPELL vom Rest abgeteilt war.

»Chappystation« bedeutete kein Zutritt für das gemeine Volk und für Anfänger, und wurde getragen von Stiftungen, Privatversicherungen und Barschecks.

An diesem Morgen waren fast alle zwanzig Zimmer leer. Hinter einem Schalter standen drei gelangweilt dreinschauende Schwestern. Ein paar Meter daneben feilte eine Sekretärin ihre Fingernägel.

»Morgen, Dr. Eves«, sagte eine der Krankenschwestern zu Stephanie, wobei sie mich mit einem nicht allzu freundlichen

Blick bedachte. Ich fragte mich, warum, und antwortete mit einem Lächeln, worauf sie sich abwandte. Sie war Anfang Fünfzig, klein, untersetzt und hatte eine derbe Haut, ein langes Kinn und eine blonde Haarsprayfrisur. Als Uniform trug sie ein graublaues Kleid mit weißen Säumen und auf ihrem gestärkten Haarschopf eine gestärkte weiße Haube, wie ich sie seit langem nicht mehr gesehen hatte.

Die beiden anderen Schwestern, junge Filipinas, tauschten Blicke und verschwanden wie auf ein geheimes Zeichen.

»Morgen, Vicki«, erwiderte Stephanie den Gruß, »wie geht es unserer Kleinen?«

»So weit, so gut.« Sie zog eine Akte mit dem Zeichen 5o5W aus einem Fach und gab sie Stephanie. Ihre Fingernägel waren ungepflegt, abgenagt. Sie schaute mich wieder an. Mein Charme schien immer noch keine Wirkung auf sie zu haben.

»Das hier ist Dr. Alex Delaware, unser beratender Psychologe«, stellte mich Stephanie vor, während sie die Akte durchblätterte. »Dr. Delaware, Vicki Bottomley, Cassies Privatschwester.«

»Cindy sagte schon, daß Sie vorbeikommen würden.« Aus dem Mund der Schwester klang es wie etwas Schlimmes.

»Freut mich, Sie kennenzulernen«, sagte ich.

»Ganz meinerseits.« Die herausfordernde Gleichgültigkeit in ihrer Stimme ließ Stephanie aufschauen.

»Stimmt etwas nicht, Vicki?«

»Doch, doch«, antwortete die Schwester mit einem Lächeln, das wie eine Ohrfeige wirkte. »Alles in bester Ordnung. Sie behielt das meiste von ihrem Frühstück bei sich, auch ihre Säfte und Medikamente –«

»Welche Medikamente?«

»Nur Tylenol. Vor einer Stunde verabreicht, weil Cindy meinte, sie hätte Kopfschmerzen. Es ist alles vermerkt.« Sie zeigte auf die Akte.

»Ja, ich sehe. Gut, für heute laß ich das durchgehen, Vicki, aber das nächstemal keine Medikamente, auch nicht das harmloseste, ohne meine Erlaubnis. Außer Nahrung und Getränken muß ich alles genehmigen, was diesem Kind verabreicht wird. Verstanden?«

»Ja, Dr. Eves. Gibt es sonst noch etwas?«

Stephanie las die Akte zu Ende und gab sie zurück. »Nein, im Moment nicht. Ich gehe jetzt rein und stelle Dr. Delaware vor. Gibt es noch etwas über Cassie, das Sie uns erzählen möchten?«

Bottomley zog eine Haarnadel heraus, rückte ihre Haube zurecht und steckte sie wieder fest. Ihre weit auseinanderstehenden blauen Augen mit den langen Wimpern bildeten angenehme, weiche Kontrapunkte in dem sonst groben, angespannten Gesicht.

»Was meinen Sie?« fragte sie zurück.

»Irgend etwas, das Dr. Delaware wissen sollte, damit er Cassie und ihren Eltern helfen kann, Vicki.«

Bottomley starrte sie einen Moment lang an, bevor sie sich an mich wandte. »An den Eltern ist nichts auszusetzen. Das sind ganz normale Leute.«

»Ich habe gehört, daß die Behandlungen Cassie ziemlich aufregen.«

Sie stemmte die Hände in die Hüften und erwiderte: »Wie würden Sie denn wohl reagieren, wenn Sie all das über sich ergehen lassen müßten?«

»Vicki!« fuhr Steph dazwischen.

»Klar«, sagte ich lächelnd, »die Reaktion ist vollkommen normal, doch manchmal kann man Angst mit Verhaltenstherapie lindern.«

Sie lachte gepreßt. »Ach ja? Dann wünsch ich Ihnen viel Glück.«

Stephanie wollte etwas sagen, doch ich hielt sie zurück. »Laß uns jetzt gehen.«

»Ja. Denken Sie daran«, mahnte sie Bottomley, »keine orale Medikation mehr, nur Speisen und Getränke.«

»Ja, Doktor. Übrigens, ich muß für ein paar Minuten weg.«

Stephanie schaute auf ihre Uhr. »Haben Sie denn Pause?«

»Nein, ich wollte nur schnell zum Geschenkladen und Cassie ein Häschen kaufen – diese Stofftiere, wissen Sie, so eins wie in den Trickfilmen im Fernsehen. Sie ist ganz verrückt danach. Solange Sie bei ihr sind, wird sie sicher ein paar Minuten ohne mich auskommen.« Sie lachte noch einmal ihr gepreßtes Lachen und watschelte schnell davon.

»Entschuldige, Alex. Das ist das erste Mal, daß ich sie so erlebe.«

»Hat sie Cassie früher schon einmal betreut?«

»Mehrmals – fast von Anfang an. Zu Cindy hat sie mittlerweile ein gutes Verhältnis, und Cassie scheint sie auch zu mögen.«

»Sie scheint ziemlich besitzergreifend zu sein.«

»Sie neigt dazu, sich voll zu engagieren, doch das hab ich immer als etwas Positives betrachtet. Die Familien lieben sie – sie ist eine der hingebungsvollsten Schwestern, mit denen ich je gearbeitet habe.«

»Erstreckt sich ihre Hingabe auch auf Hausbesuche?«

»Nein, soweit ich weiß, nicht. Die einzigen Hausbesuche habe ich selbst gemacht, mit einem der Spezialisten, ganz am Anfang, als wir den Schlafmonitor installierten. – Du willst doch nicht andeuten, daß sie etwas zu tun haben könnte mit –«

»Ich deute gar nichts an«, versetzte ich, wobei ich mich fragte, ob das nicht doch der Fall war, zumal Bottomley mich angegriffen hatte. »Ich stelle nur eine weitere Hypothese zur Debatte.«

»Und was für eine. Eine Münchhausen-Schwester. Ihr medizinischer Hintergrund würde jedenfalls passen.«

»Es hat solche Fälle gegeben: Schwestern und Ärzte, die sich nach Beachtung sehnen, und gewöhnlich sind es die, die auch besonders besitzergreifend erscheinen. Wenn aber Cassies Anfälle immer zu Hause auftraten und nie hier im Krankenhaus, dann kann Vicki unmöglich etwas damit zu tun haben, es sei denn, sie geht bei den Jones' ein und aus.«

»Das tut sie nicht, jedenfalls nicht, daß ich wüßte. Nein, bestimmt nicht – davon hätte ich erfahren.«

Stephanie schien verunsichert und niedergeschlagen. Mir wurde klar, welche Belastung der Fall für sie war.

»Es wäre gut, zu wissen, warum sie mir gegenüber so feindselig ist«, sagte ich. »Es interessiert mich nicht etwa aus persönlichen Gründen, sondern im Zusammenhang mit dem Beziehungsnetz dieser Familie. Wenn Vicki und die Mutter sich nahestehen und Vicki mich nicht leiden kann, dann könnte das meine Aufgabe sehr erschweren.«

»Das sehe ich ein, aber ich habe keine Ahnung, was mit ihr los ist.«

»Ich nehme nicht an, daß du deinen Verdacht gegenüber Cindy mit ihr besprochen hast?«

»Nein, du bist der erste, mit dem ich darüber rede. Und wenn ich Anweisung gebe, Cassie keinerlei Medizin zu verabreichen, dann erkläre ich das stets mit dem Risiko von Nebenwirkungen, die eine Diagnose erschweren würden. Mit derselben Begründung habe ich auch Cindy gebeten, kein Essen von zu Hause mitzubringen. Vicki und die Schwestern auf den anderen Schichten haben alles zu protokollieren, was Cassie zu sich nimmt.« Sie runzelte die Stirn. »Wenn Vicki ihre Befugnisse überschreitet, dann wissen wir überhaupt nicht mehr, wo wir stehen. Soll ich sie versetzen lassen? Die Pflegeverwaltung würde mir zwar die Hölle heiß machen, doch damit würde ich schon fertig.«

»Nein, meinetwegen nicht. Lassen wir lieber zunächst alles unverändert.«

Stephanie nahm noch einmal die Akte zur Hand.

»Scheint alles einwandfrei zu sein«, sagte sie nach einer Weile, »ich will aber trotzdem noch einmal mit Vicki reden.«

»Zeig doch mal her«, bat ich sie.

Sie reichte mir die Akte, die Notizen in ihrer gewohnten sauberen Handschrift enthielt. Darunter fand ich eine Stammbaumskizze der Jones', die ich eingehend betrachtete.

»Keine Großeltern mütterlicherseits?«

Stephanie schüttelte den Kopf. »Cindy verlor früh ihre Eltern. Chips Mutter starb, als er noch ein Teenager war. Großvater Chuck ist der einzige Überlebende aus der vorletzten Generation.«

»Kommt er oft zu Besuch?«

»Nur ab und zu. Er ist ein vielbeschäftigter Mann.«

Ich las weiter. »Cindy ist erst sechsundzwanzig . . . vielleicht ist Vicki für sie eine Mutterfigur.«

»Mag sein. Doch wie auch immer, ich werde sie von jetzt an strenger beaufsichtigen.«

»Besser nicht, Steph – nicht in dieser Phase. Ich möchte in Vickis oder Cindys Augen nicht als Störenfried erscheinen. Gib mir erst die Chance, Vicki kennenzulernen. Vielleicht ist sie am Ende unsere Verbündete.«

»Gut«, sagte sie, »menschliche Beziehungen und dergleichen sind dein Gebiet. Doch sag mir bitte Bescheid, wenn sie Schwierigkeiten macht. Nichts und niemand soll deiner Arbeit im Wege stehen.«

Das Zimmer war vollgestopft mit Kuschelhäschen – auf den Fenstersimsen, auf dem Nachttisch und dem Fernseher – ein grinsendes, buntes Empfangskomitee.

Die Gitter am Bett waren heruntergelassen. Darin schlief ein wunderschönes Baby, ein winziges Bündel, das sich kaum abzeichnete unter der Bettdecke. Das niedliche Gesicht mit dem Stupsnäschen war zur Seite gedreht, der rosarote Mund leicht geöffnet. Ihre Haut war wie Buttermilch, die Bäckchen voll und rosig. Glattes schwarzes Haar bedeckte einen Spitzenkragen und klebte feucht an ihrer Stirn. Mit einer Hand voller Grübchen und mit einem Daumen kaum größer als eine Perle, umklammerte sie den Deckensaum.

Ein Klappsofa unter dem Fenster war ordentlich als Bett zurechtgemacht. Auf dem Bettrand saß eine Frau und blätterte in einer Programmzeitschrift. Als sie uns hereinkommen sah, erhob sie sich.

Sie war etwa einsachtundsechzig groß, mit straffer Figur und sehr schmalen Hüften. Ihr Haar war genauso glänzend und dunkel wie das ihrer Tochter, mit Mittelscheitel, locker zurückgebunden zu einem buschigen Zopf, der fast ihre Taille berührte. Im wesentlichen dieselben Gesichtszüge wie die Tochter, mit einer feinen Nase und einem geraden, breiten, ungeschminkten Mund mit dunklen Lippen. Die großen braunen Augen waren blutunterlaufen.

Kein Make-up, obwohl ihre Haut welches vertragen hätte. Eine mädchenhafte Frau von sechsundzwanzig, die ohne weiteres als Primanerin durchgehen konnte. Ihre Kleidung war einfach: kariertes Baumwollhemd, verwaschene Jeans und halbhohe Sandalen, dazu eine rosa Swatch. Und ich hatte den Star des Debütantenballs, die typische VIP-Schwiegertochter erwartet.

»Da scheint jemand friedlich zu schlummern«, flüsterte Stephanie. »Haben Sie auch etwas Schlaf bekommen, Cindy?«

»Ein bißchen«, sagte sie mit weicher, angenehmer Stimme. Sie brauchte nicht zu flüstern. »Cassie hat sehr gut geschlafen. Nur einmal ist sie aufgewacht, um zu schmusen. Ich hielt sie für eine Weile und sang ihr vor, bis sie wieder einschlief.«

»Vicki sagte, sie hätte Kopfschmerzen gehabt.«

»Ja, als sie aufwachte. Vicki gab ihr etwas Tylenolsaft; das scheint geholfen zu haben.«

»Tylenol war genau das Richtige. Doch in Zukunft muß jedes Medikament, auch wenn es bloß rezeptfreier Saft ist, von mir genehmigt werden. Nur, um ganz sicherzugehen.«

»Ja, sicher. Tut mir leid . . .«

Stephanie lächelte. »Ist keine große Sache. Ich bin nur vorsichtig. Ich habe heute Dr. Delaware mitgebracht, den Psychologen, von dem ich Ihnen erzählt habe.«

»Hallo, Dr. Delaware.«

»Mrs. Jones . . .« Ich reichte ihr die Hand.

»Nennen Sie mich Cindy.« Sie erwiderte meinen Händedruck mit einem scheuen Lächeln. Sympathisch. Mir wurde immer klarer, daß ich eine schwierige Aufgabe vor mir hatte.

»Wie ich Ihnen schon sagte«, erklärte Stephanie, »Dr. Delaware ist Spezialist für Angstzustände bei Kindern. Wenn jemand Cassie helfen kann, mit dem Krankenhaus fertig zu werden, dann er. Er könnte noch heute beginnen, wenn es Ihnen recht ist.«

»Ja, sicher, gern.« Sie sah besorgt aus.

»Ausgezeichnet«, sagte Stephanie, »dann werde ich jetzt gehen. Oder kann ich noch etwas für Sie tun?«

»Nein, im Moment nicht, Dr. Eves. Ich dachte nur . . . Haben Sie vielleicht schon etwas gefunden?«

»Noch nicht, Cindy. Das gestrige EEG war vollkommen normal. Doch, wie wir schon besprochen haben, bei Kindern dieses Alters heißt das nicht viel. Die Schwestern haben nichts beobachtet, was einem Anfall ähnlich sähe. Haben Sie etwas bemerkt?«

»Nein, nicht direkt . . .«

»Nicht direkt?« Stephanie ging einen Schritt auf sie zu. Sie schien die andere Frau zu überragen, obwohl sie nur zwei Zentimeter größer war.

Cindy Jones biß sich auf die Oberlippe. »Wahrscheinlich hat es nichts zu bedeuten.«

»Nein, Cindy, erzählen Sie mir alles, auch wenn Sie denken, es sei unwichtig.«

»Ich bin sicher, es ist nichts, aber manchmal denke ich, sie verliert für Augenblicke den Kontakt zur Außenwelt. Sie scheint dann nicht zuzuhören, wenn ich mit ihr rede, und ins Leere zu starren – als würde ihr Bewußtsein für kurze Zeit aussetzen. Ich bin sicher, es hat nichts zu bedeuten; ich sehe einfach Dinge, weil ich danach suche.«

»Wann haben Sie diese Zustände zum erstenmal bemerkt?«

»Gestern, nach der Aufnahme.«

»Und zu Hause sind Ihnen solche Zustände nie aufgefallen?«

»Nein . . . aber ich weiß nicht, vielleicht ist es schon zu Hause vorgekommen, und ich hab es nicht bemerkt. Oder vielleicht bilde ich es mir nur ein. Wahrscheinlich ist es nichts – ich weiß es nicht.«

Die hübsche Fassade brach zusammen. Stephanie tätschelte

ihr die Schulter, und Cindy drückte sich an sie, als ob es sie nach mehr Tröstung verlangte. Stephanie zog sich daraufhin zurück und stellte die Distanz wieder her.

»Wie oft ist Ihnen dieses Starren aufgefallen?«

»Vielleicht zweimal am Tag. Vielleicht konzentriert sie sich nur. Das konnte sie schon immer gut. Beim Spielen zu Hause ist ihre Konzentration wirklich gut.«

»Eine lange Aufmerksamkeitsspanne ist eigentlich ein gutes Zeichen.«

Cindy nickte, doch beruhigt schien sie noch nicht zu sein.

»Wissen Sie was: Das nächstemal, wenn Sie dieses Starren bemerken, notieren Sie die genaue Zeit und rufen Vicki oder irgend jemand, der gerade Dienst hat, um es sich anzusehen. Einverstanden?«

»Das kann ich tun, aber es dauert immer nur ein paar Sekunden.«

»Versuchen Sie es einfach mal«, sagte Stephanie. »Inzwischen lasse ich Sie mit Dr. Delaware allein, damit Sie sich kennenlernen können.«

Sie blieb einen Moment stehen und schaute das schlafende Kind an. Dann lächelte sie uns beiden zu und verließ das Zimmer.

Nachdem die Tür sich hinter ihr geschlossen hatte, ging Cindy zu ihrer Liege. »Ich klappe die Couch hoch, damit Sie vernünftig sitzen können.« Unter ihrer Haut an den Schläfen waren feine, lavendelfarbene, pulsierende Venen sichtbar, genau wie bei ihrer Tochter.

»Lassen Sie mich helfen«, bot ich an.

Das schien sie zu verwirren. »Nein, nein, ich mach das schon.«

Sie bückte sich und hob die Matratze an einem Ende an. Ich nahm das andere Ende, und wir verwandelten das Bett in ein Sofa zurück.

Sie strich die Kissen glatt und trat einen Schritt zurück: »Bitte schön.«

Ich kam mir vor wie in einem Geisha-Haus und gehorchte.

Sie räumte die Kuschelhasen von einem Stuhl und stellte sie zu den anderen auf den Nachttisch. Dann setzte sie sich mir gegenüber, die Füße flach auf dem Boden, die Hände auf ihren schlanken Oberschenkeln.

Ich nahm eins der Häschen von der Fensterbank und streichelte es.

»Süß. Sind das lauter Geschenke?«

»Nicht alle; einige haben wir von zu Hause mitgebracht. Wir wollten, daß Cassie sich hier heimisch fühlt.«

»Das Krankenhaus ist ihr zum zweiten Zuhause geworden, nicht wahr?«

Sie starrte mich an. Tränen schossen in ihre braunen Augen und ließen sie noch größer erscheinen. Sie schämte sich, das konnte ich an ihrem Gesicht ablesen.

Oder war es Schuldbewußtsein, was ich da sah?

Ihre Hände schnellten hoch, um die Tränen zu verbergen. Sie weinte lautlos.

Ich nahm ein Papiertaschentuch aus einem Päckchen, das auf dem Tisch lag, und wartete.

4

»Tut mir leid«, sagte sie, als sie sich wieder gefangen hatte.

»Das braucht es aber nicht. Kaum etwas belastet mehr als ein krankes Kind.«

Sie nickte. »Das schlimmste ist, daß man nichts weiß – daß man nur zuschauen kann und nicht weiß, was ihr fehlt. Wenn das nur jemand herausfinden könnte.«

»Die früheren Symptome sind immer wieder verschwunden. Vielleicht geht es jetzt wieder so.«

Sie legte sich ihren Zopf über die Schulter und spielte damit. »Hoffentlich, aber . . .«

Ich lächelte und schwieg.

»Die anderen Dinge waren . . . greifbarer. – Normaler, wenn Sie verstehen, was ich meine.«

»Ja, normale Kinderkrankheiten.«

»Genau – Keuchhusten und Durchfall. Andere Kinder bekommen das auch. Vielleicht nicht so schlimm, aber es kommt vor, und man weiß, woran man ist. Aber diese Anfälle, das ist nicht normal.«

»Manchmal haben Kinder solche Anfälle, wenn sie ein hohes Fieber hinter sich haben. Es passiert ein- oder zweimal und dann nie wieder.«

»Ja, ich weiß. Dr. Eves hat mir das schon erklärt. Aber Cassie hatte keine Temperatur. Als sie ihre Magen-Darm-Probleme hatte, ja, da hatte sie Fieber. Sie brannte regelrecht. Einundvierzig Grad!« Sie zog an ihrem Zopf. »Doch das ging schließlich vorbei, und ich dachte, es würde alles gut werden. Und jetzt aus heiterem Himmel diese Anfälle. Es war wirklich beängstigend. Ich hörte etwas in ihrem Zimmer – wie ein Klopfen. Ich ging hinein, und sie schüttelte sich so stark, daß ihr Bett wackelte.«

Ihre Lippen begannen zu zittern. Mit einer Hand hielt sie sich den Mund, mit der anderen umklammerte sie das Taschentuch.

»Es muß furchtbar gewesen sein«, sagte ich.

»Schrecklich!« Sie schaute mir in die Augen. »Doch das schlimmste war, dabeistehen zu müssen, ohne das geringste tun zu können. Die Hilflosigkeit – das ist das schlimmste daran. Ich wußte zwar, daß ich sie auf keinen Fall aufheben durfte, aber trotzdem . . . Haben Sie Kinder?«

»Nein.«

Ihr Blick schweifte ab, als hätte sie plötzlich das Interesse verloren. Ich versuchte das Gespräch wieder in Gang zu bringen: »Sie hat wahrscheinlich gar nicht gelitten. Es gibt keinen Beweis, daß solche Anfälle Schmerzen verursachen.«

»Das hat Dr. Eves auch gesagt«, erwiderte sie zweifelnd. »Ich hoffe, es stimmt, doch wenn Sie sie nur gesehen hätten danach – sie war schweißgebadet.«

Sie schaute schweigend aus dem Fenster. Ich ließ ihr einen Moment Zeit, dann fragte ich: »Wie geht es ihr heute, abgesehen von den Kopfschmerzen?«

»Gut, soweit ich das sagen kann. Sie ist ja kaum wach gewesen.«

»Und die Kopfschmerzen, das war heute morgen gegen fünf?«

»Ja, sie wachte auf davon.«

»Vicki hatte da schon Dienst?«

Sie nickte. »Ja. Sie hatte die Nachtschicht von elf bis sieben und hat dann die Frühschicht drangehängt.«

»Sehr aufopfernd von ihr.«

»Ja, sie ist eine große Hilfe. Wir können von Glück sagen, daß wir sie haben.«

»Kommt sie auch schon mal zu Ihnen nach Hause?«

Die Frage überraschte sie. »Nur ganz selten und nur, um guten Tag zu sagen, nicht beruflich. Bei einem ihrer Besuche hat sie Cassie das erste Häschen geschenkt, und jetzt ist Cassie ganz vernarrt in diese Dinger.«

Sie sah immer noch verblüfft aus, doch anstatt sie darauf anzusprechen, fragte ich weiter: »Auf welche Weise hat Cassie Ihnen mitgeteilt, daß ihr der Kopf weh tat?«

»Sie zeigte mit dem Finger darauf und weinte. Sie hat es mir nicht erzählt, wenn es das ist, worauf Sie anspielen. Sie spricht erst ein paar Wörter, zum Beispiel ›Hund‹ oder ›Flasche‹, und selbst dann zeigt sie noch manchmal mit dem Finger auf die Dinge, die sie meint. Dr. Eves sagt, sie ist ein paar Monate zurück in ihrer Sprachentwicklung.«

»Das ist nicht ungewöhnlich bei Kindern, die viel Zeit im Krankenhaus verbracht haben. Es behebt sich von selbst.«

»Ich versuche, zu Hause mit ihr zu üben. Ich rede mit ihr, soviel ich kann, und lese ihr vor, wann immer es geht, das heißt, wenn sie nicht zu unruhig ist. Nach schweren Nächten ist es unmöglich.«

»Kommen solche Nächte häufiger vor?«

»Nicht sehr oft, doch sie machen ihr jedesmal sehr zu schaffen.«

»Was passiert genau?«

»Sie wacht auf, als hätte sie schlecht geträumt. Sie wälzt sich und strampelt, und ich nehme sie aus dem Bett und halte sie. Manchmal schläft sie dann sofort wieder ein, aber nicht immer. Und wenn sie lange wach bleibt, dann ist sie gewöhnlich am nächsten Morgen sehr unruhig.«

»Wie äußert sich diese Unruhe?«

»Sie hat Schwierigkeiten, sich zu konzentrieren. Nach ruhigen Nächten kann sie sich oft für eine Stunde oder länger mit einer Sache beschäftigen. Solche Momente versuche ich abzupassen, und dann lese ich ihr vor oder rede mit ihr, damit sich ihr Sprechen verbessert. Würden Sie mir etwas anderes empfehlen?«

»Nein, Sie scheinen genau das Richtige zu tun«, antwortete ich.

»Manchmal habe ich das Gefühl, daß sie nicht mit mir redet, weil es nicht nötig ist. Ich glaube, ich weiß, was sie will, ohne daß sie etwas sagen muß.«

»Und so war es auch mit den Kopfschmerzen?«

»Ja. Sie wachte weinend und strampelnd auf. Als erstes fühlte ich ihre Stirn, doch die war kühl. Und ihr Schreien klang nicht nach Angst, sie weinte vor Schmerzen. Den Unterschied kann ich inzwischen hören. Ich fragte sie also, wo es ihr weh tat, und nach einer Weile faßte sie sich an den Kopf. Damit war für mich klar, was ihr fehlte. Ich fühlte es einfach.« Sie schaute zum Kinderbett. »Wenn nicht erst gestern eine Tomographie gemacht worden wäre – ohne Befund –, dann hätte ich wirklich Angst bekommen.«

»Angst wegen der Kopfschmerzen?«

»Natürlich. Nach soviel Zeit im Krankenhaus beginnt man, sich Dinge einzubilden. Man denkt immer sofort an das Schlimmste. Es macht mir jedesmal angst, wenn sie nachts aufwacht und schreit. Wer weiß, was als nächstes passiert.«

Sie brach wieder in Tränen aus, und ich reichte ihr ein neues Taschentuch.

»Entschuldigen Sie, Dr. Delaware. Aber ich ertrage es einfach nicht, sie leiden zu sehen.«

»Das ist doch selbstverständlich«, sagte ich. »Unglücklicherweise sind es gerade die Dinge, die ihr helfen sollen, die Tests und die Untersuchungen, die ihr die meisten Schmerzen bereiten.«

Sie seufzte tief und nickte.

»Deshalb hat Dr. Eves mich gebeten, mich um Sie zu kümmern. Es gibt nämlich psychologische Techniken, die Kindern helfen, mit Behandlungsängsten fertig zu werden, und die den Schmerz sogar verringern können.«

»Techniken!« Sie klang ein wenig wie Vicki Bottomley, jedoch nicht so sarkastisch. »Das wäre großartig. Was immer Sie tun können, ich bin für alles dankbar. Es ist einfach furchtbar, mit anzusehen, wie Cassie Blut abgenommen wird.«

Ich mußte an Stephanies Worte denken, wie gefaßt die Mutter bei allen Prozeduren geblieben war. Cindy schien meine Gedanken zu lesen und sagte: »Jedesmal, wenn jemand mit einer Nadel hereinkommt, wird mir ganz kalt. Es ist nur um Cassies willen, daß ich mir nichts anmerken lasse, obwohl ich sicher bin, daß sie weiß, was ich fühle. Wir sind uns so nahe. Sie ist alles, was ich habe. Sie braucht mich nur anzuschauen, dann weiß sie, was in mir vorgeht. Es hilft ihr nicht, doch was soll ich machen? Ich kann sie doch nicht allein lassen.«

»Dr. Eves sagt, Sie verhalten sich vorbildlich.«

Etwas änderte sich in den braunen Augen. Vielleicht ein Anflug von Härte? Es war nur für eine Sekunde, dann stellte sich wieder das müde, sanfte Lächeln ein.

»Dr. Eves ist wunderbar. Wir . . . sie war die . . . sie ist wirklich wunderbar zu Cassie, obwohl Cassie nichts mehr von ihr wissen will. Mir ist klar, daß diese Kette von Erkrankungen auch für sie furchtbar sein muß. Jedesmal, wenn sie zur Aufnahme gerufen wird, fühle ich mich elend, weil ich sie wieder mit unserem Unglück belasten muß.«

»Es ist ihr Job«, gab ich zu bedenken.

Sie schaute mich an, als hätte ich etwas Schlimmes gesagt. »Ich bin sicher, für sie ist es mehr als nur ein Job.«

»Ja, bestimmt.« Ich bemerkte, daß ich immer noch den Stoffhasen in der Hand hielt. Ich streichelte ihm noch einmal den Bauch und stellte ihn auf die Fensterbank zurück. Cindy schaute mir dabei zu und spielte mit ihrem Zopf.

»Tut mir leid, daß ich so aufbrausend war, aber was Sie eben gesagt haben – daß Dr. Eves nur tut, was ihr Job von ihr verlangt –, hat mich daran erinnert, wie sehr ich in meinem Job, als Mutter, versage. Aber wer sollte einem das auch beibringen?«

»Was Sie im Moment durchmachen, hat wenig mit normalen Mutterpflichten zu tun«, versuchte ich sie zu trösten, worauf sie mit einem flüchtigen, traurigen Lächeln reagierte. Das Lächeln einer Madonna.

Und diese Madonna sollte ein Ungeheuer sein? Stephanie hatte mich gebeten, ohne Vorurteile an den Fall heranzugehen, doch mir war klar, daß ihr Verdacht mein Ausgangspunkt war, ob ich wollte oder nicht.

Bis jetzt konnte ich nichts offensichtlich Krankhaftes feststellen. Keine Anzeichen emotionaler Labilität, keine offene Affektiertheit, kein pathologisches Heischen nach Aufmerksamkeit. Und doch fragte ich mich, ob es ihr auf ihre stille, unauffällige Art nicht gelungen war, sich in den Mittelpunkt zu rücken. Zu Beginn hatte sie über Cassie geredet, doch am Ende ging es um ihr Versagen als Mutter.

Schon wie sie sich präsentierte – der Zopf, den sie wie einen Rosenkranz befingerte, das ungeschminkte Gesicht, die für ihre gesellschaftliche Stellung auffällig einfache Kleidung. Man konnte es als eine Dramaturgie der Gegensätze betrachten: Unter ihresgleichen würde sie ohne Zweifel auffallen.

Es gab noch mehr Dinge, die sich in meinem analytischen Netz verfingen, wenn ich das typische Profil eines Stellvertreter-Münchhausen heranzog. Zum Beispiel ihr flüssiger Gebrauch des Krankenhausjargons. Doch vielleicht hatte sie nur zuviel Zeit auf dieser Station verbracht. In meiner Zeit im Krankenhaus hatte ich Klempner, Hausfrauen, Lastwagenfahrer und Buchhalter getroffen, die sich wie Assistenzärzte im ersten Jahr anhörten: alles Leute, die bei ihren chronisch kranken Kindern im Krankenhaus schliefen, aßen und lebten. Keiner von ihnen hatte seine Kinder vergiftet.

Cindy spielte mit ihrem Zopf und schaute mich an. Ich versuchte ein ermutigendes Lächeln, während ich mich fragte, wieso sie sich so sicher war, sie hätte eine Verbindung zu Cassie, die an Telepathie grenzte.

Handelte es sich vielleicht um eine Auflösung der Identitätsgrenzen, um jene Art von krankhafter Überidentifikation, die zu Kindesmißhandlung führen kann? Andererseits: Welche Mutter behauptet nicht, und oft zu Recht, sie habe eine radarartige Verbindung zu ihrem Baby? Warum sollte man also in diesem speziellen Fall gegen die Mutter einen solch furchtbaren Verdacht hegen?

Weil die Kinder dieser Mutter kein gesundes, glückliches Leben führten.

Cindy schaute mich immer noch an. Ich wußte, daß ich nicht weiter den Unbefangenen mimen konnte, während ich solche Gedanken durchspielte. Ich blickte zu dem kleinen Mädchen hinüber, wie es in seinem Bettchen lag, makellos wie eine Porzellanpuppe. Oder benutzte die Mutter sie als Voodoo-Puppe?

»Sie tun Ihr Bestes«, sagte ich und hoffte, überzeugter zu klingen, als ich war. »Mehr kann niemand von Ihnen verlangen.« Bevor Cindy etwas sagen konnte, öffnete Cassie die Augen, gähnte, rieb sich das Gesicht und setzte sich benommen auf. Beide Hände waren nun auf der Bettdecke. Jene, die vorher nicht zu sehen war, war geschwollen, gelb und voller Einstichnarben.

Cindy ging rasch zu ihr hinüber und hob sie aus dem Bett. »Guten Morgen, mein Baby.« In ihrer Stimme schwang nun ein ganz anderer Ton. Sie küßte Cassie auf die Wange. Cassie schaute zu ihr auf und legte den Kopf an ihre Brust, dann gähnte sie noch einmal und schaute sich um, bis ihr Blick auf die Häschen auf ihrem Nachttisch fiel. Sie zeigte mit dem Finger darauf und jammerte verlangend.

Cindy nahm eins von den Stofftieren, ein rosafarbenes. »Hier, mein Kind. Das Häschen sagt: ›Guten Morgen, Fräulein Cassie Jones. Hast du schön geträumt?‹«

Sie sprach wie ein Showmaster im Kinderprogramm.

Cassie drückte den Hasen an ihre Brust und schloß die Augen. Einen Moment lang dachte ich, sie wäre wieder eingeschlafen, doch da öffneten sich die Augen wieder, groß und braun, wie die ihrer Mutter.

Dann trafen sich unsere Blicke.

Ich lächelte.

Sie schrie.

5

Cindy wiegte sie im Arm und sagte: »Es ist alles in Ordnung, er ist unser Freund.«

Cassie warf den Hasen auf den Boden und weinte ihm nach. Ich hob ihn auf und hielt ihn ihr hin, doch sie zuckte zurück und klammerte sich an ihre Mutter. Ich überließ Cindy den rosa Hasen, nahm mir ein gelbes Exemplar aus dem Regal und setzte mich wieder.

Ich begann, mit dem Stofftier zu spielen, bewegte seine Arme und redete mit ihm. Cassie weinte immer noch, und Cindy versuchte sie zu beruhigen, indem sie ihr sanft auf den Rücken klopfte. Ich beschäftigte mich weiter mit dem Häschen, und nach etwa einer Minute ließ Cassies Schreien etwas nach.

»Schau nur, mein Liebling«, sagte Cindy, »siehst du? Dr. Delaware mag die Häschen auch gern.«

Cassie schluckte, holte Luft und schrie von neuem.

»Nein, er wird dir nicht weh tun. Er ist unser Freund.«

Ich betrachtete die vorstehenden Zähne des Stofftiers und

schüttelte eine seiner Pfoten. Auf einem Etikett unter seinem Bauch las ich: MADE IN TAIWAN.

Cassie machte wieder eine Atempause.

»Es ist alles in Ordnung, mein Schatz, du brauchst keine Angst zu haben«, sagte Cindy.

Als Antwort hörte ich Schluchzen und Schniefen. Cindy legte ihr Kind ins Bett zurück.

»Wie wär's mit einer Geschichte? Es war einmal eine Prinzessin mit Namen Cassandra. Die lebte in einem großen Schloß und hatte wundervolle Träume über Süßigkeiten und Wolken aus Schlagsahne . . .«

Cassie schaute sie an. Mit der wunden Hand berührte sie ihre Lippen.

Ich setzte den gelben Hasen auf den Fußboden, öffnete meinen Aktenkoffer und nahm ein Notizbuch und einen Bleistift heraus. Cindy hörte einen Augenblick auf zu sprechen, bevor sie fortfuhr mit ihrer Geschichte. Cassie war nun ruhig, ihre Gedanken in einer anderen Welt.

Ich begann zu zeichnen. Es sollte ein Hase werden, so hoffte ich.

Nach ein paar Minuten war klar, daß kein Disney-Zeichner etwas von mir zu befürchten hätte, doch mein Werk sah trotzdem süß aus und einem Hasen nicht ganz unähnlich. Ich fügte noch einen Hut und eine Fliege hinzu, bevor ich in dem Koffer nach bunten Filzschreibern kramte, die zu dem Material gehörten, das ich immer bei mir hatte. Dann machte ich mich daran, meine Zeichnung auszumalen.

Die Filzstifte quietschten, im Bett hörte ich es rascheln. Cindy unterbrach ihre Geschichte.

»O sieh nur, mein Schatz, Dr. Delaware zeichnet etwas? Was zeichnen Sie denn da, Dr. Delaware?«

Bevor ich antworten konnte, rief das Wort »Doktor« einen weiteren Tränenschwall hervor, den die Mutter aber schnell zu stoppen wußte.

»Sieh nur, ein Häschen. Und es trägt einen Hut und eine Fliege. Ist das nicht süß?«

Keine Reaktion.

»Na, ich find es jedenfalls süß. Meinst du, es ist eins von deinen, Cassie?«

Die Kleine schluchzte.

»Na komm schon, Cassie, du brauchst keine Angst zu haben. Dr. Delaware wird dir bestimmt nicht weh tun. Er ist ein Doktor, der nie Spritzen gibt.«

Diesmal dauerte es eine Zeitlang, bis Cindy sie beruhigen konnte. Schließlich gelang es ihr, mit ihrer Geschichte weiterzumachen. Prinzessin Cassandra reitet auf einem Schimmel . . .

Ich zeichnete eine Spielgefährtin für meinen Hasen. Sie hatte dieselben Nagezähne, aber kürzere Ohren und ein gestreiftes Kleid. Ich zeichnete noch eine unförmige Eichel dazu, riß das Blatt aus meinem Buch und legte es ins Bett neben Cassies Füße. Sie warf ihren Kopf herum, doch da saß ich schon wieder auf meinem Stuhl.

»O schau nur«, sagte Cindy, »jetzt hat er auch noch ein – Eichhörnchen gemalt. Und es ist ein Mädchen – siehst du ihr Kleid? Wie lustig es aussieht, all diese Streifen. Ist das nicht lustig, Cassie, ein Eichhörnchen in einem Kleid?«

Sie lachte, und nach einer Weile kicherte das Baby mit ihr.

Ich war inzwischen mit meinem nächsten Werk fertig, einem Nilpferd. Ich legte den Zettel auf die Bettdecke.

»Also, Cassie, schau dir das an. Wir wissen, was das ist, nicht wahr? Ein Nilpferd. Und es hat ein . . .«

»Ein Jo-Jo«, half ich aus.

»Es hat ein Jo-Jo in der Hand! Ein Nilpferd mit einem Jo-Jo – das ist aber wirklich lustig. Weißt du, was ich glaube, Cassie? Ich glaube, Dr. Delaware kann ganz schön lustig sein, wenn er will, obwohl er ein Doktor ist. Was meinst du?«

Ich schaute das kleine Mädchen an. Unsere Blicke trafen sich, und ihre Augenlider zitterten, die rosigen Lippen schürzten sich. Schwer vorzustellen, daß jemand diesem Geschöpf etwas zuleide tun konnte.

»Möchtest du, daß ich noch mehr zeichne?« fragte ich sie.

Sie schaute ihre Mutter an und klammerte sich an ihren Ärmel.

»Natürlich«, sagte Cindy. »Wir willen doch mal sehen, was für verrückte Sachen Dr. Delaware noch malen kann, nicht wahr, Cassie?«

Cassie nickte kaum sichtbar und vergrub ihr Gesicht in Cindys Bluse.

Also: zurück an die Staffelei.

Einen räudigen Hund, eine schielende Eule und ein klappriges Pferd später konnte sie sich mit meiner Anwesenheit abfinden.

Ich schob den Stuhl allmählich näher ans Bett und plauderte mit Cindy über Spielzeug und Cassies Lieblingsessen. Bald saß ich in Reichweite der Matratze und benutzte sie als Unterlage, als ich Cindy ein Zeichenspiel zeigte, in dem die beiden Spieler abwechselnd das Gekritzel des anderen zu einer Figur vollenden. Mein Vorgehen entsprach kinderpsychologischer Methodik und hatte das Ziel, eine Verbindung zur Patientin herzustellen und zu ihrem Unterbewußtsein vorzudringen, ohne als Bedrohung zu erscheinen.

Während ich Cassie studierte, nein, während ich sie ausforschte, benutzte ich Cindy als Vermittlerin zwischen mir und ihrer Tochter.

Ich war dazu ausgebildet worden, an eine offene und ehrliche Beziehung zwischen Patient und Therapeut zu glauben. Hier in diesem Zimmer kam ich mir nun vor wie ein Betrüger.

Doch dann dachte ich wieder an rasende Fieber, blutigen Durchfall und Krämpfe, die so stark waren, daß das Kinderbett wackelte. Ich erinnerte mich an den kleinen Jungen, der in der Wiege gestorben war, und erkannte, wie abgestanden und nichtig meine Selbstzweifel waren.

Um Viertel vor elf – ich hatte über eine halbe Stunde mit ihnen verbracht, und Cassie hatte sich an mich gewöhnt, sogar ein- oder zweimal gelächelt – war es Zeit, die Malsachen einzupacken und mich siegreich zurückzuziehen.

Ich stand auf. Cassie wurde unruhig. Sie zeigte auf den Fußboden und stammelte: »Rau, rau, rau!«

»Du möchtest raus?«

Sie nickte nachdrücklich: »Aus!«

Sie kniete auf der Matratze und machte einen wackligen Stehversuch. Die Matratze war ein wenig zu weich; Cindy griff ihr unter die Arme, hob sie aus dem Bett und stellte sie auf den Fußboden. Aufrecht stehend sah sie noch winziger aus. Winzig, aber robust. Ihre Schritte waren sicher, sie zeigte einen guten Gleichgewichtssinn.

Als ich meinen Aktenkoffer vom Sofa nahm, betrat ein Mann das Zimmer. Er war etwa Ende Dreißig, groß und sehr schlank. Sein dunkelbraunes, dicht gewelltes Haar war zurückgekämmt und bedeckte den Kragen. Die Fülle seines Gesichts, verstärkt noch durch einen graumelierten Vollbart, stand in Kontrast zu seiner schlaksigen Figur. Das linke Ohrläppchen war durchbohrt, er trug einen goldenen Ohrring. Seine Kleidung war leger, aber gut geschnitten: schwarze Cordhose und blau-weiß gestreiftes Hemd unter einem grauen, sportlichen Tweedmantel; dazu schwarze, offenbar brandneue Schuhe.

»Da kommt Papa!« rief Cindy.

Cassie streckte die Arme nach ihm aus.

Er setzte die Tasse Kaffee ab, die er mitgebracht hatte, und sagte: »Guten Morgen, meine Damen.« Er küßte Cindy auf die Wange und hob Cassie hoch über seinen Kopf.

Das kleine Mädchen quiekte, als er sie hochhielt. Mit Schwung ließ er sie herunter und drückte sie an sich. Cassie zog mit beiden Händen an seinen Haaren und kicherte, während Cindy uns vorstellte.

»Das ist Dr. Delaware, Liebling, der Psychologe. Dr. Delaware, Cassies Vater.«

Er gab mir seine freie Hand. »Chip Jones. Freut mich, Sie kennenzulernen.«

Sein Händedruck war kräftig. Cassie zerrte immer noch an seinem Haar, was ihn nicht zu stören schien.

»Psychologie war mein Nebenfach«, sagte er lächelnd, »das meiste hab ich aber vergessen.« Dann, an Cindy gewandt: »Wie sieht's aus?«

»Unverändert.«

Er runzelte die Stirn und schaute auf die Uhr. Noch eine Swatch.

»In Eile?« fragte Cindy.

»Leider ja. Ich wollte nur kurz eure Gesichter sehen.« Er bot ihr die Tasse Kaffee an.

»Nein, danke.« Sie legte eine Hand auf ihren Bauch. »Ich fühl mich ein bißchen schwummrig. Wie lang kannst du bleiben?«

»Ich muß gleich wieder weg«, antwortete er, »um zwölf hab ich ein Seminar und danach für den Rest des Tages Besprechungen – vielleicht war es Blödsinn, die ganze Strecke zu fahren, aber ich habe euch so vermißt. Ich versuche, heute abend noch einmal vorbeizukommen. Dann kann ich bleiben, solange ihr mich braucht.«

»Schön«, sagte Cindy. »Dr. Delaware sagt, er kennt Methoden, mit denen er Cindy helfen kann, mit den Schmerzen fertig zu werden.«

Chip schaute mich an, während er Cindys Arm streichelte. »Das wäre großartig. Sie hat unglaubliche Qualen hinter sich.« Seine schieferblauen Augen blickten leicht melancholisch aus auffällig tiefen Höhlen.

»Das weiß ich«, sagte ich. Chip und Cindy wechselten Blicke. »Ich mache mich jetzt davon. Morgen früh komme ich wieder.« Ich beugte mich zu Cassie hinunter und flüsterte ihr einen Abschiedsgruß zu. Sie klimperte mit den Wimpern und wandte sich ab.

»Seht nur, wie sie flirtet!« lachte Cindy. »Das muß wohl angeboren sein.«

»Ihre Methoden«, fragte mich Cindy, »wann können wir die besprechen?«

»Bald. Doch zuerst muß ich eine Verbindung zu Cassie herstellen. Ich glaube, da sind wir heute schon ein gutes Stück vorangekommen.«

Ich ging zur Tür.

»Ich muß auch gleich gehen, Doktor«, hielt Chip mich zurück. »Wenn Sie einen Augenblick warten, können wir gemeinsam den Lift nehmen.«

»Kein Problem.«

Er nahm Cindys Hand.

Ich schloß die Tür hinter mir und ging den Gang hinunter, hinter den Stationsschalter. Vicki Bottomley war inzwischen vom Geschenkladen zurück und saß auf dem Stuhl der Sekretärin, vertieft in ein Schwesternmagazin. Auf dem Schreibtisch lag ein Päckchen im krankenhauseigenen Geschenkpapier.

Sie schaute nicht auf, als ich Cassies Akte aus dem Regal nahm und darin zu blättern begann. Ich überflog die Krankengeschichte und stieß auf Stephanies Darstellung des Familienhintergrunds. Ich fragte mich, welcher Altersunterschied wohl zwischen Chip und Cindy bestand, und schaute in seine persönlichen Daten: Charles L. Jones III. Alter: 38. Akademischer Grad: Magister. Beruf: Collegeprofessor.

Ich spürte, daß mich jemand anschaute, ließ die Akte sinken und sah gerade noch, wie Vickis Kopf sich hastig drehte und wieder dem Magazin zuwandte.

»Haben Sie gefunden, was Sie suchten, unten im Geschenkladen?«

Sie antwortete nicht, sondern fragte unumwunden: »Wollen Sie was Bestimmtes von mir?«

»Alles, was mir bei Cassies Behandlung helfen könnte, wäre mir recht.«

Ihre schönen Augen verengten sich. »Das hat Dr. Eves mich schon gefragt, und Sie waren dabei.«

»Ich dachte, vielleicht ist Ihnen inzwischen etwas eingefallen.«

»Mir ist nichts eingefallen«, schnappte sie, »ich weiß überhaupt nichts – ich bin nur die Schwester.«

»Die Schwester weiß manchmal mehr als jeder andere.«

»Erzählen Sie das dem Gehaltskomitee!« Das war ihr letztes Wort. Sie hielt sich das Magazin vors Gesicht. Ich wollte noch etwas erwidern, doch da rief jemand meinen Namen.

Chip Jones kam eilig den Gang herunter. »Danke, daß Sie gewartet haben.«

Als Vicki seine Stimme hörte, legte sie das Magazin beiseite und rückte ihre Haube zurecht. »Hallo, Dr. Jones.« Das süße Lächeln, das sich auf ihrem Gesicht ausbreitete, wirkte wie Honig auf trockenem Graubrot.

Chip lehnte sich grinsend an die Schaltertheke und schüttelte den Kopf. »Ach, Vicki, versuchen Sie mal wieder, mich zu befördern? – Meine Doktorarbeit ist nie fertig geworden, aber Vicki – ich meine, unsere großzügige Miss Bottomley hier – will mich ständig zum Doktor machen.«

Vicki brachte ein noch schleimigeres Lächeln zustande und meinte: »Doktor oder nicht, was macht das schon für einen Unterschied?«

»Wissen Sie, für jemanden, der sich den Titel wirklich verdient hat, wie Dr. Delaware, ist das vielleicht ein großer Unterschied.«

»Ganz bestimmt.«

Er bemerkte die Galle in ihrer Stimme und schaute sie fragend an, worauf sie verlegen zur Seite blickte.

Nun sah er den Geschenkkarton. »Vicki, schon wieder?«

»Es ist nur eine Kleinigkeit.«

»Das ist sehr lieb von Ihnen, aber vollkommen unnötig.«

»Ich mache das gern. Sie ist solch bin Engel.«

»Das ist sie, Vicki«, bestätigte er lächelnd. »Ist es wieder ein Häschen?«

»Ja, Dr. Jones, die hat sie so gern.«

»*Mister* Jones, Vicki! Wenn Sie unbedingt einen Titel benutzen wollen, wie wär's mit Herr Professor? Das klingt so schön altertümlich. Was meinen Sie, Dr. Delaware?«

»Ja, warum nicht.«

»O je, was plappere ich da. Das Krankenhaus raubt mir den Verstand. Nochmals danke, Vicki, Sie sind sehr lieb.«

Er wandte sich zu mir. Bottomley errötete. »Von mir aus können wir gehen, Doktor.«

Wir stießen die Teaktüren auf und fanden uns im Gewimmel der Oststation. Wir sahen ein weinendes Kind, das im Rollstuhl irgendwohin geschoben wurde, und einen kleinen Jungen, der am Tropf hing, den Kopf dick verbunden. Chip runzelte die Stirn und schwieg.

Als wir uns den Aufzügen näherten, schüttelte er den Kopf und meinte: »Die gute Vicki, was ist sie nur für eine Schleimerin. Mit Ihnen geht sie allerdings ganz schön schnippisch um, oder täusche ich mich da?«

»Nein, ich scheine nicht gerade ihr Liebling zu sein.«

»Und warum?«

»Ich weiß nicht.«

»Haben Sie früher einmal Ärger mit ihr gehabt?«

»Nein. Ich hatte noch nie mit ihr zu tun.«

»Schade, aber für Cassie scheint sie bestens zu sorgen, und Cindy kann sie auch gut leiden. Ich glaube, Cindy fühlt sich durch sie an die Tante erinnert, bei der sie aufgewachsen ist. Das war auch eine Krankenschwester – ein wahres Schlachtschiff.«

Wir passierten eine Gruppe übermüdet aussehender Studenten, und er fuhr fort: »Vielleicht meint Vicki ihr Revier verteidigen zu müssen und reagiert deshalb so auf Sie.«

»Könnte sein.«

»Solche Dinge fallen mir hier öfter auf. Patienten werden behandelt wie Privateigentum.«

»Meinen Sie, es ist Ihnen selbst auch so ergangen?«

»Ganz bestimmt. Unsere besondere Situation erhöht noch die Spannungen. Die Leute denken, es lohnt sich, uns die Füße zu küssen, weil wir eine Art direkten Draht zum Machtzentrum haben. Ich fürchte manchmal, dieser Ausnahmestatus könnte dazu führen, daß etwas übersehen, daß die Routine nicht eingehalten wird. Nichts gegen Dr. Eves, ich habe den größten Respekt vor ihr.« Er verlangsamte die Schritte und kratzte sich den Kopf. »Vielleicht bilde ich mir das alles nur ein. Cassie ist fast ihr ganzes Leben lang krank gewesen, doch was ihr eigentlich fehlt, konnte bisher niemand herausfinden ... Ich hoffe inständig, Sie können Cassie helfen, mit den Spritzen klarzukommen. Sie hat den totalen Alptraum hinter sich. Das gilt auch für Cindy. Sie ist eine wunderbare Mutter, doch in einem solchen Fall sind Selbstzweifel unvermeidlich.«

»Gibt sie sich selbst die Schuld?« fragte ich.

»Manchmal, ja, obwohl es keinen Grund dafür gibt. Das sage ich ihr immer wieder, aber ...«

Er drehte an seinem Ohrring, wirkte bedrückt. Seine Fingerknöchel waren kreideweiß.

»... sie steht unter unglaublichem Druck.«

»Und was ist mit Ihnen?«

»Es ist bestimmt kein Vergnügen, das kann ich Ihnen sagen. Aber am schlimmsten ist es für Cindy. Wenn wir ehrlich sind, haben wir in meiner Familie noch die einfache, traditionelle Rollenverteilung – die ganz normale Ehe: Ich gehe arbeiten, sie kümmert sich um Haushalt und Kinder. So haben wir es ausgemacht – Cindy wollte es so. Zu einem gewissen Grad, vielleicht nicht genug, tue auch ich meinen Teil zu Hause, aber das Kindergroßziehen ist Cindys Domäne. Und sie ist mit Sicherheit viel besser darin als ich. Wenn also in dem Bereich etwas schiefgeht, dann nimmt sie die ganze Verantwortung auf sich.«

Er strich sich den Bart und schüttelte den Kopf. »Jetzt hab ich aber genug um den Brei geredet: Ja, es geht mir verdammt an die Nieren: Wahrscheinlich wissen Sie von Chad, unserem ersten Baby?«

Ich nickte.

»Wir waren am Ende, Doktor, es gibt einfach keine Worte ... Ich kann nur sagen: So etwas würde ich meinem schlimmsten Feind nicht wünschen. Und als wir gerade begannen, uns wiederaufzurichten, als wir uns zusammenrissen und lernten, an Cassie Freude zu haben, ging's bei ihr los – unfaßbar.«

Endlich kam der Aufzug. Wir stiegen ein, Chip drückte den

Knopf fürs Erdgeschoß, lehnte sich mit dem Rücken an die Kabinenwand und sprach weiter.

»Ich bin immer stur gewesen, wahrscheinlich zu stur – ein hartnäckiger Individualist. Die Ursache dafür ist wahrscheinlich, daß man mich, als ich klein war, zu totaler Anpassung zwingen wollte. Aber inzwischen habe ich festgestellt, daß ich im Grunde sehr konservativ bin und zu einfachen Werten neige: Lebe nach den Regeln, dann wird am Ende alles gut. Hoffnungslos naiv, natürlich. Man gewöhnt sich ein bestimmtes Denken an und fühlt sich damit wohl, und dann gibt man es nicht mehr auf. Glauben nennt man das wohl. Doch jetzt bin ich auf dem besten Weg, diesen Glauben zu verlieren. Ich hoffe zutiefst, daß Sie Cassandra helfen können. Wenn sie schon dieses Elend durchmachen muß, dann ersparen Sie ihr wenigstens die Schmerzen.«

Der Aufzug hielt. Er konnte kaum abwarten, bis die Tür sich öffnete, und verschwand.

Ich traf Stephanie in der Allgemeinmedizin in einem der Untersuchungszimmer. Sie war mit einem Patienten beschäftigt und bat mich, in ihr Büro vorzugehen.

Ich blätterte in einer neueren Nummer des *Pediatrics*, bis Stephanie erschien. Sie schloß die Tür hinter sich und ließ sich auf ihren Arbeitsstuhl fallen.

»Also: wie ist es gegangen?«

»Gut, abgesehen von Miss Bottomleys Feindseligkeit.«

»Ist sie dir in die Quere gekommen?«

»Nein, nicht direkt, es ging halt nur so weiter wie heute früh.« Ich erzählte ihr die Szene mit der Schwester und Chip.

»Sie versucht sich einzuschmeicheln, aber wahrscheinlich läuft sie damit bei ihm auf. Er hält sie für eine schamlose Schleimerin. Gleichzeitig denkt er aber, daß sie sich gut um Cassie kümmert. Und seine Theorie, warum sie sich mir gegenüber so benimmt, trifft den Nagel vermutlich auf den Kopf: Sie verteidigt ihren Anspruch auf die Aufmerksamkeit eines VIP-Patienten.«

»Es geht ihr also um Aufmerksamkeit, meinst du. Das würde ins Münchhausen-Bild passen.«

»Ja. Dazu kommt: Sie war tatsächlich bei den Jones' zu Hause. Allerdings nur einige Mal, und das ist schon eine Weile her. Es ist also nicht sehr wahrscheinlich, daß sie die Hand im Spiel hat. Doch wir wollen sie im Auge behalten.«

»Damit hab ich schon angefangen, Alex. Ich habe mich umgehört. Die Pflegeverwaltung hält sie für Spitze. Sie bekommt stets gute Bewertungen, und es hat noch nie Beschwerden gegeben. Soweit ich sagen kann, gab es noch nie einen ungewöhnlichen Krankheitsverlauf unter ihren Patienten. Doch mein Angebot steht noch: Wenn sie zuviel Ärger macht, wird sie versetzt.«

»Laß mich versuchen, mit ihr zurechtzukommen. Cindy und Chip mögen sie.«

»Obwohl sie sich an sie heranschmeißt?«

»Ja. Übrigens meint Chip, das ganze Krankenhaus benähme sich so. Er mag keine Sonderbehandlung.«

»Kannst du dich genauer ausdrücken?«

»Er hat keine besonderen Klagen, und gegen dich hat er nichts, das hat er ausdrücklich gesagt. Er macht sich nur Sorgen, daß man vor Aufregung etwas übersehen könnte, weil jeder weiß, wer sein Vater ist. Aber vor allem sieht er erschöpft aus. Sie sind beide erschöpft.«

»Sind wir das nicht alle? Was ist also dein erster Eindruck von der Mama?«

»Sie ist anders, als ich erwartet hatte – er übrigens auch. Sie passen eher in ein Öko-Restaurant als in einen Golfklub. Und auch untereinander sind sie sehr verschieden. Sie ist ausgesprochen . . . ja, ›einfach‹ ist wohl das Wort. Besonders für die Schwiegertochter eines hohen Tiers. Bei Chip kann man noch erkennen, daß er aus reichem Hause kommt, wenn er auch nicht gerade wie ein zukünftiger Großerbe aussieht.«

»Meinst du den Ohrring?«

»Der Ohrring, sein Beruf, sein ganzes Auftreten. Er sprach davon, daß er in seiner Kindheit unter großem Druck gestanden hätte, dadurch sei er zum Rebellen geworden. Vielleicht gehörte die Heirat mit Cindy zu dieser Rebellion. Er ist zwölf Jahre älter als sie. War sie vielleicht einmal seine Studentin?«

»Könnte sein, ich weiß nicht. Spielt das eine Rolle im Rahmen der Münchhausen-Theorie?«

»Nicht direkt. Ich spiele nur verschiedene Gedanken durch. Für ein Münchhausen-Profil ist es noch viel zu früh. Sie kennt sich ein bißchen in medizinischem Jargon aus und identifiziert sich stark mit Cassie. Sie denkt, sie hat eine fast telepathische Verbindung zu ihr. Die äußerliche Ähnlichkeit zwischen den beiden ist frappierend – Cassie sieht aus wie eine Miniaturausgabe ihrer Mutter. Das könnte die Identifikation noch verstärken.«

»Wenn Cindy sich selbst haßt, könnte sie also ihren Selbsthaß auf Cassie projizieren.«

»Möglich, doch von einer endgültigen Interpretation bin ich noch weit entfernt. Sah der kleine Junge ihr auch so ähnlich?«

»Ich hab ihn nur tot gesehen, Alex. Er war ein hübscher kleiner Junge, das ist alles, woran ich mich erinnere. Aber als ich ihn zu sehen bekam, war er grau wie diese Engelsstatuen, die sich die Leute in den Garten stellen. Wenn ich ehrlich bin, tat ich mein Bestes, nicht hinzuschauen.«

Sie rieb sich die Augen und schaute an die Decke. Dann nahm sie eine ihrer kleinen Tassen und schaltete die Kaffeemaschine ein. Ein rotes Lämpchen leuchtete auf. »Ach, Alex, vielleicht kann das Koffein unsere Sorgen lindern. – Da fällt mir ein: Du hattest mich doch um diese Literaturliste gebeten ...«

Sie gab mir ein Blatt Papier von ihrem Schreibtisch, eine Liste von zehn Artikeln.

»Danke.«

»Ist dir an Cindy sonst noch etwas aufgefallen?«

»Von dramatischer Selbstdarstellung kann bis jetzt keine Rede sein, im Gegenteil, sie wirkte sehr gelassen, aber auch das nicht in übertriebenem oder auffälligem Maß. Von Chip weiß ich, daß sie von einer Tante großgezogen wurde, und die war zufällig auch Krankenschwester. Das heißt, sie hatte schon vor ihrer Ausbildung Kontakt mit der Krankenhauswelt. Aber das ist alles zu dünn, um Schlüsse daraus zu ziehen. Als Mutter scheint sie ihre Sache gut zu machen, vorbildlich sogar.«

»Und die Beziehung zu ihrem Mann? Hast du irgendwelche Spannungen bemerkt?«

»Nein. Und du?«

Sie schüttelte den Kopf und lächelte. »Ich dachte, ihr hättet besondere Tricks, um so etwas festzustellen.«

»Meine Trickkiste hab ich heute zu Hause gelassen. Nein, sie scheinen sich sehr gut zu verstehen.«

»Eine glückliche Familie also. Ist dir so ein Fall je untergekommen?«

»Noch nie«, mußte ich zugeben. »Münchhausens meiden Psychologen und Psychiater wie die Pest, denn sobald sie uns sehen, wissen sie, daß niemand ihre Krankheiten ernst nimmt. Was mir schon begegnet ist, sind Leute, die von Arzt zu Arzt rennen, Eltern, die überzeugt sind, daß etwas nicht stimmt mit ihren Kindern, und die einen Spezialisten nach dem anderen aufsuchen, obwohl echte Symptome nie gefunden werden. Manche Ärzte, die von solchen Leuten verrückt gemacht wurden, pflegten sie dann in meine Praxis zu überweisen. Doch wenn sie überhaupt auftauchten, waren sie sehr feindselig und ließen sich nach dem ersten Termin meist nicht mehr blicken.«

»Ich hab von solchen Fällen gehört, sie jedoch nie als Mini-Münchhausens aufgefaßt.«

»Es könnte sich um dieselbe Dynamik handeln, nur auf einem anderen, weniger gefährlichen Niveau. Dieselbe Besessenheit von Krankheiten, derselbe Drang nach Aufmerksamkeit seitens Autoritätspersonen, mit denen sie dann Katz und Maus spielen.«

»Was hältst du denn von Cassie? Wie hat sie reagiert?«

»Genau wie du es beschrieben hast. Sie spielte verrückt, als sie mich zuerst bemerkte, doch am Ende beruhigte sie sich.«

»Dann ergeht es dir besser als mir.«

»Ich piekse sie auch nicht mit langen Nadeln, Steph.«

Sie lächelte säuerlich. »Vielleicht hab ich das falsche Fach gewählt. Ist dir sonst etwas aufgefallen?«

»Vielleicht ist sie mit dem Sprechen ein wenig zurück, aber von einem wirklichen Krankheitsbild würde ich noch nicht reden. Wenn es in den nächsten sechs Monaten nicht besser wird, schlage ich vor, sie einem vollen Testprogramm zu unterziehen, einschließlich Neuropsychologie.«

Stephanie hatte begonnen, ihren Schreibtisch aufzuräumen. Nun wirbelte sie herum und schaute mich an.

»Sechs Monate . . . wenn sie dann noch lebt.«

6

Das Wartezimmer war voller ungeduldiger Menschen. Mehrere Mütter sahen Stephanie hoffnungsvoll an, als sie mich hinausbegleitete. »Es dauert nicht mehr lange«, sagte sie lächelnd in die Runde, während wir in die Halle hinausgingen.

Eine Gruppe von Männern – drei Ärzte in weißen Kitteln und ein Managertyp in grauem Anzug – kam auf uns zu. Ihr Anführer, einer von den Kittelträgern, sah uns und rief: »Dr. Eves!«

Stephanie zog eine Grimasse. »Das hat mir gerade noch gefehlt.« Sie blieb stehen und wartete.

Die Mediziner waren alle über fünfzig und hatten das wohlgenährte Äußere von etablierten Ärzten mit gutgehenden Praxen.

Der Herr im grauen Anzug war etwas jünger, Mitte Dreißig, und ein Klotz von einem Mann, mit massigen, runden Schultern und einem fetten Hals unter einem breiten, eckigen Kopf. Seine Haare waren kurz und von undefinierbarer Farbe, seine Gesichtszüge flach, bis auf die Nase, die einmal gebrochen und nicht ordentlich gerichtet war. Auch ein schmaler, dünner Schnurrbart vermochte nicht, dem Gesicht irgendwelche Tiefe zu verleihen. Er sah aus wie ein ehemaliger College-Fußballer, der direkt vom Sportplatz in die Verwaltungsetage gestürmt war. Er stand hinter den anderen, weit genug entfernt, daß ich seine Ausweisplakette nicht lesen konnte.

Auch der Anführer war sehr groß und massiv, mit breiten, dünnen Lippen und schütterem silbernen Haar, das sich an den Schläfen lockte. Das schwere, vorgeschobene Kinn und die alerten braunen Augen gaben ihm einen Ausdruck von Tatkraft. Seine Haut glühte rosa, als käme er gerade aus der Sauna.

Die beiden Ärzte an seiner Seite waren mittelgroße Brillenträger, der eine grauhaarig, der andere mit einem grauen Toupet.

»Dr. Eves, wie sieht es aus an der Front?« fragte der mit dem Kinn mit tiefer, belegter Stimme.

»Frontmäßig, danke«, antwortete Stephanie.

Er sah mich an. Seine Augenbrauengymnastik war eindrucksvoll. Stephanie stellte mich vor.

»Ich glaube, wir hatten noch nicht das Vergnügen. Ich bin George Plumb.«

»Freut mich, Sie kennenzulernen, Dr. Plumb.«

Er hatte einen Händedruck wie ein Schraubstock. »Delaware, Delaware«, überlegte er, »zu welcher Abteilung gehören Sie?«

»Ich bin Psychologe.«

»Aha.«

»Er gehört zur Kinderabteilung«, erklärte Stephanie. »Er steht uns im Fall Cassie Jones zur Seite. Er hilft der Familie, mit der Belastung zurechtzukommen.«

»Aha, sehr gut. Wir müssen uns mal unterhalten, Stephanie«, sagte er jovial und packte sie am Arm. »Ich werde meinem Mädel sagen, sie soll Ihres anrufen und einen Termin ausmachen.«

»Ich habe kein *Mädel*, George. Wir teilen uns eine *weibliche Verwaltungskraft* unter fünf Ärzten.« Stephanie entzog sich ihm und wich einen Schritt zurück.

Die grauen Zwillinge schauten sie an, als sei sie ein Embryo im Reagenzglas.

Plumb lächelte ungerührt. »Also gut, dann wird eben mein Mädel Ihre Kraft anrufen. Bis dann, Stephanie.«

Die Prozession zog ein paar Meter weiter, bis Plumb vor einer Wand stehenblieb. Er betrachtete sie von oben bis unten, wie ein Anstreicher, nachdem man ihn um einen Kostenvoranschlag gebeten hat.

»Ach, Jungs, was wollt ihr denn nun schon wieder rausreißen?« seufzte Stephanie.

Schließlich ging Plumb weiter und verschwand mit seiner Gruppe um die nächste Ecke.

»Was war denn das für ein Verein?« fragte ich.

»Das war Doktor Plumbs Verein. Er ist unser neuer Direktor. Einer von Papa Jones' Jungs: Sparen, sparen, sparen.«

»Ärztlicher Direktor, meinst du?«

Sie lachte. »Wegen des Kittels? Nein, er ist kein Arzt. Er hat Betriebswirtschaft oder so studiert. Aber er besteht darauf, Doktor genannt zu werden, und trägt immer einen weißen Kittel. Er erscheint ohne ersichtlichen Grund in ärztlichen Besprechungen, schleicht herum, mißt und macht sich Notizen. So wie er eben stehenblieb und die Wand anstarrte. Es würde mich nicht wundern, wenn bald die Handwerker auftauchten und drei Büros in sechs verwandelten oder Behandlungsfläche zu Verwaltungsbüros machten. Und jetzt will er sich mit mir unterhalten – wie ich mich darauf freue.«

»Kann er dir was anhaben?«

»Der kann jedem was anhaben, und die allgemeine Kinderabteilung steht ganz oben auf seiner Streichliste. Wir haben keine Supertechnologie und machen keine spektakulären Operationen, die Schlagzeilen einbringen. Die meisten unserer Patienten sind ambulant. Das heißt, unsere Honorarsätze sind im Schnitt die geringsten im ganzen Krankenhaus – besonders seitdem die Psychologen weg sind«, fügte sie lächelnd hinzu.

»Auch die High-Tech-Leute scheinen nicht immun zu

sein«, bemerkte ich. »Heute morgen, auf dem Weg zum Lift, kam ich an der ehemaligen Nuklearmedizin vorbei. Dort hängt jetzt ein Schild mit der Aufschrift ›Gemeinschaftseinrichtungen‹.«

»Das ist auch eine von Plumbs Errungenschaften. Um die Nuklearleute brauchst du dir keine Sorgen zu machen. Die sind in den zweiten Stock gezogen und haben dort die gleichen Quadratmeter bekommen, die sie vorher hatten, nur daß nun die Patienten sie manchmal nicht mehr finden können. Es sind andere Abteilungen, die wirklich Probleme haben: die Nierenspezialisten, die Rheumatologie und deine alten Freunde aus der Krebstherapie. Die hat man in Wohnanhänger auf der anderen Straßenseite gesteckt.«

»Ist das dein Ernst?«

»Du hast dich nicht verhört.«

»Aber das sind doch große Abteilungen, Steph. Wieso lassen die sich das gefallen?«

»Sie haben keine Wahl, Alex. Sie haben ihre Rechte abgetreten. Sie sollten ursprünglich im alten Hochhaus der lutherischen Klinik untergebracht werden, das vor ein paar Jahren gekauft wurde, als die Lutheraner noch schlimmere Haushaltsprobleme hatten als wir. Der Vorstand versprach damals allen, die bereit waren umzuziehen, phantastische Zimmerfluchten. Die Abteilungen, die sich dazu bereit erklärten, wurden dann übergangsweise auf Wohnwagen verteilt und ihre alten Räume an andere vergeben. Dann entdeckten sie – das heißt, Plumb entdeckte es –, daß zwar genug Geld da war, eine Anzahlung auf das Gebäude zu leisten und mit den Umbauten anzufangen, man aber versäumt hatte, genügend Mittel für die Fertigstellung und für den Unterhalt zu sichern. Es geht um die Kleinigkeit von dreizehn Millionen Dollar.«

»Wohnanhänger . . .« Ich schüttelte den Kopf. »Melendez-Lynch muß getobt haben.«

»Melendez-Lynch hat *adios* gesagt, schon vor einem Jahr.«

»Du machst Witze. Raoul hat hier *gelebt*!«

»Das war einmal. Jetzt ist er in Miami. Irgendein Krankenhaus bot ihm eine Chefarztposition an, und er akzeptierte. Soweit ich gehört habe, hat er jetzt das dreifache Gehalt und die Hälfte der Kopfschmerzen, die er hier hatte.«

»Ich bin wirklich lange fortgewesen«, sagte ich. »Raoul verfügte über soviel Forschungsgelder. Wie konnten sie ihn nur gehen lassen?«

»Forschung wollen die Leute hier gar nicht. Die Infrastruktur ist ihnen zu teuer. Es hat sich alles geändert, Alex.«

»Wer ist der andere Typ?« fragte ich. »Der im grauen Anzug.«

»Ach, der.« Sie runzelte die Stirn. »Das ist Hünengart – Presley Hünengart, unser Sicherheitschef.«

»Er sieht aus wie ein Schuldeneintreiber. Stimmt der Eindruck?«

Sie lachte. »Das wäre gar nicht mal so schlecht, bei den vielen unbezahlten Rechnungen. Aber nein, er macht eigentlich gar nichts, außer hinter Plumb herzulaufen und zu schnüffeln. Manchen hier ist er unheimlich.«

»Unheimlich? Inwiefern?«

Sie dachte einen Moment nach. »Es ist die Art, wie er sich den Leuten gegenüber verhält. Er erscheint, wenn man ihn nicht erwartet. Er lauert hinter Ecken. Wenn man aus einem Krankenzimmer kommt, steht er auf einmal vor einem.«

»Klingt nett.«

»Ausgesprochen. Aber was kann ich als *Mädel* schon tun? Die Sicherheitsabteilung zu Hilfe rufen?«

Ich fuhr allein ins Erdgeschoß. Die Tür zum Sicherheitsbüro stand offen. Ich ließ fünf Minuten peinliche Befragung durch einen uniformierten Aufpasser über mich ergehen und verdiente mir schließlich das Recht auf meine Plakette mit Farbfoto.

Auf dem Foto sah ich aus wie ein Verbrecher. Ich klemmte den Ausweis an mein Revers und nahm die Treppe zum Keller. Dort war die Bibliothek, wo ich Stephanies Literaturliste durchgehen wollte.

Die Bibliothek war abgeschlossen. Eine undatierte Notiz an der Tür wies auf die neuen Öffnungszeiten hin: montags bis mittwochs, zwischen drei und fünf Uhr nachmittags.

Ich ging zum Lesesaal nebenan. Die Tür war offen, doch der Saal war leer. Ich ging hinein und versuchte die Verbindungstür zur Bibliothek: unverschlossen.

Der fensterlose Raum war stockdunkel. Ich schaltete das Licht ein. Die meisten Regale waren leer. Auf anderen stapelten sich unsortierte Zeitschriften. Die einzigen Bücher, die zu sehen waren, lagen auf dem Boden verstreut.

Der Computer, mit dem ich mich früher an die Medline-Datenbank angeschlossen hatte, war verschwunden, ebenso der Katalogschrank aus Eichenholz mit seinen handbeschriebenen Pergamentetiketten. Das einzige verbliebene Möbelstück war ein grauer Stahltisch, auf dem ein drei Monate altes Memorandum klebte:

An: Alle Angestellten
Von: G. H. Plumb, MBA, DBA, Leiter der Verwaltung
Betreff: Bibliothek/Umrüstung
Auf vielfachen Wunsch der Belegschaft und nach Zustimmung des Forschungskomitees, des Aufsichtsrats und des Finanzkomitees im Vorstand wird der Bibliothekskatalog auf ein voll rechnergestütztes System unter Verwendung von Standard-Software des Typs Orion/Melvyl übertragen. Der Auftrag zur Durchführung dieser Umrüstung ist offen ausgeschrieben und nach sorgfältiger Abwägung und Kosten-Nutzen-Rechnung an die Firma BIO-DAT, ansässig in Pittsburgh, Pennsylvania, ein Unternehmen, das auf medizinische und wissenschaftliche Bibliothekssysteme und auf Computervernetzung im Gesundheitsbereich spezialisiert ist, vergeben worden. Vertreter von BIO-DAT haben uns versichert, daß alle Arbeiten im Rahmen ihres Auftrags in etwa drei Wochen abgeschlossen werden können, sobald sie alle relevanten Daten erhalten haben. Der Katalog verbleibt

für die Dauer der Arbeiten beim BIO-DAT-Hauptquartier in Pittsburgh und wird danach zwecks Lagerung und Archivierung an uns zurückgeliefert. Ich danke Ihnen für Ihre Kooperation und Geduld während der Umrüstungsphase.

Aus drei Wochen waren drei Monate geworden. Ich schaltete das Licht aus und ging.

Die biologisch-medizinische Bibliothek der Universität war überfüllt. Vor einem der Monitore entdeckte ich ein bekanntes Gesicht.

Wann hatte ich sie das letztemal gesehen? Es mußte drei Jahre her sein, also war sie jetzt etwa zwanzig. Ihr spitzbübisches Gesicht und die tiefblickenden Augen hatten sich nicht geändert, auch nicht ihre Vorliebe für große Ohrringe. Das dunkelblonde Haar, das sie früher kurz getragen hatte, reichte ihr jetzt bis auf die Schultern. Ob sie wohl an ihrem Doktor war?

Sie tippte geschwind auf der Tastatur und ließ wechselnde Textseiten über den Bildschirm huschen. Als ich näher trat, sah ich, daß der Text in Deutsch war. Das Wort »Neuropeptide« fiel mir auf.

»Hallo, Jennifer.«

Sie drehte sich um. »Alex!« rief sie mit einem strahlenden Lächeln. Sie erhob sich vom Stuhl und küßte mich auf die Wange.

»Darf ich dich schon Dr. Leavitt nennen?« fragte ich.

»Erst im Juni. Ich schreibe noch zusammen.«

»Gratuliere. Geht es um Neuroanatomie?«

»Neurochemie – ist doch viel praxisbezogener, findest du nicht?«

»Hast du immer noch vor, danach Medizin zu studieren?«

»Ja. Im Herbst will ich anfangen, in Stanford.«

»Psychiatrie?«

»Ich weiß nicht. Vielleicht werde ich lieber etwas anderes machen etwas Konkreteres, wenn's geht.«

»Hast du noch Kontakt mit Leuten aus der alten Gruppe?«

Die alte Gruppe. *Projekt 160*, wie IQ 160. Studium im Eilzugtempo für Kinder mit dem Intelligenzquotienten eines Genies. Ein tolles Experiment. Eins der Gruppenmitglieder endete vor Gericht, angeklagt wegen Massenmordes. Irgendwie hatte ich damit zu tun bekommen und war in eine Hölle von Haß und Korruption geraten.

Nun stand ich zum zweitenmal an jenem Tag der Vergangenheit gegenüber. Ich merkte, wie viele Dinge ich unabgeschlossen zurückgelassen hatte.

»Was machst du hier?« fragte sie mich.

»Literaturstudium für einen neuen Fall.«

»Verrätst du mir, worum es sich handelt?«

»Stellvertreter-Münchhausen. Schon mal davon gehört?«

»Münchhausen-Syndrom ist mir geläufig. Das sind Leute, die sich selbst mißhandeln, um Krankheiten vorzutäuschen, nicht wahr? Aber was bedeutet der ›Stellvertreter‹?«

»Das heißt, daß die Leute Krankheiten bei ihren Kindern vortäuschen.«

»Wie schauderhaft. Und was für Krankheiten sind das für gewöhnlich?«

»Atemprobleme, Blutungen, Fieber, Infektionen, epileptische Anfälle und dergleichen.«

»Und mit einer solchen Familie hast du zu tun?«

»Das muß ich erst herausfinden. Ich bin noch bei der Profilerkennung. Und ich habe ein paar Literaturhinweise bekommen, denen ich erst nachgehen will.«

Sie lächelte. »Das heißt, du bist auf dem Weg zum Kartenkatalog. Oder bist du inzwischen computerfreundlich geworden?«

»Gegen Computer hab ich nichts, solange sie Englisch verstehen.«

»Hast du Zugang zu SAP?«

»Nein, was ist das?«

»*Search And Print.* Ein neues System, mit dem man sich ganze Artikel rausfischen, auf den Bildschirm holen und ausdrucken kann. Mein Doktorvater hat mir einen Lehrauftrag auf Zeit und mein eigenes SAP-Konto verschafft. Wenn du willst, kannst du das benutzen. Ich habe noch jede Menge Rechenzeit auf meinem Konto, und mein Doktorvater möchte, daß ich alles verbrauche, damit er im nächsten Jahr ein größeres Konto beantragen kann. Laß mich nur das hier abschließen, dann kann ich einen Suchlauf für dich starten, und wir werden alles finden, was über Münchhausens, die ihre Kinder benutzen, je geschrieben wurde.«

Das SAP-System hatte ein Extrazimmer mit mehreren Reihen von Computerstationen in durch Pappwände abgetrennten Arbeitskabinen. Wir fanden ein freies Terminal, und Jennifer startete die Suche nach Literaturvorgaben mit dem Stichwort »Stellvertreter-Münchhausen«. Nach kurzer Zeit füllte sich der Bildschirm. Die Liste enthielt alle Quellen, die ich von Stephanie bekommen hatte, und einige mehr.

»Der früheste Artikel ist von 1977«, sagte Jennifer, »von R. Meadow, ›Stellvertreter-Münchhausen: Das Hinterland der Kindesmißhandlung‹.«

»Das ist der klassische Artikel. Meadow ist der britische Kinderarzt, der das Syndrom erkannte und ihm den Namen gab.«

»›Das Hinterland‹ . . . das klingt unheimlich. Hier ist auch eine Liste verwandter Themen: Münchhausen-Syndrom, Kindesmißhandlung, Inzest, Persönlichkeitsspaltung.«

»Laß uns mit dem letzten Stichwort beginnen.«

Die folgende Stunde verbrachten wir damit, Hunderte von Titeln durchzusehen. Am Ende fanden wir ungefähr ein Dutzend Artikel, die mir wichtig erschienen. Jennifer speicherte alles ab und tippte einen Befehl ein.

»So, jetzt sind wir mit dem Drucker verbunden«, sagte sie, als sie fertig war.

Der Drucker stand hinter einer blauen Trennwand im Nachbarzimmer. Jennifer aktivierte ihn, indem sie eine Karte einschob, einen Nummerncode eintippte und die Kennbuchstaben des ersten und des letzten Artikels der Liste, die wir zusammengestellt hatten. Sekunden später begann sich der Korb an der Seite der Maschine mit Papier zu füllen.

»Die einzelnen Artikel werden automatisch zusammengeheftet. Toll, nicht wahr?« sagte sie stolz.

»Melvyl und Orion – sind das einfachere Programme?«

»Schnee von gestern«, antwortete sie, »kaum besser als Karteikarten.«

»Angenommen, ein Krankenhaus wollte seine Bibliothek auf einen computerisierten Katalog umstellen und hätte ein begrenztes Budget zur Verfügung: Könnte es sich etwas Besseres leisten?«

»Aber sicher. Viel besser. Jeder praktische Arzt könnte sich etwas Besseres leisten. Es gibt jede Menge neuere Programme.«

»Hast du mal von einer Firma namens BIO-DAT gehört?«

»Nein, nicht, daß ich wüßte, aber das heißt nicht viel. Ich bin kein Computermensch. Für mich ist der Rechner nur ein Werkzeug. Warum fragst du?«

»Das ist die Firma, die die Bücherei im Western Pediatric umstellt. Sie überträgt das alte Kartensystem auf Melvyl und Orion. Das Ganze sollte drei Wochen dauern, doch nun sind sie schon seit drei Monaten dabei.«

»Ist es eine große Bibliothek?«

»Nein, ganz und gar nicht.«

»Mit einem Scanner ist das in zwei Tagen erledigt, wenn es nur darum geht, den Katalog auf den Computer bringen.«

»Und wenn sie keinen Scanner haben?«

»Dann sind sie von gestern. Das würde bedeuten, sie tippen jeden einzelnen Titel von Hand ein. Aber wer würde schon eine Firma beauftragen, die so weit hinter dem Mond ist?«

Inzwischen füllte ein dicker Stapel Papier den Auffangkorb. Der Drucker verstummte.

»Das war's auch schon«, sagte sie freundlich. »Siehst du, wie einfach es ist?«

Ich dankte ihr und wünschte ihr alles Gute. Dann fuhr ich nach Hause, das dicke Bündel von Dokumenten neben mir auf dem Beifahrersitz. Zu Hause ging ich als erstes die Post durch und fütterte die Fische in dem kleinen Teich in meinem Garten. Ich verschlang das halbe Roastbeef-Sandwich, das vom gestrigen Abendessen übriggeblieben war, und spülte es mit einem Bier hinunter. Dann setzte ich mich an meine Hausaufgaben.

Nach drei Stunden Lektüre fühlte ich mich elend. Sogar die trockene Medizinersprache konnte das Grauen nicht mildern.

Teufelswalzer . . .

Babys, vergiftet mit Salz, Zucker, Alkohol, Schlaftabletten, Hustensaft, Abführmitteln, Brechmitteln, manche sogar mit Kot und Eiter, was einer »bakteriologischen Folter« gleichkommt.

Dutzende von Fällen, in denen ein beängstigend weites Spektrum vorgetäuschter Erkrankungen vorkam – buchstäblich jedes Krankheitsbild schien vortäuschbar zu sein.

Die Täter waren meist die Mütter. Die Opfer fast immer Töchter.

Verbrecherprofil: mustergültige Mama, oft attraktiv und liebenswürdig, mit medizinischer Ausbildung oder Ausbildung in einem verwandten Beruf. Auffällig: ihre Ruhe angesichts der Katastrophe – Abstumpfung getarnt als Selbstkontrolle – und ein geschäftiges, beschützendes Wesen. Ein Spezialist ging so weit, die Ärzte vor »überfürsorglichen« Müttern zu warnen.

Ich erinnerte mich, wie Cindy Jones' Tränen in dem Moment versiegt waren, als Cassie aufwachte. Wie sie sofort in Aktion getreten war, sie an die Mutterbrust gedrückt und ihr Märchen erzählt hatte.

War das die Art, wie Kinder zu behandeln waren, oder steckte etwas Böses dahinter?

Da war noch ein anderer Faktor, der ins Bild paßte. 1984, während einer Studie über den Familienhintergrund von 32 Kindern mit vorgetäuschter Epilepsie, deckte der Pionier Roy

Meadow auf: Von den 32 Kindern hatten sieben Geschwister gehabt, die vorher gestorben waren.

Alle sieben waren dem Krippentod erlegen.

7

Bis sieben Uhr las ich noch weiter, dann begann ich an den Korrekturfahnen eines Berichts zu arbeiten, den ich vor kurzem fertiggestellt hatte und der in Druck gehen sollte. Es ging um die emotionalen Reaktionen von Kindern, die vor einem Jahr in ihrer Schule von einem Scharfschützen aufs Korn genommen worden waren.

Dann rief ich Ruth in ihrer Instrumentenwerkstatt an. Sie erzählte mir, sie stecke bis zum Hals in einem schwierigen Projekt. Für eine Heavy-Metal-Band, die weder sich selbst noch ihr Budget unter Kontrolle hatte, sollte sie vier identische, bomberförmige Gitarren bauen. Es überraschte mich nicht, daß sie genervt klang.

»Soll ich später noch mal anrufen?«

»Nein, nein, es tut gut, mit jemandem zu reden, der nicht betrunken ist.«

Im Hintergrund hörte ich Lärm. »Sind das die Jungs?«

»Ach ja, die Jungs. Ich schmeiße sie ununterbrochen raus, und sie tauchen immer wieder auf, wie Schimmelpilze. Man sollte meinen, sie hätten noch etwas anderes zu tun, ihr Hotelzimmer zertrümmern oder so, aber – heh! Laß das, Lucas, faß das nicht an! Vielleicht brauchst du deine Finger irgendwann noch mal – Entschuldigung, Alex. Er fing an, neben der Kreissäge herumzutrommeln.« Ihre Stimme wurde weicher: »Ich muß jetzt aufhören. Wie wäre es mit Freitag abend? Kannst du?«

»Ja, das paßt. Bei mir oder bei dir?«

»Ich weiß nicht genau, wann ich fertig sein werde. Am besten, ich hole dich ab. Ich verspreche, es wird nicht später als neun. Okay?«

»Okay.«

Wir legten auf. Ich blieb vor dem Telefon sitzen und dachte darüber nach, wie unabhängig sie geworden war.

Ich griff nach meiner alten Martin-Gitarre und klimperte eine Weile. Dann ging ich ins Arbeitszimmer zurück und las noch einmal die Münchhausen-Artikel durch, in der Hoffnung, auf Hinweise zu stoßen, die ich vielleicht übersehen hatte. Doch ich fand nichts; meine Gedanken waren bei Cassie Jones. Ich stellte mir vor, wie sich ihr blühendes Gesicht in eine graue Totenmaske verwandelte.

Ich fragte mich, ob es überhaupt eine Frage der Wissenschaft war – ob alle medizinische Weisheit mir hier weiterhelfen konnte.

Vielleicht war es Zeit, eine andere Art von Spezialist zu Rate zu ziehen.

Ich wählte eine Nummer in West-Hollywood. Eine betörende Stimme antwortete: »Hier ist Blue Investigations, unser Büro ist geschlossen. Wenn Sie eine Nachricht hinterlassen möchten, dann tun Sie das nach dem ersten Ton. In dringenden Fällen warten Sie auf den zweiten Ton.«

Nach dem zweiten Piep sagte ich: »Hallo, Milo, hier ist Alex. Ruf mich bitte zu Hause an«, und griff wieder nach meiner Gitarre.

Nach zehn Takten klingelte das Telefon. Die Stimme klang weit entfernt: »Was ist denn so dringend, Alter?«

»Wo bist du?« fragte ich.

»Ich spreche vom Auto aus. Ich mach jetzt manchmal ein paar Dollar nebenher, bin gerade dabei, einen Fall abzuschließen.«

»Ricks Wagen?« Rick war Milos Lebensgefährte.

»Nein, alles meins, auch das Telefon! Wir leben in einem neuen Zeitalter, Doktor. Man ist überall erreichbar und ebenso schnell vergessen. Aber jetzt sag schon, was gibt's?«

»Ich wollte dich um Rat fragen – ein Fall, an dem ich arbeite . . .«

»Das reicht.«

»Aber –«

»Das reicht, Alex, mehr will ich nicht hören. Autotelefon und Vertraulichkeit – das paßt nicht zusammen. Jeder kann uns zuhören. Wart auf mich.«

Er legte auf. Zwanzig Minuten später klingelte es an meiner Tür.

»Ich war nicht weit weg«, erklärte er, während er in meine Küche stapfte. In der linken Hand hatte er ein Polizeinotizbuch und ein schwarzes Funktelefon, nicht größer als ein Stück Seife. Seiner Kleidung nach – er trug eine blaue Klubjacke und eine graue Hose – war er mit verdeckten Ermittlungen beschäftigt. Er hatte vielleicht fünf Pfund abgenommen, seit ich ihn das letztemal gesehen hatte, doch das ließ ihm immer noch zweihundertfünfzig übrig, unregelmäßig verteilt über hundertneunundachtzig Zentimeter: Seine dünnen, langen Beine hatten einen vorquellenden Bauch zu tragen, und sein Hals verschwand unter herunterhängenden Wangenlappen.

Er hatte sich vor kurzem die Haare schneiden lassen – hinten und an den Seiten kurz, oben voll, mit einem Büschel über der Stirn, das einige weiße Strähnen enthielt. Er trug Koteletten bis an die Ohrläppchen, gut zwei Zentimeter länger, als die Polizei erlaubte – doch das war das geringste Problem, das die Polizei mit ihm hatte.

Sein breites, pockennarbiges Gesicht war so grau, wie man es nach einer Nachtschicht erwarten würde, doch das Weiß in seinen leuchtendgrünen Augen war klarer als gewöhnlich.

»Du siehst vielleicht genervt aus«, sagte er.

Er öffnete den Kühlschrank und griff an den Bierflaschen vorbei nach einer ungeöffneten Flasche Grapefruitsaft.

Ich gab ihm ein Glas. Er füllte es, trank aus und füllte nach.

»Vitamin C, freier Unternehmer, schicker Geschäftsname – ich komme nicht mehr mit, Milo.«

Er setzte sein Glas ab und lenkte sich die Lippen. »Der Name war eigentlich Ricks Idee, und was das freie Unternehmertum betrifft, das war bestimmt kein einfacher Übergang. Aber ich bin froh, daß ich es gewagt habe, vor allem wegen der Kohle. Ja, auf meine alten Tage fange ich an, über finanzielle Sicherheit nachzudenken.«

»Was nimmst du denn für gewöhnlich?«

»Fünfzig bis achtzig die Stunde, je nachdem. Nicht so gut wie ein Psychiater, aber ich kann mich nicht beklagen. Die Polizei hat sich in den Kopf gesetzt, das ganze Geld zu verschwenden, das sie in meine Ausbildung gesteckt hat, und mich vor einem Bildschirm versauern zu lassen. Also spiele ich nachts Detektiv.«

»Schon interessante Fälle gehabt?«

»Nein, meistens Beschattungssachen für Leute, die unter Verfolgungswahn leiden. Aber wenigstens darf ich mich auf der Straße herumtreiben.«

Er goß sich noch ein Glas Saft ein und trank. »Ich weiß nicht, wie lange ich das noch aushalte – den Tagesjob, meine ich.«

Er rieb sich das Gesicht. Plötzlich sah er erschöpft aus.

Ich dachte daran, was er im letzten Jahr durchgemacht hatte. Er hatte einem Vorgesetzten, der ihn in Lebensgefahr gebracht hatte, den Kiefer gebrochen, und das vor laufenden Fernsehkameras. Die Polizeiführung unternahm nicht viel. Es wäre unangenehm gewesen, wenn alles ans Licht gekommen wäre. Es gab kein Verfahren, nur sechs Monate unbezahlten Urlaub. Danach steckten sie ihn – »vorübergehend« – in die Datenverarbeitung im Parker Center, wo ihm ein tuntiger Zivilist namens Charlie beibrachte, mit Computern zu spielen. Das war die nicht ganz feine Art der Polizeiführung, ihn daran zu erinnern, daß ein Kinnhaken schön und gut war – was er dagegen im Bett anstellte, war weder vergeben noch vergessen.

»Erwägst du immer noch, vor Gericht zu gehen?« fragte ich.

»Ich weiß nicht. Rick meint, ich soll bis zum Letzten kämpfen. Er sagt, die Art, wie sie mich behandeln, zeige, daß sie mich niemals in Ruhe lassen werden. Aber ich weiß, wenn ich vor Gericht gehe, dann ist die Polizei für mich gestorben. Sogar wenn ich gewinne.«

Er zog seine Jacke aus und legte sie auf die Durchreiche. »Genug gejammert. Was kann ich für dich tun?«

Ich erzählte ihm von Cassie und gab ihm eine Kurzvorlesung über das Münchhausen-Syndrom. Er nippte an seinem Saft und machte sich Notizen. Er sah fast aus, als wäre er mit den Gedanken woanders.

»Kennst du das alles schon?« fragte ich.

»Nein, warum?«

»Die meisten Leute reagieren etwas aufgeregter, wenn sie das hören.«

»Keine Sorge, ich hör schon zu.«

Ich erzählte ihm den Rest der Geschichte, ohne Namen zu nennen.

»Okay«, sagte er am Ende, »was soll ich also tun? Die Mutter durchleuchten? Oder beide Eltern? Die Krankenschwester?«

»Daran habe ich eigentlich nicht gedacht.«

»Nein? Was denn?«

»Ich weiß nicht, Milo, vielleicht brauche ich nur einen Rat.«

Er legte seine Hände auf den Bauch und beugte sich zu mir herunter. »Der ehrwürdige Buddha ist zur Stelle. Der ehrwürdige Buddha gibt folgenden Rat: Erschieße alle Bösewichter. Soll sich eine andere Gottheit um sie kümmern.«

»Zunächst wäre es gut zu wissen, wer die Bösewichter sind.«

»Genau. Deshalb habe ich auch Durchleuchtung vorgeschlagen. Wenigstens für den Hauptverdächtigen.«

»Das wäre in diesem Fall die Mutter.«

»Dann werde ich mir die als erste vornehmen. Solange ich tagsüber nur Knöpfe drücke, kann ich mich auch noch um anderes kümmern, als Bonus, sozusagen. Das macht viel mehr Spaß als die Lohnlisten, mit denen sie mich strafen.«

»Wo würdest du anfangen?«

»Als erstes würde ich die Kriminalgeschichte befragen. Da hat die Polizei eine Datenbank. Übrigens, wird deine Frau Doktor im Bilde sein, daß ich herumschnüffle?«

»Wieso?«

»Ich fühle mich wohler, wenn ich weiß, wer informiert ist. Was wir tun, ist eigentlich nicht erlaubt.«

»Dann wollen wir sie lieber aus dem Spiel lassen. Warum sollten wir sie in Gefahr bringen?«

»Gut.«

»Was die Kriminalgeschichte angeht«, fuhr ich fort, »kann ich dir folgendes sagen: Münchhausens präsentieren sich gewöhnlich als Musterbürger. Und vom Tod des ersten Kindes wissen wir schon. Der ist als Krippentod zu den Akten gelegt worden.«

»Es muß gerichtsmedizinische Berichte darüber geben, aber wenn niemand Verdacht geschöpft hat, dann ist auch dort nichts zu holen. Ich will sehen, ob ich die Akten bekommen kann. Vielleicht kannst du sogar selbst etwas herausfinden – in den Krankenhauspapieren. Aber du mußt diskret sein.«

»Ich bin nicht sicher, ob das möglich ist. Das Krankenhaus hat sich total verändert.«

»In welche Richtung?«

»Man kümmert sich viel mehr um Sicherheit als früher.«

»Na ja, daraus kannst du ihnen keinen Vorwurf machen. Es ist wirklich übel geworden in dem Teil der Stadt.«

Er stand auf, holte sich eine Orange aus dem Kühlschrank und begann sie nachdenklich zu schälen.

»Was ist los?« fragte ich.

»Ich versuche, mir eine Strategie zurechtzulegen. Im Moment sehe ich nur die Möglichkeit, den Täter auf frischer Tat zu ertappen. Geschieht es immer zu Hause?«

Ich nickte.

»Das heißt, wir müßten ihr Haus elektronisch überwachen. Versteckte Mikrofone und Kameras. Aber ohne Gerichtsbeschluß ist da nichts zu machen. Und einen Gerichtsbeschluß bekommen wir nicht ohne handfeste Beweise, die wir nicht haben.«

»In England hat es zwei Fälle gegeben, bei denen man die Mütter auf Video filmte, wie sie ihren Babys die Luft abdrückten, und da gab es vorher auch keine Beweise.«

»Haben die zu Hause gefilmt?«

»Nein, im Krankenhaus.«

»Das ist ein großer Unterschied. Und außerdem sind die Gesetze in England anders, soviel ich weiß. Laß mich darüber nachdenken, Alex. Vielleicht fällt mir etwas Machbares ein. Inzwischen schaue ich in die hiesigen Verbrechensregister. Vielleicht haben wir ja Glück.«

»Sei vorsichtig; ich will nicht, daß du dich kompromittierst.«

»Keine Sorge. Zu Beginn mache ich nur, was jeder Beamte nach einer normalen Verkehrskontrolle tut. Wenn ich danach beschließe, tiefer zu graben, werde ich sehr vorsichtig sein. Haben die Eltern je außerhalb von Los Angeles gelebt?«

»Ich weiß nicht. Ich weiß eigentlich gar nichts über sie. Das sollte ich schnellstens ändern.«

»Ja, du schaust, was du herausbekommst, und ich fange von meiner Seite an.« Er lehnte sich an die Durchreiche und dachte laut: »Reiche Leute. Das könnte heißen, sie waren auf Privatschulen. Das macht die Sache schwieriger.«

»Für die Mutter trifft das nicht unbedingt zu. Sie ist ein einfaches Mädchen. Er ist Hochschullehrer. Vielleicht war sie eine seiner Studentinnen.«

Er öffnete sein Notizbuch. »Wo lehrt der Vater?«

»West Valley Community College. Soziologie.«

»Arbeitet die Mutter auch?«

»Nein, sie ist nur für das Kind da.«

»Hm – vielleicht gibst du mir jetzt besser einen Namen, mit dem ich arbeiten kann.«

»Jones.«

Er schaute mich an. Ich nickte.

Sein Gelächter war laut und kehlig, als sei er betrunken.

8

Am nächsten Morgen kam ich um Viertel vor zehn im Krankenhaus an. Das Ärzteparkhaus war fast voll, so daß ich bis auf die oberste Ebene fahren mußte, um einen Platz zu finden. Ein uniformierter Wächter lehnte im Schatten an einer Betonbalustrade und rauchte eine Zigarette. Er hörte nicht auf, mich anzustarren, bis ich aus meinem Wagen geklettert war und den Ausweis an mein Revers geklemmt hatte.

Die Privatstation war so ruhig wie am Tag zuvor. Nur eine Schwester saß am Schalter, und die Sekretärin las in einer Illustrierten.

Ich schaute in Cassies Krankenkarte. Stephanie hatte schon ihre Morgenrunde gemacht und notiert, daß Cassie symptomfrei war und sie noch für mindestens einen Tag in der Klinik bleiben sollte. Ich begab mich zum Zimmer 505 W, klopfte an und trat ein.

Cindy Jones und Vicki Bottomley saßen auf der Schlafcouch. Auf Vickis Schoß lag ein Stoß Spielkarten. Als ich hereinkam, schauten beide auf.

»Guten Morgen«, sagte Cindy lächelnd.

»Ich geh jetzt besser«, sagte Vicki und erhob sich.

Cassie saß aufrecht in ihrem Bett und spielte mit einem Spielzeughaus. Anderes Spielzeug, einschließlich einer kleinen Hasenversammlung, lag auf der Bettdecke verstreut. Auf einem Frühstückstablett die Reste von Haferflocken und etwas Rotem in einer Plastiktasse. Im Fernseher flimmerten Zeichentrickfilme, doch der Ton war abgeschaltet. Cassie war damit beschäftigt, Möbel und Figuren in ihrem Haus herumzuschieben. Ein Infusionsstativ stand harmlos in einer Ecke.

Ich legte eine neue Zeichnung auf ihr Bett. Die Kleine schaute sie kurz an und spielte weiter.

Vicki übergab Cindy hastig die Karten, legte kurz beide Hände um ihren Arm und kam zum Bett herüber. Dabei vermied sie es, mich anzusehen. Sie streichelte Cassies Kopf: »Bis bald, mein Sonnenschein.«

Cassie schaute kurz auf. Die Schwester streichelte sie noch einmal und ging hinaus.

Cindy trug heute eine rosa Bluse, nicht mehr das karierte Hemd von gestern. Die Jeans und die Sandalen waren die gleichen.

»Wollen wir doch mal sehen, was Dr. Delaware heute für dich gemalt hat«, sagte sie, als sie zum Bett herüberkam. Sie griff nach meiner Zeichnung, doch Cassie nahm sie ihr gleich wieder weg.

»Ein Elefant!« rief Cindy. Ihr Arm lag jetzt auf Cassies Schulter. »Ein Elefant! Dr. Delaware hat dir einen süßen blauen Elefanten gemalt!«

Cassie sah sich das Blatt genauer an: »Efant!«

»Gut, Cassie, großartig! Haben Sie das gehört, Dr. Delaware? Elefant!«

Ich nickte. »Ausgezeichnet.«

»Ich weiß nicht, wie Sie das gemacht haben, aber seit gestern redet sie mehr. Cassie, kannst du noch mal Elefant sagen?«

Cassie preßte die Lippen zusammen und zerknüllte das Papier.

»Ach du meine Güte«, sagte Cindy begütigend, umarmte sie und streichelte ihre Wange. Dann schauten wir beide zu, wie Cassie den Papierknubbel wieder zu entfalten versuchte.

Schließlich schaffte sie es und sagte: »Efant!«, bevor sie die Zeichnung wieder zusammenknuddelte, diesmal noch fester, in ein faustgroßes Bällchen, das sie dann verblüfft anschaute.

»Ich fürchte, Ihr Elefant macht seine Sache doch nicht so gut«, sagte Cindy.

»Aber Cassie dafür um so besser.«

Sie rang sich ein Lächeln ab und nickte.

Cassie versuchte wieder, den Papierball zu entfalten. Diesmal waren ihre Hände zu klein dafür, und Cindy half ihr.

»So, mein Liebling . . . ach, Doktor, ich glaube, sie fühlt sich jetzt richtig wohl!«

»Hat es seit gestern irgendwelche Probleme gegeben?«

»Nein. Man hat aber auch nichts mit ihr gemacht. Seit gestern morgen ist nichts mehr passiert. Als ob . . .«

»Bitte?«

Sie legte ihren Zopf auf die Brust und strich ihn glatt.

»Vielleicht denken alle, ich bin verrückt . . . Manchmal denke ich selbst, ich bin verrückt.«

»Wie kommen Sie darauf?«

»Ich weiß nicht. Es ist dumm, so etwas zu sagen. Verzeihung.«

»Was ist denn los, Cindy?«

Sie wandte sich ab und befingerte ihren Zopf. Dann ging sie zurück zu der Couch und spielte mit den Karten.

»Die Sache ist die«, begann sie. Sie sprach nun so leise, daß ich mich zu ihr beugen mußte. »Jedesmal, wenn ich sie herbringe, geht es ihr besser. Und dann denke ich, alles ist in Ordnung, und nehme sie mit nach Hause. Und dann geht es eine Weile gut, und dann . . .«

»Dann wird sie wieder krank.«

Ihr Kopf war gesenkt. Sie nickte.

Cassie sprach mit einer der kleinen Plastikfiguren. »Gut so, mein Kind«, sagte Cindy, doch die Kleine schien sie nicht zu hören.

»Wie wär's mit einer Tasse Kaffee in der Cafeteria?« schlug ich vor. »Vicki kann auf Cassie aufpassen.«

»Nein, tut mir leid, Dr. Delaware, aber ich lasse Cassie nie allein.«

»Nie?«

Sie schüttelte den Kopf. »Nicht hier. Ich weiß, das klingt verrückt, aber ich kann es nicht. Man hört so viele . . . Geschichten.«

»Was für Geschichten?«

»Unfälle – irgend jemand erwischt das falsche Medikament. Nicht, daß ich mir deswegen Sorgen machen müßte, das ist ein erstklassiges Krankenhaus hier, aber ich will trotzdem dabeisein. Tut mir leid.«

»Das kann ich gut verstehen.«

»Ich weiß, es sieht aus, als ginge es mehr um mich als um sie.« Sie beugte sich hinüber und küßte Cassie. Cassie schaute mich fragend an.

»Vielleicht bemuttere ich sie zu sehr.«

»Nach allem, was Sie durchgemacht haben . . .«

»Danke, daß Sie das sagen.«

»Die Belastung muß erheblich sein«, sagte ich. »Es ist eine Sache, in einem Krankenhaus zu arbeiten, eine ganz andere, selbst Pflege in Anspruch zu nehmen . . .«

Sie schien etwas aus der Fassung. »Wie meinen Sie das?«

»Waren Sie nicht mal Beatmungshelferin? Kennen Sie das hier nicht schon alles?«

»Das ist schon so lang her. Ich hab auch nie den Abschluß gemacht.«

»Haben Sie die Lust verloren?«

Sie nahm den Stapel Karten in die Hand und klopfte sich damit aufs Knie. »Ohne meine Tante hätte ich nie damit angefangen. Sie war Oberschwester und meinte, jede Frau sollte etwas lernen, auch wenn sie es nie anwenden würde, und daß ich mir einen Beruf aussuchen sollte, nach dem immer Bedarf sein würde, zum Beispiel im Gesundheitswesen. Und solange wir die Luft so verschmutzten und die Leute nicht aufhörten zu rauchen, würden Beatmungstechniker immer gebraucht werden.«

»Ihre Tante scheint feste Ansichten zu haben.«

Sie lächelte. »Das kann man wohl sagen. Aber jetzt ist sie tot.« Sie schaute zu Boden. »Sie war ein phantastischer Mensch. Meine Eltern starben, als ich noch klein war, und sie hat mich praktisch allein großgezogen.«

»Aber sie hat Sie nicht ermutigt, in ihre Fußstapfen zu treten und auch Krankenschwester zu werden?«

»Sie hat mir sogar davon abgeraten. Sie sagte, es wäre zuviel Arbeit für zuwenig Geld, und nicht genug . . .«

Sie lächelte verlegen.

»Nicht genug Wertschätzung von den Ärzten?« beendete ich ihren Satz.

»Wie Sie sagten, Doktor, sie hatte eben über alles ihre eigene Ansicht.«

»Hat sie in einem Krankenhaus gearbeitet?«

»Nein, sie arbeitete fünfundzwanzig Jahre lang beim selben praktischen Arzt. Die beiden stritten die ganze Zeit wie ein altes Ehepaar. Aber er war ein sehr netter Mann – ein altmodischer Familienarzt, der öfters vergaß, die Rechnungen einzutreiben. Tante Harriet schimpfte deswegen immer mit ihm. Sie war eine richtige Pedantin, wahrscheinlich noch von ihrer Armeezeit. Sie hatte in Korea gedient, an der Front, und es bis zum Rang eines Hauptmanns gebracht.«

»Tatsächlich?«

»O ja. Deshalb habe ich es ja auch mit der Armee versucht. Mein Gott, wie lange das schon her ist!«

»Sie waren in der Armee?«

Sie lächelte, als hätte sie meine Überraschung erwartet. »Ungewöhnlich für ein Mädchen, nicht wahr? Es war in meinem letzten Jahr in der High-School, am Berufsberatungstag. Ein Anwerber kam daher und ließ die Armee ganz attraktiv erscheinen mit ihren Ausbildungsmöglichkeiten und Stipendien. Tante Harriet dachte auch, es sei eine gute Idee, und damit war die Sache entschieden.«

»Und wie lange waren Sie dabei?«

»Nur ein paar Monate.« Sie spielte wieder mit ihrem Zopf. »Ich wurde krank und mußte vorzeitig entlassen werden.«

»Schade. Es muß eine ernste Krankheit gewesen sein.«

Sie schaute mich an und errötete.

»Sie werden lachen: Es war eine Grippe – eine schlimme Grippe, die sich zur Lungenentzündung entwickelte. Eine akute Virusinfektion. Es war eine regelrechte Seuche in der Kaserne. Viele der Mädchen wurden krank. Als ich mich erholt hatte, sagten sie, meine Lungen seien möglicherweise geschädigt und sie müßten mich entlassen.« Sie zuckte die Schultern. »Das war's dann.«

»Waren Sie sehr enttäuscht?«

»Nein, eigentlich nicht. Es war am Ende besser so.«

»Wo waren Sie stationiert?«

»Fort Jackson, unten in South Carolina. Es war eine der wenigen Garnisonen, wo sie nur Frauen ausbildeten. Es war im Sommer – im Sommer denkt man eigentlich nicht an Lungenentzündung, aber der Virus kümmert sich wohl nicht um die Jahreszeit, nicht wahr?«

»Stimmt.«

»Es war unheimlich schwül. Man duschte, und nach drei Sekunden fühlte man sich wieder schmutzig. Das war ich nicht gewohnt.«

»Sie sind in Kalifornien aufgewachsen?«

»In Kalifornien geboren und aufgewachsen«, sagte sie und schwenkte eine unsichtbare Flagge, »in Ventura. Meine Familie stammt ursprünglich aus Oklahoma und ist während des Goldrauschs hierher gezogen. Eine meiner Urgroßmütter hatte indianisches Blut in ihren Adern – daher mein Haar, sagte meine Tante immer.« Sie hielt ihren Zopf kurz hoch und ließ ihn wieder fallen. »Stimmt aber wahrscheinlich nicht«, sagte sie lächelnd. »Heutzutage möchte jeder Indianer sein. Scheint modern zu sein.« Sie schaute mich an. »Delaware . . . sind Sie vielleicht auch einer?«

»Die Familienlegende behauptet, daß ein Ururgroßvater zu einem Drittel Indianer war, und ich halte mich in der Tat für einen Mischling – von jedem etwas.«

»Auch nicht schlecht. Das macht Sie zum richtigen Amerikaner, nicht wahr?«

»Möglich«, stimmte ich lächelnd zu. »War Chip je bei der Armee?«

»Chip?« Der Gedanke schien sie zu amüsieren. »Nein.«

»Wie haben Sie sich überhaupt kennengelernt?«

»Im College. Nach der Ausbildung als Beatmungshelferin

hab ich ein Jahr Soziologie studiert, und er war mein Lehrer.«

Sie blickte zu Cassie, die immer noch mit ihrem Haus beschäftigt war. »Wollen Sie nicht jetzt Ihre Techniken ausprobieren?«

»Es ist immer noch ein bißchen früh dafür«, sagte ich. »Ich möchte, daß sie mir erst wirklich vertraut.«

»Ich glaube, das tut sie schon. Sie mag Ihre Bilder gern. Die, die sie nicht zerrissen hat, haben wir alle aufgehoben.«

Ich lächelte. »Es ist trotzdem besser, es langsam anzugehen. Und solange sie nicht behandelt wird, besteht kein Grund zur Eile.«

»Das stimmt allerdings. Es passiert überhaupt nichts. Wir könnten genausogut nach Hause fahren.«

»Möchten Sie denn nach Hause?«

»Natürlich. Aber was ich wirklich will, ist, daß Cassie gesund wird.« Cassie schaute zu uns herüber, und Cindy begann zu flüstern: »Die Anfälle haben mir wirklich angst gemacht, Dr. Delaware. Es war wie . . .« Sie schüttelte den Kopf.

»Wie was?«

»Wie in dem Film. Es ist furchtbar, so etwas zu sagen, aber es erinnerte mich an den *Exorzisten*! Ich bin sicher, Dr. Eves wird am Ende herausfinden, was es ist, nicht wahr? Sie sagte, wir sollten noch wenigstens eine Nacht oder zwei zur Beobachtung bleiben. Wahrscheinlich ist das sowieso das beste, denn hier geht es Cassie immer gut.«

Ihre Augen wurden feucht.

»Wenn Sie wieder zu Hause sind, würde ich Sie gern einmal besuchen.«

»Sicher, gern . . .« Unausgesprochene Fragen standen ihr im Gesicht geschrieben.

»So könnte ich weiter an meiner Verbindung zu Cassie arbeiten«, erklärte ich. »Wenn Cassie sich außerhalb der Untersuchungen vollkommen wohl fühlt mit mir, dann werde ich eher in der Lage sein, ihr zu helfen, sollte sie mich einmal wirklich brauchen.«

»Natürlich. Danke, das ist sehr nett von Ihnen. Ich wußte gar nicht, daß Ärzte noch Hausbesuche machen.«

»Ab und zu kommt es noch vor.«

»Danke, daß Sie sich die Zeit nehmen.«

»Nach Ihrer Entlassung rufe ich Sie an, und wir machen einen Termin aus. Können Sie mir Ihre Adresse und Telefonnummer geben?«

Sie schrieb auf ein Blatt, das ich aus meinem Terminkalender gerissen hatte, und gab es mir zurück. Ich betrachtete ihre saubere, wohlgerundete Handschrift:

Cindy B. Jones
19547 Dunbar Court
Valley Hills, Ca.

Ich steckte den Zettel in meine Tasche.

»Cindy B. – darf ich fragen, wofür das B steht?«

»Brooks – das ist mein Mädchenname. Es ist auch eine Art Reverenz an Tante Harriet, Harriet Brooks.«

Wir erhoben uns beide. »Haben Sie noch Fragen, bevor ich mich verabschiede?« fragte ich.

»Nein, ich glaube nicht.«

»Dann sehen wir uns morgen wieder.«

»Gut. Cassie? Dr. Delaware muß jetzt gehen. Willst du nicht auf Wiedersehen sagen?«

Ich verabschiedete mich von Cassie, und für einen Sekundenbruchteil berührte ein winziger Finger meinen Arm. Die Einstichnarben heilten gut.

»Tschüs, meine Süße.«

»Tschü!«

Ich rief Vicki, die am Stationsschalter stand, einen Gruß zu, den sie nicht erwiderte. Dann trug ich meinen Besuch in Cassies Patientenkarte ein und ging die Treppen hinunter zum Erdgeschoß. Ich fuhr aus dem Parkhaus und hielt an einer Tankstelle, wo ich von einem Münztelefon Milo anrief.

Die Leitung war besetzt. Ich versuchte es noch zweimal, dann wählte ich seine Privatnummer.

Nach dem ersten Ton sagte ich: »Hallo, Mr. Blue, diesmal ist es nicht so dringend, aber ich habe ein paar Informationen, die dir Arbeit ersparen könnten. Papa war nie in der Armee, aber Mama hat einige Zeit dort verbracht. Das ist doch mal was anderes, oder? Mädchenname: Brooks. Sie war in Fort Jackson, South Carolina. Vorzeitig entlassen, wegen Lungenentzündung, sagt sie. Aber sie wurde rot und ein wenig zappelig, als sie davon erzählte. Vielleicht ist es also nicht die ganze Wahrheit. Vielleicht hat sie sich danebenbenommen und ist deshalb rausgeflogen. Sie ist jetzt sechsundzwanzig und war in der letzten Klasse der High-School, als sie angeworben wurde; das gibt dir eine Zeitskala, mit der du arbeiten kannst.«

Ich ging zu meinem Wagen zurück und machte mich auf den Weg nach Hause. Unterwegs dachte ich an Lungenentzündung, Wiederbeatmung und an einen kleinen Jungen, der grau und kalt in seiner Wiege liegt. Als ich zu Hause ankam, fühlte ich mich außer Atem.

Ich zog Shorts und T-Shirt an und rekapitulierte mein Gespräch mit Cindy.

Vielleicht denken alle, ich bin verrückt . . . Manchmal denke ich selbst, ich bin verrückt.

Ist das ein Ausdruck von Schuldgefühlen? Oder gar eine Art Geständnis? Oder will sie mich nur aufs Glatteis führen?

Sie war vollkommen kooperativ gewesen, bis ich vorschlug, das Zimmer zu verlassen.

Die »überfürsorgliche« Münchhausen-Mutter? Oder war es einfach die verständliche Sorge einer Frau, die schon ein Kind verloren hatte und mit ihrem zweiten Kind viel durchmachte?

Ich dachte an die aufgeregte Überraschung, die sie gezeigt hatte, als ich ihr mein Vorhaben offenbarte, sie zu Hause zu besuchen.

Hatte sie etwas zu verbergen? Oder war es ehrliche Überraschung, eine verständliche Reaktion, weil Ärzte tatsächlich keine Hausbesuche mehr zu machen pflegen?

Ein weiteres Teilchen in dem Puzzle war ihre Mutterfigur, die Oberschwester. Eine Frau, die selbst in Cindys liebevoller Erinnerung noch nach Kasernenhof roch.

Eine Frau, die für einen Arzt gearbeitet und in ständigem Kampf mit ihm gestanden hatte. Eine Frau, die Ärzte verachtete.

Sie brachte Cindy mit dem Gesundheitswesen in Kontakt, riet ihr aber davon ab, Krankenschwester zu werden.

Es war alles da: das zwiespältige Verhältnis zu Ärzten und zu den Machtstrukturen im Gesundheitswesen. Krankheit und Heilung als Lebensinhalt. Wurde Cindy durch all das geprägt, als sie noch jung war?

Und dann ihre eigene Krankheit: die Grippe und die Lungenentzündung, die ihre Berufspläne über den Haufen warfen.

Es war am Ende besser so.

Und dann ihr Erröten und das ständige Fummeln an ihrem Zopf. Die Entlassung war offenbar ein empfindlicher Punkt.

Ich ging zum Telefon in der Küche und rief die Auskunft an. Fort Jackson war im Bezirk Columbia. Ich notierte die Nummer und wählte.

Es meldete sich eine weibliche Stimme mit südlichem Akzent. Ich ließ mich mit dem Kommandanten der Krankenstation verbinden.

»Colonel Hedgeworths Büro.«

»Mein Name ist Dr. Delaware. Ich rufe aus Los Angeles, Kalifornien, an. Könnte ich bitte den Colonel sprechen?«

»Wie war Ihr Name, bitte?«

»Delaware.«

»Colonel Hedgeworth ist heute nicht hier, Sir. Möchten Sie vielleicht mit Major Dunlap sprechen?«

»Das wäre mir auch recht.«

»Augenblick, bitte.«

Bald meldete sich eine tiefe, schleppende Stimme: »Major Dunlap.«

Ich stellte mich vor, mit allen Titeln und Qualifikationen.

»Aha. Was kann ich für Sie tun, Doktor?«

»Wir führen hier eine Pilotstudie durch – es geht um Ansteckungsmuster bei Virusepidemien, insbesondere Grippe und Lungenentzündung, in relativ abgeschlossenen Umfeldern wie Gefängnissen, Internaten und Kasernen, die wir mit Kontrollgruppen aus der Normalbevölkerung vergleichen wollen.«

»Eine epidemiologische Studie?«

»Wir sind hier zwar nur eine Kinderklinik, doch wir haben uns vorgenommen, eine vorläufige Datensammlung durchzuführen, und Fort Jackson erschien uns ein passender Fall zu sein.«

»Aha.« Dann eine lange Pause. »Wie sind Sie denn an die Forschungsmittel gekommen?«

»Noch haben wir kein richtiges Budget, nur ein bißchen Geld als Starthilfe. Ob wir uns für ein volles Budget bewerben, hängt davon ab, wie sich unsere Datenbasis entwickelt. In unserem Antrag würden wir die Zusammenarbeit zwischen uns und den Institutionen, die wir untersuchen, herausstreichen. Wir würden die ganze Organisation und das Personal stellen; die Institutionen würden wir lediglich bitten, uns Fakten und Zahlen zur Verfügung zu stellen.«

Er kicherte. »Das heißt, wir geben Ihnen unsere Statistiken, und dafür erscheinen unsere Namen auf allen Berichten und Artikeln, die Sie schreiben?«

»Natürlich, das wäre Teil der Abmachung.«

»Was war noch Ihr Heimatinstitut?«

Ich nannte es ihm noch einmal.

Er lachte. »Das würde sicher was hermachen, mein Name in Verbindung mit einem solchen Laden. Nur mach ich mir leider gar nichts mehr aus solchen Dingen. Aber trotzdem, warum nicht? Setzen Sie uns mal auf Ihre Liste, wenigstens vorläufig. Endgültig zusagen kann ich noch nicht, das muß ich erst mit Colonel Hedgeworth absprechen.«

»Wann erwarten Sie ihn zurück?«

Das brachte ihn wieder zum Lachen. »*Sie* sollte übermorgen wieder hiersein. Vielleicht geben Sie mir Ihre Telefonnummer? Ich rufe Sie dann zurück, sobald ich kann. Wenn Sie, sagen wir, innerhalb der nächsten Woche nichts von mir hören, rufen Sie wieder an.«

»Vielen Dank, Major. Danke.«

»Keine Ursache.«

»Aber vielleicht können Sie mir vorab schon mit einem Detail weiterhelfen.«

»Und das wäre?«

»Hat es in den letzten zehn Jahren in Ihrer Basis Ausbrüche von Grippe oder Lungenentzündung gegeben?«

»In den letzten zehn Jahren? Hm. So lange bin ich noch gar nicht hier. Vor zwei Jahren hatten wir eine Reihe von Meningitisfällen, aber das war eine bakterielle Sache. Ziemlich übel.«

»Unsere Studie beschränkt sich auf Virusinfektionen der Atmungsorgane.«

»Hm, ich nehme an, das müßte irgendwo zu finden sein – warten Sie mal.«

Es vergingen zwei Minuten.

»Captain Katz am Apparat. Was kann ich für Sie tun?«

Ich wiederholte meine Anfrage.

»So weit reichen unsere Computerdaten nicht zurück«, sagte er. »Das kann ein bißchen dauern. Kann ich Sie zurückrufen?«

»Sicher. Vielen Dank.«

Ich gab ihm meine Telefonnummer und legte frustriert auf. Was ich wissen wollte, stand bestimmt bei irgend jemand auf Platte oder Floppydisk und war sofort zugänglich, wenn man nur die richtigen Knöpfe drückte.

Es wurde vier, bevor Milo sich meldete.

»Ich hab mich an deine Jones' gehängt«, sagte er. »In der Gerichtsmedizin existiert ein Totenschein für das erste Kind,

Charles Lyman Jones der Vierte. Nichts Verdächtiges – plötzlicher Kindstod, befunden von deiner Freundin Stephanie und bestätigt von einer Dr. med. Rita Kohler.«

»Das ist die Leiterin der allgemeinen Kinderabteilung, Stephanies Chefin. Ursprünglich waren die Jones' ihre Patienten, doch als Chad starb, war sie gerade verreist.«

»Ach so. Zu den Eltern hab ich bis jetzt soviel rausbekommen: Sie leben draußen im West Valley und zahlen pünktlich ihre Grundsteuern – jede Menge Steuern, weil sie jede Menge Grund dort besitzen. Fünfzig Parzellen. Die gesamte Gegend um ihr Haus herum gehört ihnen. Nicht schlecht für einen Collegepauker, nicht wahr?«

»Collegepauker und Millionenerbe.«

»Abgesehen davon leben sie ziemlich einfach. Charles Lyman der Dritte fährt einen Volvo 240, Baujahr 85, und hat im letzten Jahr zwei Strafzettel für Geschwindigkeitsübertretung und einen für Falschparken bekommen; alle pünktlich bezahlt. Cindy Brooks Jones fährt einen Plymouth Voyager und hat sich noch nie etwas zuschulden kommen lassen. Das gleiche gilt für deine kratzbürstige Krankenschwester, falls ihr Name Victoria June Bottomley ist, geboren am vierundzwanzigsten April 36, wohnhaft in Sun Valley.«

»Das scheint sie zu sein. Aber offenbar hast du meine Nachricht nicht bekommen.«

»Welche Nachricht?«

»Um elf etwa hab ich etwas auf dein Band gesprochen.«

»Ich habe alle dringenden Anrufe abgehört. Da war nichts.«

»Weil ich mich an deine Regeln gehalten und nach dem *ersten* Ton gesprochen habe.« Ich erzählte ihm von meinem Gespräch mit Cindy und meinem Anruf nach South Carolina.

»Lungenentzündung also«, grunzte er. »Du meinst, sie kriegt's auf der Lunge und muß die Armee verlassen, folglich versaut sie die Lungen ihrer Kinder. Wie nennt ihr das noch – ›Projektion‹?«

»So ungefähr. Außerdem hat sie eine Ausbildung in Beatmung.«

»Warum sollte sie dann die Atmungsgeschichte aufgeben und mit dem Magen und den Anfällen kommen?«

»Ich weiß nicht, aber die Fakten bleiben: Eine Lungenkrankheit hat ihre Karriere verpfuscht und ihr eine Menge Aufmerksamkeit verschafft, oder eins von beiden.«

»Und dann überträgt sie alles auf ihre Kinder, entweder um auf sich selbst aufmerksam zu machen oder um sich an ihnen für ihr eigenes Unglück zu rächen. Meinst du das?«

»Ja, eins von beiden oder beides gleichzeitig, vielleicht bin ich auch total auf dem Holzweg.«

»Sie hat doch das Wort ›verrückt‹ benutzt. Ahnt sie vielleicht, daß man sie unter die Lupe nimmt?«

»Möglich. Oder sie spielt nur mit mir herum. Sie steht unter extremem Druck, aber wer wäre das nicht bei einem Kind, das andauernd krank ist? Das ist das ganze Problem in diesem Fall: Für alles, was ich sehe, kann es die verschiedensten Erklärungen geben. Was mir aber nicht aus dem Kopf geht, ist, wie sie rot wurde und mit ihrem Zopf spielte, als sie von ihrer Armeezeit erzählte. Ich frage mich, ob sie die Lungenentzündung einfach erfunden hat, um eine Entlassung aus psychischen Gründen oder etwas anderes zu vertuschen, das nicht herauskommen soll. Ich hoffe, die Armee kann mich da aufklären.«

»Wie geht es dem Kind?«

»Es hat sich vollkommen erholt. Keine neurologischen Störungen erkennbar, die einen Anfall verursachen könnten. Stephanie möchte sie noch für ein oder zwei Tage unter Beobachtung halten. Die Mutter sagt, sie hätte nichts dagegen, wenn sie entlassen würde, andererseits drängt sie auch nicht darauf. Ganz die mustergültige Patientin, die alles dem Arzt überläßt. Sie behauptet auch, daß Cassie mehr spricht, seitdem ich mich mit ihr beschäftige. Sie ist sicher, daß es mit mir zu tun hat.«

»Will sie dir Honig um den Bart schmieren?«

»Dafür sind Münchhausen-Mütter berüchtigt.«

»Dann genieß es, solange du kannst. Wenn du erst etwas gegen sie gefunden hast und es ihr vorhältst, wird sie bestimmt Gift speien.«

9

Um neun Uhr an jenem Abend beschloß ich, ins Krankenhaus zurückzufahren und einen unangemeldeten Besuch zu machen. Mal sehen, wie Mrs. Charles Lyman Jones III. reagieren würde.

Das Parkhaus war fast leer. Kleine, vergitterte Lampen hingen von der Betondecke und tauchten jede zweite Parkbucht in scharfabgegrenztes, bernsteingelbes Scheinwerferlicht. Auf dem Weg zum Treppenhaus hatte ich das Gefühl, es beobachte mich jemand, doch als ich mich umschaute, war niemand zu sehen.

Ich nahm den Lift zum fünften Stock und ging unbemerkt durch die Station. Leise klopfte ich an Zimmer 505 W. Keine Antwort. Ich öffnete die Tür und schaute hinein.

Die Gitter an Cassies Bett waren hochgezogen. Sie schlief. Cindy lag auf der Couch und schlief ebenfalls, mit dem Kopf nah an Cassies Füßen. Ein Arm steckte zwischen den Gitterstäben, so daß ihre Hand Cassies Bettdecke berührte.

Ich war dabei, vorsichtig die Tür zu schließen, als eine Stimme hinter mir zischte: »Sie schlafen.«

Ich drehte mich um. Vicki Bottomley starrte mich an, die Hände in die Hüften gestemmt.

»Noch eine Doppelschicht?« fragte ich.

Sie verdrehte die Augen und machte Anstalten, zu verschwinden.

»Warten Sie!« sagte ich. Wir waren beide verblüfft, wie scharf meine Stimme klang.

Sie blieb stehen und wandte sich langsam um: »Was gibt's?«

»Das wollte ich Sie fragen, Vicki. Wo liegt das Problem?«

»Welches Problem?«

»Ihre Feindseligkeit mir gegenüber. Ich möchte wissen, warum.«

Sie starrte mich an, ihr Mund klappte auf und zu.

»Es ist nichts«, sagte sie schließlich, »es ist alles in Ordnung, Sie werden keine Probleme mit mir haben, ich versprech es Ihnen.«

Sie streckte den Arm aus und gab mir flüchtig die Hand, eigentlich nur die Fingerspitzen. Dann drehte sie sich um und ging.

Als ich mich den Aufzügen näherte, trat Chip Jones aus dem mittleren Lift, in jeder Hand einen Becher Kaffee.

»Na, wie geht es meinen jungen Damen?«

»Sie schlafen beide.«

»Gott sei Dank. Als ich heute nachmittag mit Cindy sprach, klang sie erschöpft.« Er hob einen der Becher und sagte: »Ich dachte, das würde sie vielleicht wieder hochbringen, aber was sie wirklich braucht, ist Schlaf.«

Ich ging mit ihm zur Privatstation zurück.

»Wir halten Sie hoffentlich nicht vom Nachhausegehen ab, Doktor?«

»Nein, nein, ich war schon zu Hause und bin wieder zurückgekommen.«

»Ich wußte gar nicht, daß Psychologen um diese Zeit noch Patienten besuchen.«

»Das tun wir auch nicht, wenn es sich vermeiden läßt.«

Er lächelte. »Wenn Cindy schon schläft, dann heißt das, daß Cassie gesund genug ist, daß sie sich ein wenig entspannen kann. Das ist schon mal gut.«

»Sie hat mir erzählt, daß sie Cassie nie allein läßt. Das muß sehr anstrengend für sie sein.«

»Unglaublich anstrengend. Am Anfang habe ich versucht, sie davon abzubringen, aber jetzt habe ich genug andere Mütter hier gesehen, um zu wissen, daß es normal ist. Vernünftig sogar, eine Art Absicherung.«

»Gegen was?«

»Gegen Schlamperei.«

»Davon hat Cindy auch gesprochen. Haben Sie hier schon Schlampereien erlebt?«

»Fragen Sie jetzt den Vater oder den Sohn des Krankenhausvorstands?«

»Macht das einen Unterschied?«

Er lächelte bitter. »Und ob. Als Chuck Jones' Sohn sage ich, dies ist der siebte Himmel der Kindermedizin; das würde ich Ihnen auch sofort schriftlich geben. Als Vater eines kranken Kindes weiß ich, daß Fehler unvermeidlich sind. Und die werden dann unter den Teppich gekehrt, falls sie überhaupt bemerkt werden. Ich glaube, man kann Eltern keinen Vorwurf daraus machen, daß sie lieber selbst aufpassen, daß nichts schiefgeht.«

»Sie haben demnach kein großes Vertrauen in diese Klinik?«

»Aber doch, ganz im Gegenteil«, sagte er heftig. »Bevor wir uns für dieses Krankenhaus entschieden, haben wir natürlich nachgeforscht – daran konnte uns auch mein Vater nicht hindern. Daher weiß ich, daß es in dieser Stadt wirklich der beste Ort ist für ein krankes Kind. Und trotzdem: wenn es ums eigene Kind geht, verlieren Statistiken jede Bedeutung, nicht wahr?«

Ich hielt ihm die Tür auf, und wir betraten die Privatstation.

Im Vorbeigehen erkannte ich Vickis robuste Gestalt hinter einer Glastür im Schwesternbereich.

Chip steckte den Kopf in Zimmer 505 und zog ihn wieder zurück. »Cindy schläft noch.« Er hielt mir einen der Becher hin. »Wäre doch schade, diesen wunderbaren Kaffee zu verschwenden.«

»Nein, danke«, erwiderte ich.

Er lächelte. »Sie kennen die Brühe offenbar.« Er zog eine Grimasse und trank aus dem anderen Becher. »Hm, das reinste Lebenselixier; genau das Richtige, um mich bei Bewußtsein zu halten.«

»Sie haben einen langen Tag hinter sich?«

»Nein, im Gegenteil, der Tag war zu kurz. Die Tage scheinen mit dem Alter immer kürzer zu werden, meinen Sie nicht auch? Kurz und vollgestopft mit Verwaltungskram. Und dann das Hin- und Herfahren zwischen zu Hause und Arbeit und Krankenhaus, auf unseren berühmten Schnellstraßen.«

»Die Strecke werde ich bald kennenlernen«, sagte ich, »wenn ich meinen Hausbesuch mache.«

»Ja, Cindy erwähnte es. – Ah, da kommt unsere Florence Nightingale ... Hallo, Vicki. Schon wieder auf Nachtschicht?«

Ich drehte mich um und sah die Schwester lächelnd und mit frischgestärkter Haube auf uns zu marschieren.

»Guten Abend, Professor Jones.« Sie saugte Luft ein, als wollte sie abheben, bevor sie mir zunickte.

Chip reichte ihr den unberührten Kaffee. »Trinken Sie ihn, oder schütten Sie ihn weg.«

»Danke, Professor Jones.«

Er schaute zu Cassies Tür. »Wie lange schlafen die beiden Dornröschen schon?«

»Cassie seit ungefähr acht. Mrs. Jones hat sich eine Dreiviertelstunde später hingelegt.«

Er schaute auf die Uhr. »Können Sie mir einen Gefallen tun, Vicki? Ich werde Dr. Delaware nach draußen begleiten, und wenn ich unten bin, werde ich mir vielleicht etwas zu essen besorgen. Könnten Sie mich rufen lassen, wenn sie aufwachen?«

»Ich kann Ihnen auch etwas holen, wenn Sie möchten, Professor.«

»Nein, danke, die Bewegung tut mir gut nach der Fahrerei.«

Vicki lächelte mitfühlend. »Sobald eine von beiden aufwacht, werde ich Ihnen Bescheid sagen lassen.«

Als wir die Teaktür hinter uns hatten, blieb er stehen und fragte mich: »Was halten Sie von der Art, wie man mit uns umgeht?«

»Was meinen Sie mit ›umgehen‹?«

Er schritt weiter. »Im medizinischen Sinn: Seit der Einweisung hat es, soweit ich erkennen kann, keine wirkliche Untersuchung gegeben. Nicht, daß ich mich darüber beklage; man bleibt ihr wenigstens mit diesen gottverdammten Nadeln vom Leibe. Aber mir geht die ganze Zeit ein bestimmtes Wort durch den Kopf: Placebo. Man hält unsere Händchen, schickt uns einen Seelendoktor – bitte nehmen Sie das jetzt nicht persönlich –, und ansonsten wartet man darauf, daß, was immer mit Cassie los ist, sich von selber gibt.«

»Moment«, entgegnete ich, »man hat mich nicht hinzugezogen, weil irgendwer denkt, Cassies Krankheit sei psychosomatischer Art. Meine Aufgabe ist lediglich, ihr zu helfen, mit ihrer Angst und ihren Schmerzen fertig zu werden. Und mein Hausbesuch soll nur dem Zweck dienen, sie soweit an mich zu gewöhnen, daß ich ihr helfen kann, sobald sie mich braucht.«

»Sicher, das verstehe ich. Es ist wohl die Unerklärlichkeit des Ganzen, die mir so zu schaffen macht. Als ob wir alle auf einem Meer von Zufällen trieben. Was ist es nur, was Cassie krank macht?«

Er schlug mit der Faust gegen die Wand. Nach meinem Gefühl hätte alles, was ich jetzt sagte, falsch aufgefaßt werden können. Andererseits war mir klar, daß Schweigen auch nicht das richtige war.

Zum Glück kam in diesem Moment ein Aufzug. Die Tür öffnete sich, und wir stiegen ein.

Ich zeigte auf den Becher in seiner Hand. »Der ist doch jetzt bestimmt kalt. Wie wär's, wenn wir uns beide was Neues holten?«

Er dachte einen Augenblick nach, bevor er nickte: »Warum nicht?«

Die Cafeteria war geschlossen. Wir gingen den Korridor hinunter zu einem Umkleideraum, wo es Getränkeautomaten gab, und ließen uns je einen schwarzen Kaffee heraus. Chip kaufte sich noch zwei plastikverpackte Schokoladenkekse dazu.

Weiter den Korridor entlang gab es einen Aufenthaltsbereich mit L-förmig angeordneten orangefarbenen Kunststoffstühlen und einem niedrigen weißen Tisch, der mit leeren Kekspackungen und alten Zeitschriften bedeckt war.

Chip gähnte und ließ sich auf einen der Stühle fallen. Er packte die Kekse aus und tunkte einen davon in seinen Kaffee. »Sehr gesund«, scherzte er, bevor er die aufgeweichte Seite des Kekses in den Mund steckte.

Ich saß ihm gegenüber und nippte an meinem Kaffee. Obwohl er scheußlich schmeckte, bewirkte er ein seltsam heimeliges Gefühl im Bauch.

»Lassen Sie uns von meiner Tochter reden«, begann er. »Sie war absolut pflegeleicht. Sie aß gut und schlief gut. Sie schlief schon die Nächte durch, als sie erst fünf Wochen alt war. Wunderbar, würde jeder sagen, nicht wahr? Aber nach dem, was mit Chad passiert war, jagte uns das eine Höllenangst ein. Würde sie je wieder aufwachen? So wechselten wir uns ab und weckten sie regelmäßig auf, das arme Ding. Und schauen Sie nun, wie gut sie das alles wegzustecken scheint – wie sie sich immer wieder erholt. Erstaunlich, daß so etwas Kleines so stark sein kann.

Ich komme mir lächerlich vor, mit einem Psychologen über sie zu reden. Schließlich ist sie nur ein Baby. Was sollte sie für eine Neurose haben? – Doch nach all dem Streß, den sie hier gehabt hat: Bleibt da wohl was zurück? Wird sie ihr Leben lang Therapie benötigen?«

»Nein.«

»Hat das schon mal jemand untersucht?«

»Es gibt eine Reihe von Studien in dieser Richtung«, antwortete ich. »Chronisch kranke Kinder – chronisch Kranke überhaupt – entwickeln sich in der Regel besser, als die Experten vorhersagen.«

»Das heißt, ich kann mir für den Augenblick ein wenig Optimismus erlauben.«

Sein Körper straffte sich und entspannte sich wieder, wie in einer eingeübten meditativen Pose. Er ließ die Arme baumeln und streckte seine Beine aus, ließ den Kopf zurückfallen und massierte sich die Schläfen.

»Geht Ihnen das nicht auf die Nerven, den ganzen Tag Leuten zuhören? Immer nur nicken und Mitgefühl zeigen und sagen, es wird schon alles in Ordnung kommen?«

»Manchmal schon«, sagte ich, »doch man lernt die Patienten sehr schnell persönlich kennen, fühlt, daß man es mit Individuen zu tun hat. Das hilft.«

Er setzte sich aufrecht und packte den zweiten Keks aus. »Alle Achtung, ich könnte das jedenfalls nicht. Ich hab lieber etwas Sauberes, hübsch Theoretisches vor mir.«

»Seltsam. Soziologie habe ich nie für eine exakte Wissenschaft gehalten . . .«

»Größtenteils ist sie das auch nicht. Doch in meinem Feld, Organisationstheorie, geht es um Modelle und überprüfbare Hypothesen. Wir leisten uns die Illusion der Berechenbarkeit. Selbsttäuschung ist nichts Ungewöhnliches in meinem Fach.«

»Womit genau beschäftigen Sie sich denn? Managementfragen? Oder Systemanalyse?«

Er schüttelte den Kopf. »Nein, das ist die angewandte Seite. Ich bin Theoretiker – ich entwickle Modelle, wie Gruppen und Institutionen funktionieren, wie die verschiedenen Komponenten einer Struktur zusammenwirken und so weiter. Klar, ich sitze im Elfenbeinturm, doch ich habe eine Menge Spaß dabei. Schon seit meinem Studium.«

»Wo war das?«

»Zuerst in Yale. Mein Diplom habe ich dann in Connecticut gemacht. Meine Doktorarbeit ist nie fertig geworden, weil ich irgendwann fand, daß die Lehre mir mehr gibt als die Forschung.«

Er gähnte wieder und blickte auf seine Uhr. »Ich schaue jetzt lieber nach den beiden Damen. Danke fürs Zuhören.«

Wir standen gemeinsam auf. Chip reichte mir eine Visitenkarte.

»Hier, meine Büronummer, falls Sie mich sprechen wollen. Ich kann es auch einrichten, daß ich da bin, wenn Sie zu uns nach Hause kommen. Sie müssen mir nur einen Tag vorher Bescheid geben.«

Am Ostausgang schien die gesamte Nachtschicht versammelt zu sein und drückte fast die Glastüren ein. In der Dunkelheit draußen blinkten die kirschroten Einsatzlichter von Polizeiwagen. Ich schob mich nach vorn.

»Was ist passiert?« fragte ich.

Eine Schwester, die in der Nähe stand, sagte, ohne sich umzudrehen: »Jemand ist überfallen worden. Im Parkhaus.«

»Warum bringen sie sie nicht herein?« fragte jemand in der Menge.

»Wieso *sie*? Woher willst du das wissen?«

»Es ist doch immer so«, sagte eine Frau.

»Jemand von denen hat gesagt, es wäre ein Arzt.«

»Und wer?«

»Irgendein Arzt. Mehr habe ich nicht mitbekommen.«

Fünf Minuten später öffnete sich eine Tür, und die Menge drängte nach vorn. Ein farbiger Polizeisergeant schlüpfte herein und hob die Hände.

»Darf ich einen Augenblick um Aufmerksamkeit bitten!« Er wartete, bis es ruhiger wurde. »In eurem Parkhaus hat es einen Überfall gegeben. Wir bitten Sie, einer nach dem anderen herauszukommen und ein paar Fragen zu beantworten«

Nach zwanzig Minuten war ich an der Reihe. Ein Polizist schrieb meinen Namen von meiner Plakette ab und notierte sich meine Führerscheinnummer. Draußen parkten sechs Einsatzwagen und ein Zivilauto kreuz und quer. Weiter unten auf dem Fußweg zwischen Krankenhauseingang und Parkhaus stand eine Gruppe von Männern.

»Wo genau ist es passiert?« fragte ich den Polizisten.

Er zeigte aufs Parkhaus.

»Da habe ich auch geparkt.«

Er hob die Augenbrauen. »Wann sind Sie gekommen?«

»Um ungefähr halb zehn.«

»Heute abend?«

»Ja.«

»Auf welcher Ebene parken Sie?«

»Zwei.«

Er wurde noch aufmerksamer. »Ist Ihnen irgend etwas aufgefallen, als Sie ankamen – haben Sie jemanden gesehen – irgend etwas Verdächtiges?«

Ich dachte an das Gefühl, beobachtet zu werden, als ich meinen Wagen verließ, und antwortete: »Nein, nur die Beleuchtung kam mir seltsam vor, ungleichmäßig. Die Hälfte der Parkplätze war angestrahlt, während andere vollkommen finster waren.«

Er schaute noch einmal in mein Gesicht und auf meine Plakette, dann ließ er mich gehen. Auf dem Weg zum Parkhaus kam ich an der Gruppe vorbei, die auf dem Fußweg zusammenstand. Einen der Männer erkannte ich. Presley Hünengart, der Leiter der Sicherheitsabteilung. Er rauchte eine Zigarette und schien den Sternenhimmel zu studieren, obwohl kein Stern zu sehen war. Einer der anderen Herren, mit einer goldenen Blende am Revers, redete, doch Hünengart schien nicht zuzuhören.

Unsere Blicke trafen sich kurz, aber er erkannte mich offenbar nicht wieder. Für jemanden, dessen Abteilung gerade jämmerlich versagt hatte, wirkte er bemerkenswert ruhig.

10

In der Zeitung am nächsten Morgen war von Mord die Rede, nicht mehr von einem Überfall. Das Opfer, tatsächlich ein Arzt, war totgeschlagen und ausgeraubt worden. Mit dem Namen konnte ich nichts anfangen: Laurence Ashmore, fünfundvierzig Jahre alt, seit einem Jahr beim Western Pediatric. Der Räuber hatte ihn von hinten angefallen und seine Brieftasche, Schlüssel und eine Magnetkarte genommen, die ihm Zufahrt zu den Ärzteparkplätzen gewährte. Ein Krankenhaussprecher wies darauf hin, daß die Schlüsselcodes für die Einfahrtschranke sofort geändert würden, doch er mußte zugeben, daß zu Fuß immer noch jeder ungehindert ins Parkhaus gelangen konnte.

Über den Täter gab es keinerlei Hinweise.

Kurz nach acht war ich wieder im Krankenhaus. Abgesehen von einem zweiten Wachposten in der Eingangshalle gab es keine Anzeichen, daß ein paar hundert Meter entfernt ein Leben ausgelöscht worden war. Ich wußte, der Tod ging hier ein und aus, aber nach einem Mord hätte ich doch ein stärkeres Sicherheitsaufgebot erwartet.

Gleich neben dem Informationsschalter hing eine Fototafel mit den Porträts der Ärzte. In der obersten Reihe links fand ich Laurence Ashmores Bild.

Toxikologe war er gewesen und recht jugendlich für seine fünfundvierzig, wenn das Foto wirklich erst kürzlich aufgenommen worden war. Ein schmales, ernstes Gesicht, dunkles, struppiges Haar, schmaler Mund, Hornbrille. Woody Allen nach einer Hungerdiät. Nicht der Typ, der einem Straßenräuber viel Widerstand entgegensetzen könnte. Ich fragte mich, wieso es nötig gewesen war, ihn umzubringen, um an seine Brieftasche zu kommen, doch dann wurde mir klar, wie idiotisch die Frage war.

Ich wollte gerade in den Lift steigen, als am anderen Ende des Ganges plötzlich ein Gewimmel entstand. Scharenweise weiße Kittel, die zum Transportaufzug eilten. Ein Pfleger schob ein Kind auf einer Rollbahre vor sich her, ein zweiter hielt eine Infusionsflasche und versuchte Schritt zu halten.

Unter den Ärzten erkannte ich Stephanie, neben ihr zwei Zivilisten. Chip und Cindy.

Ich drängte mich zu ihnen durch, als sie schon im Lift waren. Mit Mühe schlüpfte ich noch hinein und kämpfte mich zu Stephanie vor.

Sie begrüßte mich mit einem flüchtigen Lächeln, doch weder Cindy noch Chip schauten auf. Sie wirkten niedergeschlagen. Cindy hielt Cassies Hand.

Niemand sprach, während der Lift in den fünften Stock fuhr. Erst als wir ausstiegen, bemerkte mich Chip, und wir tauschten einen sekundenschnellen Händedruck.

Die Pfleger schoben die regungslose Cassie auf die Privatstation, legten sie mit geübten Bewegungen in ihr Bett, hängten die Tropfflasche auf und schoben das Bettgitter hoch. Stephanie nahm die Krankenkarte von der Bahre und bedankte sich bei den Pflegern, die darauf das Zimmer verließen.

Cindy und Chip beugten sich über das Bett. Das Zimmer war dunkel bis auf ein bißchen graues Morgenlicht, das durch die zugezogenen Vorhänge schimmerte.

Cassies Gesicht wirkte wie eine leere, aufgeblasene Maske, geschwollen und ausgemergelt zugleich. Cindy hielt noch immer ihre Hand. Chip stand daneben und schüttelte den Kopf.

»Dr. Bogner wird gleich hier sein und auch dieser schwedische Doktor«, sagte Stephanie. Die beiden nickten abwesend. Wir gingen auf den Korridor hinaus.

»Ein neuer Anfall?« fragte ich.

»Ja, heute morgen um vier. Seitdem haben wir sie in der Mangel.«

»Und wie geht es ihr?«

»Sie ist jetzt stabil. Lethargisch. Bogner probiert all seine Diagnosetricks, hat aber noch nichts finden können.«

»War sie in Gefahr?«

»Nein, nicht in Lebensgefahr, aber du weißt ja, welchen Schaden wiederholte Anfälle anrichten können. Es könnte sein, daß sie jetzt immer häufiger werden.« Sie rieb sich die Augen.

»Wer ist der schwedische Doktor?«

»Ein Neuroradiologe namens Torgeson. Er hat einiges über Epilepsie bei Kindern veröffentlicht. Er gibt Vorlesungen an der Uni drüben, also dachte ich, wir könnten es mal mit ihm versuchen.«

Wir gingen zum Stationsschalter, den jetzt eine junge, dunkelhaarige Schwester besetzt hielt. Stephanie machte eine Notiz in Cassies Akte und bat, sie im Falle einer Änderung sofort zu benachrichtigen.

»Wo ist Vicki?« fragte ich, während wir weitergingen.

»Zu Hause, um auszuschlafen, hoffe ich. Ihre Schicht war um sieben zu Ende, doch bis halb acht war sie unten im Behandlungszimmer und hielt Cassies Hand. Wenn ich nicht darauf bestanden hätte, daß sie verschwindet, wäre sie noch für eine weitere Schicht geblieben, obwohl sie vollkommen fertig war.«

»Hat sie den Anfall miterlebt?«

»Ja, sie war am Stationsschalter, als Cindy die Klingel betätigte und hilferufend aus dem Zimmer gelaufen kam.«

»Und wann kam Chip dazu?«

»Kurz nachdem wir Cassie stabilisiert hatten, rief Cindy ihn zu Hause an, worauf er sofort herkam. Ich glaube, es war um ungefähr halb fünf. – Es war eine anstrengende Nacht, aber wenigstens gibt es jetzt unabhängige Zeugen für einen Anfall. Diesmal sind wir sicher, daß einer stattgefunden hat.«

»Und Cindy ist bestimmt nicht verrückt; das ist jetzt jedem klar«, bemerkte ich.

»Was meinst du damit?«

»Na ja, das hat sie gestern zu mir gesagt: Daß ihr sie alle für verrückt halten müßtet. Sie kam darauf, als wir darüber sprachen, daß sie die einzige ist, die Cassies Anfälle miterlebte, und daß das Kind sich immer wieder erholte, sobald es im Krankenhaus war. Sie meinte, man könnte ihr nicht glauben. Vielleicht machte sie sich wirklich Sorgen, aber es könnte auch sein, sie spürt, daß wir sie verdächtigen, und sie mich auf die Probe stellen wollte. Oder sie hat nur ein Spiel mit mir gespielt.«

»Und wie hast du reagiert?«

»Ich hoffe, ich konnte sie beruhigen.«

»Seltsam«, sagte Stephanie nachdenklich, »sie macht sich Sorgen, ob wir ihr glauben, und prompt passiert etwas, das alle unsere Zweifel zerstreuen muß.«

»Ja, das Timing ist bemerkenswert. Wer außer Cindy war letzte Nacht noch bei Cassie?«

»Niemand, jedenfalls nicht die ganze Zeit. Glaubst du, sie hat ihr etwas gegeben?«

»Ich weiß nicht. Vielleicht hat sie ihr auch die Nase zugehalten. Oder die Halsschlagader abgedrückt. Beides kommt in der Literatur vor, und ich bin sicher, es gibt eine Reihe von Tricks, die noch nicht dokumentiert sind.«

»Tricks, die eine Beatmungshelferin kennen wird. Aber verdammt noch mal: wie soll man das feststellen?«

Sie riß sich das Stethoskop vom Hals und preßte die Stirn gegen die Wand.

»Hast du dir eine Therapie überlegt? Medikamente?«

»Das kann ich doch nicht! Solange wir nicht wissen, was mit ihr los ist, richten wir mehr Schaden an, als wir beheben.«

»Werden die Eltern nicht noch mißtrauischer, wenn du nichts tust?«

»Ach . . . ich sag ihnen einfach die Wahrheit. Das EEG läßt keine Schlüsse zu, und bevor ich sie unter Medikamente setze, möchte ich den Grund für die Anfälle wissen. Bogner wird mich unterstützen. Es macht ihn wahnsinnig, daß nicht einmal er etwas herausfindet.«

Die Holztüren schwangen auf, und herein schoß George Plumb, mit vorgestrecktem Kinn und fliegendem Kittel, zusammen mit einem Mann in blauem Nadelstreif. Er war etwa Mitte Sechzig und wesentlich kleiner als Plumb, untersetzt und glatzköpfig. Er bewegte sich mit kurzen, schnellen Schritten. Struppige Augenbrauen wölbten sich über kleinen Augen, die hinter einer stahlgefaßten Brille in einer sonnengebräunten, zerklüfteten Gesichtslandschaft lagen. Der üppige Windsorknoten in seinem metallischblauen Seidenschlips paßte gut zu dem riesigen weißen Hemdkragen.

Die beiden steuerten auf uns zu. Der untersetzte Mann wirkte äußerst geschäftig, auch wenn er stillstand.

»Dr. Eves und Dr. . . . Delaware, wenn ich mich recht entsinne«, stellte uns Plumb vor.

Ich nickte.

Der andere Mann schien sich nicht für uns zu interessieren. Er schaute sich mit dem gleichen Bauunternehmerblick um, den ich vor zwei Tagen bei Plumb gesehen hatte.

»Wie geht es unserem kleinen Mädchen, Dr. Eves?« fragte Plumb.

»Sie ruht«, antwortete Stephanie; dann wandte sie sich dem anderen Mann zu. »Guten Morgen, Mr. Jones.«

Der Glatzkopf schaute erst Stephanie an, dann mich. Ein scharfer Blick. Ich fühlte mich wie beim Schneider, beim Maßnehmen.

»Was genau ist passiert?« fragte er mit heiserer Stimme.

»Cassie hat heute früh einen epileptischen Anfall erlitten«, antwortete Stephanie.

»Verdammt.« Jones boxte sich in die Hand. »Und immer noch kein Anhaltspunkt, was die Ursache ist?«

»Ich fürchte, nein. Gleich nach der Einweisung haben wir alle relevanten Tests durchgeführt, und die werden wir nun wiederholen. Dr. Bogner wird zu uns stoßen und ein Gastprofessor aus Schweden, der jeden Moment hier sein müßte. Epilepsie bei Kindern ist sein Fachgebiet. Ich habe mit ihm telefoniert, und er meinte, wir hätten bisher alles richtig gemacht.«

»Verdammt!« Er schaute mich an, und seine Hand schoß mir entgegen. »Chuck Jones.«

»Alex Delaware.«

Es folgte ein kurzer, kräftiger Händedruck.

»Dr. Delaware ist Psychologe, Chuck«, sagte Plumb, worauf mich Jones verblüfft anstarrte.

»Dr. Delaware hilft Cassie dabei, mit den Spritzen fertig zu werden«, erklärte Stephanie.

Jones schien keine Meinung dazu zu haben. »Haltet mich in jedem Fall auf dem laufenden. Wir müssen herausfinden, was es mit diesem verdammten Quatsch auf sich hat.«

Er ging in Richtung Cassies Zimmer. Plumb folgte ihm wie ein Hündchen.

»Hat er ›Quatsch‹ gesagt?« fragte ich, als sie verschwunden waren.

»Du hast richtig gehört. Ein netter Opa, nicht wahr?«

»Bestimmt steht er auf Chips Ohrring.«

»Es gibt eine Sorte von Menschen, auf die er mit Sicherheit nicht steht: Psychologen. Nachdem die Abteilung geschlossen worden war, sind ein paar von uns zu ihm gepilgert und haben versucht, dem Krankenhaus irgendeine Form von psychologischem Dienst zu erhalten. Wir hätten ihn genausogut um einen zinslosen Kredit bitten können. Ist dir klar, daß Plumb dir ein Bein gestellt hat, als er Jones erzählte, was du machst?«

»Danke für den Hinweis«, sagte ich.

»Was sollen wir nun tun, Alex?«

Ich überlegte, ob ich ihr erzählen sollte, was ich mit Milo ausgeheckt hatte, aber ich hielt es immer noch für besser, sie da rauszuhalten. »Nach dem, was ich gelesen habe, gibt es nur zwei Möglichkeiten: Entweder man ertappt sie auf frischer Tat, oder man attackiert sie frontal und bringt sie zu einem Geständnis.«

»Dafür ist jetzt wohl nicht der beste Augenblick, nachdem sie Zeugen hat für einen Anfall und ich einen Spezialisten ins Spiel gebracht habe. Wer weiß, vielleicht liege ich total daneben, und Cassie leidet wirklich unter einer Art von Epilepsie. Heute morgen kam ein Brief an, von Rita, per Eilpost aus New York. Was der Fall mache, fragt sie. Ob es irgendwelche Fortschritte in meiner Diagnose gebe. Ich habe langsam das Gefühl, man übergeht mich und wendet sich an sie.«

»Denkst du dabei an Plumb?«

»Vielleicht. Weißt du noch, das Gespräch, um das er mich gebeten hat? Das hatten wir gestern, und er war zuckersüß zu mir: Wie sehr er meine Loyalität zu unserem Krankenhaus schätze, wie lausig die Finanzlage sei, daß ich aber, wenn ich keinen Staub aufwirbele, bald einen besseren Job haben könnte.«

»Ritas Job.«

»Das sollte ich wohl denken, auch wenn er es nicht offen

sagte. Und dann rennt er zum Telefon und ruft sie an. Das sähe ihm ähnlich, uns gegeneinander auszuspielen. Aber das ist jetzt alles unwichtig. Was soll ich mit Cassie machen?«

»Warum wartest du nicht ab, was Torgeson sagt? Wenn er meint, die Anfälle wären künstlich herbeigeführt worden, dann hast du etwas in der Hand für die Konfrontation, die irgendwann mit Sicherheit kommen wird.«

»Ich kann es kaum erwarten.«

Auf dem Weg zum Wartezimmer erwähnte ich, wie wenig man davon merkte, daß Laurence Ashmore gerade ermordet worden war.

»Was meinst du damit?«

»Niemand redet darüber.«

»Ja, es ist furchtbar, nicht wahr? Wie wir alle abstumpfen hier und uns in unseren eigenen Angelegenheiten vergraben. – Ich habe ihn eigentlich nicht gekannt. Er war nicht gerade gesellig, dieser Ashmore. Auf Belegschaftsversammlungen ließ er sich nie blicken, und auf Partys erst recht nicht.«

»Hat denn überhaupt jemand Patienten an ihn überwiesen, wenn er sich so benommen hat?«

»Daran war er nicht interessiert. Mit Patienten hatte er nie etwas zu tun. Er hat nur geforscht. Aber darin muß er nicht schlecht gewesen sein, soweit ich gehört habe. In Toxikologie kannte er sich aus. Deshalb bat ich ihn auch, sich Chads Krankengeschichte anzusehen, als seine Schwester mit diesen Atemproblemen zu uns kam.«

»Hast du ihm von deinem Verdacht erzählt?«

»Nein. Er sollte ja unvoreingenommen an die Sache herangehen. Ich bat ihn nur, nach Ungewöhnlichem Ausschau zu halten. Er war sehr zurückhaltend, fast ablehnend, als ob er meine Bitte als Belästigung empfände. Nach ein paar Tagen rief er an und sagte, er hätte nichts gefunden, in einem Ton, als wollte er sagen: ›... und lassen Sie mich in Zukunft damit in Ruhe.‹«

»Wie hat er sich denn finanziert? Irgendwelche Fremdmittel?«

»Nehm ich an. Vielleicht hat er seine Forschung auch aus seiner eigenen Tasche bezahlt. – Doch ganz gleich, wie er sich hier benommen hat: Was ihm zugestoßen ist, ist gräßlich. Früher war man noch sicher, wenn man einen weißen Kittel trug oder ein Stethoskop um den Hals, wie rauh es auch draußen zuging. Das gilt jetzt alles nicht mehr. Nichts ist mehr, wie es einmal war.«

Der allgemeine Wartesaal war überfüllt; der Geräuschpegel war wie auf einer Großbaustelle. Manche Mütter winkten Stephanie zu, und sie erwiderte die Grüße, bis wir durch die Tür zum Ärztebereich verschwanden. Auf dem Weg zu ihrem Büro begegnete uns eine Schwester: »Guten Morgen, Dr. Eves. Sie sind heute wieder mal sehr begehrt.«

Stephanie lächelte säuerlich. Eine andere Schwester übergab ihr einen Stapel Patientenkarten.

»Bis später dann«, sagte ich.

»Ja, bis später. Danke. – Übrigens: Ich habe noch etwas über Vicki erfahren. Eine Schwester, mit der ich früher einmal gearbeitet habe, hat mir erzählt, daß bei Vicki zu Hause nicht alles ganz glatt geht. Ihr Mann ist wohl Alkoholiker und muß ihr übel mitgespielt haben. Das könnte ein Grund sein, daß sie auf Männer nicht allzugut zu sprechen ist. Geht sie dir immer noch auf den Nerv?«

»Nein. Wir hatten ein kleines Gespräch und haben eine Art Waffenstillstand vereinbart.«

»Gut.«

»Auf Männer mag sie nicht gut zu sprechen sein, aber Chip scheint da eine Ausnahme zu machen.«

»Chip ist kein Mann. Er ist der Sohn des Chefs.«

»Da hast du natürlich recht. Wie ist sie denn mit Cassies Anfall heute morgen fertig geworden?«

»Sehr kompetent. Zunächst beruhigte sie Cindy, und nachdem sie sich überzeugt hatte, daß Cassie kein sofortiges Eingreifen ihrerseits benötigte, rief sie mich dazu. Vollkommen ruhig in einer schwierigen Lage, alles nach dem Lehrbuch.«

»Eine Lehrbuchschwester in einem Lehrbuchfall.«

»Aber du hast doch gesagt, daß sie kaum etwas damit zu tun haben kann, weil die Anfälle immer zu Hause geschahen.«

»Bis auf den letzten. Aber du hast recht, wenn ich fair bin, darf ich sie eigentlich nicht verdächtigen. Wahrscheinlich bin ich nur so auf sie fixiert, weil sie mir so unsympathisch ist.«

Stephanie schaute auf ihre Uhr. »Ich muß jetzt mit meinem Vormittagsprogramm beginnen; die Leute warten auf mich.«

Ich verabschiedete mich und ging zu einem Münztelefon, um Milo eine Nachricht aufs Band zu sprechen: »Vicki Bottomley hat einen saufenden und vielleicht prügelnden Ehemann. Es könnte sein, daß das nichts zu bedeuten hat, doch würdest du bitte überprüfen, ob etwas in der Richtung in euren Akten ist?«

Eine Schwester wie aus dem Lehrbuch . . . ein Münchhausen-Fall wie aus dem Lehrbuch . . . ein Krippentod wie aus dem Lehrbuch . . .

Ein Krippentod, den der verstorbene Dr. Ashmore untersuchte, der Arzt ohne Patienten – bestimmt nur ein makabrer Zufall. In Krankenhäusern wird das Makabre zur Routine, wenn man genug Zeit dort verbringt.

Ich beschloß, mir Chad Jones' Akte selbst einmal vorzunehmen.

Das medizinische Archiv befand sich immer noch im Erdgeschoß. Ich wartete, bis zwei Sekretärinnen mit ihren Anforderungszetteln und ein Arzt mit einem Laptop abgefertigt waren, nur um belehrt zu werden, daß die Akten der verstorbenen Patienten in einer Extrakammer im Keller untergebracht waren, in der Abteilung NMA, was für »nicht mehr aktiv« stand.

Ich machte mich auf den Weg, am Heizungsraum, am Möbellager, an einer Reihe von weiteren Lagerräumen und unbeschrifteten, verschlossenen Türen vorbei. Keine Menschenseele begegnete mir.

Ich ging schneller und hatte es gerade geschafft, in einen gedankenlosen Trott zu fallen, als rechts neben mir eine Tür aufflog, so daß ich zur Seite springen mußte, um nicht umgeworfen zu werden.

Es war eine der unbeschrifteten Türen. Zwei Männer in grauen Kitteln trugen einen Computer heraus, nur ein PC, aber von der größeren, teuren Sorte. Ihnen folgten keuchend noch zwei Männer mit einem weiteren Computer und einer mit hochgerollten Hemdsärmeln und schwellenden Bizepsen mit einem Laserdrucker vor dem Bauch. Ich konnte das Etikett lesen, das auf dem Drucker klebte: Dr. med. L. Ashmore.

Dann sah ich Presley Hünengart in der Tür stehen, einen Stapel von Ausdrucken unter dem Arm. An ihm vorbei spähte ich ins Zimmer: kahle beige Wände, anthrazitgraue Metallmöbel und noch mehrere Computer, die für den Abtransport vorbereitet wurden.

Hünengart starrte mich an. Ich erinnerte ihn, daß wir uns vor zwei Tagen in der allgemeinen Kinderabteilung getroffen hatten, und stellte mich noch einmal vor. Er antwortete mit einer äußerst sparsamen Kopfbewegung.

»Eine furchtbare Geschichte, was mit Dr. Ashmore passiert ist«, versuchte ich das Gespräch in Gang zu bringen.

Er nickte noch einmal, dann trat er zurück ins Zimmer und schloß die Tür hinter sich.

Während ich den Gang hinunterblickte und die Handlanger Ashmores Ausrüstung davontragen sah, mußte ich unwillkürlich an Grabräuber denken.

11

Die Aktenleichenhalle war ein langer, schmaler Raum mit zimmerhohen, eng stehenden Eisenregalen. Jede Akte war mit einem dicken schwarzen Strich markiert.

Hinter dem Schalter, der den Zugang blockierte, saß eine Frau mittleren Alters und asiatischen Aussehens. Die Zeitung, in der sie las – bunt und offenbar in ihrer Muttersprache gedruckt –, ließ sie sinken, sobald sie mich hereinkommen sah. Sie lächelte mich an, als wäre ich der Geldbriefträger.

Ich fragte nach der Akte Charles Lyman Jones' IV. Der Name schien ihr nichts zu sagen. Sie griff unter ihre Theke und schob mir einen NMA-Anforderungsschein herüber. Ich füllte ihn aus und gab ihn ihr zurück. »Jones«, sagte sie lächelnd und zog sich zwischen die Regale zurück. Sie suchte für eine Weile, zog Akten heraus, schaute wieder auf ihren Zettel und kam mit leeren Händen zurück.

»Nicht hier, Doktor.«

»Und wo könnte sie sein?«

Sie zuckte die Schultern. »Hat jemand anders genommen.«

»Hat schon jemand anders nach dieser Akte gefragt?«

»Muß wohl, Doktor.«

Ich fragte mich, wer Interesse an einer zwei Jahre alten toten Akte haben könnte.

»Es ist sehr wichtig, hören Sie? Gibt es eine Möglichkeit, herauszufinden, wer dieser Jemand ist?«

Sie dachte einen Augenblick nach, lächelte und griff wieder unter ihre Theke: eine Zigarrenkiste mit fünf Stapeln Anforderungsscheinen, jeweils mit einer Klammer zusammengehalten, die ich mir nun ansehen durfte. Die obersten Scheine waren alle von Pathologen unterschrieben. Ich ging einen Stapel durch und fand weder ein alphabetisches noch irgendein anderes Ordnungs-System.

Sie lächelte mich an, sagte »Bitte schön« und kehrte zu ihrer Zeitung zurück.

Ich blätterte mehrere Stapel durch und erkannte, daß jeder einzelne die Anforderungen eines Monats enthielt, von Januar bis Mai; ansonsten waren sie vollkommen ungeordnet. Ich kam nicht darum herum; ich mußte mir jeden Zettel einzeln anschauen. Und wenn Chad Jones Akte vor Januar entnommen worden war, dann war es sowieso hoffnungslos.

Ich las die Namen toter Kinder und machte mir vor, es wären nur zufällig zusammengewürfelte Buchstaben. Und dann fand ich, wonach ich suchte, unter den Anforderungen von Februar. Ein Schein vom vierzehnten Februar, ausgefüllt von jemandem mit einer sehr dürftigen Handschrift. Mit Mühe konnte ich das Gekritzel entziffern: D. Kent Herbert oder auch Dr. Kent Herbert.

Abgesehen von der Unterschrift, dem Datum und der internen Telefonnummer war der Zettel leer. Die Felder STELLUNG/TITEL, ABTEILUNG und ANFORDERUNGSGRUND waren nicht ausgefüllt worden. Ich notierte mir die Telefonnummer und bedankte mich bei der Frau hinter dem Schalter.

»Alles in Ordnung?« fragte sie.

»Haben Sie eine Ahnung, wer das sein könnte?«

Sie blinzelte auf das Formular.

»Herbert . . . nein. Ich arbeite erst einen Monat hier. Gutes Krankenhaus«, sagte sie fröhlich.

Ich fragte mich, ob sie überhaupt wußte, was für Akten sie da bewachte.

»Haben Sie ein Telefonverzeichnis?«

Sie schaute verwirrt.

»Ein Telefonverzeichnis von diesem Krankenhaus – das kleine orangefarbene Büchlein.«

»Ach so!« Sie zauberte eins unter ihrer Theke hervor.

Kein Herbert unter dem medizinischen Personal. Dann fand ich einen Ronald Herbert, Hilfsverwalter in der Krankenhausküche. Doch die Nummer stimmte nicht mit der auf dem Anforderungsschein überein, und außerdem leuchtete mir nicht ein, wieso sich ein Küchenmann für plötzlichen Kindstod interessieren sollte.

Ich bedankte mich noch einmal und ging. Als ich die Tür schloß, rief sie mir nach: »Kommen Sie bald wieder, Doktor.«

Ich fuhr in den ersten Stock hinauf und wählte von einem internen Telefon in der Nähe der Strahlentherapie D. Kent Herberts Nummer. Es meldete sich die Telefonzentrale.

»Western Pediatric.«

»Ich habe den Anschluß 2506 gewählt.«

»Einen Augenblick, ich verbinde Sie.« Nach etwas Klicken und Knacken in der Leitung: »Tut mir leid, Sir, der Anschluß ist nicht mehr registriert.«

»Seit wann?«

»Das kann ich nicht sagen, Sir.«

»Wissen Sie vielleicht, wessen Anschluß es einmal war?«

»Nein, Sir. Wen wollten Sie denn erreichen?«

»D. Kent Herbert.«

»Ist das ein Arzt?«

»Das weiß ich nicht.«

»Warten Sie ... Der einzige Herbert auf meiner Liste ist ein Ronald Herbert in der Küche. Soll ich Sie verbinden?«

»Warum nicht?«

Nach fünf Ruftönen meldete sich jemand mit lebhafter Stimme: »Ron Herbert.«

»Mr. Herbert, hier ist das medizinische Archiv. Ich rufe wegen der Akte an, die Sie ausgeliehen haben.«

»Wie bitte?«

»Die Krankenakte, die Sie im Februar ausgeliehen haben. Von NMA.«

»Ich glaube, Sie sprechen mit dem Falschen, mein Lieber. Das ist die Cafeteria hier.«

»Sie haben also am vierzehnten Februar dieses Jahres keine NMA-Akte angefordert?«

Er lachte. »Warum zum Teufel sollte ich das tun?«

»Vielen Dank, Sir.«

»Nichts zu danken. Ich hoffe, Sie finden, wonach Sie suchen.«

Ich legte auf, ging die Treppe zum Erdgeschoß hinunter und stürzte mich in das Getümmel der Empfangshalle. Am Informationsschalter schnappte ich mir das Telefonbuch, das vor der Angestellten lag.

Die Angestellte, eine farbige Frau mit blond gefärbten Haaren, beantwortete auf englisch die Fragen eines spanisch sprechenden Mannes. Beide sahen müde aus. Die Frau bemerkte das Buch in meiner Hand und schaute mich böse an. Die Schlange hinter dem Mann roch nach Schweiß und Hunger.

»Das dürfen Sie nicht nehmen«, sagte die Frau.

Ich lächelte und zeigte auf meine Plakette. »Ich leih es mir bloß aus. Es dauert nur eine Minute.«

Sie rollte mit den Augen und schnauzte: »Keine Sekunde länger, ist das klar?«

Ich schob mich ans Ende des Schalters, schlug das Buch auf und machte mich darauf gefaßt, Hunderte von vierstelligen Nummern durchsehen zu müssen. Doch zu meiner Überraschung wurde ich schon auf der ersten Seite fündig: ASHMORE, L. W. (TOX.)

Ich legte das Buch zurück und dankte der Angestellten. Sie funkelte mich an und legte es außer Reichweite.

Auf dem Weg aus dem Krankenhaus riß mich jemand aus meinen Gedanken, indem er meinen Namen rief. Ich schaute auf und sah einen großen, muskulösen Mann Ende Dreißig vom Haupteingang her auf mich zukommen. Die randlose Brille und der Anzug unter seinem weißen Kittel entsprachen der Mode der sechziger Jahre. Sein Gesicht, nein, seine ganze Erscheinung war beherrscht von einem extravaganten, sorgfältig gepflegten Schnurrbart.

Er winkte mir zu, während ich mein Gedächtnis nach dem Namen durchforschte, der zu dieser Gestalt gehörte. – Dan Kornblatt! Herzspezialist. Früher Oberassistent an der Universitätsklinik in San Francisco. Sein erstes Jahr dort war mein letztes gewesen. Unsere Bekanntschaft hatte sich auf Fallbesprechungen und gelegentliche Plaudereien über das Leben an der Bucht beschränkt. Ich erinnerte mich an seine Hauptstärke, seine Intelligenz, und an seinen Schwachpunkt, eine gewisse Taktlosigkeit gegenüber Vorgesetzten und Eltern. Mit jungen Patienten wußte er dagegen immer gut umzugehen. Er hatte vier jüngere Leute bei sich, zwei Ärztinnen und zwei Ärzte. Sie eilten mit schwingenden Armen durch die Eingangshalle – zielstrebig und mit beneidenswertem Elan. Zu meinem Trost erkannte ich, daß Kornblatts Schläfen grau geworden waren und sein Adlergesicht etliche Falten zeigte.

»Alex Delaware. Meine Güte!«

»Hallo, Dan.«

»Womit haben wir diese Ehre verdient?«

»Ich habe hier mit einem Fall zu tun. Als Berater.«

»Wirklich? Das heißt, du arbeitest jetzt privat?«

»Schon seit einigen Jahren.«

Er stellte mich den anderen vor. Die vier Namen entfielen mir gleich wieder nach all dem Lächeln und Händeschütteln.

»Alex war einer unserer Starpsychologen, damals, als es so etwas hier noch gab«, rief er in die Runde. Dann sagte er zu mir: »Aber wo wir davon reden. Ich dachte, Leute wie du seien hier verboten. Hat sich da etwas geändert?«

Ich schüttelte den Kopf. »Nein, es geht nur um einen einzelnen Fall.«

»Aha. Warst du auf dem Weg nach draußen? Wenn du Zeit hast, komm doch mit uns. Wir gehen zu einer Personalversammlung. Eine Notsitzung. Gehörst du noch zur Belegschaft?« Er sah meine Ausweisplakette und hob die Augenbrauen. »Wie ist es dir nur gelungen, der Ausmerzaktion in der Psychiatrie zu entgehen?«

»Formsache. Ich war immer der Kinderklinik zugeordnet, nicht der Psychiatrie.«

»Interessant. Kein schlechter Trick. Ihr seht, es gibt immer einen Ausweg.«

Die anderen schauten wissend. Keiner von ihnen war über dreißig.

»Also, willst du dich uns anschließen? Die Versammlung ist sehr wichtig – für uns jedenfalls. Und auch für dich, vorausgesetzt, es kümmert dich überhaupt noch, was hier vor sich geht.«

»Aber sicher. Worum geht's denn?«

»Um Aufstieg und Fall des Western Pediatric, exemplifiziert am Mord an Larry Ashmore. Eigentlich ist es eine Gedenkversammlung für ihn. Du weißt sicher, was passiert ist?« fragte er ernst.

»Ja. Schrecklich.«

»Symptomatisch, Alex. Symptomatisch für die Zustände hier. Schau dir nur an, wie die Verwaltung den Fall handhabt. Ein Arzt wird ermordet, und niemand macht sich auch nur die Mühe, ein Rundschreiben zu verschicken. Wenn es um Verwaltungssachen geht, sind sie nicht so sparsam mit dem Papier.«

»Das habe ich schon bemerkt. Eins ihrer Pamphlete habe ich gesehen, unten an der Bibliothek.«

Dan schaute finster. Sein Schnurrbart zitterte. »Ach! Haben wir etwa eine Bibliothek?«

»Das hab ich mich auch gefragt.«

»Es ist furchtbar. Jedesmal, wenn ich etwas nachlesen will, muß ich zur Fakultät fahren. Die Bibliothek ist verschwunden, die Psychiatrie gibt es nicht mehr, keine Unterstützung mehr für Forschungsprojekte, totaler Einstellungsstopp — und sie reden noch von weiteren Kürzungen, quer durch alle Abteilungen. Ich würde mich nicht wundern, wenn die den Laden dichtmachen, abreißen und einen großen Parkplatz draus machen.«

»Wie ist es eigentlich so weit gekommen?«

»Jones, der neue Vorstandsvorsitzende, war früher für die Investitionen der Klinik verantwortlich und hat seine Sache anscheinend sehr gut gemacht. Als die Zeiten schwierig wurden, hat der Vorstand gemeint, man müßte einen Finanzmann an die Spitze setzen, und Jones gewählt. Der hat dann die gesamte alte Verwaltung gefeuert und seine eigene Truppe hereingeholt.«

Inzwischen waren wir vor dem Hörsaal, in dem die Gedenkveranstaltung für Ashmore stattfinden sollte, angelangt.

»Was wohl aus Kent Herbert geworden sein mag?« sagte ich beiläufig.

»Wer?« fragte Kornblatt.

»Herbert, der Toxikologe. Hat der nicht für Ashmore gearbeitet?«

»Soweit ich weiß, hat niemand für Ashmore gearbeitet. Er war ein Einzelgänger – Herbert, sagtest du? Der Name sagt mir nichts.«

Wir betraten den großen, fächerförmigen Hörsaal mit steil gebauten grauen Sitzreihen. Von den fünfhundert Plätzen waren höchstens siebzig besetzt.

Kornblatt bewegte sich mit seinem Gefolge zum Podium hinunter, wobei er etliche Hände zu schütteln hatte und einigen Kollegen zuwinkte. Ich blieb zurück und setzte mich in die oberste Reihe.

Viele weiße Kittel. Bei genauerem Hinsehen fiel mir auf, wie wenig graues Haar zu sehen war. Wo waren die älteren Kollegen, mit denen ich früher zusammengearbeitet hatte?

Während ich darüber nachdachte, betrat ein Arzt mit einem drahtlosen Mikrofon die Bühne und bat um Ruhe. Er war etwa fünfunddreißig, ein weiches, blasses Babygesicht mit einem blonden Lockenkopf. Sein Kittel war leicht vergilbt und zu groß für ihn. Darunter trug er ein schwarzes Hemd und eine braune Strickkrawatte.

Als er das Wort ergriff, verstummte das allgemeine Gemurmel im Saal. Die Rufgeräte wurden abgeschaltet; dann war es still.

»Ich danke Ihnen allen, daß Sie gekommen sind. Könnte sich jemand um die Tür kümmern?«

Die Köpfe drehten sich, und ich merkte, daß ich der Tür am nächsten saß. Ich stand auf und schloß die Tür.

Der Lockenkopf fuhr fort: »Der erste Punkt auf der Tagesordnung ist eine Schweigeminute für unseren Kollegen Dr. Laurence Ashmore. Wenn Sie sich also erheben würden . . .«

Für eine lange Minute standen alle mit gesenkten Köpfen.

»Danke. Sie können wieder Platz nehmen.«

Er ging zur Tafel und schrieb mit einem Stück Kreide:

AGENDA
1. Gedenken an Ashmore
2.
3.
4.

Er trat von der Tafel zurück und sagte: »Möchte jemand ein paar Worte zu Laurence Ashmore sagen?«

Schweigen.

»Ich glaube, ich rede im Namen aller hier, wenn ich meine Bestürzung über das Verbrechen ausdrücke, dem Larry zum Opfer gefallen ist, und seine Familie unserer tiefen Anteilnahme versichere. Ich schlage anstelle von Blumenspenden eine Geldsammlung für einen guten Zweck vor, der von der Familie oder, wenn sie mit einer solchen Frage jetzt nicht behelligt werden kann, von uns zu benennen ist. Möchte jemand einen Kommentar dazu abgeben?«

Eine kurzhaarige Frau in der dritten Reihe sagte: »Wie wär's mit dem Institut für Giftkontrolle? Schließlich war er Toxikologe.«

»Ein guter Vorschlag, Barbara«, sagte der Lockenkopf, »jemand dagegen? Nein? Damit wäre der Vorschlag angenommen. Gibt es hier jemanden, der die Familie kennt und sie über unser Vorhaben unterrichten kann?«

Totenstille.

»Barbara, könntest du die Organisation der Sammlung übernehmen?«

Sie nickte.

»Gut. Die Spenden gehen also an Barbara Lomans Büro in der Rheumatologie. Sonst noch etwas zu diesem Punkt?«

»Informationen«, sagte jemand, »wo bleiben die Informationen?«

Ein untersetzter, bärtiger Mann in kariertem Hemd mit einem breiten, altmodischen Schlips erhob sich. Ich meinte mich an ihn zu erinnern. Zu meiner Zeit hatte er noch keinen Bart getragen, war Assistent gewesen, mit einem italienischen Namen . . .

»Was ich sagen will, John: Die Sicherheit hier stinkt doch zum Himmel. Was ihm zugestoßen ist, könnte jedem von uns passieren, und da es um unsere Sicherheit geht, haben wir ein Recht, zu erfahren, was genau passiert ist, welche Fortschritte die Polizei macht und welche Maßnahmen wir treffen können, um uns zu schützen.«

»Wir können gar nichts tun«, rief ein dunkelhäutiger Mann aus einer anderen Ecke des Saales. »Wir sind machtlos, solange die Verwaltung sich nicht ernsthaft für unsere Sicherheit interessiert. Wir brauchen Wachen an allen Eingängen zum Parkhaus und an jedem Treppenaufgang, rund um die Uhr.«

»Das würde Geld kosten, Hank«, sagte der Bärtige, »du weißt, was das bedeutet.«

Eine Frau mit Pferdeschwanz stand auf.

»Das Geld ist doch da, Greg, wenn sie nur ihre Prioritäten richtig setzen würden. Wir brauchen nicht noch mehr Rambo-Typen, die unsere Patienten auf den Korridoren einschüchtern. Was wir brauchen, ist echte Sicherheit, einschließlich Selbstverteidigungskursen et cetera. Besonders für weibliche Angestellte. Auf den offenen Parkplätzen gibt es überhaupt keine Sicherheit. Vor kurzem sind dort zwei Schwestern verprügelt worden, das wißt ihr ja. Ich halte es übrigens für einen Fehler, an dieser Versammlung nur Ärzte teilnehmen zu lassen. Elitedenken ist hier völlig unangebracht. Schwestern und Hilfskräfte leiden genauso wie wir unter der Bedrohung und arbeiten für dieselbe Sache. Wir sollten zusammenstehen und uns gegenseitig unterstützen, anstatt uns zu spalten.«

Keiner sagte ein Wort. Die Frau mit dem Pferdeschwanz blickte im Saal herum und setzte sich.

»Danke, Elaine«, sagte der Lockenkopf, »du hast deinen Punkt deutlich gemacht, obwohl ich sagen muß, daß es nicht unsere Absicht war, jemanden auszuschließen. Diese Versammlung steht dem gesamten medizinischen Personal offen.«

Er nahm sein Kreidestück in die Hand und ging zur Tafel zurück.

»De facto sind wir nun beim Thema ›Sicherheit für die Belegschaft‹. Habe ich recht?«

Vereinzeltes Nicken, sonst keine Reaktion. Der Mangel an Solidarität war fast mit Händen zu greifen. Ich erinnerte mich an die unzähligen Versammlungen, an denen ich vor Jahren teilgenommen hatte: endlose Diskussionen, keine oder minimale Ergebnisse.

Der Lockenkopf machte einen Haken hinter den ersten Punkt seiner Tagesordnung, schrieb »Sicherheit« in die zweite Zeile und wandte sich wieder an die Versammlung.

»Also gut. Irgendwelche Vorschläge dazu, außer Wachen und Karate?«

Dan Kornblatt stand auf. »Es tut mir leid, daß ich das sagen muß, aber ich fürchte, wir verpassen uns hier selber Scheuklappen. Was wir brauchen, ist eine Grundsatzdiskussion.«

»Kannst du das bitte ausführen, Dan?«

»Es geht um unsere Zielsetzung – die Zielsetzung dieses Krankenhauses. Das Sicherheitsproblem ist doch nur ein Symptom der allgemeinen Malaise.«

»Von welcher Malaise sprichst du bitte, Dan?«

»Ich rede von chronischer, tödlicher Apathie. Apathie, die von oben gefördert wird. Schaut euch doch um. Wie viele praktische Ärzte sind bei uns registriert, John? Zweihundert? Und wie viele von ihnen fanden ihre Zeit wert, hierherzukommen und uns durch ihre Anwesenheit zu unterstützen?«

»Dan . . .«

»Warte, laß mich zu Ende reden. Es gibt nämlich einen Grund, warum so wenige Kollegen von draußen hier sind. Es ist derselbe Grund, aus dem sie es vermeiden, ihre Patienten hierherzuschicken, sofern sie eine halbwegs annehmbare Alternative haben. Derselbe Grund, warum so viele von unseren eigenen Spitzenleuten abgesprungen sind. Wir und unser Krankenhaus sind als Versager gebrandmarkt, und die Öffentlichkeit sieht uns als solche, weil unser eigener Vorstand und unsere Verwaltung nichts halten von diesem Krankenhaus. Wir selbst haben die Achtung dafür verloren. Und wir verstehen alle genug von Psychologie, um zu wissen, was mit der Selbstachtung eines Kindes geschieht, dem ständig vorgehalten wird, was für ein Versager es ist. Es beginnt, es zu glauben. Und dasselbe gilt auch für –«

Die Tür flog auf, alle drehten sich um. George Plumb eilte herein, strahlend in seinem hellgrauen Seidenanzug, weißen Hemd und blutroten Schlips. Das Klappern seiner Schuhsohlen hallte durch den Saal, als er zum Podium schritt und sich wie selbstverständlich neben den Versammlungsleiter stellte.

»Guten Tag, meine Damen und Herren.«

»Wir reden gerade über die allgemeine Verdrossenheit in diesem Krankenhaus, George«, sagte Kornblatt.

Plumb setzte eine nachdenkliche Miene auf, stützte sein Kinn auf eine Faust und erwiderte: »Und ich dachte, dies sei eine Gedenkversammlung für Dr. Ashmore.«

»Das war es auch«, sagte der Lockenkopf, »aber wir haben die Gelegenheit wahrgenommen, weitere Punkte zu diskutieren.«

Plumb drehte sich um und las, was auf der Tafel geschrieben war. »Ein eindrucksvolles Programm, aber dürfte ich vielleicht noch kurz auf Dr. Ashmore zurückkommen und ein paar Worte sagen?«

Schweigen im Saal, dann allgemeines Nicken. Kornblatt blickte angewidert in die Runde und setzte sich hin.

»Zunächst«, begann Plumb, »möchte ich das Mitgefühl des Vorstands und der Verwaltung für den Verlust ausdrücken, den der Tod Dr. Ashmores für uns alle bedeutet. Dr. Ashmore war ein hochgeschätzter Wissenschaftler und wird schmerzlich vermißt werden. Mrs. Ashmore hat mich gebeten, anstelle von Blumen eine Spendensammlung an UNICEF zu veranlassen. Die Verwaltung übernimmt gern die Organisation der Sammlung. Als zweites möchte ich Ihnen mitteilen, daß die Herstellung der neuen Parkausweise nun abgeschlossen ist. Die Karten liegen im Sicherheitsbüro bereit und können dort heute und morgen zwischen drei und fünf Uhr nachmittags abgeholt werden. Irgendwelche Fragen?«

Der untersetzte, bärtige Mann namens Greg erhob sich: »Wie sieht es mit echten Sicherheitsmaßnahmen aus? Zusätzlichen Wachen an den Treppenaufgängen, zum Beispiel?«

Plumb lächelte. »Dazu wollte ich gerade kommen, Dr. Spironi. Ja, sowohl die Polizei als auch unsere eigene Sicherheitsabteilung sehen die Treppenaufgänge als ein Problem an, und obwohl die Kosten erheblich sein werden, sind wir bereit, sie rund um die Uhr mit Wachen zu besetzen, ein Mann pro Schicht auf jedem Stockwerk des Ärzteparkhauses und jeweils ein Mann pro Schicht auf jedem der drei offenen Parkplätze auf der anderen Straßenseite. Das heißt, wir werden elf Leute einstellen müssen, zusätzlich zu den vier, die schon im Einsatz sind. – Noch weitere Fragen?«

Nach einem Schweigen im Saal, das länger war als Ashmores Gedenkminute, erhob sich Kornblatt.

»Ich weiß nicht, wie der Rest der Versammlung darüber denkt, aber ich fühle mich überfahren.«

»Überfahren? Wie meinen Sie das, Dr. Kornblatt?«

»Ich meine, George, daß dies eigentlich als Ärzteversammlung gedacht war, und Sie platzen einfach herein und übernehmen das Wort.«

Plumb rieb sich das Kinn, schaute die Ärzte an und lächelte. »Das lag bestimmt nicht in meiner Absicht«, sagte er, bevor er päpstlich in die Runde winkte und sich zum Ausgang begab.

12

Nach Plumbs Abgang war jeder Dampf aus der Versammlung raus. Einige der Ärzte blieben noch und diskutierten in kleinen Gruppen, doch die meisten verschwanden. Als ich den Hörsaal verließ, sah ich Stephanie den Korridor herunterkommen.

»Ist es schon vorbei?« fragte sie. »Ich bin aufgehalten worden.«

»Ja, vorbei und erledigt. Du hast nicht viel verpaßt. Über Ashmore schien niemand viel zu sagen zu haben. Dann erhob sich ein allgemeines Gejammer über die Verwaltung, bis Plumb auftauchte und der Ärzteschaft den Wind aus den Segeln nahm, indem er versprach, alles zu tun, was sie verlangte.«

»Und das wäre?«

»Bessere Sicherheitsvorkehrungen.« Ich erzählte ihr kurz die Einzelheiten, doch sie schien mit ihren Gedanken schon woanders zu sein.

»Wir haben endlich etwas gefunden. Schau dir das an.«

Sie zog ein Blatt Papier aus der Tasche. Zuoberst waren Cassies Name und Patientennummer abgedruckt. Darunter eine Reihe von Zahlen.

»Das sind die Blutwerte von heute morgen.«

Sie zeigte auf eine der Zahlen.

»Niedrige Zuckerwerte. Das würde den Anfall erklären, Alex. Das EEG zeigt nur ganz leichte Anomalien. Bogner sagt, die Kurve läßt alle möglichen Interpretationen zu. Du weißt, wie schwierig es bei Kindern ist. Das heißt, ohne die Zuckerwerte würden wir wieder vollkommen im dunkeln tappen.«

Sie steckte das Papier wieder weg.

»In früheren Tests hat man nie Zuckermangel festgestellt, oder?« fragte ich.

»Nein, den Blutzuckerspiegel habe ich jedesmal überprüft. Bei krampfartigen Anfällen schaut man immer zuerst nach Zucker und Kalzium. Der Laie denkt, Zuckermangel kann nicht so schlimm sein, doch bei einem Kleinkind kann er das Nervensystem vollkommen aus dem Gleichgewicht werfen. Nach den beiden früheren Anfällen waren Cassies Zuckerwerte normal, doch Cindy hatte ihr unmittelbar danach etwas zu trinken gegeben – Saft oder Mineralwasser. Ich habe sie heute gefragt. Die Kleine war verschwitzt und erschöpft, also gab sie ihr etwas zu trinken. Dagegen ist nichts einzuwenden, aber die Laborwerte sind dann natürlich nichts mehr wert, besonders wenn noch Zeit vergeht zwischen dem Anfall und der Blutabnahme. Insofern war es gut, daß sie hier im Krankenhaus einen Anfall hatte. So konnten wir sofort mit den Tests beginnen.«

»Und wie kommt es, daß die Werte so niedrig sind?«

»Das ist die große Frage. Schwere Verminderung des Blutzuckers, die zu Anfällen führt, tritt normalerweise nicht bei Kleinkindern auf, sondern bei Säuglingen, bei Kindern von diabetischen Müttern oder nach einer problematischen Schwangerschaft. Bei älteren Kindern denkt man eher an eine Infektion. Cassies Leukozytenrate ist in Ordnung, aber vielleicht haben wir es mit Nachwirkungen einer früheren Infektion der Bauchspeicheldrüse zu tun. Auch Stoffwechselstörungen kann ich nicht ausschließen, obwohl wir das anläßlich ihrer Atembeschwerden untersucht haben. Oder sie leidet unter irgendeiner seltenen Störung der Zuckerspeicherung, die wir mit unseren Methoden nicht erkennen.«

Sie schaute an die Decke und atmete tief durch. »Eine andere Erklärung wäre ein Tumor an der Bauchspeicheldrüse, der Insulin ausscheidet. Das wäre allerdings übel.«

»Es klingt alles recht übel, was du da aufzählst. Hast du schon mit Cindy und Chip gesprochen?«

»Ich habe ihnen erzählt, daß Cassies Blutzuckerwerte zu niedrig sind und daß es sich wahrscheinlich nicht um klassische Epilepsie handelt. Ich sehe keinen Sinn darin, in die Einzelheiten zu gehen, solange wir noch keine Diagnose haben.«

»Wie haben sie reagiert?«

»Beide sehr passiv, am Boden zerstört. Sie haben letzte Nacht kaum Schlaf bekommen. Er ist eben zur Arbeit gegangen, und sie hat sich auf der Couch ausgestreckt.«

»Und wie geht es Cassie?«

»Sie ist noch sehr benommen. Wir sind dabei, die Zuckerwerte zu stabilisieren. Es sollte ihr bald wieder bessergehen.«

»Was steht ihr noch bevor, welche Untersuchungen habt ihr geplant?«

»Weitere Bluttests und eine Bauchhöhlentomographie. Am Ende könnte es nötig werden, einen chirurgischen Eingriff vorzunehmen, um die Bauchspeicheldrüse genau anzuschauen. Aber so weit sind wir noch lange nicht. Ich muß jetzt zurück zu Torgeson. Er sitzt in meinem Büro und schaut sich Cassies Krankengeschichte an. Er ist sehr nett, sehr locker.«

»Wird er auch einen Blick auf Chads Akte werfen?«

»Die habe ich angefordert, aber sie ist nicht auffindbar.«

»Das weiß ich«, sagte ich, »ich wollte sie auch einsehen – nur der Vollständigkeit halber, weißt du –, aber ein gewisser D. Kent Herbert hat sie entliehen. Er hat für Ashmore gearbeitet.«

»Herbert? Nie gehört. Warum sollte Ashmore die Akte anfordern lassen, wo er sich nicht sonderlich für den Fall interessiert hat?«

»Das frage ich mich auch.«

»Ich werde die Akte jedenfalls suchen lassen. Inzwischen werden wir uns auf Cassies Stoffwechselsysteme konzentrieren.«

»Würde der Zuckermangel auch die anderen Erkrankungen erklären – die Atemprobleme und den blutigen Stuhl?«

»Nicht direkt, aber es könnten alles Symptome einer einzigen zugrunde liegenden Infektion oder irgendeiner seltenen Erkrankung sein. Jede Woche lernen wir etwas Neues – jedesmal, wenn ein Enzym entdeckt wird, findet man Patienten, denen es daran fehlt. Es könnte sich sogar um einen atypischen Fall einer Erkrankung handeln, auf die wir sie getestet haben, die aber, weiß Gott warum, in den Blutuntersuchungen nicht in Erscheinung trat.«

Sie redete schnell und angeregt, anscheinend froh, es endlich mit greifbaren Krankheitsbildern zu tun zu haben.

»Möchtest du, daß ich weiterhin am Ball bleibe?« fragte ich.

»Natürlich. Warum fragst du?«

»Du klingst, als würdest du von der Münchhausen-Theorie abrücken und an eine echte Erkrankung glauben.«

»Es wäre natürlich schön – und behandelbar –, wenn die Symptome echt wären. Doch selbst wenn das der Fall ist, haben wir es wahrscheinlich mit einer chronischen Krankheit zu tun, und deine Hilfe wäre weiterhin gefragt. Wärst du dazu bereit?«

»Selbstverständlich.«

»Danke.«

Wir gingen die Treppen hinunter. Ein Stockwerk tiefer fragte ich sie: »Könnte es sein, daß Cindy – oder irgend jemand anders – den Blutzuckermangel herbeigeführt hat?«

»Sicher. Eine nächtliche Insulininjektion hätte genau diese Wirkung. Das war das erste, woran ich gedacht habe. Aber es gehört eine Menge Erfahrung dazu, den Zeitpunkt und die Dosierung richtig anzusetzen.«

»Oder eine Menge Probeinjektionen.«

»Mit Cassie selbst als Versuchskaninchen, meinst du? Prinzipiell wäre das möglich. Aber vergiß nicht, wie Cassie auf Spritzen reagiert. Wenn ihre Mutter sie damit quälte, dann müßte sie eigentlich jedesmal schreien, wenn sie sie erblickt. Doch wie es aussieht, bin ich die einzige, auf die sie so reagiert. Außerdem habe ich keine fremden Einstiche gefunden.«

»Könnten die dir nicht entgehen, bei den vielen Spritzen, die die Kleine schon bekommen hat?«

»Das könnten sie, aber ich habe wirklich darauf geachtet, Alex. Die Untersuchungen waren immer außerordentlich gründlich.«

»Gäbe es, außer der Spritze, noch andere Wege, ihr das Insulin zu verabreichen?«

»Es gibt wohl orale Präparate, die den Blutzuckerspiegel unmittelbar erhöhen, doch die hätten Stoffwechselprodukte hinterlassen, die wir mit unseren toxikologischen Tests mit Sicherheit gefunden hätten.«

Ich dachte an Cindys Entlassung aus der Armee und fragte: »Gibt es vielleicht Fälle von Diabetes in der Familie?«

»Nein. Bevor wir Cassies Stoffwechsel untersuchten, haben wir Cindy und Chip getestet. Alles normal.«

Wir waren im ersten Stock angelangt, und ich verabschiedete mich von Stephanie.

»Viel Glück noch mit eurer Diagnose.«

Sie blieb stehen und gab mir einen flüchtigen Kuß auf die Wange. »Ich danke dir für deine Kommentare, Alex. Ich bin so froh, es endlich mit Biochemie zu tun zu haben, daß ich Gefahr laufe, die anderen Fragen aus den Augen zu verlieren.«

Ich fragte einen Wachmann nach dem Personalbüro. Er musterte mich und sagte, ich sei genau richtig im ersten Stock.

Ich fand es an derselben Stelle, wo es immer gewesen war. Zwei Frauen saßen an Schreibmaschinen, eine dritte war dabei, Dokumente abzuheften. Letztere kam zu mir und fragte, ob sie mir helfen könnte. Ich sagte, ich wollte eine Beileidskarte an Dr. Ashmores Witwe schicken und bräuchte seine Privatadresse.

»Ist es nicht schrecklich?« sagte sie mit rauchiger Stimme. »Was ist nur aus diesem Krankenhaus geworden?« Das Register, in dem sie nachschlug, war so dick wie das Telefonbuch einer mittleren Kleinstadt. »Doktor Laurence Ashmore – North Whittier Drive, Beverly Hills.« Sie gab mir eine Hausnummer in den Neunhundertern.

Beverly Hills Nord – erstklassige Wohngegend. Die Hausnummer bedeutete, daß Ashmore direkte Sicht auf den Sunset Boulevard hatte, als er noch lebte. Teurer ging es nicht. Er mußte wohl ein bißchen nebenher verdient haben.

»Der arme Kerl«, sagte die Frau. »Da sieht man mal wieder, daß man Sicherheit nicht kaufen kann.«

Ich nickte. »Eine Frage noch: Dr. Ashmore hatte einen Mitarbeiter – D. Kent Herbert. Die Ärzteschaft möchte ihn gern wissen lassen, daß wir einen Spendenfonds zu Dr. Ashmores Gedenken eingerichtet haben, aber niemand weiß, wo er zu finden ist. Ich habe mich bereit erklärt, ihn aufzuspüren, doch ich weiß nicht einmal, ob er noch hier arbeitet. Wenn Sie mir seine Adresse geben könnten, wäre ich Ihnen sehr verbunden.«

»Herbert . . . Sie glauben also, er ist nicht mehr bei uns?«

»Ich weiß es nicht. Ich glaube aber, daß er im Januar oder Februar noch hier war, wenn Ihnen das weiterhilft.«

»Möglich. Herbert . . . wollen wir mal schauen.«

Sie zog einen dicken Ordner aus einem Wandregal über ihrem Schreibtisch.

»Herbert, Herbert, Herbert . . . aha, zwei Herberts hab ich hier, aber der eine, Ronald Herbert, ist in der Küchenverwaltung und der andere ist eine Sie, Denise Herbert, Toxikologie.«

»Denise könnte hinkommen.«

»Aber haben Sie nicht nach einem Mann gesucht?« fragte sie verwundert.

Ich zuckte hilflos die Schultern. »Muß wohl ein Irrtum gewesen sein. Der Kollege, der mir den Namen gab, kannte Herbert auch nicht persönlich, also nahmen wir beide an, es handle sich um einen Mann. Hat diese Denise vielleicht ein ›K‹ als zweite Initiale?«

Sie schaute in ihren Ordner. »Ja, genau.«

»Na also. Der Name, den ich habe, lautet D. Kent. Was hat sie bei uns gemacht?«

»Hm, lassen Sie mich nachsehen . . . fünf-drei-drei-A.« Sie schaute in einen anderen Ordner. »Sieht aus, als sei sie wissenschaftliche Assistentin gewesen. Gehaltsstufe I.«

»Hat sie vielleicht in eine andere Abteilung gewechselt?«

»Nein, sieht aus, als sei sie gegangen«, sagte sie, nachdem sie einen weiteren Ordner zu Rate gezogen hatte.

»Hm . . . haben Sie ihre Adresse?«

»Nein, keine Eintragung. Persönliche Daten schmeißen wir nach dreißig Tagen raus, aus Platzgründen.«

»Wann genau hat sie aufgehört?«

»Das kann ich Ihnen sagen.« Sie blätterte ein paar Seiten weiter und zeigte mir einen Zahlencode, den ich nicht entziffern konnte. »Sehen Sie? Sie hatten recht. Mit dem Februar, meine ich. Das war ihr letzter Monat hier. Am fünfzehnten hat sie gekündigt, und am achtundzwanzigsten wurde sie offiziell von der Gehaltsliste gestrichen.«

Am vierzehnten hatte sie Chad Jones' Akte entliehen.

Um drei Uhr fünfundvierzig fuhr ich aus dem Parkhaus. Auf dem Sunset blockierte ein Auffahrunfall den Verkehr, so daß ich fast eine Stunde brauchte, bis ich das künstlich-grüne Ende des Boulevard erreichte, das in Beverly Hills lag.

Ich näherte mich dem Whittier Drive und rollte langsam die mit tropischen Bäumen gesäumte Straße entlang. Laurence Ashmores Haus war das letzte – ein dreistöckiger Kalksteinkasten im englischen Stil auf einem Grundstück, das fast hundert Meter Straßenfront einnahm. Das Gebäude war in makellosem Zustand, genau wie der Rasen, auf dem es stand.

Ein weißer Oldsmobile Cutlass war das einzige Fahrzeug auf der langen, geschwungenen Privatstraße, die zu dem Haus führte. Davor und dahinter hundert Meter sauberen Bordsteins. Keine Trauergäste, keine Blumensträuße vor der Tür. Die Fensterläden waren geschlossen; kein Zeichen, daß jemand zu Hause war. In dem perfekten Rasenteppich steckte das Schild einer Sicherheitsfirma.

Ich fuhr weiter, wendete den Wagen, fuhr noch einmal an dem Haus vorbei, dann nach Hause.

Mein Antwortdienst hatte nur Routineanrufe gespeichert. Nichts von Fort Jackson. Ich rief an und fragte nach Captain Katz, der sofort an den Apparat kam.

Ich erinnerte ihn, wer ich war, und sagte, ich hätte ihn hoffentlich nicht beim Abendessen gestört.

»Nein, nein, keine Sorge, ich wollte Sie sowieso anrufen. Ich glaube, ich habe gefunden, wonach Sie suchen.«

»Großartig.«

»Eine Sekunde. Da haben wir's. Grippe und Lungenentzündung, Epidemien in den letzten zehn Jahren, richtig?«

»Genau.«

»Soweit ich sagen kann, hatten wir hier nur eine größere Grippewelle, ein Thai-Virus, 1973. Das heißt, vor Ihrer Zeit.«

»Sonst nichts?«

»Sieht nicht so aus. Lungenentzündung: Fehlanzeige. Natürlich gab es eine Menge isolierter Grippefälle, aber nichts, was man als eine Epidemie bezeichnen könnte. Und unser Archiv über solche Dinge ist gut in Schuß. Die einzig ansteckende Krankheit, die uns öfter zu schaffen macht, ist bakterielle Meningitis. Sie wissen, wie gefährlich Hirnhautentzündung in einem geschlossenen Milieu werden kann. Das letzte Mal, daß wir damit zu tun hatten, war vor zwei Jahren. Davor 83, 78 und 75, mit schöner Regelmäßigkeit, könnte man denken. Vielleicht sollte man da mal forschen. Vielleicht findet man ein Muster.«

»Wie ernst war es denn?«

»Der einzige Ausbruch, den ich persönlich erlebt habe, war der vor zwei Jahren, und der war ernst genug – es gab Tote.«

»Auch Nachwirkungen? Hirnschäden oder Epilepsie?«

»Höchstwahrscheinlich. Ich habe die Daten nicht zur Hand, aber ich könnte nachschauen. Aber wieso interessieren Sie sich überhaupt dafür?«

»Ach – reine Neugier.«

»Neugier kann nicht schaden. Es sei denn, man ist beim Militär.«

Cindy hatte über ihre Entlassung aus der Armee gelogen.

Vielleicht hatte Ashmore doch etwas gefunden. Vielleicht hatte er Cassies Namen auf der Aufnahmeliste gesehen und war neugierig geworden. Weshalb hätte er sonst Chad Jones' Akte angefordert?

Ihn konnte ich nicht mehr fragen, aber vielleicht konnte mir seine ehemalige Assistentin weiterhelfen.

Ich fragte die Auskunft nach Denise Kent Herbert. Fehlanzeige. Dann wählte ich Milos Nummer im Datencenter der Polizei. Er nahm ab und fragte mich sofort, ob ich von dem Mord im Krankenhaus gehört hatte.

»Ich war dort, als es passierte.« Ich erzählte ihm, was an dem Abend in der Eingangshalle los war, über meine Befragung und mein eigenartiges Gefühl im Parkhaus.

»Sei vorsichtig, mein Junge. Ich habe deine Nachricht wegen Bottomleys Ehemann erhalten, hab aber nichts finden können; keine Notrufe von ihrer Adresse, keine Einträge über jemand, der Namen und Alter nach ihr Mann sein könnte. Es gibt aber einen anderen unangenehmen Typen, der bei ihr lebt: Ronald Douglas Bottomley, geboren 1970. Das könnte ein Sohn von ihr sein oder ein zugelaufener Neffe.«

»Was hat er denn angestellt?«

»Eine ganze Latte. Die Jugenddelikte kann ich nicht einsehen; danach eine Reihe von Drogensachen, Drogenbesitz, Ladendiebstahl, Taschendiebstahl, Einbruch, Raub. Etliche Verhaftungen, einige Verurteilungen. Hat auch ein paar Monate gesessen. Meinst du, das alles könnte etwas mit deiner Patientin zu tun haben?«

Ich gab zu, daß dies noch nicht abzuschätzen war, und erzählte ihm dann von Stephanies neuen Vermutungen, Cindys Lüge über ihre Entlassung aus der Armee, der verschwundenen Akte Chad Jones' und ihrer ominösen Entleiherin Denise K. Herbert. Milo versprach, sie ausfindig zu machen, wenn ich ihn als Gegenleistung zum Abendessen einladen würde.

Und wirklich, als er um acht eintraf, präsentierte er mir Herberts Personalien – geboren am 13. Dezember 1963, 165 Zentimeter groß, 65 Kilo schwer, wohnhaft in Culver City.

13

Es war ein strahlender Frühlingsmorgen, und mein erster Gedanke nach dem Aufwachten galt Ruth, die ich am Abend treffen würde.

Ich ignorierte die Schmerzen in meinen Knien, joggte meine üblichen drei Kilometer, bevor ich unter die Dusche sprang. Danach waren die Fische an der Reihe und dann mein Frühstück samt Morgenzeitung.

Nichts Neues über den Ashmore-Mord.

Ich rief die Auskunft an und versuchte eine Telefonnummer zu bekommen, die zu Denise Herberts Adresse passen würde, doch ohne Erfolg. Auch die beiden anderen Herberts in Culver City wußten nichts von ihr.

Und wenn schon, dachte ich beim Auflegen. Ich hätte sowieso nicht gewußt, was ich ihr sagen sollte, um meine Neugier bezüglich Chads Akte zu begründen. Ich beschloß, mich lieber auf den Job zu konzentrieren, für den ich qualifiziert war, zog mich an, klemmte meinen Krankenhausausweis ans Revers, ging aus dem Haus und fuhr Richtung Hollywood.

Nach wenigen Minuten war ich in Beverly Hills. Ich fuhr am Whittier Drive vorbei, ohne zu verlangsamen, doch dann sah ich den weißen Cutlass, von Osten kommend, einbiegen. Ich wendete.

Der Olds parkte am selben Platz wie am Tag zuvor. Eine schwarze Frau stieg aus, jung, Ende Zwanzig oder Anfang Dreißig, klein und zierlich. Sie trug einen grauen Rollkragenpulli, einen knöchellangen schwarzen Rock und flache schwarze Schuhe. In der einen Hand hielt sie eine Einkaufstasche, in der anderen ein braunes Lederportemonnaie. Wahrscheinlich das Hausmädchen, dachte ich, zurück von einer Tour durch die Kaufhäuser für die trauernde Witwe.

Ich lächelte ihr zu, als sie mich bemerkte. Sie schaute mich fragend an und kam langsam, mit kleinen, federnden Schritten zu mir herüber. Als sie näher kam, sah ich, wie hübsch sie war. Ihre Haut war tiefschwarz, bläulich schimmernd, ihre Züge klar und flächig, wie eine nubische Maske.

»Hallo. Sie sind vom Krankenhaus?« Sie sprach mit dem Akzent, den man von vornehmen britischen Privatschulen mitbekommt.

»Ja.« Ich war überrascht, doch dann bemerkte ich, daß sie meine Ausweisplakette ansah.

»Nett, daß Sie kommen«, sagte sie.

Ich stellte mich vor. Sie setzte die Einkaufstasche aufs Gras und gab mir durchs Seitenfenster ihre schmale, trockene und eisigkalte Hand.

»Ich bin Anna Ashmore. Ich hätte nicht gedacht, daß so bald jemand vorbeikommt.«

Ich schämte mich wegen meiner Vorurteile und sagte: »Ich habe Ihren Mann nicht persönlich gekannt, doch lassen Sie mich trotzdem mein Beileid aussprechen.«

Sie ließ ihre Hand sinken. Irgendwo in der Ferne knatterte ein Rasenmäher. »Einen Gottesdienst wird es nicht geben. Er war nicht religiös.« Sie wandte sich dem Haus zu. »Möchten Sie vielleicht hereinkommen?«

Die Eingangshalle war zwei Stockwerke hoch mit cremefarbenen Wänden und schwarzem Marmorboden. Marmorstufen und ein wunderschönes Messinggeländer wanden sich zum oberen Stockwerk. Rechter Hand befand sich ein großer gelber Speisesaal mit glänzenden schwarzen Art-nouveau-Möbeln, die das wirkliche Hausmädchen gerade polierte. Kunst auch an der Wand hinter der Treppe – moderne Gemälde und klassische afrikanische Batiken. Ein kurzer Durchgang führte zu einer Glastür, hinter der sich eine kalifornische Postkartenansicht darbot: grüner Rasen, ein Schwimmbecken mit blausilbernem Wasser in strahlendem Sonnenschein, weiße Umkleidekabinen an einem gitterverzierten Säulengang, Hecken und Blumenbeete unter den wandernden Schatten verschiedenster Baumarten.

Das Mädchen kam aus dem Speisesaal und nahm Mrs. Ashmore die Einkaufstasche ab. Anna Ashmore dankte ihr und führte mich zwei Stufen hinunter nach links in ein Wohnzimmer, das doppelt so groß war wie der Speisesaal.

Sie bot mir einen Sessel an und betätigte einen Knopf, der mehrere Stehlampen einschaltete. Eine Ecke des Raumes wurde von einem schwarzen Flügel eingenommen. An den Wänden noch mehr Kunst, dieselbe Mischung von Ölbildern und Textilarbeiten. Über dem steinernen Kaminsims meinte ich einen Hockney zu erkennen.

»Bitte«, sagte Mrs. Ashmore. Ich ließ mich auf einem weißen Wildledersofa nieder.

»Kann ich Ihnen etwas zu trinken anbieten?«

»Nein, danke.«

Sie saß mir direkt gegenüber, steif wie ein Stock und schweigend. Seit wir hereingekommen waren, hatten sich ihre Augen mit Tränen gefüllt.

»Es muß ein furchtbarer Verlust für Sie sein.«

Sie wischte sich die Augen mit einem Finger. »Danke, daß Sie gekommen sind.« Dann Schweigen.

»Ein wunderschönes Haus haben Sie hier«, sagte ich.

Sie antwortete mit einer hilflosen Geste: »Ich weiß nicht, was damit werden soll.«

»Wohnen Sie schon lange hier?«

»Nein, erst seit einem Jahr. Es war schon seit langem in Larrys Besitz gewesen, aber wir hatten nie hier gelebt. Als wir nach Kalifornien zogen, meinte Larry, dies sollte unser Zuhause sein.«

Sie zuckte die Schultern und machte dieselbe hilflose Geste, indem sie die Hände hob und auf die Knie sinken ließ.

»Es ist viel zu groß . . . Wir wollten es verkaufen . . .« Sie schüttelte den Kopf.

»Wo haben Sie vorher gelebt?« fragte ich.

»New York.«

»Hat Dr. Ashmore früher schon einmal in Los Angeles gewohnt?«

»Nein, aber er kannte es von Einkaufsexpeditionen. Er besaß viele Häuser über das ganze Land verteilt. Davon lebte er.«

»Immobilienkäufen?«

»Kaufen und Verkaufen. Investieren. Es war seine Leidenschaft. Er genoß die Freiheit, die es ihm gab.«

Das konnte ich gut nachvollziehen. Ich selbst verdankte es dem Grundstücksboom der siebziger Jahre, daß ich finanziell einigermaßen unabhängig war, wenn ich auch nicht in dem Maßstab spekuliert hatte, wie es Ashmore offenbar getan hatte.

»Leben Sie hier ganz allein?«

»Ja. Ich habe keine Kinder. Und viele Freunde haben wir auch nicht.«

Ich erinnerte mich an ihre Bemerkung, daß sie so bald niemanden erwartet hätte. »Hat sich vom Krankenhaus niemand gemeldet?«

Sie nickte. »Doch. Jemand wollte mit der Spendenurkunde für UNICEF vorbeikommen. Sie wollen sie rahmen lassen. Gestern war ein Mann hier und fragte, ob ich einverstanden wäre, an UNICEF zu spenden.«

»Ein Mann namens Plumb?«

»Nein, ich glaube nicht. Es war ein längerer Name, etwas Deutsches.«

»Hünengart?«

»Ja, genau. Er war sehr freundlich und sagte nette Dinge über Larry.« Ihre Gedanken schienen abzuschweifen. Sie blickte an die Decke. »Möchten Sie bestimmt nichts trinken?«

»Vielleicht ein Glas Wasser. Danke.«

Sie stand auf und ging aus dem Zimmer. Ich nahm die Gelegenheit wahr und schaute mir die Bilder an. Es war tatsächlich ein Hockney. Ein Stilleben, Aquarell unter Plexiglas. Daneben ein kleines abstraktes Ölgemälde von De Kooning. Außerdem einer von Jasper Johns' Wortsalaten, eine Bademantelstudie von Jim Dine und ein Nymphenreigen in Tusche von Picasso. Und noch viele andere Stücke, die ich nicht identifizieren konnte. Dazwischen Batiken in erdigen Farbtönen.

Anna Ashmore kam mit einem Glas, einer Flasche Perrier und einer Leinenserviette auf einem ovalen Lacktablett zurück. Sie schenkte mir ein und setzte sich wieder.

»Sehr schöne Kunstwerke«, sagte ich.

»Larry hat sie in New York gekauft, als er im Sloan-Kettering arbeitete.«

»Dem Krebsinstitut?«

»Ja. Wir haben vier Jahre dort verbracht. Larry interessierte sich sehr für Krebs. Besonders dafür, wie und nach welchen Mustern die Häufigkeit zunimmt. Wie die Welt sich vergiftet. Er machte sich Sorgen um die Welt.«

»Haben Sie ihn dort kennengelernt?«

»Nein. Das war in meiner Heimat – im Sudan. Ich komme aus einem Dorf im Süden. Mein Vater war der Dorfpräsident. Zur Schule gegangen bin ich in Kenia und in England, weil die großen Universitäten in Khartum und Omdurman islamisch sind und meine Familie christlich.«

»Hat Dr. Ashmore im Sudan geforscht?«

»Ja, er arbeitete für die UNO an einer Studie über Krankheitsausbreitung. So ist Mr. Hünengart auf die UNICEF-Sammlung gekommen.«

»Erkrankungsmuster«, sagte ich, »Seuchenkunde, könnte man auch sagen, Epidemiologie, nicht wahr?«

Sie nickte. »Ausgebildet war er als Toxikologe und Umweltmediziner, aber in diesen Feldern war er nur kurzzeitig tätig. Seine wahre Liebe gehörte der Mathematik, und als Epidemiologe konnte er Mathematik und Medizin verbinden. Im Sudan untersuchte er die Geschwindigkeit, mit der sich bakterielle Erkrankungen von Dorf zu Dorf übertragen. Mein Vater bewunderte seine Arbeit und stellte mich dazu ab, ihm bei Blutabnahmen von Kindern zu helfen. Ich war als frischdiplomierte Krankenschwester gerade aus Nairobi zurück.« Sie lächelte. »So wurde ich seine Vampirette, denn Larry fiel es zu schwer, Kindern weh zu tun. Im Laufe der Zeit wurden wir Freunde. Dann brachten die Moslems meinen Vater um – meine ganze Familie. Und ich flog mit Larry nach New York, in einem UN-Flugzeug.«

Sie erzählte von der Tragödie, als hätte sie nichts damit zu tun, als hätten die wiederholten Verletzungen sie taub gemacht. Ich fragte mich, ob die Leidenserfahrung es ihr erleichtern würde, mit dem Mord an ihrem Mann fertig zu werden, oder ob sie alles noch schlimmer machen würde.

»Die Kinder in meinem Dorf wurden alle getötet, als die Moslems aus dem Norden kamen. Die UNO unternahm nichts, und Larry wurde wütend und verbittert darüber. Als wir in New York waren, schrieb er Briefe und versuchte vergeblich, die Bürokratie in Bewegung zu bringen. Er wurde immer verschlossener. Das war die Zeit, wo er anfing, Kunstwerke zu kaufen. Kunst wurde eine Art Zuflucht für ihn. Er nannte sie das Höchste, mit dem Menschen in Berührung kommen könnten. Oft kaufte er ein neues Stück, hängte es an die Wand, starrte es stundenlang an und redete davon, wie wichtig es wäre, uns mit Dingen zu umgeben, die uns nicht weh tun.«

Sie schaute sich im Zimmer um und schüttelte den Kopf.

»Und nun sitze ich hier mit diesen Dingen, von denen die meisten mir kaum etwas bedeuten. Mit seinen Bildern und der Erinnerung an seinen Zorn. Er war ein zorniger Mann. Auch sein Geld hat er im Zorn verdient.«

Sie bemerkte meinen verwirrten Blick. »Ich meine damit, wie es angefangen hat. Es begann mit Glücksspiel – Black Jack, Würfeln und anderes. Obwohl es mit Spielen wenig zu tun hatte, wenn er sich tagelang in Las Vegas, Atlantic City, Reno oder Lake Tahoe vergrub und die ganze Zeit in den Kasinos zubrachte, ohne zu essen oder zu schlafen.«

»Und die meiste Zeit hat er gewonnen?«

»Fast immer.«

»Hatte er irgendein System?«

»Er hatte viele Systeme, alle selbst entwickelt, auf seinen Computern. Er war ein mathematisches Genie, Dr. Delaware. Seine Systeme setzten ein außerordentliches Gedächtnis voraus. Er konnte Zahlenreihen im Kopf addieren wie ein menschlicher Computer. – Er dachte, er könnte für alle Ewigkeit die Kasinos plündern, doch man kam ihm auf die Schliche und forderte ihn auf, zu verschwinden. Das war in Las Vegas. Dann flog er nach Reno, doch dort erwartete man ihn schon. Larry war außer sich, und nach ein paar Monaten ging er als alter Mann verkleidet nach Las Vegas zurück, setzte höher und gewann mehr als je zuvor.«

Sie verharrte eine Weile bei der Erinnerung und lächelte. Das Reden schien ihr gutzutun. So machte mein Besuch wenigstens etwas Sinn.

»Dann hörte er plötzlich auf mit dem Glücksspiel. Es langweilte ihn, sagte er, und er begann mit Immobilien zu spekulieren. Er war sehr erfolgreich. Ich weiß nicht, was ich mit alldem hier anfangen soll.«

»Haben Sie Verwandte in der Nähe?«

»Nein. Weder hier noch sonstwo. Larrys Eltern sind auch tot. Haben Sie ihn eigentlich gekannt?«

»Nein, leider nicht.«

»Er war klein und zierlich.« Sie lächelte wieder. »Hinter seinem Rücken nannte mein Vater ihn einen Affen, aber er meinte es liebevoll. Ein Affe, der dachte, er sei ein Löwe.«

Sie hielt die Hand vor den Mund und schaute zur Seite. Ich ließ eine Minute verstreichen, bevor ich fragte: »Warum sind Sie nach Los Angeles gezogen?«

»Larry fühlte sich nicht wohl bei Sloan-Kettering. Zu viele Regeln, zuviel Politik. Eines Tages meinte er, wir sollten nach Kalifornien ziehen und in diesem Haus hier wohnen.«

»Warum entschied er sich für Western Pediatric?«

Sie zögerte. »Bitte nehmen Sie es mir nicht übel, Doktor, aber ausschlaggebend war für ihn, daß es ein Krankenhaus im Niedergang ist. Bei den Finanzproblemen, unter denen es leidet, konnte er sicher sein, daß man ihn in Ruhe seine Forschung betreiben ließ, solange er sein eigenes Geld mitbrachte.«

»Welche Art Forschung war das denn?«

»Dasselbe wie immer. Erkrankungsmuster. Ich weiß nicht sehr viel darüber. Larry redete nicht über seine Arbeit. Er war gern für sich allein. Er wollte nicht einmal eine Sekretärin. Er sagte, er könnte alle Schreibarbeiten schneller und akkurater selbst auf seinem Textsystem erledigen.«

»Er hatte aber Forschungsassistenten, nicht wahr? Denise Herbert, zum Beispiel.«

»Die Namen kenne ich nicht, aber ja, von Zeit zu Zeit beschäftigte er Studenten, doch sie entsprachen nie seinen Anforderungen. Larry haßte es, sich auf andere verlassen zu müssen. Autarkie war für ihn zur Religion geworden. Nachdem ich in New York von einem Drogensüchtigen überfallen worden war, bestand er darauf, daß wir beide einen Selbstverteidigungskurs absolvierten. Er fand einen alten Koreaner, der uns Karate, Thai-Boxen und andere Techniken beibrachte. Ich ging zu den ersten zwei oder drei Stunden, doch dann hörte ich auf. Das Ganze erschien mir unlogisch. Wie sollten wir uns mit bloßen Händen gegen einen mit einer Pistole fuchtelnden Drogensüchtigen verteidigen? Doch Larry blieb eisern und übte jeden Abend. Am Ende hatte er sogar einen Gürtel.«

»Einen schwarzen Gürtel?«

»Nein, einen braunen. Larry sagte, braun wäre genug. Alles, was darüber hinausginge, sei Angeberei.«

Sie senkte den Kopf und weinte lautlos in ihre Hände. Ich nahm die Serviette vom Tablett, hielt sie ihr hin, als sie wieder aufschaute. Für einen Augenblick umklammerte ihre Hand meine Finger so fest, daß es fast schmerzte.

»Kann ich Ihnen noch irgend etwas anbieten?« fragte sie, als ich mich wieder gesetzt hatte.

»Nein. Gibt es etwas, das ich für Sie tun könnte?«

»Nein, danke. Ich bin Ihnen wirklich dankbar für Ihren Besuch. Wir kennen nicht viele Leute, wissen Sie.«

Ich stand auf, und sie begleitete mich zur Tür. »Vielen Dank noch einmal, daß Sie gekommen sind, Dr. Delaware.«

»Wenn es irgend etwas gibt, das ich für Sie tun kann . . .«

»Das ist sehr freundlich von Ihnen, aber ich bin sicher, ich werde allein mit allem fertig.«

Ich wünschte ihr alles Gute, und sie schloß die Tür.

14

Cassies Blicke folgten mir, als ich Zimmer 505 W betrat, doch ihr Körper bewegte sich nicht.

Die Vorhänge waren zugezogen. Das gelbe Licht, das auf Cassies Bett schien, kam vom Badezimmer, dessen Tür halb offenstand.

»Guten Tag, meine Süße«, begrüßte ich das kleine Mädchen.

Sie lächelte mich an, schloß die Augen und schaukelte den Kopf vor und zurück, wie man es häufig bei blinden Kindern beobachtet.

Cindy kam aus dem Badezimmer und rief mir einen Gruß zu. Ihren Zopf hatte sie zu einem Knoten zusammengebunden. Die Bluse hing leger über ihre Jeans.

»Wir haben eine schwere Nacht hinter uns«, erwiderte sie auf meine Frage, wie es ihr ging.

»Ich habe davon gehört«, sagte ich. »Es tut mir leid.«

Cindy beugte sich über das Bett und streichelte Cassies Wange. Ich bemerkte die ersten Spuren des Alters in ihrem Gesicht, Kummerfalten um Mund und Augen. Augen, in denen ich Furcht und Verwirrung las, als unsere Blicke sich trafen. Sie entfernte sich von mir und setzte sich auf die Bettcouch.

»Was hat man denn heute mit ihr angestellt?« fragte ich, obwohl ich die Patientenkarte gelesen hatte, bevor ich hereingekommen war.

»Tests und Untersuchungen aller Art. Sie hat die ganze Zeit nichts essen können, und als ich sie dann zu füttern versuchte, konnte sie nichts bei sich behalten. Dr. Eves sagt, der Grund dafür sei die Aufregung oder irgendeine Reaktion auf die Isotope, die man ihr injizieren mußte.«

»Das kommt vor«, sagte ich. »Die Chemikalien sammeln sich im Körper an, wenn viele solcher Untersuchungen am selben Tag durchgeführt werden müssen.«

Unsere Blicke trafen sich wieder. Sie unterdrückte ein Gähnen und entschuldigte sich dafür.

»Ich will Sie jetzt lieber allein lassen. Sie müssen sich ausruhen.«

Als ich schon an der Tür war, rief sie mir nach: »Dr. Delaware? Der Hausbesuch, über den wir gesprochen haben, der ist doch noch geplant, oder?«

»Aber natürlich.«

»Gut.«

In ihrer Stimme lag eine Schärfe, wie ich sie noch nie bei ihr bemerkt hatte und die mich innehalten ließ. Doch sie wiederholte nur eindringlich: »Gut«, und schaute zu Boden. Dann begann sie mit ihrem Zopf zu spielen, und ich verließ das Zimmer.

Von Vicki Bottomley war nichts zu sehen. Die diensthabende Schwester hatte ich noch nie gesehen. Nachdem ich meine eigenen Notizen vervollständigt hatte, las ich noch einmal Stephanies Kommentare, die des Neurologen und das, was der Endokrinologe – jemand namens Alan Macauley – in energischer, großer Handschrift notiert hatte.

Der Neurologe hatte zwei EEGs durchgeführt, keine Auffälligkeiten gefunden und an Macauley übergeben, der keine Stoffwechselstörung feststellen konnte. Seine Labortests waren jedoch noch nicht abgeschlossen. Laut neustem medizinischen Forschungsstand war Cassies Bauchspeicheldrüse bezüglich Struktur und Biochemie als normal zu bezeichnen. Macauley schlug weitere Gewebeuntersuchungen und Durchleuchtungen vor, um die Möglichkeit eines Hirntumors auszuschalten. Außerdem empfahl er »intensive psychologische Beratung durch Dr. Delaware«.

Ich hatte den Mann noch nie getroffen und war überrascht, daß er mich namentlich erwähnte. Ich war neugierig, was er mit »intensiv« meinte, suchte seine Telefonnummer heraus und rief ihn an. Er meldete sich prompt.

»Dr. Macauley, mein Name ist Delaware. Ich bin der Psychologe, der sich um Cassie Jones kümmert.«

»Na, herzlichen Glückwunsch. Haben Sie sie in letzter Zeit gesehen?«

»Ja, vor fünf Minuten.«

»Wie geht es ihr?«

»Sie ist vollkommen erschöpft. Vermutlich normal nach solch einem Anfall.«

»Wahrscheinlich.«

»Ihre Mutter sagte, die Kleine konnte ihr Essen nicht bei sich behalten.«

»Ach ja, die Mutter . . . Was kann ich denn für Sie tun?«

»Ich habe Ihre Notiz bezüglich psychologischer Beratung gelesen und möchte wissen, ob Sie dabei an etwas Bestimmtes dachten.«

Eine lange Pause am anderen Ende der Leitung. Dann:

»Wo sind Sie jetzt?«

»Auf der Privatstation, am Stationsschalter.«

»Gut. In zwanzig Minuten habe ich Diabetes-Sprechstunde im dritten Stock, Ostseite. Ich könnte ein bißchen früher losgehen. Warum treffen wir uns nicht dort, sagen wir, in fünf Minuten?«

Er winkte, als er mich kommen sah. Ich erkannte ihn als einen der jungen Ärzte, die bei Ashmores Gedenkversammlung gewesen waren. Ich schätzte ihn auf etwa fünfunddreißig. Er stellte sich mir als Al Macauley vor und führte mich in ein Untersuchungszimmer.

»Was kann ich für Sie tun?« wiederholte er.

»Es geht mir um Ihre Erkenntnisse über Cassie Jones. In Ihrem Kurzbericht auf Ihrer Karte empfehlen Sie psychologische Unterstützung, und jetzt frage ich mich –«

»– ob ich, A, ein besonders zartfühlender Mensch bin oder ob mir, B, der Fall verdächtig erscheint, nicht wahr? Die Antwort ist B.«

»Wenn Sie ›verdächtig‹ sagen, denken Sie dabei an Stellvertreter-Münchhausen?«

»Nennen Sie es, wie Sie wollen . . . Ich bin Endokrinologe, kein Psychiater. Mit den Drüsenfunktionen der Kleinen ist jedenfalls alles in Ordnung, soviel kann ich sagen.«

»Sind Sie da sicher?«

»Schauen Sie: Ich bin nicht zum erstenmal mit diesem Fall beschäftigt. Ich hatte sie schon vor Monaten in der Mangel, als sie mit angeblichem Blut im Stuhl zu uns kam. Niemand hat den blutigen Stuhl je gesehen, außer der Mutter, und ein paar rote Flecke auf einer Windel bedeuten für mich gar nichts. Die könnten auch von einem wunden Popo kommen. Und meine

Untersuchung damals war gründlich. Ich habe jeden Test versucht, der im Buche steht, und mehr.«

»Für den Anfall vorletzte Nacht gibt es aber Zeugen.«

»Das weiß ich«, sagte er ungeduldig. »Die Schwestern und die Verwaltungshilfe. Und die Blutzuckerwerte wären eine physiologische Erklärung, schön. Aber die Frage bleibt, woher der Zuckermangel kommen soll. Organische Schäden oder Stoffwechselstörungen sind nicht zu finden, und die Zuckerspeicherung funktioniert einwandfrei, genau wie die Bauchspeicheldrüse.«

»Und was ist mit der anderen Möglichkeit, daß sie unter einer seltenen Variante einer bekannten Krankheit leiden könnte?«

Er schaute mich an und sagte: »Möglich ist alles.«

»Aber Sie glauben es nicht.«

»Ich glaube nicht, daß es etwas mit ihren Drüsen zu tun hat. Nach meiner Ansicht haben wir hier ein gesundes Kind vor uns, das aus einem bestimmten Grund zu niedrige Zuckerwerte aufweist.«

»Meinen Sie, jemand hat ihr etwas gegeben?«

»Ja, das meine ich. Was soll man sonst denken, wenn man sich den gesamten Verlauf ansieht? Und dann noch die Art, wie ihr Bruder gestorben ist . . .«

»Wurden Sie in dem Fall auch konsultiert?«

»Nein, wozu auch? Es handelte sich ja um Atembeschwerden. Ich will nicht sagen, daß es etwas zu bedeuten hat – Krippentod kommt tatsächlich vor. Aber in diesem Fall gerät man doch ins Grübeln, oder?«

Ich nickte. »Als ich von der Zuckergeschichte hörte, dachte ich sofort an eine Insulinvergiftung, aber Stephanie sagte, sie hätte keine frischen Injektionsspuren gefunden.«

Er zuckte die Schultern. »Und wenn schon. Es gibt genügend Möglichkeiten, jemanden zu spritzen, ohne Spuren zu hinterlassen. Zum Beispiel, wenn man eine wirklich kleine Nadel nimmt, wie man sie für Neugeborene benutzt. Und dann sucht man sich eine Stelle aus, wo ein Einstich leicht zu übersehen ist, die Pofalte zum Beispiel oder die Kniekehlen oder zwischen den Zehen oder am Haaransatz. Meine Junkie-Patienten lassen sich immer etwas Neues einfallen. Und Insulin spritzt man direkt unter die Haut. Die Einstiche heilen besonders schnell.«

»Haben Sie Ihren Verdacht auch Stephanie gegenüber geäußert?«

»Natürlich, aber sie glaubt lieber an etwas Exotisches. Unter uns gesagt: Ich hatte nicht das Gefühl, daß sie wirklich hören wollte, was ich zu sagen hatte. Nicht, daß es mich etwas anginge, ich bin sowieso fertig mit dem Fall. Ich bin fertig mit dem ganzen Laden hier.«

»Sie verlassen das Krankenhaus?«

»Darauf können Sie Gift nehmen. Einen Monat noch, bis ich meine eigenen Fälle abgeschlossen habe, dann ziehe ich mich in ruhigere Gefilde zurück. In Chuck Jones' Familienangelegenheiten zu wühlen, wäre das letzte, was ich jetzt anfangen würde. Besonders, wenn ich sowieso nichts ausrichten kann.«

»Meinen Sie, Sie können nichts machen, weil es um diese Familie geht?«

»Wie einfach wäre es, wenn ich sagen könnte: Das ist alles Politik, da laß ich die Finger von. – Nein, es ist der Fall selbst. Egal, wer der Großvater ist, wir würden immer im Nebel stochern, weil wir keine Fakten in der Hand haben. Sehen Sie sich doch an, wie wir hier zusammensitzen und reden: Sie wissen, was los ist, ich weiß, was los ist. Stephanie *wußte*, was los ist, bis sie auf den Zuckermangel abfuhr; aber vor dem Gesetz bedeutet das gar nichts. Das hasse ich so an Mißhandlungsfällen: Jemand beschuldigt die Eltern. Die bestreiten alles, gehen nach Hause und suchen sich einen anderen Arzt. Und selbst wenn Sie beweisen können, daß etwas nicht stimmt, geraten Sie in einen Zirkus mit Anwälten, Papierkrieg und jahrelangen Gerichtsverfahren, in denen unser Ansehen in den Schmutz gezogen wird. Die Akte des Kindes verstaubt inzwischen in irgendeiner Ablage, und man bekommt noch nicht einmal eine einstweilige Verfügung, um das arme Ding vor seinen Eltern zu schützen.«

»Das klingt, als hätten Sie Erfahrung in der Richtung.«

»Meine Frau arbeitet beim Sozialamt. Das System ist so überlastet, daß nicht einmal gebrochene Knochen ausreichen, um ein Kind zu einem dringenden Fall zu machen. Aber das ist nicht nur hier so. Unten in Texas hatte ich einen Fall, wo eine Mutter ihrem diabetischen Kind Insulin vorenthielt, und wir hatten die größten Schwierigkeiten, dem Kind zu helfen. Die Mutter war obendrein Krankenschwester, und zwar eine der besten.«

»Wo wir gerade von Schwestern reden: Was halten Sie von Vicki Bottomley?«

»Vicki? Ein Drachen, fachlich aber einwandfrei. Verdammt, daran habe ich überhaupt noch nicht gedacht. Aber wie stellen Sie sich das vor? Bis auf den letzten haben die Anfälle doch immer zu Hause stattgefunden, oder?«

»Vicki hat die Jones' auch zu Hause besucht. Aber ich stimme Ihnen zu: Es ist nahezu ausgeschlossen, daß sie etwas mit Cassies Zustand zu tun hat.«

»Sind es in Münchhausen-Fällen nicht außerdem immer die Mütter? Und die Mutter, mit der wir es hier zu tun haben, ist wirklich sonderbar. Sie ist einfach zu nett zu uns, wenn man bedenkt, daß wir es über Monate nicht geschafft haben festzustellen, was ihrem Kind fehlt. Ich an ihrer Stelle wäre stocksauer und würde fordern, daß wir endlich etwas tun. Aber sie lächelt und lächelt. Sie lächelt ein bißchen zuviel für meinen Geschmack.«

»Und was halten Sie von dem Vater?«

»Den habe ich nie getroffen. Warum? Ist der auch sonderbar?«

»Sonderbar würde ich nicht sagen. Er ist nur ganz anders, als man sich den Sohn von Chuck Jones vorstellt, mit seinem Bart und Ohrring. Und für das Krankenhaus scheint er nicht viel übrig zu haben.«

»Dann hat er wenigstens *etwas* mit seinem Vater gemeinsam.«

»Eine andere Frage: Könnte der Zuckermangel auch Cassies frühere Symptome erklären?«

»Den Durchfall könnte man vielleicht darauf zurückführen, aber da hatte sie auch Fieber, was eher auf eine Infektion hindeutet. Für die Atemprobleme gilt das gleiche. Wenn der Stoffwechsel versagt, ist im Prinzip alles möglich.«

Er schaute auf die Uhr und hängte sich ein Stethoskop um.

Ich stand auf und dankte ihm. Wir verließen das Untersuchungszimmer und gingen hinaus in den überfüllten Warteraum.

»Sie sprachen von ruhigeren Gefilden . . . Heißt das, Sie wollen privat praktizieren?« fragte ich.

»Ich schließe mich einer Gemeinschaftspraxis in einer Kleinstadt in Colorado an. Das heißt Skilaufen im Winter, Fischen im Sommer und zwischendurch ein bißchen Arbeit.«

»Wie lange haben Sie es denn hier ausgehalten?«

»Zwei Jahre. Anderthalb Jahre zu lange.«

»Ist es die finanzielle Situation hier, die Sie stört?«

»Das spielt auch eine Rolle, obwohl ich natürlich wußte, worauf ich mich einließ, als ich hier anfing. Aber was mir viel mehr gegen den Strich geht, ist die Einstellung der Leute hier.«

»Sie meinen Großvater Chuck?«

»Ja, ihn und seine Mannschaft. Die verwalten das Krankenhaus, als sei es eine Hamburgerbude.«

Noch immer strömten Patienten herein, obwohl kein Platz für sie war.

Ich dankte ihm noch einmal, daß er sich die Zeit für mich genommen hatte.

»Schade, daß wir nie zusammengearbeitet haben«, sagte er.

»Viel Glück in Colorado.«

»Danke. Laufen Sie Ski?«

»Nein.«

»Ich auch nicht.« Er schaute über die Schulter in den Warteraum und schüttelte den Kopf. »Was für ein Trauerspiel . . .«

15 Um sieben rief Ruth an und sagte, sie sei auf dem Weg zu mir. Eine halbe Stunde später stand sie vor meiner Tür. Sie hatte ihr Haar straff nach hinten gekämmt und zu einem Zopf zusammengebunden, so daß die zarten, klaren Linien ihres Halses betont wurden. Sie trug schwarze, tropfenförmige Ohrringe und einen eng anliegenden rosa Denimanzug.

Sie hatte mehrere Tüten von einem chinesischen Schnellimbiß mitgebracht. Als wir noch zusammenlebten, hätte das ein Essen im Bett bedeutet, und ich hätte sie sofort ins Schlafzimmer geführt, doch zwei Jahre Trennung und eine Versöhnung, die mir immer noch Schwierigkeiten bereitete, hatten diese Sicherheit zerstört. Ich nahm ihr die Tüten ab und stellte sie auf den Eßtisch. Ich küßte sie zurückhaltend, doch sie verstärkte den Kuß, indem sie meinen Hinterkopf festhielt und meine Lippen fest auf die ihren drückte. Sie ließ mich erst los, als sie Atem holen mußte.

»Ich hoffe, es ist dir recht, daß wir nicht ausgehen«, sagte sie. »Ich dachte, wir wärmen auf, was ich mitgebracht habe, und machen ein Picknick hier bei dir zu Hause.«

Ich schaute ihr nach, als sie das Essen in die Küche brachte. Die ganzen Jahre über hatte ich mich nie satt sehen können an ihren Bewegungen. Ihr Zopf schwang im Rhythmus ihrer Schritte hin und her. Er war kürzer als Cindys und kastanienstatt dunkelbraun. Wieso mußte ich jetzt an das Krankenhaus denken?

»Stimmt etwas nicht, Alex?«

»Nein«, log ich, »ich habe nur deinen Gang bewundert.«

Sie fuhr sich verlegen durchs Haar. Am liebsten hätte ich sie sofort wieder geküßt.

»Du siehst großartig aus.«

Sie antwortete mit einem betörenden Lächeln und streckte mir die Arme entgegen.

Viel, viel später gingen wir ins Wohnzimmer und hörten uns eine Kassette an, die sie mitgebracht hatte. Ruth kuschelte sich auf meinen Schoß. Ihr Kopf lag an meiner Brust. Als die Musik aufhörte, fragte sie: »Ist wirklich alles in Ordnung?«

»Ja, wieso?«

»Du scheinst mit deinen Gedanken woanders zu sein.« Sie setzte sich aufrecht, nahm ihren Zopf auseinander, schüttelte ihr Haar aus und bohrte weiter. »Möchtest du vielleicht mit mir darüber reden?«

»Ach, es ist nur die Arbeit. Ein schwieriger Fall, mit dem ich beschäftigt bin. Wahrscheinlich mache ich mir viel zu viele Gedanken.«

Ich dachte, das würde ihr genügen, doch sie fragte ein bißchen bedrückt, ob die Sache vertraulich sei.

»Ja«, antwortete ich, »soweit es sich um einen medizinischen Fall handelt, in dem ich der ärztlichen Schweigepflicht unterliege. Es gibt aber unter Umständen auch eine strafrechtliche Seite ...«

Ich erzählte ihr Cassies Geschichte, jedoch ohne Namen zu nennen und ohne es offensichtlich zu machen, um welche Familie es ging.

»Eine ekelhafte Geschichte«, sagte sie, als ich fertig war. »Jetzt verstehe ich, warum du so deprimiert bist. Ich dachte schon, es hätte mit mir zu tun.«

»Mit dir? Warum denn?«

Sie zuckte die Schultern. »Ach – überhaupt. Weil sich alles so verändert hat zwischen uns.«

»Nein, wie könnte ich wegen dir traurig sein? Du bist immer noch der Lichtblick in meinem Leben.«

Sie kuschelte sich wieder an meine Schulter. »Lieb von dir, das zu sagen. Und ich bin froh, daß du mir erzählt hast, was dich bedrückt. Wir haben nie viel über deine Arbeit geredet. Wenn ich es versuchte, dann hast du meist das Thema gewechselt. Ich spürte, daß es dir unangenehm war, und bedrängte dich nicht weiter. Ich weiß, vieles ist vertraulich, aber um die Details ging es mir sowieso nie. Ich wollte nur wissen, was dich beschäftigte, damit ich dich unterstützen konnte. Wahrscheinlich wolltest du mich nur schützen und hast mir deswegen nichts erzählt.«

»Vielleicht. Aber, ehrlich gesagt, wußte ich nie, ob du wirklich davon hören wolltest. Du schienst dich immer mehr für – wie soll ich sagen – handfestere Dinge zu interessieren.«

Sie lachte. »Ja, das stimmt allerdings. Mit Seelenforschung hatte ich nie viel im Sinn. Als ich dich kennenlernte, war dein Beruf das einzige, bei dem ich mir nicht sicher war, ob ich mich je damit anfreunden könnte. Nicht daß ich mich deswegen weniger schamlos an dich herangemacht hätte, aber es hat mich doch überrascht – ich und ein Psychofritze! Ich hatte keine Ahnung von Psychologie, doch als ich dich näher kennenlernte und sah, wie ernst es dir mit deiner Arbeit war, versuchte ich mehr darüber zu erfahren. Ich habe sogar ein paar deiner Bücher gelesen. Hast du das gewußt?«

»Nein, ist das wahr?«

»Es war mir eben peinlich, weißt du. Es ging mir nicht darum, mit dir zu fachsimpeln. Ich wollte dir nur näherkommen. Wahrscheinlich habe ich dir das damals nicht deutlich genug gezeigt. Ich meine, ich finde es gut, daß wir jetzt besser über die Dinge reden können, die uns beschäftigen, und möchte, daß wir so weitermachen.«

»Sicher, das möchte ich auch. Ich konnte mich eigentlich nie beklagen, daß du nichts von meiner Arbeit wissen wolltest. Du warst höchstens ein bißchen –«

»Voreingenommen? Egoistisch?«

»Ich würde sagen: ein bißchen überfixiert auf deine eigene Arbeit. Ganz die Künstlerin, die alles zur Seite schiebt, um ihre Kreativität nicht zu behindern.«

»Überfixiert«, lachte sie, »genau, Herr Doktor, wenn ich mit dir zusammen bin, fühle ich mich vollkommen überfixiert. Wahrscheinlich spielen meine Hormone verrückt.«

Sie legte den Kopf auf meine Brust. Ich streichelte ihr Haar und stellte mir vor, wie sie in eine Bibliothek ging und meine Bücher las.

»Sollen wir es noch einmal miteinander probieren?« fragte ich.

Ich fühlte, wie sich alle Muskeln in ihrem Körper spannten.
»Ja«, sagte sie, »nichts lieber als das, ja.«

16 Sie blieb über Nacht und war am nächsten Morgen, wie gewöhnlich, früh auf den Beinen. Nicht so gewöhnlich war, daß sie danach eine Stunde mit mir zusammensaß, Kaffee trank und Zeitung las. Sie hatte eine Hand auf meinem Knie und studierte den Kulturteil, während ich die Sportseiten überflog. Danach gingen wir zum Teich hinunter und fütterten die Fische. Es war ungewöhnlich warm für einen Frühlingsmorgen, und die Luft roch nach Sommerferien.

Es war Samstag, doch ich hatte Lust, zu arbeiten.

»Hast du dir viel vorgenommen für heute?« fragte ich sie.

»Nein, nur ein paar Kleinigkeiten, zu denen ich in der Woche nicht gekommen bin. Und du?«

»Ich fahre irgendwann noch mal ins Krankenhaus.«

Arm in Arm gingen wir ins Haus zurück, um ihre Handtasche zu holen, dann begleitete ich sie zu ihrem Wagen. Sie stieg ein, legte die Tasche auf den Beifahrersitz und steckte den Kopf durchs Fenster, um sich küssen zu lassen.

»Hm«, sagte sie, »das sollten wir bald wiederholen, mein Süßer«, und fuhr lachend davon.

Ich ließ Stephanie ausrufen und hängte ein, nachdem die Telefonistin mir ausgerichtet hatte, Dr. Eves würde mich zurückrufen. Dann nahm ich meinen Straßenatlas zur Hand und suchte Denise Herberts Adresse in Culver City heraus. Als ich sie gerade gefunden hatte, klingelte das Telefon.

»Steph?«

»Nein, ich bin's, Milo. Störe ich?«

»Ich erwarte einen Anruf vom Krankenhaus.«

»Ruf mich im Rechenzentrum an, sobald du frei bist.«

Er legte auf. Es vergingen noch zehn Minuten, bis Stephanie sich meldete.

»Guten Morgen, Alex. Was gibt's Neues?«

»Das wollte ich eigentlich dich fragen.«

»Nicht viel. Vor einer Stunde war ich bei ihr. Sie fühlt sich heute viel besser. Sie ist wach und schreit schon wieder, wenn sie mich sieht.«

»Was ist der neuste Stand bezüglich der Zuckerwerte?«

»Die Spezialisten sagen, es lägen keine Stoffwechselprobleme vor. Die Bauchspeicheldrüse ist allen erdenklichen Tests unterzogen worden. Nicht der geringste Befund. Alle, auch mein schwedischer Kollege, denken nun wieder an Münchhausen. Das heißt, wir können von vorn anfangen.«

»Wie lange willst du sie noch dabehalten?«

»Noch zwei oder drei Tage. Wenn sich in der Zeit nichts ergibt, muß ich sie nach Hause entlassen. Ich weiß, das ist gefährlich, aber was soll ich machen? Das Krankenhaus ist schließlich kein Heim für bedrohte Kinder. Oder hast du einen besseren Vorschlag?«

»Nein, im Augenblick nicht.«

»Ich bin wirklich abgefahren auf diese Zuckergeschichte. Ich dachte, ich hätte endlich etwas in der Hand.«

»Du brauchst dir deswegen keine Vorwürfe zu machen. Es ist eben ein verrückter Fall. Wie haben Cindy und Chip darauf reagiert, daß es immer noch keine Erklärung für Cassies Zustand gibt?«

»Ich habe bisher nur Cindy gesehen. Sie ergibt sich still in ihr Schicksal, wie immer.«

Ich dachte an Al Macauleys Bemerkung und fragte: »Hat sie gelächelt?«

»Gelächelt? Nein. Du meinst sicher dieses Madonnenlächeln, das sie manchmal hat. Nein, nicht heute morgen. Ich mache mir solche Sorgen, Alex. Wer weiß, wozu ich Cassie verurteile, wenn ich sie nach Hause entlasse.«

Ich konnte ihr nicht helfen in ihrem Dilemma, also versuchte ich das Positive an der Situation herauszustreichen.

»Wenigstens kann ich dann den Hausbesuch machen, den ich ihnen angekündigt habe.«

»Ja. Vielleicht findest du bei der Gelegenheit eine heiße Spur – eine Schreibtischschublade voller gebrauchter Spritzen oder Insulinampullen im Kühlschrank. So idiotisch sich das anhören mag, so nah bin ich daran, alle Vorbehalte fallenzulassen und Cindy zur Rede zu stellen. Das nächstemal, wenn dieses kleine Mädchen krank wird, werde ich mich wahrscheinlich nicht mehr zurückhalten können. Und wenn sie dann ausrasten und sich ein anderes Krankenhaus suchen, ist mir das auch egal. Wenigstens weiß ich dann, daß ich nichts unterlassen habe. – Warte mal, mein Piepser ruft. Ich muß jetzt weg, Alex. Bitte melde dich, sobald du etwas Neues erfährst!«

Als nächstes rief ich Milo zurück.

»Wie geht es denn der guten Steph?« fragte er ironisch.

»Niemand findet eine Erklärung für den Blutzuckermangel, das heißt, Münchhausen ist wieder in, auch für Steph.«

»Zu schade«, sagte er. »Ich habe inzwischen herausbekommen, was aus Ronald Bottomley geworden ist. Er war Vickis Sohn und ist schon seit zwei Jahren tot. Selbstmord. Aus irgendeinem Grund ist sein Name nicht aus den Registern gestrichen worden.«

»Weißt du Genaueres?«

»Ja. Er ging ins Badezimmer, zog sich aus, setzte sich aufs Klo, rauchte Crack, wahrscheinlich zuviel, setzte sich eine Flinte an den Kopf und drückte ab. Muß ziemlich unappetitlich ausgesehen haben, hat mir die Kollegin erzählt, die damals Dienst hatte und die Sache aufgenommen hat. Und Vicki saß im Nebenzimmer vor dem Fernseher, als es passierte.«

»Was?«

»Ja. Es hatte wohl Streit gegeben über Ronalds Lebenswandel. Er stampfte schließlich aus dem Zimmer, holte Crack und Kanone aus seinem Kleiderschrank, schloß sich im Klo ein:

Bumm. Sie hörte den Schuß und versuchte, die Tür zu öffnen. Ohne Erfolg, obwohl sie eine Axt zu Hilfe nahm. Als die Sanitäter eintrafen, saß sie vor der Klotür und winselte, er solle doch herauskommen und mit ihr reden. Sie brachen die Tür auf, und als sie sahen, wie er zu gerichtet war, versuchten sie, sie zurückzuhalten. Doch sie muß wohl etwas mitbekommen haben. Das erklärt vielleicht ihre Bärbeißigkeit.«

»Allerdings. Sind irgendwelche Vorfälle in der Familie bekannt, die zu dem Selbstmord geführt haben könnten?«

»Die Kollegin sagt nein. Im Prinzip handelte es sich um eine nette Mutter mit einem mißratenen Kind.«

»Und was ist mit dem Vater?«

»Der starb, als der Sohn noch klein war. Ein schwerer Trinker, das wußten wir ja schon. Ronalds Schwierigkeiten begannen im Kindergarten. Später die übliche Drogenkarriere: Joints und dann immer weiter die pharmazeutische Leiter hinauf. Lernschwierigkeiten, nicht allzu intelligent, unfähig, einen Job zu behalten. Als Krimineller war er auch ein Versager. Er wurde ständig geschnappt, aber weil er so eine bemitleidenswerte Visage hatte, haben die Richter ihn immer mit einem blauen Auge davonkommen lassen. Gewalttätig wurde er erst kurz vor seinem Tod, und sogar da hat er sich nicht sonderlich hervorgetan – eine Kneipenschlägerei, in deren Verlauf er ein Billardqueue auf dem Kopf eines anderen Penners zertrümmerte. Die Kollegin sagte, das Crack hätte seine Aggressionsbereitschaft gefördert und es wäre nur eine Frage der Zeit gewesen, wann ihn ein vorzeitiger Tod ereilen würde. Die leidgeprüfte Mutter hatte in ihren Augen ihr Bestes getan. Das ist alles, was ich dir sagen kann. Gibt dir die Geschichte irgendwelche Aufschlüsse, was sie als Verdächtige angeht?«

»Wohl kaum. Trotzdem danke.«

»Was wirst du als nächstes unternehmen?«

»Denise Herbert einen Besuch abstatten. Gestern habe ich mit Ashmores Frau gesprochen. Sie sagt, er hätte Doktoranden von der Universität beschäftigt. Das läßt mich zumindest hoffen, daß Miss Herbert genug von Ashmores Arbeit verstanden hat, um zu wissen, wonach er in Chads Akte suchte.«

»Du warst bei Ashmores Frau? Kondolieren?«

»Ja. Sie ist sehr nett. Ashmore scheint ein interessanter Mensch gewesen zu sein.« Ich erzählte ihm von ihrer Zeit im Sudan, von seinen Glücksspielsystemen und von seinem Erfolg als Spekulant.

»Black Jack, sagst du. Das heißt, er muß gut gewesen sein.«

»Ein mathematisches Genie, sagt sie, und ein Magier, was Computer anging. Außerdem hatte er einen braunen Gürtel in mehreren Kampfsportarten. Nicht gerade leichte Beute für einen Straßenräuber.«

»Meinst du? Ich weiß, du hast früher auch Selbstverteidigung gemacht und dergleichen, und ich wollte dir nicht deine Illusionen rauben, aber ich habe schon zu viele Kampfsportler in der Leichenhalle gesehen. Selbstverteidigung ist zwar schön und gut, solange man nur in einer Turnhalle herumhüpft und schreit, als hätte man eine Stricknadel im Hintern stecken, aber draußen auf der Straße geht es anders zu. – Dabei fällt mir ein: Ich habe mich umgehört wegen dem Mord an Ashmore. Die Jungs in Hollywood setzen die Aufklärungswahrscheinlichkeit ganz unten an. Ich hoffe, die Witwe hat keine allzu großen Hoffnungen in der Richtung.«

»Im Moment ist sie noch zu benommen, um irgendwelche Hoffnungen zu haben.«

»Tja . . .«

»Was?«

»Na ja«, sagte er zögernd, »ich habe mir eine Menge Gedanken gemacht über deinen Fall, über die Psychologie dieser Münchhausengeschichte, und ich habe den Eindruck, daß du eine der möglichen Verdächtigen bisher übersehen hast.«

»Wen meinst du?«

»Deine Freundin Steph.«

»Stephanie? Wie kommst du darauf?«

»Sie ist eine Frau, hat eine medizinische Ausbildung. Und sie geht gegen Autoritäten an und steht gern im Mittelpunkt.«

»Ich glaube nicht, daß es ihr darum geht, Aufmerksamkeit zu erregen.«

»Aber hast du mir nicht erzählt, daß sie früher einmal die große Aktivistin war, sogar Sprecherin der Assistenzärzte?«

»Ja, aber es schien ihr ernst zu sein mit ihrem Engagement. Sie war so idealistisch.«

»Mag ja sein. Aber betrachte es doch einmal von dieser Seite: Die Verantwortung für Cassie bringt sie in den Mittelpunkt der Geschehnisse, und je kränker das Kind ist, desto mehr steht Stephanie im Scheinwerferlicht. Sie ist die Retterin, die Heldin, die zur Notaufnahme eilt und die Behandlung übernimmt. Daß Cassie die Enkelin des Chefs ist, macht die Sache noch interessanter für sie. Und dann ihre plötzlichen Meinungsumschwünge – erst ist es Münchhausen, am nächsten Tag etwas mit den Drüsen, dann wieder Münchhausen. Wenn das nicht hysterisch ist, dann weiß ich nicht . . .«

Ich war noch dabei, zu verdauen, was er gesagt hatte, als er fortfuhr: »Und das Kind dreht durch, wenn sie in die Nähe kommt. Hast du noch nie daran gedacht, daß es einen Grund dafür haben könnte, Alex?«

»Aber für Steph gilt dasselbe wie für Vicki«, erwiderte ich. »Bis auf den letzten sind alle Anfälle bei Cassie zu Hause passiert. Stephanie hatte gar keine Gelegenheit einzugreifen.«

»War sie denn noch nie bei den Jones' zu Hause?«

»Doch, ein- oder zweimal, ganz am Anfang, als sie den Schlafmonitor installierten.«

»Na, siehst du. Jetzt nimm einmal an, die ersten Symptome der Kleinen waren echt. Keuchhusten oder dergleichen. Und während Steph sie behandelte, fand sie heraus, wie gut es ihr tat, die Ärztin der Enkelin des Vorstandsvorsitzenden zu sein. Du hast mir selbst erzählt, daß sie mit dem Gedanken spielt, die Abteilungsleitung zu übernehmen.«

»Wenn das ihr Ziel ist, würde sie dann nicht viel besser dastehen, wenn sie Cassie schon längst geheilt hätte?«

»Warum? Haben die Eltern sie etwa fallengelassen, weil sie schon seit Monaten an der Kleinen herumdoktert?«

»Nein. Sie denken, sie ist großartig.«

»Da hast du's. Sie macht die Eltern von sich abhängig und spielt mit Cassie herum. Was will sie mehr? Du hast mir auch erzählt, daß Cassie immer kurz nach Untersuchungen krank wird. Könnte es nicht sein, daß Stephanie sie mit irgendwas vollpumpt und sie dann als medizinische Zeitbombe nach Hause schickt?«

»Aber Cindy war immer mit im Untersuchungszimmer.«

»Woher willst du das wissen?«

»Weil sie nie von Cassies Seite weicht. Außerdem waren einige der Untersuchungen, an die du denkst, bei anderen Ärzten – bei Spezialisten.«

»Und du bist sicher, daß Stephanie sie nicht trotzdem besucht hat an solchen Tagen?«

»Natürlich nicht. Aber das läßt sich leicht in Cassies Patientenkarte nachprüfen.«

»Vorausgesetzt, sie hat es eingetragen. Sie hätte jedenfalls alle Gelegenheit gehabt, der Kleinen unbemerkt etwas zu verabreichen, zum Beispiel über das Holzstäbchen, das jeder Arzt benutzt, wenn er jemandem in den Rachen guckt.«

»Findest du das nicht etwas pervers: eine Ärztin, die ihre Patienten vergiftet?«

»Nicht perverser als die Mutter, die ihrem eigenen Kind etwas antut. Und in diesem Fall hätte die Ärztin sogar ein Motiv: Rache. Sie haßt den Großvater der Patientin, weil er das Krankenhaus zugrunde richtet, und benutzt Cassie, um es ihm heimzuzahlen.«

»Mein Gott, hast du eine finstere Phantasie.«

»Dafür bin ich schließlich einmal bezahlt worden. Übrigens war es Rick, der mich darauf gebracht hat. Er hat von diesem Münchhausen-Syndrom gehört. Er kennt Fälle, wo es nicht Schwestern, sondern Ärzte waren, die solche Tendenzen entwickelten: Dosierungsfehler, die nicht aus Versehen passieren, und Helden, die gleich zur Stelle sind und das Schlimmste vermeiden. Wie pyromanische Feuerwehrmänner.«

»Chip macht sich Sorgen über solche ›Versehen‹ und über

deren Vertuschung. Vielleicht ist er auf der richtigen Spur, ohne es zu wissen. Aber warum ruft sie mich dann zu Hilfe? Um mit mir zu spielen? Und wenn ja, wie kommt sie gerade auf mich? Wir haben nie sehr eng zusammengearbeitet.«

»Daß sie dich zu Rate zieht, würde beweisen, daß sie ihre Sache gründlich macht. Du bist ziemlich renommiert in deinem Fach und damit eine besondere Herausforderung für sie, wenn sie ein Münchhausen ist. Außerdem sind die anderen Psychologen alle verschwunden.«

»Sicher, aber ich weiß nicht . . . Ausgerechnet Stephanie?«

»Kein Grund, sich graue Haare wachsen zu lassen. Es ist nur eine Theorie unter vielen, die ich mir vorstellen könnte.«

»Ich werde in Zukunft jedenfalls etwas vorsichtiger sein ihr gegenüber, obwohl ich es zum Kotzen finde, wenn man keinem mehr trauen kann.«

»Ist es nicht immer so, wenn's drauf ankommt?«

»Ja, vielleicht . . . Aber wo wir gerade beim Theoretisieren sind, wie wär's damit: Vielleicht kommen wir nicht weiter, weil wir uns auf einen *einzelnen* Schurken konzentrieren. Könnte es nicht sein, daß mehrere Figuren zusammenarbeiten?«

»An wen denkst du?«

»Als erstes kämen Cindy und Chip in Frage. Der typische Münchhausen-Ehemann ist passiv und schwach, ganz anders als Chip. Er ist intelligent und selbstbewußt; warum aber merkt er dann nicht, daß seine Frau seine Tochter quält? Es könnte jedoch auch Cindy mit Vicki sein.«

»Meinst du, es gibt zarte Bande zwischen den beiden?«

»Entweder das oder eine verwickelte Mutter-Tochter-Geschichte. Cindy findet in Vicki ihre Tante wieder – beides resolute Oberschwestern. Und Vicki sehnt sich nach einer Tochter, nachdem ihre eigene Familie in einer Katastrophe geendet hatte. Vielleicht überschneiden sich hier auf bizarre Weise zwei Psychosen. Oder es läuft etwas zwischen Cindy und Stephanie. Warum nicht? Ich weiß nichts über Stephanies Neigungen oder ihr Privatleben. Früher schien sie kaum eins zu haben.«

»Wo du schon dabei bist: Wie wäre es mit Chip und Stephanie?«

»Na klar! Vater und Ärztin, Vater und Schwester – Vicki benimmt sich jedenfalls so –, Schwester und Ärztin und so weiter. Vielleicht stecken sie alle unter einer Decke, Milo. Die Münchhausen-Gang schlägt zu.«

Er lachte. »Schön, daß ich dich aufheitern konnte. Soll ich unsere Datenbank einfach mal auf Steph loslassen?«

»Bitte. Und wo du schon beim Hacken bist, warum nicht auch Ashmore? Der kann uns wenigstens nicht mehr verklagen deswegen.«

»Noch jemand? Nutze die Gelegenheit, solange ich gut gelaunt bin und der Polizeicomputer dir zur Verfügung steht.«

»Wie wäre es mit mir?«

»Das ist schon längst geschehen«, sagte er, »vor Jahren schon, als sich die Möglichkeit abzeichnete, daß wir Freunde werden könnten.«

In der Hoffnung, Denise Herbert würde an einem Samstag morgen vielleicht zu Hause sein, machte ich einen Ausflug nach Culver City.

Lindblade Street bestand aus dichtgedrängten Schuhkarton-Bungalows mit Vorgärten kaum breiter als ein Handtuch. Denise Herberts hellblauer Kasten war, wie die meisten Häuser, in recht gepflegtem Zustand. Vor der Tür parkte ein alter brauner VW-Bus.

Ein Mann und eine Frau waren im Garten beschäftigt; zwei Hunde, ein Labrador und ein kleiner schwarzer Möchtegern-Spaniel, leisteten ihnen Gesellschaft.

Die beiden mochten Ende Dreißig oder Anfang Vierzig sein. Sie hatten die käsige Hautfarbe von Leuten, die nicht viel an die frische Luft kamen, schulterlanges hellbraunes Haar und trugen randlose Brillen, Unterhemden, Shorts und Gummisandalen. Irgendwie kamen sie mir bekannt vor, ich wußte nur nicht, woher.

Ich hielt hinter dem Bus und schaltete den Motor aus, doch

niemand schien mich zu bemerken, bis auf den kleinen Hund, der zu bellen anfing.

»Platz, Homer«, rief der Mann und schnitt weiter an seinem Busch herum. Die Frau hörte auf, Unkraut zu zupfen, und hielt nach dem Störenfried Ausschau.

Sie fand ihn und starrte mich an. Ich stieg aus und wünschte einen guten Morgen.

»Kann ich etwas für Sie tun?« fragte sie. Ich war sicher, daß ich die melodiöse Stimme schon einmal gehört hatte. Aber wo?

»Ich suche Denise Herbert.«

»Die wohnt nicht mehr hier«, sagte der Mann und musterte mich argwöhnisch.

»Wissen Sie vielleicht, wo sie jetzt wohnt?«

Die beiden tauschten ängstliche Blicke.

»Keine Sorge«, sagte ich, »ich bin Arzt drüben im Western Pediatric in Hollywood. Denise hat früher einmal dort gearbeitet und könnte etwas wissen, das mir in einem schwierigen Fall weiterhilft. Dies ist die einzige Adresse, die ich von ihr habe.«

Der Mann wischte Blätter von seinen Shorts. Seine Kiefermuskeln arbeiteten sichtbar. »Deswegen sind Sie den ganzen Weg gekommen?« fragte er.

»Die Sache ist etwas kompliziert.« Ich druckste herum, bis ich eine glaubwürdige Geschichte zusammenhatte. »Es ist ein wichtiger Fall. Es geht um ein kleines Kind, das in Gefahr ist. Denise hat die Akte dieses Kindes aus dem Archiv des Krankenhauses entnommen und nie zurückgegeben. Normalerweise hätte ich mich an Denises Chef gewendet, einen Arzt namens Ashmore, doch der ist vor zwei Tagen in unserem Parkhaus überfallen und getötet worden – vielleicht haben Sie davon gehört.«

Der Ausdruck in ihren Gesichtern änderte sich: Furcht und Verwirrung.

Und dann fiel mir endlich ein, wo ich sie gesehen hatte. Es war in Ruths Laden gewesen, voriges Jahr. Reparaturkunden, eine Mandoline und eine Gitarre, letztere in ziemlich erbärmlichem Zustand. Bodenständige Folkmusiker mit einigem Talent und wenig Geld. Die Reparaturen hätten fünfhundert Dollar gekostet, doch Ruth hatte sich mit ein paar selbstproduzierten Schallplatten, einem Teller frisch gebackener Törtchen und fünfundsiebzig Dollar in bar zufriedengegeben. Ich hatte den Handel vom Schlafzimmer aus beobachtet. Später hatten wir uns zwei der Platten angehört. Die meisten Stücke waren traditionelle Balladen und Tänze – solide gemacht.

»Bobby und Ben, stimmt's?« fragte ich.

Nun waren sie vollkommen verwirrt.

»Ich bin mit Ruth Castagna befreundet. Sie hat im letzten Winter Ihre Instrumente zurechtgeflickt. Eine Gibson A4 mit gesprungenem Kopf und eine D18 mit gebogenem Hals, abgenutzten Bünden und kaputtem Steg, erinnern Sie sich? Die Törtchen waren jedenfalls Spitze, wer immer die gebacken hat.«

»Wer sind Sie?« fragte die Frau.

»Ich habe mich schon vorgestellt. Rufen Sie doch Ruth an. Sie ist in ihrem Laden. Fragen Sie nach Alex Delaware. Und wenn Ihnen das zuviel Mühe macht, dann sagen Sie mir doch bitte, wo ich Denise Herbert finden kann. Ich habe nicht vor, ihr Schwierigkeiten zu machen, ich möchte nur die Akte zurückhaben.«

»Ruf an«, sagte die Frau.

Er ging ins Haus. Sie blieb im Garten und schaute mich an. Sie atmete tief, ihr Busen bebte. Auch die Hunde starrten mich an. Niemand sprach ein Wort.

Als er nach ein paar Minuten zurückkam, hatte er einen hellblauen Teller mit Gebäck in der Hand. Er lächelte, als wäre ihm der Heilige Geist erschienen. Seine Erleichterung war so offensichtlich, daß die Hunde mit den Schwänzen zu wedeln begannen.

»Wie klein die Welt doch ist«, sagte seine Frau, nachdem er offiziell Entwarnung gegeben hatte. Ich erinnerte mich an ihren Gesang, ihre helle, klare Stimme mit dem feinen Vibrato.

Ihre Sprechstimme war auch nicht schlecht. Sie hätte ohne weiteres von Telefonsex leben können.

Ben ließ den Teller herumgehen, und wir aßen. Es kam mir vor wie ein Stammesritual, doch mir entging nicht, daß die beiden schon wieder besorgt aussahen.

Bobby war zuerst mit ihrem Törtchen fertig und schob zwei Plätzchen nach. Sie wischte die Krümel fort, die auf ihren Busen gefallen waren, und sagte: »Gehen wir hinein.«

Die Hunde trotteten an uns vorbei in die Küche, wo ich sie aus ihren Wassernäpfen schlürfen hörte. Wir blieben im Wohnzimmer, einem niedrigen, dunklen Raum mit braunen Wänden, ungehobeltem Holzfußboden und windschiefen, selbstgebauten Regalen. Instrumentenkoffer dienten als Kaffeetische, und in einer Ecke stand ein überladener Notenständer.

»Setzen Sie sich doch«, sagte Ben.

Bevor ich seiner Aufforderung nachkommen konnte, sprach er hastig weiter: »Ich sag es Ihnen lieber gleich: Denise ist tot. Jemand hat sie umgebracht. Deswegen sind wir in Panik geraten, als Sie ihren Namen erwähnten. Und dann der andere Mord . . .«

Er stockte und blickte bedrückt auf den Kuchenteller.

Ich setzte mich auf einen gepolsterten Stuhl und fragte: »Wann ist es passiert?«

»Vor zwei Monaten«, sagte Bobby, »Mitte März, an einem Wochenende, am neunten, glaube ich. Wir waren zu einem Festival oben im Norden gefahren. Auf dem Rückweg machte der Bus schlapp, und wir blieben für ein paar Stunden stecken. Als wir spät am Sonntag abend – eigentlich war es schon Montag früh – zurückkamen, fanden wir die Visitenkarte eines Polizisten in unserem Briefkasten, mit einer Telefonnummer, die wir anrufen sollten. Er war von der Mordkommission. Wir wußten nicht, was wir tun sollten, also taten wir erst mal gar nichts. Schließlich rief er uns an. Er erzählte uns, was passiert war, und stellte eine Menge Fragen, die wir nicht beantworten konnten. Am nächsten Tag kam er mit zwei anderen Polizisten und stellte das Haus auf den Kopf. Sie hatten aber einen Durchsuchungsbefehl und benahmen sich korrekt.«

Sie schaute Ben an, der bestätigte: »Im großen und ganzen, ja.«

»Sie hofften eben, in ihren Sachen irgendwelche Hinweise zu finden. Natürlich fanden sie nichts, was auch kein Wunder war, denn es war nicht hier passiert, und sie hatten uns gleich zu Beginn gesagt, daß es nicht aussah, als hätte es jemand getan, den sie gekannt hatte.«

»Wieso?«

»Er – dieser Detektiv sagte ...« Bobby schloß die Augen und tastete nach einem Plätzchen. Sie biß die Hälfte ab und kaute.

»Nach dem, was der Polizist erzählte, war der Mörder offenbar geistesgestört«, sagte Ben. »Er hat sie regelrecht ... geschlachtet.«

Beide sahen erschüttert aus. Es dauerte eine Weile, bis Bobby wieder sprechen konnte.

»Jedenfalls hat die Polizei hier nichts gefunden. Aber Sie können sich vorstellen, welche Angst uns das einjagte. Daß so etwas jemandem passierte, den wir kannten ...« Sie griff nach einem zweiten Plätzchen, obwohl sie die Hälfte des ersten noch in der Hand hatte.

»Hat sie das Haus mit Ihnen geteilt?«

»Sie war unsere Mieterin«, erwiderte Bobby etwas indigniert. »Das Haus gehört uns. Wir haben ein zweites Schlafzimmer, das wir früher als Übungsraum oder Tonstudio benutzten. Als ich meine Stelle im Tagesheim verlor, beschlossen wir, es zu vermieten. Wir brauchten das Geld. Wir hängten einen Zettel ans Schwarze Brett drüben in der Uni, weil wir dachten, für einen Studenten sei es gerade richtig, und Denise war die erste, die sich meldete.«

»Wann war das etwa?«

»Letztes Jahr, im Juli.«

Sie aß ihre beiden Plätzchen. Ben tätschelte ihr beruhigend das Knie.

»Sie haben eine medizinische Akte erwähnt. Hat Denise etwas falsch gemacht damit?« fragte er.

»Na ja, eigentlich hätte sie sie zurückgeben müssen.«

Sie tauschten vieldeutige Blicke.

»Hat sie das vielleicht öfter gemacht? Sachen genommen und vergessen, sie zurückzugeben, meine ich?«

Das Thema schien ihnen unangenehm zu sein. Schließlich sagte Bobby: »Am Anfang war sie die perfekte Mieterin. Sie räumte stets ihren Kram weg und fiel uns nicht auf den Wekker. Wir sahen sie kaum. Tagsüber arbeiteten wir, und abends hatten wir das eine oder andere Engagement. An freien Abenden gingen wir früh ins Bett. Sie ging immer aus. Sie war eine richtige Nachteule. Es klappte alles ganz gut.«

»Das einzige Problem war, daß sie zu allen möglichen Zeiten ein und aus ging«, sagte Ben. »Die Hunde passen gut auf uns auf, und es gab immer ein Riesengebell, von dem wir aufwachten. Aber wir konnten ihr auch nicht vorschreiben, wann sie nach Hause zu kommen hatte, oder? Nein, die meiste Zeit kamen wir gut miteinander aus.«

»Und wann fing sie an, Sachen zu nehmen?«

»Ungefähr zwei Monate, nachdem sie eingezogen war«, antwortete Bobby. »Zuerst fiel es uns gar nicht auf, weil es sich immer um Kleinigkeiten handelte, Kugelschreiber und so. Wir besitzen nichts Wertvolles außer den Instrumenten, und man verlegt eben Dinge, nicht wahr? Doch dann wurde es immer offensichtlicher: Musikkassetten verschwanden oder ein Sechserpack Bier – dabei hätte sie uns fragen können. Wir sind ziemlich freigebig mit Essen und Getränken, obwohl die Vereinbarung war, daß sie selbst für sich einkauft. Dann war der Schmuck an der Reihe, ein Paar Ohrringe von mir. Und eins von Bens Stirnbändern und die alten Hosenträger, die er sich oben in Seattle gekauft hatte, wirklich gute, schwere Lederbänder, wie sie heute nicht mehr gemacht werden. Am Ende klaute sie eine antike Brosche, die ich von meiner Großmutter geerbt hatte, Silber mit einem Granatstein. Sie war nicht viel wert, aber ich hing sehr daran. Abends ließ ich sie auf meiner Kommode liegen, und am nächsten Morgen war sie verschwunden.«

»Haben Sie sie da zur Rede gestellt?«

»Sicher. Natürlich konnte ich ihr nicht direkt vorwerfen, sie hätte sie gestohlen, aber ich fragte sie, ob sie sie gesehen hätte. Sie sagte nein, ohne mit der Wimper zu zucken. Aber wer sonst hätte es gewesen sein können? Sie war die einzige Person, die je hier hereinkam, und vorher war nie etwas verschwunden.«

»Sie muß da ein Problem gehabt haben«, sagte Ben, »Kleptomanie oder so was. Nennenswerte Geldbeträge hätte sie nicht bekommen für das Zeug, das sie mitgehen ließ. An Geld schien es ihr außerdem nicht zu mangeln. Sie hatte jede Menge Klamotten und einen brandneuen Wagen.«

»Was für einen?«

»Ein kleines Cabrio – einen Mazda, glaube ich. Den hatte sie erst seit Weihnachten. Wenn sie damit angekommen wäre, als sie nach dem Zimmer fragte, hätten wir wahrscheinlich die Miete ein bißchen höher angesetzt. Wir nahmen nur hundert im Monat, weil wir dachten, sie sei eine hungernde Studentin.«

»Jedenfalls kann sie nicht ganz richtig gewesen sein im Kopf. Den ganzen Kram, den sie gestohlen hatte, fand ich schließlich in der Garage wieder, in einem Karton unter dem Fußboden, zusammen mit einem Foto von ihr. Wie ein Hamsternest, und das Foto sollte wohl zeigen, daß alles ihr gehörte. Außerdem war sie geizig – ich weiß, es ist nicht nett, so etwas zu sagen, aber es stimmt. Es dauerte eine ganze Weile, bis ich zwei und zwei zusammenzählte.«

»Hat sie denn die Miete pünktlich bezahlt?«

»Mehr oder weniger. Manchmal ließ sie uns eine Woche oder zwei warten. Wir sagten nie etwas, und am Ende hat sie immer bezahlt.«

»Die Stimmung im Haus wurde jedenfalls immer angespannter«, erzählte Ben weiter. »Wir wollten sie schon bitten auszuziehen. Zwei Wochen lang überlegten wir, wie wir es ihr am besten beibringen sollten. Als wir uns alles zurechtgelegt hatten, war unser Auftritt in Sonoma an der Reihe, an dem Wochenende, als sie ermordet wurde.«

»Wissen Sie, wo es passierte?«

»Irgendwo in der City. Ein Club.«

»Ein Nachtclub?«

Sie nickten beide. »Soweit ich mitbekommen habe, ist es einer von diesen New-Wave-Schuppen«, sagte Bobby. »Wie hieß er noch gleich, Ben? Irgend etwas Indisches, nicht wahr?«

»Ja, *Moody Mayan*, oder so ähnlich. Der Polizist hat uns gefragt, ob wir dort verkehrten.«

»Sie war also in der New-Wave-Szene.«

»Am Anfang nicht«, erwiderte Bobby. »Als wir sie kennenlernten, sah sie ziemlich seriös aus. Zu seriös sogar, fast verklemmt. Wir dachten, sie könnte uns vielleicht zu ausgeflippt finden. Doch nach und nach wurde sie immer punkiger. Und gescheit war sie, ganz bestimmt. Immer in ihre Bücher vertieft. Sie war dabei, ihren Doktor zu machen, Biomathematik oder so was Ähnliches. Aber abends änderte sie sich total. Sie zog sich um und ging aus. Sie hatte eine Menge Klamotten, das hat Ben schon gesagt, und das meiste war schwarz, wie es sich gehört in der Szene. Sie benutzte auch diese verrückten Haarfärbemittel und schmierte sich Zuckerwasser in die Haare, damit sie schön steif wurden. Und morgens, wenn sie zur Arbeit ging, sah sie dann wieder vollkommen normal aus, nicht wiederzuerkennen.«

»Und der Mord ist in diesem Club geschehen?«

»Ich weiß nicht«, sagte sie. »Wir haben gar nicht zugehört, als sie uns die Einzelheiten erzählten. Wir wollten nur, daß sie ihren Kram abholten, damit wir die ganze Sache so schnell wie möglich vergessen konnten.«

»Wissen Sie noch den Namen des Polizisten, der Sie anrief?«

»Gomez, Ray Gomez. Kennt sich aus mit Musik. Kein schlechter Kerl.«

Sie schauten sich unsicher an, bevor Bobby das Thema wechselte.

»Muß dieses Kind nun leiden, weil Denise die Akte gestohlen hat?«

»Wir kommen auch so zurecht«, sagte ich, »es wäre nur aufschlußreich, wenn wir sie hätten.«

»Ein Jammer, daß wir Ihnen nicht helfen können«, sagte Ben. »Die Polizei hat alles mitgenommen. Irgendwelche medizinischen Papiere waren aber nicht dabei, soweit ich weiß.«

»Und in dem Karton mit den gestohlenen Sachen?«

»Nein«, sagte Bobby, »nichts, was danach ausgesehen hätte. Hätte der Polizei die Akte nicht auffallen müssen? Aber ich kann noch einmal nachsehen, ob sie nichts vergessen haben.«

Sie ging in die Küche und kam mit einem Schuhkarton und einem Papierstreifen zurück. »Leer. Das hier ist das Foto, das oben drauf lag.«

Es war einer dieser Streifen aus einem Paßfotoautomaten. Vier Versionen eines Gesichts, das einmal hübsch gewesen war, nun aber aufgedunsen und voller Mißtrauen. Glattes schwarzes Haar und große dunkle Augen. Ein verletzter Blick. Ich wollte die Bilder zurückgeben, doch Bobby sagte: »Wenn Sie wollen, können Sie sie behalten. Ich brauche sie nicht.«

Ich schaute die Porträts noch einmal an, bevor ich sie in die Tasche steckte. Vier identische Posen, grimmig und wachsam.

»Traurig«, sagte ich.

»Ja«, stimmte Bobby zu. »Sie hat nie viel gelächelt.«

»Vielleicht liegt die Akte in ihrem Zimmer in der Uni«, sagte Ben.

»Wissen Sie, in welcher Abteilung sie war?«

»Nein, aber sie hat uns eine Telefonnummer gegeben. 2238, nicht wahr?«

»Ich glaube ja«, sagte Bobby.

Ich nahm Papier und Stift aus meinem Aktenkoffer und notierte mir die Nummer. »Sie war Doktorandin?«

»Das hat sie jedenfalls gesagt, als sie sich vorstellte. Biomathematik oder so.«

»Hat sie je den Namen ihres Professor genannt?«

»Der einzige, den sie je erwähnte, war der Typ im Krankenhaus – der ermordet worden ist. Aber sie hat ihn nie beim Namen genannt.«

»Sie schien ihn nicht besonders gemocht zu haben«, sagte Ben.

»Haben Sie eine Ahnung, wieso?«

»Ich weiß nicht. Sie hat nie viel erzählt. Sie sagte einmal, er sei ein Idiot. Sie war wirklich aufgebracht und sagte, sie würde kündigen. Das hat sie dann auch getan, im Februar.«

»Hat sie danach eine andere Stelle angenommen?«

»Nicht, daß ich wüßte«, sagte Bobby.

»Und wovon hat sie gelebt?«

»Keine Ahnung. Jedenfalls hatte sie immer Geld.«

Ben lächelte säuerlich.

»Was hast du?« fragte Bobby.

»Ich denke nur gerade an sie und ihren Boß. Sie hat ihn gehaßt, und jetzt sitzen sie im selben Boot. L. A. hat sie beide erwischt.«

Bobby schauderte und aß noch ein Törtchen.

17

Der Mord an Denise Herbert und ihre Neigung zum Stehlen gaben mir zu denken. Ich hatte angenommen, sie hätte die Akte in Ashmores Auftrag entliehen. Aber vielleicht war es ihre Idee gewesen. Vielleicht hatte sie etwas erfahren, das den Jones' schaden konnte, und versucht, es zu ihrem Vorteil zu nutzen.

Und jetzt war sie tot.

Ich hielt an einer Telefonzelle und wählte Milos Privatnummer. Nach dem Signal sprach ich meine Nachricht aufs Band.

»Denise Herbert ist im März umgebracht worden, wahrscheinlich am neunten, irgendwo in der Innenstadt, in der Nähe eines Punkclubs. Der ermittelnde Polizeibeamte hieß Ray Gomez. In einer Stunde sollte ich im Krankenhaus zu erreichen sein. Laß mich ausrufen, wenn du Neuigkeiten hast.«

In weniger als einer halben Stunde war ich im Krankenhaus. Bevor ich auf die Station fuhr, ging ich auf eine Tasse Kaffee in die Cafeteria. Die Mittagspause war noch nicht zu Ende, trotzdem war der Saal fast leer. Dan Kornblatt ließ sich gerade sein Wechselgeld in die Hand zählen, als ich zur Kasse kam. Er nickte mir steif zu.

»Hallo, Dan. Was ist denn hier los?«

Mein Lächeln schien ihn zu stören. »Hast du nicht die Zeitung gelesen?« fragte er mich.

»Nur überflogen.«

Er verdrehte die Augen, schnauzte: »Was soll ich da noch sagen« und ließ mich stehen. Ich kam mir vor, als hätte ich etwas Schlimmes verbrochen. Ich bezahlte meinen Kaffee und fragte mich, was er wohl meinte. In der ganzen Cafeteria konnte ich keine gebrauchte Zeitung entdecken. Ich trank zwei Schlucke und ging zum Lesesaal der Bibliothek, doch der war diesmal verschlossen.

Die Privatstation war ruhig. Alle Türen standen offen, außer der zu Cassies Zimmer.

Vicki Bottomley saß hinter dem Stationsschalter und las in einer Patientenakte.

»Hallo, gibt's was Neues?« begrüßte ich sie.

Sie schüttelte den Kopf und hielt mir, ohne aufzublicken, die Akte hin. Ich nahm sie, öffnete sie aber nicht. Ich lehnte mich über den Schalter und fragte: »Wie geht es Cassie heute?«

»Ein bißchen besser.« Sie schaute mich nicht an.

»Wann ist sie aufgewacht?«

»Gegen neun.«

»Ist ihr Vater schon hier?«

»Es steht alles da drin.« Sie zeigte auf die Akte. Immer noch kein Blickkontakt.

Ich schlug die Akte auf und las Al Macauleys letzte Eintragung und die des Neurologen.

Sie griff nach einem Formular und begann zu schreiben.

»Cassies letzter Anfall scheint sehr heftig gewesen zu sein«, sagte ich.

»Nichts Besonderes. Hab ich alles schon erlebt.«

Ich legte die Akte weg und blieb einfach vor ihr stehen. Schließlich mußte sie aufschauen. Ihre Augen blitzten.

»Epilepsie bei Kindern ist also nichts Neues für Sie.«

»Für mich gibt es nichts Neues mehr. Ich war früher in der Onkologie. Babys mit Hirntumor, wenn Sie wissen, was ich meine.«

»Nur zu gut. Da war ich vor Jahren für die psychologische Unterstützung zuständig.«

»Aha.« Sie schrieb weiter an ihrem Formular.

»Wenigstens scheint Cassie keinen Tumor zu haben.«

Keine Reaktion.

»Dr. Eves will sie wohl bald entlassen. Ich werde sie dann einmal zu Hause besuchen.«

Ihr Kugelschreiber raste über das Papier.

»Waren Sie nicht auch schon bei ihr zu Hause?«

Sie antwortete nicht. Ich wiederholte die Frage.

»Und wenn schon, hätten Sie daran was auszusetzen?«

»Nein, ich wollte nur –«

»Ja, ja, Sie wollten nur ein bißchen mit mir plaudern, nicht wahr?« Sie legte den Kugelschreiber hin und schob ihren Stuhl zurück. Sie lächelte abfällig. »Oder was wollen Sie? Wollen Sie vielleicht wissen, ob ich bei ihr war und etwas mit ihr angestellt habe?«

Sie schaute mir gerade in die Augen, immer noch das überhebliche Lächeln auf den Lippen.

»Wie kommen Sie darauf?«

»Das ist es doch, was Leute wie Sie denken.«

»Meinen Sie Psychologen, wenn Sie ›Leute wie Sie‹ sagen?«

Sie verschränkte die Arme vor der Brust und zischte: »Spielchen, immer nur Spielchen, das ist es doch, was ihr die ganze Zeit treibt.«

»Sie scheinen eine Menge über uns zu wissen.«

Meine Bemerkung schien sie zu treffen. Sie rieb sich die Augen und verschmierte ihr Mascara. Ihre Knöchel waren grau, als sie mich wieder fixierte, doch sie war sich dessen nicht bewußt. Ich erwiderte ihren Blick, ohne auszuweichen. Es dauerte ein paar Sekunden, bis sie es schaffte, das überhebliche Lächeln wiederzufinden.

»Sonst noch etwas, Sir?« Sie zupfte Haarnadeln aus ihrer Frisur und befestigte ihre Haube damit.

»Haben Sie den Jones' Ihre Einstellung zu Psychologen mitgeteilt?« fragte ich.

»Solche Dinge behalte ich für mich. Ich bin schließlich kein Amateur.«

»Haben Sie ihnen erzählt, daß jemand einen Verdacht hat?«

»Natürlich nicht. Ich sagte doch, ich bin kein Amateur!«

»Klar, Sie sind ein Profi; Sie mögen nur diese Psychologen nicht, diese Quacksalber, die alles versprechen und nichts erreichen.«

Sie warf den Kopf zurück. »Sie kennen mich überhaupt nicht«, fauchte sie. »Sie wissen nichts von mir.«

»Richtig«, log ich, »und das ist nicht gut für Cassie.«

»Lächerlich!«

»Ihr Benehmen behindert die Behandlung, Vicki. Aber das sollten wir besser nicht hier auf dem Gang diskutieren.« Ich wies auf das Schwesternzimmer hinter dem Stationsschalter.

Sie stemmte die Hände in die Hüften. »Wozu?«

»Wir müssen uns unterhalten.«

»Sie haben kein Recht, mich dazu aufzufordern.«

»Doch, das habe ich. Und wenn ich nicht soviel Geduld hätte, wären Sie schon längst von diesem Fall suspendiert. Dr. Eves bewundert zwar Ihre fachlichen Qualitäten, aber

Ihr Benehmen geht ihr auf die Nerven. – Hier. Sie können sie gern anrufen.« Ich hielt ihr den Telefonhörer hin.

Sie hielt den Atem an, betastete ihre Haube, leckte ihre Lippen und winselte fast: »Was wollen Sie von mir?«

»Nicht hier, Vicki. Im Schwesternzimmer, bitte.«

Sie wollte protestieren, doch sie brachte kein Wort heraus. Ihre Lippen zitterten.

»Warum hören wir nicht auf damit? Es tut mir leid, reicht das nicht?«

Ihre Augen waren voller Angst. Ich dachte an ihren letzten Blick auf ihren Sohn und fühlte mich schäbig. »Nein«, erwiderte ich.

»Ich werde Ihnen nicht mehr im Wege stehen«, sagte sie, »ich verspreche es – ich meine es wirklich ernst diesmal. Ich weiß, ich hätte Sie nicht anschnauzen sollen. Aber verstehen Sie doch, es war nur, weil ich mir solche Sorgen um die Kleine mache, genau wie Sie. Es tut mir leid. Ich verspreche Ihnen, es wird nie mehr vorkommen.«

»Bitte, Vicki.« Ich zeigte auf das Schwesternzimmer.

Sie kam mit geballten Fäusten auf mich zu, bereit, zuzuschlagen. Dann ließ sie die Arme sinken, drehte sich abrupt um und ging in ihr Zimmer.

Ich schloß die Tür hinter uns und setzte mich auf eine Couch.

»Sie haben kein Recht dazu«, sagte sie schwach, »was wollen Sie von mir?«

»Ehrlichkeit.«

»Worüber?«

»Über all die Feindseligkeit, die ich von Ihnen zu spüren bekomme.«

»Ich habe doch gesagt, es tut mir leid.«

»Es geht mir nicht um eine Entschuldigung, Vicki. Sie können mir ruhig auf den Schlips treten. Wir müssen nicht die besten Freunde sein, aber es ist unabdingbar, daß wir uns so weit verstehen, daß wir gemeinsam Cassie helfen können. Und Ihr Verhalten steht dem im Wege. Was ich gesagt oder getan habe, kann nicht der Grund sein. Sie haben mich schon abgelehnt, bevor ich den Mund aufmachte. Offenbar haben Sie etwas gegen Psychologen, und ich vermute, daß Sie von ihnen enttäuscht oder schlecht behandelt worden sind. Wenn Sie weiter für Cassie sorgen wollen, dann müssen wir das jetzt ans Tageslicht bringen. Der Fall ist weiß Gott kompliziert genug. Wir als Mitglieder des medizinischen Teams können es uns nicht leisten, Zeit und Energie mit persönlichen Anfeindungen und Schikanen zu verschwenden. Sagen Sie mir bitte, Vicki: Was haben Sie gegen mich? Bringen Sie es hinter sich. Auch wenn es nichts mit Cassie zu tun hat – ich werde diesen Raum nicht verlassen, bevor Sie reden.«

Das abfällige Lächeln kehrte kurzzeitig zurück. »Das hab ich schon mal gehört.«

Plötzlich warf sie die Arme hoch, riß sich die Schwesternhaube vom Kopf und warf sie auf den Boden. »Verdammt!«

Dann brach sie in Tränen aus und begann zu reden. Ich brauchte nur noch zuzuhören.

Sie erzählte nur einen Teil der Geschichte. Es riß alte Wunden auf, und sie kämpfte darum, einen Rest von Würde zu bewahren.

Ihr mißratener Sohn verwandelte sich in einen »lebhaften Jungen mit Schulproblemen«.

»Er war nicht dumm, er fand nur nichts, was ihn genug interessierte, und dann kamen ihm alle möglichen Dinge in den Kopf.«

Der Knabe wuchs zu einem »rastlosen« jungen Mann heran, der einfach »keinen Frieden finden konnte«.

Serienmäßig begangene Bagatelldelikte schrumpften zu »Schwierigkeiten«. Die Schlüsselszene ging fast unter in Schluchzen und Flüstern: der Tod ihres einzigen Kindes, mit neunzehn, aufgrund eines »Unfalls«.

Der saufende Ehemann stieg zum Helden der Arbeit auf, gestorben mit achtunddreißig – »zu hoher Cholesterinspiegel«.

»Zum Glück war das Haus unser Eigentum. Das einzige von Wert, was Jimmy uns außerdem hinterließ war eine alte Harley-Davidson – ein Chopper. Er hat ständig daran herumgebastelt, und wenn er die Maschine zum Laufen brachte, setzte er Ronald auf den Rücksitz und raste durch unser Viertel. Der Chopper war das erste, was ich verkaufte nach seinem Tod. Ich wollte nicht, daß Ronald damit losraste und sich auf der Autobahn den Schädel einschlug. Er hatte immer eine Schwäche für Geschwindigkeit, genau wie sein Vater. Ich verkaufte das Motorrad also an einen der Ärzte drüben im Foothill Krankenhaus. Dort habe ich gearbeitet, bevor Ronald geboren wurde. Als Jimmy tot war, mußte ich wieder dort anfangen.«

»In der Kinderklinik?« fragte ich.

Sie schüttelte den Kopf. »Nein, auf einer allgemeinen Station. Sie hatten dort keine Kinderabteilung. Ich hätte lieber mit Kindern gearbeitet, aber ich brauchte eine Stelle nicht zu weit von zu Hause, damit ich in Ronalds Nähe war. Er war zwar schon zehn, aber er war nicht die Art Kind, die man allein lassen kann. Also arbeitete ich Nachtschichten. Um neun legte ich ihn ins Bett und wartete, bis er einschlief. Dann legte ich mich selbst für eine Stunde hin, bevor um elf die Schicht anfing. Ich hatte keine Hilfe. Damals gab es noch keine Kindertagesstätten. Und Babysitter konnte ich mir nicht leisten.«

Mit den Tränen kämpfend, tupfte sie sich die Augenwinkel.

»Morgens um sieben raste ich dann nach Hause und hoffte, er würde noch schlafen, damit ich ihn wecken konnte und so tun, als ob ich die ganze Nacht bei ihm gewesen wäre. Am Anfang funktionierte es auch, doch als er größer wurde, merkte er es und begann morgens mit mir Verstecken zu spielen. Er schloß sich im Badezimmer ein ...« Sie zerknüllte ihr Taschentuch. Ich bemerkte das Grauen in ihrem Gesicht.

»Schon gut«, sagte ich, »Sie brauchen nicht –«

»Sie haben keine Kinder. Sie wissen nicht, wie das ist. Als Teenager blieb er dann die ganze Nacht weg, ohne sich zu melden, manchmal zwei Nächte hintereinander. Wenn ich ihm

Hausarrest gab, ignorierte er es einfach. Über Bestrafungen lachte er nur. Wenn ich versuchte, mit ihm darüber zu reden, schrie er es mir ins Gesicht, daß ich ihn immer allein gelassen hätte. Das war seine Vergeltung: Du bist immer weggegangen, jetzt sollst du mal sehen, was das für ein Gefühl ist. In der Schule hat er überhaupt nichts gelernt. Es wurde jedes Jahr schlimmer. Am Ende ging ich mit ihm zu einem von Ihrer Sorte, mit einer Privatpraxis am anderen Ende der Stadt. Und glauben Sie nicht, daß ich mir das leisten konnte.«

Sie spuckte einen Namen aus, der mir nichts sagte.

»Es war eine große Praxis«, sagte sie, »sechzig Dollar die Stunde, was damals eine Menge Geld war. Das ist es immer noch, besonders wenn es total für die Katz ist. Pfusch war alles, was ich dafür bekam, zwei Jahre lang.«

»Wie sind Sie an ihn geraten?«

»Oh, er hatte die besten Empfehlungen. Die Adresse hatte ich von einem der Ärzte in Foothill. Am Anfang dachte ich auch, er sei mächtig auf Draht. Die ersten zwei Wochen sprach er nur mit Ronald, ohne mir irgendwas zu berichten. Dann lud er mich zu einem Gespräch und erzählte mir, daß Ronalds Probleme ernst seien und daß sie damit zu tun hätten, wie er aufgewachsen war. Er sagte, es würde einige Zeit dauern, aber er würde ihm helfen können, *wenn.* Und dann eine lange Liste von Wenns. Wenn ich keinerlei Druck auf Ronald ausüben würde. Wenn ich ihn als Person respektierte. Wenn ich Vertraulichkeit wahrte über Dinge, die ihn betrafen. Der Junge müßte Selbstverantwortung entwickeln, und solange ich die Verantwortung für ihn übernähme, könne mein Sohn niemals aus dem Schlamassel herauskommen. – Was die Vertrauensbasis anging, so galt das offenbar nicht für das, was ich ihm über Ronald erzählte, denn nach zwei Jahren Behandlung hatte ich einen Jungen vor mir, der mich haßte wegen der Ideen, die dieser Mann ihm in den Kopf gesetzt hatte. Es verging noch einige Zeit, bis ich herausfand, daß er Ronald gegenüber alles wiederholt hatte, was ich ihm erzählt hatte. Dieser Pfuscher hat alles noch schlimmer gemacht.«

»Haben Sie sich bei ihm beschwert?«

»Wieso? Es war doch meine eigene Dummheit gewesen, ihm zu vertrauen. Mein Gott, war ich dumm! Wollen Sie wissen, wie dumm ich war? Ein Jahr nachdem Ronald … ein Jahr danach ging ich zu einem zweiten Psychologen. Meine Vorgesetzte dachte, es würde mir guttun, aber bezahlen wollte sie natürlich nicht dafür. Nicht, daß ich meine Arbeit nicht ordentlich erledigt hätte. Aber ich konnte nicht schlafen, hatte keinen Appetit und war depressiv. Also gab sie mir eine Adresse. Ich dachte, sie als Frau könnte verstehen, was ich fühlte. Sie schickte mich zu einem Kerl in Beverly Hills. Hundertzwanzig die Stunde. Das nennt man Inflation, nicht wahr? Aber was ich dafür bekam, war auch nicht mehr als vorher, obwohl der Halunke am Anfang noch erfahrener schien als der erste. Ruhig, höflich, ein wahrer Gentleman. Er schien zu verstehen. Ich fühlte mich besser, wenn ich mit ihm geredet hatte. Ich konnte wieder arbeiten. Und dann …«

Sie stockte. Sie blickte an die Wand, dann auf das Taschentuch in ihrer Hand.

»Dieser zweite Psychiater hat Sie mißhandelt, nicht wahr?«

»Mißhandelt?« Das Wort schien sie zu belustigen. »Sie meinen, so wie man ein Kind mißhandelt?«

»Ja. Ist es nicht fast so, wenn ein Psychologe das Vertrauen eines Patienten bricht?«

»Er hat mein Vertrauen nicht gebrochen, er hat es zertrümmert. Aber das ist alles Vergangenheit. Ich habe daraus gelernt. Es hat mich stärker gemacht. Jetzt passe ich auf.«

»Und Sie haben sich auch damals nicht beschwert?«

»Das hätte mir gerade noch gefehlt – sein Wort gegen meines. Wem hätten Sie wohl geglaubt? Er hätte seine Rechtsanwälte auf mich gehetzt und in meinem Leben gewühlt. Wahrscheinlich hätte er Experten gefunden, die zeigten, was für eine Lügnerin, was für eine Rabenmutter ich war. Er hätte Ronalds Tod wieder aufgebracht, und ich wollte doch nur, daß mein Junge in Frieden ruhen kann, obwohl – obwohl er mich niemals in Ruhe ließ.« Sie preßte die Handflächen zusammen. Ihre Stimme war schrill und überreizt.

»Er hat mich nie in Frieden gelassen, bis zum Ende nicht! Er hat nie aufgehört mit den Vorwürfen, den Ideen, die der Quacksalber ihm eingetrichtert hatte. *Ich* war die Böse, *ich* hatte mich nie um ihn gekümmert, *ich* ließ ihn nicht lernen und paßte nicht auf, daß er seine Hausaufgaben machte, *ich* war es gewesen, die sich nicht darum gekümmert hatte, ob er zum Schule ging oder nicht! Wegen mir ist er . . . unter schlechten Einfluß geraten. Ich war die Schuldige, zu hundert Prozent, hundertfünf Prozent . . .«

Sie lachte hysterisch, dann brach sie zusammen, schluchzte hemmungslos. Ich wußte, daß ich sie nicht trösten konnte, und wartete, bis sie sich von selbst beruhigte, was nicht länger als zwei Minuten dauerte.

»Kann ich jetzt gehen?« fragte sie. »Ich würde mir gern das Gesicht waschen.«

Ich sah keinen Grund, sie weiter zurückzuhalten, und sagte: »Sicher, gehen Sie nur.«

Sie setzte sich ihre Haube auf und rückte sie zurecht. »Machen Sie mir bitte nicht noch mehr Schwierigkeiten, hören Sie? Das wichtigste ist doch jetzt, daß Cassie gesund wird. Nicht, daß . . .« Sie errötete und ging zur Tür.

»Sie meinen, nicht, daß ich viel dazu beitragen könnte?« ergänzte ich.

»Ich meinte, nicht, daß es leicht wäre. Und wenn Sie es am Ende sind, der herausfindet, was mit ihr los ist, dann alle Achtung.«

»Was halten Sie davon, daß die Ärzte nichts finden können?«

Ihre Hand war auf dem Türknopf. »Es gibt vieles, was Ärzte nicht finden. Wenn die Patienten wüßten, wieviel in diesem Gewerbe Rätselraten ist . . . Mein Gott, ich fange schon wieder an, zu lästern. Es bringt mich noch in Teufels Küche.«

»Was macht Sie so sicher, daß es sich um etwas Organisches handelt?«

»Was sollte es sonst sein? Diese Leute sind keine Kindesmißhandler. Cindy ist eine der besten Mütter, die ich je gesehen habe, und Dr. Jones ist ein wirklicher Gentleman. Es ist nur eine Frage der Zeit, bis jemand herausfindet, was mit dem kleinen Mädchen los ist. Ich habe das schon oft erlebt. Die Ärzte können nichts finden und nennen es kurzerhand ›psychosomatisch‹. Und dann findet plötzlich jemand etwas, woran man vorher nicht gedacht hat, und, hurra, sie haben eine neue Krankheit entdeckt. Das nennen sie medizinischen Fortschritt.«

»Und wie würden Sie es nennen?«

Sie starrte mich an. »Genauso, natürlich.«

Sie ging hinaus und ließ mich mit meinen Gedanken allein. Ich hatte sie zum Sprechen gebracht, doch hatte ich auch etwas Neues erfahren?

18

Ich mußte hinaus aus dem Krankenhaus. Ich fuhr die Hillhurst Street hinauf zu einem Restaurant, das mir Milo gezeigt hatte, wo ich aber allein noch nie gewesen war. Dort gab es traditionelle europäische Küche, signierte Fotos von Halbberühmtheiten, nikotinverfärbte Holztäfelung und Kellner ohne Arbeitserlaubnis.

Ein Schild im Eingang unterrichtete mich, daß die Küche erst in einer halben Stunde öffnen würde, aber in der Cocktailbar gab es Sandwiches.

Ich löste meine Krawatte, setzte mich und bestellte ein Bier und ein Clubsandwich. Dann ging ich zum Münztelefon an der Rückwand des Raumes und wählte Milos Nummer im Parker Center.

»Milo? Hallo. Hast du dir schon angehört, was ich dir aufs

Band gesprochen habe? Denise Herbert ist nicht nur ermordet worden, sie war auch noch eine Kleptomanin.« Ich erzählte ihm meine Erpressungstheorie. »Was hältst du davon?«

»Hm . . . na ja.« Er räusperte sich. »Sicherlich eine gute Frage, Sir, aber diese Daten sind im Augenblick leider nicht verfügbar.«

»Habe ich eine schlechte Zeit erwischt?«

»Ja, Sir. Ich kümmere mich darum.« Nach einem Augenblick sagte er leise: »Die Großkopferten sind unterwegs. Scheint irgendeine Konferenz zu sein. In fünf Minuten mache ich Feierabend. Wie wär's mit einem späten Mittagessen oder frühen Abendessen – sagen wir, in einer halben Stunde?«

»Ich habe schon ohne dich angefangen.«

»Ein schöner Freund bist du. Wo bist du denn?«

Ich sagte es ihm.

»Gut«, flüsterte er. »Bestell mir eine Erbsensuppe mit Eisbein und gefüllte Hühnerbrust. Mit extra viel Füllung, bitte.«

»Im Moment gibt's hier nur Sandwiches.«

»Bis ich da bin, werden sie richtiges Essen machen. Sag, es ist für mich.«

Ich ging zur Bar zurück, gab Milos Bestellung weiter und bat die Bedienung, mit meinem Sandwich zu warten, bis er kommen würde. Sie nickte, rief die Küche an und servierte mir mein Bier mit einer Schale Mandeln.

Vierzig Minuten später erschien Milo. Er winkte mir zu und ging an der Bar vorbei geradewegs ins Restaurant. Ich nahm mein Bier mit und folgte ihm.

Wir waren die ersten Gäste. Ein drahtiger alter Kellner erschien mit einem Teller voll Peperoni und gefüllter Oliven, einem Korb Weißbrot und einem englischen Bier für Milo.

Als der Kellner verschwunden war, lockerte Milo seinen Schlips und lehnte sich schnaufend in seinem Stuhl zurück.

»Woher weißt du von dem Mord an dem Mädchen?« fragte er.

»Von ihren früheren Vermietern.« Ich faßte für ihn mein Gespräch mit Bobby und Ben zusammen.

»Schön«, sagte er, als ich fertig war. »Von Polizeiseite gibt es nichts Neues. Die Akte liegt im Hauptquartier unter den ungelösten Fällen mit geringer Aufklärungschance. Man hat ihr den Schädel eingeschlagen, die Kehle durchgeschnitten und irgend etwas Hölzernes in die Vagina geschoben. Die Splitter, die der Leichenbeschauer gefunden hat, sind die einzige Spur, die sie haben. Geschehen ist es in der Nähe eines Punkclubs in einem Gebäude einer Kleiderfabrik.«

»Der *Moody Mayan.*«

»Wer sagt das?«

»Die Folksänger.«

»Das stimmt nicht ganz. Der Club heißt *Mayan Mortgage.*«

»Kennst du den Laden?«

»Nein, aber diese Clubs sind alle gleich: Nacht-und-Nebel-Unternehmen ohne Gewerbeschein und Schanklizenz. Sie besetzen irgendein verlassenes Gebäude, und bevor die Behörden den Laden dichtmachen, sind sie wieder verschwunden.«

Er trank einen Schluck und wischte sich den Schaum von der Oberlippe. »Laut Protokoll hat einer der Barkeeper Denise gesehen, als sie kurz vor zwei Uhr früh mit einem Typen hinausging. Er erinnerte sich an sie, weil sie eines der wenigen Mädchen aus der harten Szene war, die sie hereinließen. Über den Mann konnte er nur sagen, daß er seriös aussah und älter war als sie. Der Zeitrahmen paßt zu der Todeszeit, die der Leichenbeschauer geschätzt hat: zwischen zwei und vier Uhr morgens. Der hat übrigens auch Kokain und Alkohol in ihrem Blut gefunden.«

»Viel?«

»Genug, um ihr Urteilsvermögen zu mindern, wenn sie überhaupt eins hatte, was ich bezweifle bei einer Frau, die sich mitten in der Nacht allein in so einer Gegend herumtreibt.«

»Ihre Vermieter sagen, sie sei sehr intelligent gewesen und hätte an ihrem Doktor in Biomathematik gearbeitet.«

»Intelligent, mag ja sein, aber blöd war sie trotzdem. Der eigentliche Tatort war in einer Seitenstraße ein paar hundert

Meter vom Club entfernt, in ihrem kleinen Mazda. Die Schlüssel steckten noch im Zündschloß.«

»Sie ist in ihrem Wagen ermordet worden?«

»Ja, auf dem Fahrersitz, nach den Blutspuren zu urteilen. Danach fiel sie quer über die Vordersitze. Die Leiche wurde kurz nach Sonnenaufgang von Textilarbeitern gefunden, die auf dem Weg zur Frühschicht waren. Blut war aus dem Wagen getropft und hatte eine Pfütze gebildet. Die Pfütze war es, die die Arbeiter aufmerksam machte.«

Der Kellner brachte Milos Erbsensuppe und wartete, während er probierte. »Köstlich«, sagte Milo. Der Kellner nickte und verschwand.

Milo aß noch zwei Löffel voll, leckte sich die Lippen und sprach durch den Dampf, der von seinem Teller aufstieg. »Das Verdeck des Mazda war zugeklappt, aber es hatte kein Blut auf der Innenseite. Man nimmt deshalb an, daß das Verdeck offen war, als es passierte. Die Verteilung der Blutspuren deutet darauf hin, daß der Täter neben dem Wagen gestanden haben muß, auf der Fahrerseite, etwa einen halben Meter hinter ihr. Von dort hat er ihr auf den Kopf geschlagen. Nach den Schädelverletzungen zu urteilen, war sie danach bewußtlos, vielleicht sogar tot. Dann schnitt er ihr mit irgendeiner Klinge die Luftröhre und die Halsschlagader durch. Und anschließend vergewaltigte er sie mit einem Stück Holz.«

»Das klingt nach einem Verrückten, oder?«

»Vielleicht. Oder jemand, der seine Sache sehr gründlich macht. Jedenfalls hatte er Nerven genug, am Ende das Verdeck zuzuklappen.«

»Hat man sie in dem Club mit irgend jemand tanzen gesehen?«

»Darüber steht nichts im Protokoll. Der Barmann hat sie nur herauskommen sehen, weil er zufällig für eine Zigarette nach draußen gegangen war.«

»Er stand nie unter Verdacht, oder?«

»Nein. Eins steht fest, Alex: Der Mörder war mit der Absicht zu töten unterwegs – denk nur an all die Tatwerkzeuge.

Wir haben es mit einer Art Raubtier zu tun, jemandem, der das Viertel durchstreift und den Club belauert, weil er weiß, daß sich dort viele Frauen aufhalten. Er wartet, bis er sieht, auf was er aus ist. Eine Frau ohne Begleitung, vielleicht von bestimmtem Aussehen. Und der offene Wagen in einer verlassenen Seitenstraße muß ihn noch zusätzlich verlockt haben . . .«

Er widmete sich wieder seiner Suppe.

»Sie scheint reichlich Geld gehabt zu haben«, warf ich ein, »sogar nachdem sie ihren Job aufgegeben hatte. Denkst du da nicht automatisch an Erpressung, zumal sie auch noch ihren Kokainkonsum zu finanzieren hatte? Vielleicht ist sie neugierig geworden, als ihr auffiel, daß das eine Jones-Kind gestorben war und das zweite regelmäßig mit unerklärlichen Beschwerden ins Krankenhaus eingeliefert wurde. Sie stiehlt die Beweismittel und versucht, Geld damit zu machen. Und dann wird sie ermordet, genau wie Ashmore.«

»Ihr Geld könnte auch von ihrer Familie gekommen sein. Oder vom Koks. Vielleicht hat sie damit gehandelt.«

»Wenn sie Geld im Rücken hatte, warum hat sie dann die billige Bude bei den Folksängern gemietet?«

»Warum nicht? Wir wissen doch, daß sie gern Rollen spielte. Schau dir nur den Kontrast zwischen ihrer Punkaufmachung und ihrem Tagesjob an. Auch die Diebstähle gehorchen keiner Logik und brachten ihr keinen Gewinn. Sie waren geradezu darauf angelegt, entdeckt zu werden. Sie erscheint mir jedenfalls nicht als der Typ, der in der Lage wäre, eine Erpressungskampagne zu planen und durchzuführen.«

»Daß sie gut darin war, habe ich nicht gesagt. So wie sie geendet hat . . .«

Milo schaute sich in dem leeren Speisesaal um, als fürchtete er plötzlich, jemand könnte uns zuhören.

»Damit wären wir wieder beim Thema: Wer hat sie umgebracht? Vater Jones? Mutter Jones? Oder der Großpapa?«

»Meinst du nicht, daß solche Leute eher jemanden anheuern würden für die Drecksarbeit?«

»Jemanden anheuern, um ihr die Kehle durchzuschneiden und sie mit einem Holzstück zu schänden?«

»Vielleicht war es Teil des Auftrags, es wie die Tat eines Psychopathen aussehen zu lassen. Ein Mord, der nur aufgeklärt werden kann, wenn derselbe Irre noch einmal zuschlägt. Wer weiß, möglicherweise war auch Ashmore in die Sache verwickelt, und derselbe Mörder wurde bezahlt, den Raubüberfall auf ihn zu fingieren.«

Das übrige Essen wurde gebracht, und ich bewunderte Milo dabei, wie kunstvoll er sein Stück Huhn zerlegte.

»Red nur weiter«, sagte er, »deine Phantasie gefällt mir.«

»Der Zusammenhang wäre folgender: Ashmore war Denises Boß. Er hatte die toxikologische Untersuchung an Chad Jones' Leichnam durchgeführt. Vielleicht wußte er Bescheid über Denises Machenschaften. Und selbst wenn das nicht der Fall war, mußte er sicherheitshalber ebenfalls ausgeschaltet werden.«

»Aber warum sollte sich Ashmore mit Erpressung abgegeben haben? Schließlich war er finanziell unabhängig, vermögend sogar.«

»Sein Geld steckte in Immobilien, ein Markt, der in den letzten Jahren abgestürzt ist. Was, wenn er bis über die Ohren verschuldet war? Oder nie mit dem Glücksspiel aufgehört und im großen Stil verloren hatte, so daß er unbedingt Geld brauchte? Reiche Leute können auch pleite gehen, oder?«

»Aber angenommen – nur angenommen –, Ashmore hatte wirklich einen Verdacht im Fall Jones. Warum hätte er dann mit dem Mädchen zusammenarbeiten sollen?«

»Wer sagt, daß das seine Absicht war? Vielleicht ist sie der Sache selbst auf die Spur gekommen – sie hatte wahrscheinlich Zugang zu seinen Daten – und hat es auf eigene Faust versucht.«

Milo schwieg und wischte sich den Mund ab, obwohl er noch nichts von dem Huhn gegessen hatte.

»Das Ganze erklärt noch nicht, warum Ashmore erst zwei Monate später ermordet wurde«, sagte ich. »Wenn es einen

Zusammenhang zwischen den Morden gibt, warum hat der Mörder dann soviel Zeit verstreichen lassen?«

Er trommelte mit den Fingern auf den Tisch. »Wenn man die Geschichte ein bißchen ändert, wird auch das verständlich. Nimm einmal an, Ashmore wußte zunächst nichts von Denise Herberts Machenschaften und hat es erst später herausgefunden, indem er über Daten stolperte, die sie in den Computer gefüttert hatte. Und dann erst versuchte er, selbst seinen Schnitt zu machen. Oder er sprach mit der falschen Person darüber . . .«

»Wo du das sagst, kommt mir ein Vorfall am Morgen nach Ashmores Tod in den Sinn. Ich sah zufällig, wie Hünengart, der Sicherheitschef, Ashmores Computer wegschleppen ließ. Mein erster Eindruck war, daß er sich Ashmores Hardware unter den Nagel reißen wollte, doch vielleicht war er in Wirklichkeit hinter den Daten her, die in den Computern steckten. Er arbeitet für Plumb – das heißt, eigentlich für Chuck Jones. Der Knabe scheint seine Finger überall drin zu haben. Sein Name tauchte auch in meinem Gespräch mit Mrs. Ashmore auf. Er hatte sie angerufen und ihr im Namen der Krankenhausführung sein Beileid ausgesprochen. Und dann besuchte er sie zu Hause und brachte die Spendenurkunde und die Plakette von UNICEF. Ist das normalerweise die Aufgabe einer Sicherheitsabteilung? Oder ging es ihm in Wirklichkeit darum, herauszufinden, ob Ashmore einen Computer zu Hause hatte?«

Milo schaute auf seinen Teller und begann schließlich zu essen. Er aß schnell, mechanisch, ohne Vergnügen. Ich wußte, wieviel Essen ihm bedeutete, und fühlte mich schuldig, ihm seine Mahlzeit verdorben zu haben.

»Bestechend«, sagte er, »aber vor der ganzen Geschichte steht doch immer noch ein großes Wenn, nicht wahr?«

»Sicher. Laß uns jetzt damit aufhören.«

Er legte seine Gabel hin. »Der wesentliche Haken an der Sache ist folgendes: Wenn Großpapa wußte, daß sein Sohn und/oder seine Schwiegertochter für den Tod des kleinen

Chad verantwortlich waren, und es ihm so wichtig war, das zu vertuschen, daß er erst Erpressungsgeld zahlte und dann einen Killer heuerte, warum hat er dann zugelassen, daß Cassie in dasselbe Krankenhaus gebracht wird?«

»Vielleicht war Cassie schon dort in Behandlung, bevor die Erpressung anfing.«

»Selbst dann hätte er noch dafür sorgen können, daß Cassie woandershin geschickt wird. Warum das Risiko eingehen, sie denselben Ärzten zu übergeben, die Chad behandelt hatten und die genau wie die Erpresser zwei und zwei zusammenzählen könnten? Niemand hätte der Familie einen Vorwurf gemacht, schließlich war Cassies Behandlung nicht gerade erfolgreich. Und selbst wenn die Eltern Kindsmörder sind und der Großvater sie deckt und sogar so weit geht, Erpresser aus dem Weg zu räumen, würde er nicht trotzdem versuchen, einzuschreiten, sobald ihm klar wird, daß auch Cassie vergiftet wird?«

»Vielleicht ist er nicht besser als die jungen Eltern.«

»Du meinst, wir haben es mit einer Familie von Psychopathen zu tun?«

»Was meinst du denn, wie solche Dinge anfangen? Chuck Jones könnte seinen Sohn mißhandelt haben, und Chip setzt fort, was er von ihm erfahren hat. Die Art, wie der Alte das Krankenhaus zugrunde richtet, läßt ihn nicht gerade in einem milden Licht erscheinen.«

»Nein, Alex. Chuck mag ein gnadenloser Geschäftsmann sein, aber zusehen, wie die Enkeltochter gequält wird, bis sie epileptische Anfälle bekommt, ist doch etwas ganz anderes, oder?«

»Sicher«, gab ich zu, »wahrscheinlich geht meine Phantasie mit mir durch. Aber würdest du jetzt bitte essen? Es macht mich nervös, wie du auf deinem Teller herumstocherst.«

Er nahm seine Gabel in die Hand, und wir begannen, uns gegenseitig vorzumachen, wie gut es uns schmeckte.

»Hünengart«, sagte er. »Mit dem Namen gibt es bestimmt

nicht viele in unseren Akten. Und wie war noch der Vorname?«

»Presley.«

Er lächelte. »Noch besser. Ich habe übrigens Ashmore und Stephanie überprüft. Er ist sauber, bis auf ein paar Strafzettel, die er nicht mehr bezahlen konnte, bevor es ihn erwischte. Sie hat nichts mehr verbrochen seit einer Verurteilung wegen Trunkenheit am Steuer. Das ist drei Jahre her. Sie hatte einen Zusammenstoß verschuldet, keine Verletzten. Da es ihr erstes Delikt war, hat sie Bewährung bekommen. Wahrscheinlich hat man sie auch zu den Anonymen Alkoholikern oder zu einer anderen Therapie geschickt.«

»Deswegen hat sie sich vielleicht so verändert.«

»Was meinst du?«

»Na ja, sie hat abgenommen, sie trägt jetzt Make-up, was sie früher nie getan hat, und sie legt Wert auf modische Kleidung, getreu dem Image der berufstätigen, erfolgreichen Frau. Außerdem hat sie eine teure Kaffeemaschine in ihrem Büro, die echten *Cappuccino* produziert.«

»Das würde ins Bild passen«, sagte er. »Kaffee ist beliebt bei trockenen Alkoholikern. Ist Teil des Entzugs.«

Milo mußte es wissen. Er hatte selbst gelegentlich mit der Flasche geliebäugelt.

»Meinst du, sie säuft immer noch?« fragte ich.

»Wenn ja, würde das eine Rolle spielen? Gibt es irgendeinen Zusammenhang zwischen Alkoholismus und Münchhausen?«

»Nein. Aber was immer das Problem sein mag, Alkohol würde es verschlimmern. Und wenn sie den typischen Münchhausen-Hintergrund hätte – Mißhandlung, Inzest, Krankheit –, dann wäre es nur zu verständlich, daß sie zur Flasche greift.«

»Für mich heißt das nur, daß es etwas gibt in ihrem Leben, das sie am liebsten vergessen würde. Da geht es ihr nicht anders als den meisten von uns.«

19

Auf dem Weg nach draußen sagte Milo: »Ich werde versuchen, alles zu sammeln, was es über Denise Herbert gibt. Was wirst du als nächstes unternehmen?«

»Ich werde meinen Hausbesuch machen. Vielleicht gewinne ich neue Einsichten, wenn ich die Jones' in ihrer natürlichen Umgebung erlebe.«

»Und du kannst dich bei ihnen umsehen – möglicherweise entdeckst du etwas Verdächtiges.«

»Dasselbe hat Stephanie gesagt. Sie schlug mir halb im Scherz vor, ich solle einen Blick in ihren Kühlschrank werfen.«

»Warum nicht? Als Psychologe wirst du schließlich dafür bezahlt, deine Nase in alles zu stecken. Du brauchst nicht einmal einen Durchsuchungsbefehl.«

Auf dem Heimweg hielt ich an Ashmores Haus. Ich war neugierig, ob Hünengart sich noch einmal hatte blicken lassen, und wollte sehen, wie es der Witwe ging. Ich klingelte, doch offenbar war niemand zu Hause.

Ich ging zu meinem Wagen zurück, drehte das Radio laut und schaffte es, während der ganzen Fahrt nach Hause nicht ein Mal an Tod oder Krankheit zu denken. Ich hörte meinen Antwortdienst ab. Ruth ließ mitteilen, sie würde gegen sechs wiederkommen. Die Morgenzeitung hatte sie, wie immer, säuberlich gefaltet auf meinem Eßtisch hinterlassen. Ich dachte an Dan Kornblatts gereizte Bemerkung morgens in der Cafeteria. Ich blätterte also die Zeitung noch einmal durch. Was konnte er wohl gemeint haben? Auf der ersten Seite war nichts, auch nicht im Lokalteil, doch von der zweiten Seite des Wirtschaftsteils sprang es mich an: PRIVATE GESUNDHEITSPFLEGE: GEDÄMPFTE ERWARTUNGEN. Der Autor argumentierte, daß Krankenhäuser, als gewinnorientierte Unternehmen betrieben, keineswegs die Goldgrube waren, als die sie von Wall Street einst propagiert worden waren. Er stützte seine These mit Beispielen von Krankenhäusern und Krankenhausgesellschaften, die bankrott gegangen waren, und mit Interviews mit Verwaltungsexperten aus der Gesundheitsszene. Einer von ihnen war George Plumb, ehemals Geschäftsführer bei MGS – Medizinische Dienste, Pittsburgh, jetzt Geschäftsführer im Western Pediatric Medical Center, Los Angeles.

Pittsburgh? Saßen dort nicht auch die Leute, die die Bücherei mit einem veralteten Computersystem ausrüsten wollten – BIO-DAT? Eine Hand wäscht die andere, dachte ich, und las weiter.

Die meisten Beschwerden der Verwaltungshengste drehten sich um die Einmischung der Regierung und »markthemmende« Gebührenpläne, aber auch um Schwierigkeiten mit Krankenversicherungen, eskalierende Kosten für neue Technologien, um die Gehaltsforderungen der Ärzte und Schwestern und um die Entdeckung, daß die Patienten sich nicht immer dem Geschäftsplan entsprechend verhielten.

Plumbs Beitrag zu diesem Klagelied betraf die besonderen Schwierigkeiten in einem innerstädtischen Krankenhaus mit seinen »demographischen Nachteilen und sozialen Problemen, die aus dem Umfeld ins Krankenhaus sickern. Wenn noch rapide verfallender Gebäudebestand bei gleichzeitig sinkenden Einkünften dazukommt, dann könnte der zahlende Kunde oder Versicherer sich eines Tages abwenden von uns als Anbieter der Dienstleistung Gesundheit.«

Als er nach Lösungen gefragt wurde, nannte Plumb »Dezentralisierung« als Schlüsselwort der Zukunft. »Kleinere, leicht zu verwaltende Einheiten, strategisch plaziert in Vorstadtgebieten mit positiven Wachstumsdaten, werden einmal die großen Stadtkrankenhäuser ersetzen. Bevor eine solche Umstrukturierung jedoch in Angriff genommen werden kann, sind sorgfältige Wirtschaftlichkeitsanalysen durchzuführen«, warnte er. »Und dann gibt es noch außerfinanzielle Aspekte. Viele der etablierten Institutionen genießen ein hohes Maß an Loyalität bei denen, die sich nach der guten alten Zeit zurücksehnen.«

Das klang verdächtig nach einem Testballon. Die öffentliche Meinung sollte auf die Radikaloperation vorbereitet werden: den Verkauf des »rapide verfallenden Gebäudebestands« und den Umzug in ruhigere Gefilde irgendwo in den grünen Vorstädten.

Sicherlich war Plumb nur als Sprecher vorgeschoben worden. Vorgeschoben von dem Mann, den ich gegenüber Milo als Auftraggeber eines bezahlten Killers und als Komplizen von Kindesmißhandlern in Betracht gezogen hatte.

Ich erinnerte mich, was Stephanie über Chuck Jones' Laufbahn erzählt hatte. Vor seiner Ernennung zum Vorstandsvorsitzenden hatte er das Vermögen des Krankenhauses verwaltet. Wer könnte besser über den Wert der Grundstücke Bescheid wissen als der Mann, der die Bücher geführt hatte?

Hatte die katastrophale Finanzlage des Krankenhauses vielleicht noch andere Gründe als »demographische Nachteile« und »sinkende Einkünfte«? Hatte Jones das Vermögen der Klinik auf einen Punkt herabgewirtschaftet, wo zur Deckung der Verluste, die er verschuldet hatte, ein saftiger Immobilienverkauf nötig war, für den er auch noch eine gesalzene Provision kassieren würde?

... strategisch plaziert in Vorstadtgebieten mit positiven Wachstumsdaten ... Zum Beispiel auf den Grundstücken, die Jones' Sohn drüben im West Valley besaß?

Eine Hand wäscht die andere ...

Doch um solch einen Coup zu landen, mußten Jones und Kumpane natürlich den Anschein wahren, sie unterstützten den sterbenden Dinosaurier Western Pediatric bis zum bitteren Ende. Die Enkelin des Vorstands aus der Behandlung zu nehmen, würde da keinen guten Eindruck machen.

Und gleichzeitig würden sie alles tun, den Tod des Sauriers zu beschleunigen, indem sie Abteilungen stillegten, der Forschung das Wasser abgruben, Gehälter einfroren und für fühlbaren Personalmangel auf den Stationen sorgten.

Sie ermutigten erfahrene Ärzte zum Weggehen und ersetzten sie durch Anfänger, so daß die Privatärzte draußen das Vertrauen verloren und aufhörten, ihre zahlenden Patienten zu überweisen.

Und wenn der Untergang schließlich unausweichlich wird, schwingen sie Reden über unlösbare soziale Probleme und über die Notwendigkeit, mutig in die Zukunft zu schreiten – die Notwendigkeit, das Krankenhaus zu zerstören, um es zu retten.

Wenn Jones und seine Helfershelfer Erfolg hätten, würden sie als Visionäre gefeiert werden, die den Mut hatten, ein vegetierendes Krankenasyl aus seinem Elend zu erlösen und durch eine hypermoderne Heilstätte für die obere Mittelklasse zu ersetzen.

Der Plan hatte eine gewisse grausame Schönheit.

Männer in grauen Anzügen in einem Zermürbungskrieg, bewaffnet mit Flußdiagrammen, Bilanzen und Computerausdrucken . . .

Computerausdrucke – Hünengart hatte Ashmores Computer konfisziert. War er vielleicht hinter Daten her, die gar nichts mit plötzlichem Säuglingstod oder vergifteten Babys zu tun haben?

Ashmores Interesse an Patienten war nie so stark gewesen wie seine Neigung zu Geldgeschäften. War er vielleicht über Jones' und Plumbs Manipulationen gestolpert? Hatte er ein Gespräch belauscht, unten in seinem Keller, oder hatte er sich Zugang zu Daten verschafft, die ihn nichts angingen? Ich hatte einen kurzen Blick in Ashmores Labor werfen können, bevor Hünengart die Tür schloß, und fragte mich, was das wohl für toxikologische Forschung sein konnte, die ohne Reagenzgläser und Mikroskope auskam. War Ashmore ein Hacker gewesen, der versuchte, aus gestohlenen Daten Gewinn zu schlagen, wofür er am Ende bezahlen mußte?

Aber welche Rolle hatte Denise Herbert dann gespielt? Warum hatte sie die Akte eines toten Kindes an sich gebracht? Warum war sie zwei Monate vor Ashmore ermordet worden? Waren es zwei getrennte Erpressungsfälle, oder war es eine abgekartete Sache gewesen?

Und was zum Teufel hatte das alles mit Cassie Jones' Martyrium zu tun?

Ich rief im Krankenhaus an und verlangte Zimmer 505 W. Keine Antwort. Ich wählte neu und ließ mich mit dem Schalter der Privatstation verbinden. Eine Schwester mit spanischem Akzent nahm ab und sagte mir, Familie Jones sei auf einem Spaziergang.

»Hat sich an Cassies Zustand irgend etwas verändert?«

»Ich bin nicht sicher. Da müssen Sie die behandelnde Ärztin fragen. Ich glaube, das ist Dr. Eves. Sie müssen entschuldigen, ich bin nur aushilfsweise hier und mit dem Fall nicht vertraut.«

Ich legte auf und dachte noch einmal über den finanziellen Aspekt nach. Mir fiel jemand ein, der mir diesbezüglich vielleicht weiterhelfen konnte: Lou Cestare, einst Goldjunge an der Börse, jetzt gebranntes Kind des Schwarzen Montags.

Der Börsencrash hatte ihn auf dem falschen Fuß erwischt, und seitdem war er damit beschäftigt, seine Reputation wiederherzustellen, doch für mich war er immer noch Spitzenklasse. Vor Jahren hatte ich etwas Geld auf der Kante, nachdem ich eine Zeitlang achtzig Stunden die Woche gearbeitet und kaum etwas ausgegeben hatte. Lou war es gewesen, der mir damals riet, in Immobilien an der Strandpromenade zu investieren. Im Grundstücksboom konnte ich sie dann mit kräftigem Gewinn verkaufen und das Geld in sichere Aktien und steuerfreie Pfandbriefe investieren. Er hatte mich nie zum Spekulieren ermutigt, weil er wußte, daß die Psychologie mich niemals reich machen würde und daß ich mir einen großen Verlust nicht leisten konnte. Das Einkommen von meinen Wertpapieren floß immer noch langsam, aber stetig, und besserte mein Budget auf, das sich ansonsten aus Honoraren für unabhängige Gutachten speiste. Ich würde nie in der Lage sein, mir französische Expressionisten an die Wand zu hängen, doch wenn ich auf dem Teppich blieb mit meinem Lebensstil, dann würde ich wahrscheinlich nie mehr gezwungen sein, zu arbeiten.

Lou selbst war ein wohlhabender Mann, sogar noch nachdem er den größten Teil seines Vermögens und fast alle seine

Klienten verloren hatte. Er verbrachte die Hälfte seiner Zeit auf einem Boot im Südpazifik und die andere Hälfte auf einem Landsitz oben in Oregon. Dort rief ich an und sprach mit seiner Frau. Sie klang heiter und gelassen wie immer. Ich wußte nie, ob das Charakterstärke war oder nur eine gepflegte Fassade. Wir plauderten eine Weile, bevor sie mir erzählte, daß Lou mit ihrem Sohn auf einer Wandertour war und daß sie ihn vor Sonntag abend oder Montag früh nicht zurück erwartete. Ich gab ihr meinen Fragenkatalog durch.

Dann trank ich eine Tasse Kaffee und wartete, bis Ruth kam und mir half, den Tag zu vergessen.

20

Sie kam mit zwei Koffern und einer Reisetasche und wirkte fröhlich. Ich schaute ihr zu, wie sie ihre Kleider auspackte und in dem Teil meines Schrankes aufhängte, den ich die letzten zwei Jahre freigehalten hatte. Dann setzte sie sich neben mich aufs Bett und lächelte mich an. Wir schmusten eine Weile, dann gingen wir aus und aßen Lammrücken in einem gutbürgerlichen Restaurant, wo wir die jüngsten Gäste waren. Den Rest des Abends verbrachten wir zu Hause mit Musik, Lesen und Kartenspielen. Es war sehr romantisch. Ich fühlte mich ein wenig wie ein Rentner, aber sehr zufrieden. Am nächsten Morgen gingen wir im Wald spazieren und spielten Vogelkundler, indem wir Namen erfanden für die gefiederten Geschöpfe, die uns begegneten. Unser Sonntagsbraten bestand aus Hamburgern und Eistee draußen auf der Terrasse. Nach dem Spülen vertiefte sich Ruth bleistiftkauend und stirnrunzelnd in das Kreuzworträtsel der Sonntagszeitung. Ich streckte mich auf einem Liegestuhl aus und täuschte Entspannung vor. Kurz nach zwei legte sie die Zeitung weg und sagte: »Zwecklos. Zu viele französische Wörter.«

Sie legte sich neben mich, und wir genossen die Sonne, bis

ich merkte, daß sie kribbelig wurde. Ich beugte mich zu ihr und küßte sie auf die Stirn.

»Kann ich irgend etwas für dich tun?« fragte sie.

»Nein, danke.«

»Bist du sicher?«

»Ganz sicher.«

Sie versuchte zu schlafen, wurde aber immer rastloser.

»Irgendwann im Laufe des Tages möchte ich noch ins Krankenhaus fahren«, sagte ich.

»Gut. Wenn du sowieso weg bist, dann kann ich auch in den Laden gehen und ein paar Kleinigkeiten erledigen.«

Cassies Zimmer war leer. Das Bett war abgezogen und die Vorhänge geschlossen. Auf dem Teppich waren Staubsaugerspuren zu erkennen. Das Badezimmer war kahl und desinfiziert, die Kloschüssel mit einer Papierhülle versiegelt.

Ich rief die Aufnahme an. Cassie war vor einer Stunde entlassen worden. Als ich die Treppen hinunter zum Erdgeschoß ging und mir eine wäßrige Automatencola kaufte, erblickte ich Charles Jones jr., wie er neben George Plumb lachend und mit federnden Säbelbeinen durch die Eingangshalle marschierte.

Wir trafen uns am Ausgang. Erst blieb Jones' Mundwerk stehen, als er mich sah, und dann seine Beine. Auch Plumb blieb stehen, einen Schritt hinter seinem Chef. Sein rosarotes Gesicht glühte heftiger als gewöhnlich.

»Dr. Delaware«, sagte Jones mit einer Stimme, die wie drohendes Knurren klang.

»Guten Tag, Mr. Jones.«

»Haben Sie einen Moment Zeit, Doktor?«

»Sicher«, sagte ich überrascht.

Er sah Plumb an und sagte: »Ich komme nach, George.«

Plumb nickte und ließ uns allein.

Nach einem Augenblick fragte Jones: »Wie geht es meiner Enkelin?«

»Das letztemal, als ich sie gesehen habe, ging es ihr besser.«

»Gut, gut, ich war gerade auf dem Weg zu ihr.«

»Sie ist entlassen worden.«

Seine buschigen Augenbrauen zogen sich zusammen.

»Ach ja? Wann?«

»Vor einer Stunde.«

»Verdammt.« Er rieb sich die krumme Nase. »Ich bin extra hergekommen, weil ich es gestern nicht geschafft habe. Ich hatte den ganzen Tag irgendwelche blöde Besprechungen. Sie ist meine einzige Enkelin, wissen Sie. Ist sie nicht hübsch?«

»Ja, sehr. Wenn sie nur gesund wäre . . .«

Er glotzte mich an. Für einen Augenblick schien er zu erschlaffen, doch er fing sich schnell wieder.

»Gehen wir irgendwohin, wo wir reden können. Wie wär's mit dem Speisesaal?« fragte er, während wir im Lift hinunterfuhren.

»Der ist geschlossen.«

»Das weiß ich. Ich habe schließlich selbst die Kürzung der Öffnungszeiten veranlaßt.«

Die Lifttür öffnete sich. Vor dem Eingang der Cafeteria zog er ein Schlüsselbund aus der Tasche. »Als eine der ersten Maßnahmen haben wir eine Nutzungsstudie für unsere Einrichtungen durchgeführt. Die hat gezeigt, daß der Speisesaal zu dieser Tageszeit kaum gebraucht wird.«

Er steckte einen Schlüssel ins Schloß und hielt mir die Tür auf.

»Chefprivileg«, sagte er. »Nicht sehr demokratisch, aber Demokratie funktioniert eben nicht überall.«

In der Cafeteria war es stockdunkel. Ich tastete nach einem Lichtschalter, doch Chuck kam mir zuvor. Ein Teil der Neonleuchten erwachte flackernd zum Leben.

Er wies mir einen Tisch in der Mitte des Saales an und ging hinter die Theke, um sich ein Zitronenwasser und ein Stück Kuchen zu holen. Er benahm sich, als wäre er in seiner eigenen Küche. Dann setzte er sich zu mir.

»Sie müßte eigentlich gesund sein, verdammt noch mal«, sagte er nach einem Schluck und einem Bissen. »Ich verstehe wirklich nicht, was mit ihr los ist, und niemand scheint in der Lage zu sein, mir eine klare Auskunft zu geben.«

»Haben Sie mit Dr. Eves gesprochen?«

»Mit ihr und mit allen anderen. Niemand scheint etwas zu wissen. Wie sieht es mit Ihnen aus?«

»Ich habe leider auch nichts anzubieten.«

Er lehnte sich vor. »Warum hat man Sie überhaupt hinzugezogen? Ich sehe nicht, was ein Psychologe hier ausrichten könnte.«

»Da kann ich leider nichts darüber sagen, Mr. Jones.«

»Nennen Sie mich Chuck. Mr. Jones ist ein Lied von diesem Langhaarigen, wie heißt er doch gleich – Bob Dylan. Überrascht, daß ich das weiß? Das ist Ihre Generation, nicht meine, aber der Spruch stammt aus Chips Schultagen und ist seitdem ein ständiger Witz in meiner Familie. Mein Gott, hat Chip mich damals bekämpft! Was immer ich von ihm verlangte, er lehnte sich dagegen auf und sagte, ich benähme mich genau wie der Mr. Jones in dem Lied, wie der Kerl, der keine Ahnung hat. Er spielte es immer in voller Lautstärke. Den Text habe ich mir nie richtig angehört, aber ich verstand, was er meinte. Heute sind wir die besten Freunde und lachen über die Zeit damals. Er ist im Grunde ein guter Junge. Der Ohrring und die Frisur sind nur Teil seines Images als College-Professor. Seine Schüler finden das toll. Er ist ein großartiger Lehrer. Er ist sogar ausgezeichnet worden für seine Lehrerfolge.«

»Wirklich?«

»Einige. Sie werden ihn nie darüber reden hören, dazu ist er zu bescheiden. Das war er schon immer. Die Prahlerei muß ich für ihn erledigen. Die Auszeichnungen stammen aus seiner Studentenzeit in Yale. Er hatte immer schon ein Gespür fürs Lehren. Er gab damals Nachhilfe für die schwächeren Studenten und für Schüler der umliegenden High-Schools. Er war so erfolgreich, daß man auf ihn aufmerksam wurde und ihn belobigte. So begabt ist er.«

»Sie müssen sehr stolz auf ihn sein«, sagte ich.

»Bestimmt. Cindy ist es auch. Ein reizendes Mädchen und ganz ohne Zicken. Die beiden haben etwas Solides auf die Beine gestellt. Cassie ist der Beweis dafür. Ich weiß, ich bin voreingenommen, aber sie ist das wunderbarste, schönste und intelligenteste kleine Mädchen auf der Welt.«

»Und das, obwohl sie soviel durchzumachen hat.«

Für einen Moment schloß er die Augen.

»Sie wissen sicher, daß wir schon ein Baby verloren haben? Ein wunderbarer kleiner Bursche – Krippentod. Es weiß immer noch niemand, wie so etwas passieren kann, nicht wahr? Es war die Hölle, kann ich Ihnen sagen. Aus heiterem Himmel, von einem Tag auf den anderen war er . . . Ich verstehe einfach nicht, warum mir niemand sagen kann, was diesmal nicht stimmt.« Er schüttelte den Kopf. »Und nun tauchen plötzlich Sie hier auf. Nehmen Sie das bitte nicht persönlich, aber ich verstehe nicht ganz, warum. Sie haben sicher alle möglichen Horrorgeschichten über die Schließung der Psychiatrieabteilung gehört. In Wahrheit hatte meine Entscheidung nichts mit meiner Einstellung zu Psychiatrie und Psychologie zu tun. Was ich ablehnte, waren die Versager, die die Abteilung damals führten und die keine Ahnung hatten, wie man ein Budget macht und sich daran hält. Und ansonsten waren sie auch nicht gerade kompetent. Das war jedenfalls die Einschätzung der anderen Ärzte, mit denen ich sprach. Wenn man sie jetzt hört, meint man, es wären lauter Genies gewesen und wir hätten eine psychiatrische Spitzengruppe vernichtet. – Na egal, eines Tages werden wir hoffentlich in der Lage sein, eine wirklich gute, solide Abteilung aufzubauen, mit echten Spitzenleuten. Haben Sie nicht früher selbst hier gearbeitet?«

»Das ist schon Jahre her.«

»Haben Sie jemals daran gedacht, wiederzukommen?«

»Nein.«

»Warum sind Sie weggegangen?«

»Aus verschiedenen Gründen.«

»Wollten Sie Ihr eigener Boß sein und die Segnungen des freien Marktes genießen?«

»Das war einer der Gründe.«

»Dann können Sie vielleicht objektiv sein und verstehen, wie unabdingbar Effizienz und Realismus sind. Im allgemeinen finde ich im privaten Sektor mehr Verständnis als hier im Krankenhaus, denn eine Arztpraxis muß auch wie ein Geschäft betrieben werden. Es sind immer nur die, die vom Staat . . . Aber lassen wir das. Zurück zu der Frage, welche Rolle Sie im Fall meiner Enkelin spielen. Es wird doch niemand die Frechheit haben, zu behaupten, Cassies Krankheit sei geistig bedingt, oder?«

»Über Einzelheiten kann ich wirklich nicht sprechen, Chuck.«

»Wieso nicht, zum Teufel?«

»Ärztliche Schweigepflicht.«

»Chip und Cindy haben keine Geheimnisse vor mir.«

»Das muß ich von ihnen persönlich hören. Gesetz ist Gesetz.«

»Sie sind ein harter Brocken, nicht wahr?«

»Nicht besonders, nein«, sagte ich lächelnd.

Er lächelte zurück und trank von seinem Zitronenwasser.

»In Ordnung, Sie machen Ihren Job und müssen sich an Ihre Regeln halten. Ich nehme an, ich muß mir eine Art Vollmacht geben lassen. Bis dahin müssen Sie schweigen.«

»So ist es.«

Er grinste breit und zeigte eine Reihe schrägstehender brauner Zähne.

»Das hindert mich aber nicht daran, selbst den Mund aufzumachen, oder?«

»Natürlich nicht.«

Er fixierte mein Gesicht und studierte es mit einer Mischung aus Interesse und Skepsis. »Nehmen wir einmal an, daß niemand ernsthaft glaubt, Cassies Probleme seien psychisch bedingt, weil das einfach zu lächerlich ist.«

Er hielt inne und lauerte auf meinen Gesichtsausdruck. Ich bemühte mich, keine verräterische Reaktion zu zeigen.

»Dann bleibt mir als einzige Erklärung für Ihre Anwesenheit, daß jemand denkt, mit Cindy und Chip ist etwas nicht in Ordnung, was ebenso lächerlich ist.«

Er lehnte sich zurück und studierte weiter mein Gesicht. Ein triumphierender Blick. Ich war sicher, daß ich keine Miene verzogen hatte, und fragte mich, ob er trotzdem etwas erraten hatte oder ob er nur bluffte.

»Psychologen werden nicht nur für Analysen hinzugezogen, sondern auch als Unterstützung für Patienten, die unter besonderem Streß stehen«, sagte ich.

»So etwas wie ein bezahlter Freund, was?« Er rieb sich wieder die Nase und stand lächelnd auf. »Na gut, dann seien Sie bitte ein guter Freund, denn es sind gute Kinder. Alle drei.«

21

Auf dem Heimweg überlegte ich, was er eigentlich von mir gewollt und ob er es bekommen hatte.

War er der besorgte Großvater, der meinen Rat suchte?

Chip und Cindy hätten keine Geheimnisse vor ihm, hatte er gesagt. Und doch hatten Chip und Cindy sich nicht die Mühe gemacht, ihn über Cassies Entlassung zu informieren. Es wurde mir bewußt, daß sein Name in den Gesprächen, die ich mit den beiden gehabt hatte, kaum zur Sprache gekommen war.

Ein harter kleiner Mann, für den alles Geschäft war. Sogar in den wenigen Minuten, die wir zusammengesessen hatten, hatte er Familienangelegenheiten mit Krankenhausfragen vermischt.

Er hatte keine Sekunde mit Widerspruch verschwendet, hatte nie versucht, meine Meinung zu ändern. Statt dessen hatte er sich darauf verlegt, den Ablauf unseres Gesprächs zu bestimmen. Auch den Ort schien er mit Bedacht gewählt zu haben: den Speisesaal, den er geschlossen hatte und nun als seine Privatkantine benutzte, wo er sich selbst bediente, mir aber nichts angeboten hatte.

Erst brachte er meine mutmaßliche Feindseligkeit gegen den Mann zur Sprache, der für die Streichung der Psychiatrieabteilung verantwortlich war, um mich dann beiläufig zu besänftigen:

Eines Tages werden wir hoffentlich in der Lage sein, eine wirklich gute, solide Abteilung aufzubauen, mit echten Spitzenleuten . . . Haben Sie je daran gedacht, wiederzukommen?

Und als ich abblockte, hatte er sich sofort zurückgezogen und Verständnis für meine Schweigepflicht gezeigt.

Ich kam zu dem Schluß, daß er wahrscheinlich bald ein Treffen mit mir arrangiert hätte, wenn wir uns nicht zufällig begegnet wären. Ich war ein zu kleiner Fisch für ihn, als daß es ihn interessiert hätte, was ich von ihm hielt. Nein, ihn interessierte nur, was ich über seine Familie wußte. Das heißt, es gab vermutlich etwas zu verbergen, und er wollte wissen, ob ich schon dahintergekommen war.

Ich dachte an Cindy: *Vielleicht denken alle, ich bin verrückt.*

War sie früher schon einmal zusammengebrochen? Fürchtete sich die ganze Familie vor einer psychologischen Durchleuchtung? Und wenn es so war, wo wäre man vor einer solchen Durchleuchtung sicherer als in einem Krankenhaus ohne Psychologen?

Noch ein Grund, Cassie nicht woandershin zu bringen.

Und dann ging Stephanie hin und brachte alles durcheinander, indem sie einen freien Berater hinzuzog. Ich erinnerte mich noch an Plumbs Überraschung, als sie mich ihm vorstellte.

Und jetzt hatte sein Boß mich persönlich unter die Lupe genommen. Welche Mühe er sich gegeben hatte, Chip und Cindy im besten Licht erscheinen zu lassen! Am meisten Chip. Cindy hatte er kaum erwähnt.

War es normaler Vaterstolz? Oder wollte er meine Aufmerksamkeit von seiner Schwiegertochter ablenken, indem er so wenig wie möglich von ihr sprach?

Laurence Ashmore und Denise Herbert gingen mir nicht aus dem Kopf. Ich fuhr zur Universität und ging in die biomedizinische Bibliothek. Der Hauptlesesaal würde noch für zwei Stunden geöffnet sein.

Ich durchforstete ein Jahrzehnt im *Index Medicus* nach Artikeln von Ashmore oder Herbert und fand vier, alle von ihm. Der früheste war in einem Report der Weltgesundheitsorganisation erschienen – Ashmores Bericht über seine Arbeit im Südsudan.

Das letzte Papier betraf das Forschungsgebiet, das Mrs. Ashmore erwähnt hatte: eine Studie über die Zusammenhänge zwischen Giftkonzentrationen im Boden und der Häufigkeit von Leukämie, Hirntumoren, Lymph- und Leberkrebs bei Kindern. Am Ende des Artikels wurde der Sponsor der Studie genannt, ein Ferris-Dixon-Institut für Chemie, Norfolk, Virginia, Projektnummer 37958. Das klang nach einem Aushängeschild der Industrie, obwohl Ashmores Forschung nicht gerade als industriefreundlich gelten konnte. Vielleicht waren nicht mehr Artikel erschienen, weil das Institut das am Ende erkannt und ihm die Mittel gestrichen hatte.

Aber wer hatte dann seine Arbeit im Western Pediatric finanziert?

Hinter dem Katalogschalter saß eine attraktive Blondine. Ich fragte sie, ob es eine Liste von privat geförderten Forschungsprojekten gäbe.

»Natürlich. Medizinische oder naturwissenschaftliche?«

Ich wußte nicht, wo Ashmore einzuordnen war, und antwortete: »Beides, bitte.«

Sie stand auf, steuerte, ohne zu zögern, ein bestimmtes Regal an und zog zwei dicke Paperbacks heraus.

»Dies sind die neuesten Kataloge«, sagte sie. »Die älteren stehen dort drüben. Wenn Sie an mit Bundesmitteln finanzierten Projekten interessiert sind – die stehen dort rechts.«

Ich dankte ihr und trug die beiden Bände zu einem Tisch. Ich schlug die Liste der Förderungsempfänger auf und stieß bald auf den Namen Ashmore, zusammen mit einer Seitenangabe, unter der der entsprechende Förderer zu finden war: FERRIS-DIXON-INSTITUT FÜR CHEMIE, NORFOLK, VIRGINIA.

Das Institut hatte im laufenden akademischen Jahr nur zwei Projekte subventioniert. Das erste war Ashmores Fortsetzung seiner Studie 37958 über Bodenvergiftung und Krebserkrankungen, das andere war irgendeine theoretische Sache mit bombastischem Titel.

Ich traute meinen Augen kaum: Ashmore kassierte fast neunzig Prozent des gesamten Förderetats des Instituts. Fast eine Million Dollar, auf drei Jahre verteilt. Ein Haufen Geld für ein Ein-Mann-Projekt. Ich brannte darauf, herauszufinden, wie er es angestellt hatte, Ferris-Dixon dermaßen zu beeindrucken, doch es war Sonntag. Der Tag, an dem auch die großzügigsten Sponsoren zu ruhen pflegen.

Ich fuhr wieder nach Hause, zog mir etwas Bequemes an und tat so, als hätte der Sonntag irgendeine Bedeutung für mich, doch um sechs war es mir schließlich unmöglich, den Schein zu wahren. Ich wählte die Privatnummer der Jones'. Im selben Moment öffnete sich die Tür, und Ruth kam herein. Sie winkte und verschwand im Schlafzimmer. Cindys Stimme ertönte am anderen Ende der Leitung. Ich meldete mich mit meinem Namen und fragte, wie es ihr ging.

»Ach . . . ganz gut.« Sie klang gestreßt.

»Stimmt etwas nicht, Cindy?«

»Nein, nein. Ach, könnten Sie für einen Augenblick dranbleiben?«

Sie legte ihre Hand auf den Hörer, doch im Hintergrund konnte ich eine tiefe Stimme hören, vermutlich Chip.

»Entschuldigung«, sagte sie. »Ich dachte, ich hätte Cassie gehört. Sie ist im Bett.«

»Sie ist bestimmt erschöpft von der Fahrt«, sagte ich.

»Ja, wir müssen uns auch wieder eingewöhnen hier. Cassie hatte ein riesiges Abendessen mit Nachtisch. Danach ist sie gleich eingeschlafen. Ich bin jetzt im Flur direkt vor ihrem

Zimmer. Ich halte immer die Ohren offen. Ihr Zimmer ist nur durchs Bad von unserem Schlafzimmer getrennt. Nachts lasse ich beide Türen offen und ein Nachtlicht brennen, damit ich regelmäßig nach ihr schauen kann, ohne sie zu wecken.«

»Kommen Sie so denn jemals zum Schlafen?«

»O ja, das schaffe ich schon. Wir sind so viel zusammen, daß wir fast immer gleichzeitig müde werden, und dann legen wir uns gemeinsam hin.«

»Übernimmt Chip auch manchmal eine Schicht?«

»Nein, das geht nicht. Sein Stundenplan ist in diesem Semester wirklich voll. Kommen Sie uns bald besuchen?«

»Ja. Wie wär's mit morgen?«

»Morgen? Warum nicht? Am besten nachmittags, so gegen vier.«

Ich dachte an den Verkehr um die Zeit und fragte: »Ginge es vielleicht auch früher, um zwei etwa?«

»Hm, ja. Ich habe einiges zu erledigen. Wie wär's mit halb drei?«

»In Ordnung.«

»Großartig, Dr. Delaware. Wir freuen uns schon.«

Auf dem Weg ins Schlafzimmer dachte ich, wie nervös sie geklungen hatte im Vergleich zum Krankenhaus. Setzte irgend etwas in ihrem Haus das Münchhausen-Verhalten in Gang? Andererseits konnte es nicht überraschen, daß es ihr dort unheimlich war, besonders wenn sie vollkommen unschuldig war. Zu Hause lauerte schließlich das Unheil.

Ruth ließ das Badewasser einlaufen, stieg in die Wanne und rief mir zu, ich sollte ihr Gesellschaft leisten. Das wollte ich gerade tun, als das Telefon klingelte.

»Dr. Delaware? Hier spricht Janie von Ihrem Telefondienst. Ich habe einen Anruf von Chip Jones in der Leitung.«

»Danke. Stellen Sie bitte durch.«

Ich fragte Chip, was er auf dem Herzen hatte.

»Nichts Medizinisches, Gott sei Dank. Cindy hat mich

soeben angerufen und gesagt, daß Sie morgen nachmittag vorbeikommen wollen. Ich wollte nur wissen, ob Sie mich dabeihaben wollen.«

»Ihre Anwesenheit ist natürlich immer willkommen, Chip, aber warum fragen Sie? Wäre das schwierig für Sie?«

»Ich fürchte, ja. Ich habe um halb zwei eine Nachmittagsklasse und gleich danach eine Besprechung mit ein paar Studenten.«

»Kein Problem«, sagte ich, »dann werde ich Sie eben beim nächstenmal treffen.«

»Ausgezeichnet. Und wenn Ihnen etwas einfällt, das Sie mich fragen wollen, rufen Sie mich einfach an. Meine Nummer haben Sie ja.«

Ich bedankte mich und legte auf.

Irgend etwas störte mich an dem Anruf, ich wußte nur nicht, was.

Ruth rief mich noch einmal, und ich ging ins Badezimmer. Das Licht war gedämpft. Sie war bis zum Hals mit Schaum bedeckt. Ihr Kopf lehnte auf dem Wannenrand. Ich ließ mich ins Wasser sinken, massierte ihre Zehen und versuchte, mich zu entspannen. Doch das war unmöglich; Chips Anruf wollte mir nicht aus dem Kopf gehen.

Cindy hat mich soeben angerufen und gesagt, daß Sie morgen nachmittag vorbeikommen wollen.

Das heißt, er war nicht zu Hause. Er konnte nicht der Mann gewesen sein, mit dem ich Cindy hatte sprechen hören.

Und dann ihre Nervosität . . .

»Was ist los?« fragte Ruth. »Deine Schultern sind ganz verspannt.«

Ich erzählte ihr, woran ich dachte.

»Vielleicht war es ein Verwandter, der zu Besuch war, oder ein Freund«, versuchte sie mich zu beschwichtigen.

»Ja, vielleicht. Aber ich hatte das Gefühl, sie war nervös, als hätte ich sie bei etwas ertappt.«

»Na gut, dann hat sie eben eine Affäre. Du verdächtigst

sie sowieso, ihr Kind zu vergiften; was macht das bißchen Ehebruch da noch aus?«

»So meine ich es nicht. Es geht darum, daß jeder Streßzustand bei Leuten mit Münchhausen-Tendenzen zu einem Ausbruch der Krankheit führen kann. Und nicht nur das, Ruth. Eine Affäre wäre auch ein mögliches Motiv: weg mit Mann und Kind, endlich frei für den Liebhaber.«

»Es gibt einfachere Wege, die Familie loszuwerden.«

»Wir reden über jemanden, der ernsthaft krank ist.«

Sie lehnte sich vor und berührte mein Gesicht. »Die Geschichte scheint dir wirklich an die Nieren zu gehen.«

Wir gingen ins Bett und machten uns über die Sonntagszeitung her. Diesmal las ich sie gründlich und suchte nach irgendeiner Zeile über Western Ped oder Laurence Ashmore, konnte aber nichts finden. Um Viertel vor elf klingelte das Telefon. Ruth nahm ab.

»Hallo, Milo!«

Er sagte etwas, das sie zum Lachen brachte. Sie sagte: »Genau«, gab mir den Hörer und kehrte zu ihrem Kreuzworträtsel zurück.

»Schön, ihre Stimme zu hören«, sagte er. »Endlich scheinst du einmal das Richtige zu tun.« Die Verbindung war gut, doch seine Stimme klang weit entfernt.

»Wo bist du?«

»In einer Gasse hinter einem Lederwarenlager. Einer meiner Beschattungsjobs. Aber ich habe ein paar Informationen für dich. Dein Mr. Hünengart ist eine interessante Figur. Er hat einen gültigen Führerschein und eine Versicherungskarte, aber die Adresse auf dem Führerschein gehört zu einem Postfach in Tarzana. Keine Telefonnummer, Bankverbindung oder Steuerakte. Auch kein Eintrag beim Militär oder im Wählerregister. Ein Bild, wie man es üblicherweise bei Zuchthäuslern kurz nach der Entlassung findet, obwohl er in keinem Verbrecherregister auftaucht. Ich bin mir deshalb nicht sicher, ob der Computer nicht vielleicht spinnt oder ich einen Fehler gemacht habe. Ich versuch es deshalb morgen noch mal. Bis dahin würde ich dir raten, dich von ihm fernzuhalten. Außerdem habe ich noch einmal in der Herbert-Akte gestöbert und bin zu dem Schluß gekommen, ich sollte mich mal in die Innenstadt wagen und mit dem Zeugen reden, dem Barmann.«

»Und was versprichst du dir davon?«

»Gomez und sein Kollege haben nach meiner Ansicht nicht tief genug gebohrt. Der Knabe steht mit einer Latte von Drogendelikten zu Buche. Deshalb haben sie ihn als unzuverlässigen Zeugen eingeschätzt und gar nicht erst viel gefragt. Ich hab seine Telefonnummer in die Finger bekommen und mit seiner Freundin gesprochen. Er arbeitet jetzt in einem anderen Club in derselben Gegend. Ich dachte, ich fahr mal rüber und spreche mit ihm, und daß du vielleicht Lust hättest, mitzukommen. Aber offenbar hast du Besseres zu tun.«

»Wann fährst du los?«

»In einer Stunde oder so. Ich wollte kurz nach Mitternacht dort sein, wenn die Szene gerade aufwacht. Er sollte in seinem Element sein, aber nicht zu sehr.«

»Bleib mal dran . . .«

Ich legte meine Hand über die Muschel und sagte zu Ruth: »Milo hat eine Spur aufgetan, die vielleicht in dem Fall weiterhilft.«

»Und er fragt, ob du nicht mitkommen willst?«

»Ja, aber –«

»Ist es gefährlich?«

»Nein, er will nur einen Zeugen befragen.«

Sie stupste mich an. »Dann geh schon, Alex. Ich hab keine Lust, mir dein Gejammer anzuhören, wenn du hierbleibst.«

22

Es war kurz vor Mitternacht, als es leise an meiner Tür klopfte.

»Wir nehmen deinen Wagen. Der Porsche ist mir zu schade für die Gegend«, sagte Milo.

Ich fuhr den Seville auf die Straße. Er legte einen Koffer in den Wagen und setzte sich auf den Beifahrersitz. Dann lotste er mich durch die Stadt, bis wir in einer schmalen Seitenstraße irgendwo in Ost-L. A. landeten. Keine Bürgersteige. Bretterzäune. Parkende Wagen auf beiden Straßenseiten.

Ich parkte in der ersten Lücke, die ich entdeckte. Wir stiegen aus und gingen die Straße hinunter, bis sie vor einem hohen, fensterlosen Gebäude endete. Weißgestrichene Backsteine, von ein paar roten Lampen rosa gefärbt. Als wir näher kamen, hörte ich laute Musik und sah eine unordentliche Schlange vor einer der Türen, Leute in schwarzen Kleidern, mit blassen Gesichtern, im Alter zwischen achtzehn und fünfundzwanzig.

Die Tür, die die Leute so anzog, war ein rostrotes Blech, das von einem schweren Riegel im Rahmen gehalten wurde. Davor stand ein großer Mann in einem schwarzen, ärmellosen Hemd, grüngeblümten Shorts und Schnürstiefeln. Ein Teil seines schwarzen Haars war auf dem Scheitel zusammengeknotet, der Rest hing in einem langen, öligen Zopf über einer seiner Schultern. An den Seiten waren die Kopfhaut entblößende weiße Blitze herausrasiert.

Milo ging an der Schlange vorbei und sagte: »'n Abend.«

Der Türsteher schaute in eine andere Richtung.

Milo sagte es noch einmal. Der Rausschmeißer drehte den Kopf und knurrte. Wenn er nicht so riesig gewesen wäre, hätte ich gelacht.

Milo bewegte sich plötzlich sehr schnell. Er stellte sich ihm Nase an Nase gegenüber und hielt ihm seine Polizeimarke vors fleischige Gesicht. Ich hatte nicht mitbekommen, wie er sie aus einer Tasche gezogen hatte.

Der Türsteher knurrte wieder, ansonsten blieb er friedlich.

»Mach auf, oder wir fangen an, Ausweise zu überprüfen.«

Die Menge hinter uns protestierte lautstark und schaffte es beinahe, die Musik zu übertönen. Der Türsteher runzelte die Stirn und überlegte. Dann grinste er, zog einen Schlüssel aus seinen Shorts, schloß auf und hob den Riegel.

Die Tür öffnete sich einen Zentimeter weit. Durch den Schlitz quollen Hitze, Licht und Lärm.

»Wir gehen jetzt rein«, sagte Milo zu dem Rausschmeißer. »Sorg dafür, daß die Arschlöcher hier draußen sich ruhig verhalten.«

Wir kamen in einen großen und, bis auf wenige grell angestrahlte Punkte, dunklen Raum. Der Fußboden war Zement, die Wände, soweit ich sehen konnte, bemalter Backstein. Unter der Decke hing ein Gewirr aus Kabeln, Rohren und Stangen.

Links war die Bar – eine Reihe flachgelegter Türen auf Tapezierböcken vor einem Metallregal voller Flaschen, daneben ein halbes Dutzend Kloschüsseln, die als Eiskübel dienten.

Zwei Männer waren nonstop damit beschäftigt, eine Meute durstiger Jugendlicher zu bedienen, Flaschen zu öffnen, einzugießen und Eiswürfel aus den Klos zu fischen.

Das übrige war Tanzfläche. Zwischen dem Gedränge vor der Bar und dem Knäuel schwitzender Körper, die zuckten und sprangen wie Fischc auf dem Trockenen, gab es keinerlei Abgrenzung. Aus der Nähe klang die Musik noch breiiger, doch dafür laut genug, die Seismographen oben in Pasadena zum Zittern zu bringen. Über den Lautsprechern hing ein handgeschriebenes Transparent an der Wand: WILLKOMMEN IM SCHEISSHAUS.

Die Zeichnung daneben war noch liebenswürdiger.

»Sehr kreativ«, sagte ich laut genug, daß mein Gaumen vibrierte, aber trotzdem unhörbar.

Milo muß mir von den Lippen gelesen haben. Er grinste. Dann senkte er den Kopf, stürzte sich ins Getümmel und kraulte in Richtung Bar. Ich bemühte mich, hinter ihm zu bleiben. Schließlich schaffte es Milo, sich hinter die Bar vorzukämpfen.

Die beiden Barkeeper waren dünne, dunkelhaarige, bärtige Burschen in hellgrauen Unterhemden und sackigen weißen Schlafanzughosen. Der eine hatte eine Glatze, der andere sah aus wie Rapunzel. Milo sprach den Glatzkopf an, doch der wedelte abweisend mit einer Hand, während er mit der anderen ein Viertel Glas Rum mit Cola auffüllte. Milo umfaßte sein Handgelenk und verdrehte es gerade genug, daß der Barmann vor Schmerzen Augen und Mund aufriß, die Coladose absetzte und versuchte, sich aus der Umklammerung zu winden. Dann wiederholte Milo seinen Trick mit der Polizeimarke, diesmal jedoch diskreter.

Glatzkopf schien einen Schreck zu bekommen. Milo schrie ihm etwas ins Ohr, und Glatzkopf zeigte auf den anderen Mixer. Milo ließ ihn los, und die beiden Barmänner berieten sich miteinander. Rapunzel nickte, und Glatzkopf kehrte zu Milo zurück. Er wirkte belämmert.

Ich folgte den beiden durch den Tanzsaal zu einer Tür mit der Aufschrift TOILETTEN. Dahinter war ein langer, kalter Korridor mit Zementboden voller Klopapier und übel stinkender Pfützen. Am Ende des Ganges war eine Tür von der gleichen Art wie die, die der Rausschmeißer hütete.

»Ist draußen okay?« fragte Glatzkopf mit quiekiger Stimme.

»Was ist denn da draußen, Robert?«

Der Barmann zuckte die Schultern und kratzte sich das Kinn. »Der Hinterhof.«

Milo stieß die Tür auf, schaute hinaus und faßte den Barmann am Arm. Dann traten wir dicht beieinander auf einen kleinen, eingezäunten Parkplatz hinaus.

»Darf ich vorstellen: Robert Gabray«, sagte Milo zu mir, »der berühmte Barmixer.« Und zu ihm: »Du bist ganz schön flink, Robert. Seit wann arbeitest du schon hier?«

»Seit zwei Monaten.«

Milo schüttelte den Kopf. »Nein, das glaube ich nicht, Robert, versuch's noch mal.«

»Was?«

»Erinnere dich, wo du wirklich warst vor zwei Monaten.«

Gabray rieb sich die Schultern.

»Ist dir kalt, Robert?«

»Nein, ist schon okay . . . ich meinte zwei Wochen.«

»Aha«, sagte Milo, »das klingt schon besser. Du hattest vergessen, daß du vor zwei Monaten nirgendwo gearbeitet hast, weil du wegen einer dummen Mary-Jo-Anne-Sache stillgelegt warst.«

Der Barmann zuckte die Schultern.

»Sehr schlau von dir, mit Stoff im Kofferraum eine rote Ampel zu übersehen. Weiß dein Bewährungshelfer, daß du hier arbeitest?«

»Warum sollte ich nicht hier arbeiten?«

Milo beugte sich zu ihm hinunter und lächelte väterlich. »Weil du dich als zwar kleiner, aber gewohnheitsmäßiger Halunke von schlechten Einflüssen fernhalten solltest, und die Leute da drinnen sehen nicht gerade tugendsam aus, nicht wahr?«

Gabray kaute seine Lippen und schaute auf den Boden.

»Wie habt ihr mich gefunden?«

»Erspare mir die Frage, Robert.«

»Es war dieses Luder, nicht wahr?«

»Wen meinst du?«

»Das wissen Sie genau.«

»Bist du jetzt sauer auf sie, Robert?«

»Nein.«

»Kein bißchen?«

»Nein. Ich mach mich nicht verrückt.«

»Sie hat schließlich die Kaution für dich gestellt, also kann sie nicht so schlecht sein.«

»Ich werde sie heiraten. Kann ich eine rauchen?«

»Sicher, Robert, schließlich bist du ein freier Mann. Wenigstens bis zu deiner Verhandlung.«

Gabray grub eine Packung Mentholzigaretten aus seiner Hose, und Milo gab ihm Feuer.

»Einen Monat, bevor man dich hochgenommen hat, Robert, im März, im *Mayan Mortgage* . . .«

Gabray rauchte und schaute zum Himmel.

»Erinnerst du dich, Robert?«

»An was soll ich mich erinnern?«

»Daran.«

Milo zog eine Taschenlampe und ein Farbfoto aus seiner Hemdtasche. Er hielt das Foto vor Gabrays Augen und strahlte es an. Ich stellte mich hinter Gabray und schaute ihm über die Schulter.

Es war derselbe Kopf wie auf den Paßfotos, die ich von Bobby und Ben bekommen hatte, doch der Schädel war ein blutiges Etwas.

Gabray schaute es an, rauchte und sagte: »Na und?«

»Erinnerst du dich an sie, Robert? Ihr Name war Denise Herbert. Es ist in der Nähe des *Mayan* passiert, und du hast damals der Polizei erzählt, du hättest sie mit irgendeinem Kerl gesehen.«

Gabray tippte die Asche ab und lächelte. »Darum geht's also. Ja, das hab ich denen erzählt, glaub ich.«

»Glaubst du?«

»Es ist ewig her, Mann.«

Milo rückte ihm dichter auf den Pelz. »Ja oder nein?« Er wedelte mit dem Foto.

»Ich weiß gar nichts.«

»Du hast sie mit dem Kerl gesehen.«

Gabray runzelte die Stirn und zog hastig an seiner Zigarette.

»Ich habe sie gesehen.«

»Mit einem Burschen?«

Er nickte.

»Im Club?«

»Nein, draußen.«

»Wo draußen?«

»Ungefähr einen Block entfernt.«

»Das war das einzige Mal, daß du sie gesehen hast?«

Er überlegte. »Vielleicht hab ich sie auch mal drinnen gesehen.«

»War sie Stammkundin?«

»Ich hab sie vielleicht einmal vorher gesehen in den zwei Wochen, wo ich da gearbeitet habe.«

»Zweimal in zwei Wochen«, sagte Milo, »der Laden scheint ihr gefallen zu haben. Hast du mal mit ihr geredet?«

Schrecken in den Augen des Barkeepers. »Nein. Ich hab doch gesagt, ich hab sie vielleicht ein- oder zweimal gesehen, mehr nicht. Ich hab nie was mit ihr zu tun gehabt. Der einzige Grund, warum ich mich an sie erinnere, ist der Kerl. Der hat nicht gepaßt.«

»Nicht gepaßt? Wozu?«

»Na, zu den Punks. Sie war einer, er nicht. Er fiel eben auf.«

»Wie fiel er auf?«

»Seriös.«

»Geschäftsmann?«

»Nein, so nicht.«

»Wie denn sonst? Hat er einen Anzug getragen?«

Gabray rauchte gierig und dachte nach. »Nein, mehr so wie ihr, ein Windjackentyp.«

»Ungefähr mein Alter?«

»Ja.«

»Meine Größe?«

»Ja.«

»Dieselbe Haarfarbe?«

»Ja.«

»Bart oder Schnurrbart?«

»Weiß nicht. War zu weit weg. Nicht, daß ich mich erinnern könnte.«

»Und wie alt war er etwa?«

»Weiß nicht – vierzig, fünfzig vielleicht.«

»Haarfarbe?«

»Ach – braun vielleicht.«

»Welche Haarfarbe hatte das Mädchen?«

»Sie haben doch das Bild da.«

Milo hielt ihm das Foto unter die Nase. »Hat sie so ausgesehen, als du sie gesehen hast?«

Gabray trat einen Schritt zurück und leckte sich die Lippen. »Mmm – ihr Kopf ... ihr Kopf war anders.«

»Natürlich«, sagte Milo, »ihr Schädel war auch noch nicht zertrümmert.«

»Nein, ich meine das Haar, die Farbe. Es war gelb, wissen Sie, richtig gelb, wie Rührei. Das konnte man sehen in dem Licht.«

»Sie stand im Licht?«

»Ja, ich glaub ja. Sie standen beide im Licht, unter einer Straßenlampe. Nur für eine Sekunde, bis sie mich hörten. Dann gingen sie auseinander.«

Milo hielt ihm das Foto vors Gesicht. Gabray rauchte und schaute weg.

»Was haben Miss Herbert und der seriös aussehende Kerl gemacht unter der Laterne?« fragte Milo.

»Geredet.«

»Kannst du dich sonst noch an etwas erinnern, was den Mann betrifft?«

»Der Kerl sah aus wie ...«

»Was?«

Er schwieg.

»Der Kerl sah aus wie was, Robert?«

»Na ja ... wie ein Knacki, eben. Er sah aus wie ein echt harter Bursche, meine ich.«

»Das konntest du aus der Entfernung erkennen?«

»Manche Sachen erkennt man eben, oder? Die Art, wie er stand, ich weiß nicht wie. Und dann seine Schuhe – groß und häßlich, wie man sie im Knast bekommt. Schwarze Knobelbecher.«

»Du konntest seine Schuhe erkennen?«

»Nicht genau, nicht in dem Licht. Aber sie waren groß. Ich kenne solche Schuhe.«

Gabray trat von einem Fuß auf den anderen und schwieg.

»Nun sag schon, Robert, was ist es?«

»Ich denke nach. – Ja, sein Gesicht konnte ich auch sehen, aber nur für eine Sekunde.«

»Ach ja? War er wütend? Was hat er gemacht?«

»Nur geredet.«

»Und sie?«

»Zugehört. Als ich sie sah, dachte ich: Komisch, was macht diese Punknutte mit so einem Macker? Er paßte nicht in die Szene. Alles, was sich um die Zeit da trifft, sind Freaks, Hispanos und Nigger. Und Bullen – zuerst dachte ich, er könnte ein Bulle sein. Dann dachte ich, er sieht eher wie ein schwerer Junge aus. Kein großer Unterschied.«

»Hatte er irgend etwas in der Hand?«

»Sie meinen etwas, womit er ihr hätte weh tun können? Das hab ich nicht gesehen. Meint ihr wirklich, er hätte es getan?«

»Wie sah sein Gesicht aus?«

»Normal . . . bißchen eckig, vielleicht.«

»Hautfarbe?«

»Er war weiß.«

»Blaß oder eher dunkel?«

»Keine Ahnung, weiß eben.«

»Würdest du den Kerl wiedererkennen, wenn du ihn siehst?«

»Wieso?« fragte er ängstlich. »Heißt das, ihr habt jemanden geschnappt?«

»Nein. Würdest du ihn erkennen?«

»Na klar, sicher«, sagte er sarkastisch, »ich hab ein Spitzengedächtnis. Macht nur eine Gegenüberstellung, und ich zeige mit dem Finger auf ihn, damit er weiß, wen er als nächstes abmurksen soll, nachdem ihr ihn wieder laufengelassen habt.«

Wir gingen über einen mit Schotter aufgefüllten Graben zur Straße zurück. Milo schob Gabray vor sich her und quetschte ihn die ganze Zeit weiter aus, ohne mehr aus ihm herauszubekommen.

Wir erreichten unseren Wagen, Milo nahm seinen Koffer heraus, öffnete eine hintere Tür und setzte sich mit Gabray auf die Rückbank. Ich blieb draußen stehen und sah zu, wie Milo den Koffer öffnete und einen Ordner mit dem Etikett IDEN-

TIKIT herausnahm. Er zeigte Gabray eine Reihe von Folien mit verschiedenen gezeichneten Gesichtspartien. Gabray suchte sich einige aus und fabrizierte am Ende ein charakterloses, flaches, weißes Gesicht. Milo schaute es an, klebte die Folien zusammen und schrieb etwas auf. Dann ließ er Gabray mit einem gelben Stift Punkte auf einer Straßenkarte markieren. Nach ein paar weiteren Fragen stiegen sie beide aus. Trotz der milden Nacht hatte der Barkeeper Gänsehaut auf den Schultern.

»War das jetzt alles?« fragte er.

»Im Moment, ja, Robert. Es ist sicher nicht nötig, dir das zu sagen, aber ich sag es trotzdem: Keinen Adressenwechsel bitte. Bleib, wo ich dich finden kann, und benimm dich.«

»Kein Problem«, sagte Gabray und wollte gehen, doch Milo hielt ihn am Arm fest. »Hast du verstanden, Robert?«

»Ja, ja. Bleib, wo du bist, und sei ein guter Junge, und jeden Tag eine gute Tat, okay? Kann ich jetzt gehen?«

»Moment noch, Robert. Deine Freundin –«

»Ja? Was ist mit ihr?« Seine Stimme war plötzlich hart und kalt. Vielleicht war er nicht nur das zitternde Würstchen, als das er sich mir bisher dargestellt hatte.

»Sie hat die Fliege gemacht, und hüte dich, auch nur im Traum daran zu denken, hinter ihr herzurennen. Und hüte dich besonders, ihr etwas anzutun, weil sie mit mir geredet hat. Ich hätte dich auch ohne sie gefunden.«

Gabray schaute ihn mit großen Augen an. »Die Fliege gemacht? Was, zum Teufel, soll das heißen?«

»Sie ist weg. Sie hat genug, Robert.«

»O Scheiße!«

»Sie war gerade beim Packen, als ich anrief. Sie wirkte ziemlich mitgenommen von deiner Auffassung von trauter Zweisamkeit.«

Gabray sagte nichts.

»Sie hatte genug davon, von dir verprügelt zu werden, Robert.«

Gabray ließ die Zigarette fallen und trat sie wütend aus.

»Sie lügt«, sagte er, »sie lügt, die verdammte Nutte!«
»Sie hat die Kaution für dich bezahlt.«
»Das war sie mir schuldig. Sie schuldet mir immer noch Geld.«
»Vergiß es, Robert.«
»Okay«, sagte Gabray, »ist ja auch egal, was soll ich mich aufregen. Das Leben geht weiter.«

23

Auf der Fahrt zu mir studierte Milo das Identikit-Gesicht.
»Meinst du, er ist zuverlässig?«
»Nicht besonders, aber in dem unwahrscheinlichen Fall, daß je ein echter Verdächtiger auftaucht, könnte das Bild nützlich sein.«
Als ich an einer roten Ampel halten mußte, schaute ich mir das Bild an. »Ein Gesicht wie tausend andere. Es könnte Hünengart sein, bis auf den Schnurrbart. Aber Hünengart ist jünger als der Kerl, den Gabray beschrieben hat, Mitte Dreißig. Und sein Gesicht ist etwas voller. Der Schnurrbart wäre aus der Entfernung kaum zu erkennen, oder er hat ihn sich erst danach wachsen lassen. Sagtest du nicht auch, er könnte ein ehemaliger Häftling sein?«
Die Ampel schaltete auf Grün, und ich fuhr weiter Richtung Hauptstraße. Um kurz nach drei waren wir wieder bei mir zu Hause. Milo fuhr in seinem Porsche davon, und ich schlüpfte ins Bett. Ich versuchte, keinen Laut zu machen, doch Ruth wachte trotzdem auf und griff nach meiner Hand. So schliefen wir zusammen ein.
Am Morgen war sie aufgestanden und aus dem Haus, bevor ich meine Augen richtig aufbekam. Auf meinem Platz auf dem Küchentisch standen ein Teller mit einer Scheibe Toast und ein Glas Saft bereit. Ich frühstückte und plante meinen

Tag. Am Nachmittag würde ich bei den Jones' sein, den Vormittag über würde ich Anrufe erledigen. Doch bevor ich damit beginnen konnte, klingelte schon das Telefon. Es war Lou Cestare.

»Guten Morgen, Alex«, begrüßte er mich. »Willst du ins Bankgeschäft wechseln? Was hast du überhaupt mit Chuck Jones zu tun?«

»Er ist Vorstandsvorsitzender an dem Krankenhaus, wo ich früher gearbeitet habe. Außerdem verwaltet er dessen Vermögen. Ich gehöre immer noch zum Personal und fühle mich der Klinik verbunden. Es steht ziemlich schlecht um die Finanzen dort. Es gibt Gerüchte, daß Jones sie so weit herunterwirtschaften will, daß er den Laden auflösen und alles verkaufen kann, vor allem die Grundstücke.«

»Das ist eigentlich nicht sein Stil.«

»Du kennst ihn?«

»Ich habe ihn ein paarmal auf Partys getroffen. Er beschränkte sich immer auf ein schnelles Hallo und Bis dann; er wird sich kaum an mich erinnern. Aber seinen Stil kenne ich gut.«

»Und der wäre?«

»Konstruktiv. Er ist kein Schrotthändler. Er ist einer der besten Finanzverwalter, die ich kenne, Alex. Er kümmert sich nicht darum, was andere Leute tun, und kauft solide Firmen zu Ausverkaufspreisen. Echte Schnäppchen – die Art von Beteiligungen, von denen alle träumen. Und er hat eine bessere Nase dafür als jeder andere.«

»Wie kommt das?«

»Er versteht herauszufinden, wie leistungsfähig eine Firma wirklich ist. Dazu gehört mehr als nur Geschäftsberichte lesen. Und wenn er dann eine unterbewertete Aktie findet, kauft er ein, wartet, verkauft wieder und wiederholt den ganzen Prozeß. Sein Timing ist einzigartig.«

»Was glaubst du, worauf setzt er zur Zeit?«

»Ich weiß nicht. Er arbeitet selbstverständlich sehr diskret. Er investiert immer nur eigenes Geld. Aus dem Beratungsgeschäft hält er sich raus. Aber daß er sich mit Immobilien beschäftigt, bezweifle ich sehr.«

»Wieso?«

»Weil Immobilien als Geschäft gestorben sind. Vielleicht nicht für jemanden wie dich, der vor Jahren gekauft hat und dem es um ein sicheres Einkommen geht, aber für Leute, die auf schnellen Profit spekulieren, ist die Party vorbei, jedenfalls auf absehbare Zeit.«

»Seinem Sohn gehört ein großer Batzen Land drüben im Tal.«

»Wer sagt, daß Weisheit erblich ist?«

»Der Sohn ist College-Professor. Ich glaube nicht, daß er fünfzig Parzellen mit seinem eigenen Geld kaufen konnte.«

»Wahrscheinlich hat er eine Erbschaft dazu benutzt. Nein, ich glaube einfach nicht, daß Chuck sich im großen Stil auf Immobilien stürzt. Das Krankenhausgrundstück ist in Hollywood, oder?«

»Ja, mehrere Hektar. Das Krankenhaus ist siebzig Jahre alt, das heißt, die Grundstücke sind wahrscheinlich alle längst bezahlt. Da kann der Markt noch so schlecht sein, der Verkaufspreis wäre gleich Reingewinn.«

»Klar, Alex, aber der käme doch dem Krankenhaus zugute. Was hätte Jones davon?«

»Vielleicht eine Provision.«

»Von wieviel Hektar reden wir, und wo ist es genau?«

»Ungefähr zehn.« Ich gab ihm die Adresse des Western Ped.

»Okay, das heißt, es geht um zehn, fünfzehn Millionen – sagen wir zwanzig, weil einige der Grundstücke zusammenhängen. Das ist großzügig angesetzt, denn es ist schwer, so einen Brocken auf einmal loszuschlagen. Unter Umständen müßte es in kleinere Parzellen zerlegt werden, und das könnte einige Zeit dauern – es würde Anhörungen geben, Genehmigungsverfahren, Umweltschutzfragen. Das größte Stück vom Kuchen, das Chuck für sich nehmen könnte, ohne einen Aufruhr zu verursachen, wäre fünfundzwanzig Prozent – eher nur zehn. Das bedeutet: zwei bis fünf Millionen in seine eigene Tasche. Nein, ich kann mir nicht vorstellen, daß Chuck sich für die Art von Geld die Finger schmutzig macht.«

»Vielleicht geht es um mehr«, gab ich zu bedenken, »vielleicht plant er nicht nur, ein Krankenhaus zu schließen, sondern auch ein neues aufzumachen – auf dem Land, das seinem Sohn gehört.«

»Du meinst, er will auf einmal ins Krankenhausgeschäft? Das bezweifle ich, Alex. Ich will dir nicht zu nahe treten, aber Gesundheitspflege bringt auch nicht mehr als Immobilien. In letzter Zeit sind fast so viele Krankenhäuser pleite gegangen wie Bausparkassen.«

»Ich weiß, aber vielleicht meint Jones, er könnte wieder einmal gegen den Strom schwimmen und trotzdem seinen Schnitt machen. Du sagtest eben, er kümmert sich nicht darum, was andere sagen.«

»Alles möglich, Alex, aber das müßtest du mir erst beweisen. Was bringt dich überhaupt so zum Theoretisieren?«

Ich erzählte ihm von Plumbs Bemerkungen gegenüber der Presse.

»Ach ja, das war der andere Name auf deiner Liste. Von dem habe ich nie gehört, aber ich habe nachgeforscht und herausgefunden, daß er eine normale Managerkarriere hinter sich hat: Betriebswirtschaftsstudium, Promotion, dann eine Reihe von Managementjobs, schrittweise die Karriereleiter hinauf. Seine erste Stelle war bei einer Wirtschaftsprüferfirma namens Smothers und Crimp. Danach ging er in die Hauptverwaltung eines Industrieunternehmens. Warte – ich hab alles aufgeschrieben: Plumb, George Haversford, geboren 1934; Heirat mit Mary Ann Champlin, i958; zwei Kinder und so weiter ... Promotion 196o; Smothers und Crimp, 6o bis 63, am Ende als Partner. Dann Finanzbuchhalter, Hardfast Steel in Pittsburgh, 63 bis 65, 65 bis 68: Finanzchef und Betriebsleiter, Readilte Werke, Reading, Pennsylvania; danach Aufstieg zum Geschäftsführer in einem Laden namens Baxter Industrieberatung. Dort blieb er bis 1971. 71 bis 74 bei Advent Management Specialists, und dann macht er sich selbständig als Plumb Group, 74 bis 77. 1978 zurück als angestellter Geschäftsführer in einer Firma namens Vantage Health Planning, bis 1981 –«

»Der Bursche hat ganz schön oft gewechselt.«

»Nicht unbedingt, Alex. In Managementjobs ist es heutzutage üblich, alle zwei Jahre zu wechseln. Es wird geradezu erwartet. Deshalb bin ich auch so früh ausgestiegen. Für die Familie ist es nämlich die Hölle – jede Menge dauerlächelnde, saufende Ehefrauen und Kinder mit Verbrechensregistern. Aber wo war ich stehengeblieben? – Vantage Health bis 81. Von da an scheint er sich aufs Gesundheitswesen spezialisiert zu haben. Arthur-McClennan-Diagnoseprodukte für drei Jahre, dann NeoDyne Biologicals, noch mal drei Jahre; schließlich MGS Medizin-Consulting – die Firma in Pittsburgh, nach der du mich fragst.«

»Und was hast du herausgefunden?«

»Es war ein kleines bis mittleres Unternehmen, spezialisiert auf Unfallkrankenhäuser in kleineren und mittleren Städten in den nördlichen Bundesstaaten, gegründet 1982 von einer Gruppe von Ärzten, 85 in eine Aktiengesellschaft umgewandelt, ohne großen Erfolg an der Börse. Ein Jahr später wurde es dann von einem Syndikat aufgekauft und dichtgemacht.«

»Warum kauft ein Syndikat eine Firma, wenn sie sie gleich danach zumacht?«

»Das kann verschiedene Gründe haben. Vielleicht fanden sie, daß der Kauf ein Fehler war, und reagierten sofort, um ihre Verluste zu minimieren; oder sie waren nur hinter dem Kapital her – zum Beispiel Maschinen und Gebäude oder die Pensionskasse –, nicht hinter der Firma selbst. Die andere Gruppe auf deiner Liste, BIO-DAT, war ursprünglich eine Tochter der MGS, die vor dem Verkauf der Mutterfirma in den Besitz einer anderen Finanzgruppe überging und überlebte – Northern Holdings in Missoula, Montana.«

»Ist das eine Aktiengesellschaft?«

»Nein.«

»Und was ist mit den anderen Firmen, für die Plumb gearbeitet hat? Kennst du eine davon?«

»Nicht eine einzige.«

»Wird vielleicht eine davon an der Börse gehandelt?«

»Eine Sekunde, das kann ich dir sagen . . . der alte PC arbeitet schon, laß mich mal gerade eine Suchliste zusammenstellen. Willst du zurückgehen bis zu den Wirtschaftsprüfern, Smothers und was weiß ich?«

»Wenn du Zeit hast . . .«

»Ich habe mehr Zeit als früher. Eine Sekunde . . .«

Ich wartete und hörte die Tasten seines Computers klicken.

»So«, sagte er, »jetzt können wir uns die Börsen hereinholen und den Suchlauf starten . . . In New York schon mal nichts . . . Auch keine Amex-Eintragung. Dann wollen wir uns mal den Nasdaq anschauen . . . Nichts, Alex. Laß mich noch die privaten Holdings durchgehen. – Sieht nicht so aus, Alex.«

»Heißt das, keine der Firmen ist mehr im Geschäft?«

»Sieht so aus.«

»Findest du das nicht ungewöhnlich?«

»Nun ja, es passiert zwar stündlich, daß Firmen bankrott oder sonstwie aus dem Geschäft gehen, aber dieser Plumb scheint schon eine Art Todesengel zu sein.«

»Es war Chuck Jones, der ihn angeheuert hat, das Krankenhaus zu verwalten. Fängst du nicht allmählich an, an dessen guten Absichten zu zweifeln?«

»Du meinst, er betätigt sich als Freibeuter?«

»Kannst du herausfinden, was mit den Firmen passiert ist, mit denen Plumb zu tun hatte?«

»Schwierig. Es waren alles kleine Unternehmen, und wenn sie in Privatbesitz waren, wird man in der Fachpresse kaum etwas über sie finden.«

»Vielleicht in den Lokalzeitungen?«

»Nur wenn eine Menge Leute entlassen wurden. Aber mit viel Glück findest du vielleicht etwas.«

»Okay, vielen Dank.«

»Ist es wirklich so wichtig, Alex?«

»Ich weiß nicht.«

»Paß auf: Ich weiß viel, wo und nach was ich suchen muß. Laß mich mal Detektiv spielen. Ich melde mich wieder.«

Nachdem er aufgelegt hatte, rief ich die Telefonauskunft in Virginia an und ließ mir die Nummer des Ferris-Dixon-Instituts für Chemie geben. Dort meldete sich eine freundliche Frauenstimme: »Ferris-Dixon, guten Tag, kann ich Ihnen behilflich sein?«

»Hier spricht Dr. Schweitzer vom Western Pediatric Medical Center in Los Angeles. Ich bin ein Kollege von Dr. Ashmore.«

»Eine Sekunde, bitte.«

Sie spielte Musik auf die Leitung. Nach einer langen Pause kam die Stimme wieder. »Ja, Dr. Schweitzer, was kann ich für Sie tun?«

»Ihr Institut finanziert Dr. Ashmores Forschungsprojekt. Wissen Sie, daß er kürzlich verstorben ist?«

»O wie furchtbar«, sagte sie, doch sie klang keineswegs überrascht. »Die Person, die Ihnen da helfen könnte, ist im Moment leider nicht im Haus.«

Ich hatte zwar nicht um Hilfe gebeten, aber ich fragte sie trotzdem: »Wer könnte das sein?«

»Ich bin nicht ganz sicher, Doktor. Das müßte ich nachprüfen.«

»Könnten Sie das bitte tun?«

»Ja, aber es könnte eine Weile dauern. Warum geben Sie mir nicht Ihre Telefonnummer? Ich rufe Sie dann zurück.«

»Ich werde viel unterwegs sein heute. Wie wär's, wenn ich später noch mal anrufe?«

»Gut, Doktor. Auf Wieder –«

»Moment«, sagte ich, »da ich Sie gerade am Apparat habe – könnten Sie mir ein paar Informationen über Ihr Institut geben? Vielleicht möchte ich für meine eigene Forschung an Sie herantreten.«

»Was möchten Sie wissen, Dr. Schweitzer?«

»Welche Art von Projekten fördern Sie für gewöhnlich?«

»Das ist eine fachliche Frage, Sir, da kann ich Ihnen leider auch nicht helfen.«

»Haben Sie vielleicht eine Broschüre, die Sie mir schicken könnten? Eine Liste der Projekte, die Sie schon unterstützt haben?«

»Leider nicht – wir sind eine recht junge Agentur.«

»Wirklich? Wie jung?«

»Einen Moment bitte.«

Noch eine lange Pause, bevor sie wieder in die Leitung kam.

»Entschuldigung, daß es so lange gedauert hat, Doktor. Ich fürchte, wir können jetzt nicht weiterreden; ich habe mehrere andere Anrufe entgegenzunehmen. Warum stellen Sie nicht alle Ihre Fragen zusammen und rufen uns dann wieder an? Ich bin sicher, dann wird Ihnen die richtige Person helfen können.«

»Die richtige Person?«

»Genau«, sagte sie mit plötzlicher Heiterkeit. »Auf Wiederhören, Doktor.«

Das war's.

Ich wählte sofort noch einmal: besetzt. Ich bat die Vermittlung, mich per Notunterbrechung durchzustellen, und wartete auf die Verbindung. Nach einigen Sekunden war die Vermittlung wieder dran.

»Es tut mir leid, Sir, der Anschluß ist gestört.«

Ich saß da, hörte immer noch die freundliche Stimme aus Virginia. Ein Wort, das sie benutzt hatte, ging mir nicht aus dem Sinn.

»Wir sind eine recht junge *Agentur.*«

Eine seltsame Art, eine private Stiftung zu beschreiben.

Ich versuchte es noch einmal: immer noch besetzt. Dann suchte ich in meinen Notizen nach der anderen Studie, die das Institut förderte.

Zimberg, Walter William, Universität von Maryland, Baltimore. Irgend etwas mit Statistik. War er in der medizinischen Fakultät, an der naturwissenschaftlichen oder vielleicht im öffentlichen Gesundheitswesen?

Ich suchte die Nummer der Universität heraus und wählte. Kein Zimberg in der Medizin; in der Mathematik hatte ich auch kein Glück. In der öffentlichen Gesundheit kam ein Mann an den Apparat.

»Professor Zimberg, bitte«, sagte ich.

»Zimberg? Hier gibt es keinen Zimberg.«

»Tut mir leid, dann hat man mir etwas Falsches gesagt. Haben Sie vielleicht ein Fakultätsverzeichnis zur Hand?«

»Einen Moment . . . Ich habe hier einen Zimberg, aber der ist bei den Wirtschaftswissenschaften.«

»Könnten Sie mich mit seinem Büro verbinden?«

»Sekunde.«

In Zimbergs Büro meldete sich eine weibliche Stimme.

»Ich hätte gern Professor Zimberg gesprochen, bitte.«

»Er ist leider nicht in der Stadt, Sir. Warum geben Sie mir nicht Ihre Telefonnummer? Er ruft Sie dann zurück.«

»Wann erwarten Sie ihn denn zurück?«

»Er ist eigentlich das ganze Jahr weg, aber ab und zu schaut er herein. Warum geben Sie mir nicht Ihre Telefonnummer? Er ruft Sie dann zurück.«

Dieselbe rhetorische Frage mit exakt denselben Worten wie vor ein paar Sekunden. Dieselben Worte, die eine andere freundliche Frauenstimme vor fünf Minuten in den heiligen Hallen des Ferris-Dixon-Instituts für Chemie benutzt hatte.

24

Zum Teufel mit dem Telefon. Ich fuhr zu einer Forschungsstätte, von der ich wenigstens wußte, daß sie existierte.

Ich fand eine freie Parkuhr in der Nähe der Universitätsverwaltung, ging in die Kanzlei und fragte eine indische Angestellte in einem pfirsichfarbenen Sari nach Denise Kent Herbert.

»Es tut mir leid, Sir, aber persönliche Daten sind vertraulich.«

Ich hielt ihr meinen Ausweis von der medizinischen Fakultät am anderen Ende der Stadt unter die Nase. »Es geht mir nicht um persönliche Daten. Ich will nur wissen, wo sie immatrikuliert ist. Es hat mit einer Stelle zu tun. Ich muß ihre Referenzen überprüfen.«

Die Frau sah sich meinen Ausweis an, ließ mich den Namen wiederholen und ging nach hinten.

Einen Augenblick später kam sie zurück. »Sie war bis vor kurzem als Doktorandin am Institut für öffentliche Gesundheit.«

Ich trabte einen langen Gang hinunter, an der Bibliothek vorbei, wo ich Ashmores Veröffentlichungen nachgeschlagen hatte. Im Institut für öffentliche Gesundheit erwartete mich ein weiterer Schalter mit einer weiteren Angestellten in einem winzigkleinen Büro. Diesmal war sie sehr jung, schwarz, mit glattem, hennagefärbtem Haar und einem Lächeln, das echt wirkte.

Ich stellte mich vor und sagte meinen Spruch: »Es geht um eine Doktorandin, die in unserem Krankenhaus gearbeitet hat. Ich möchte wissen, wer hier ihr Betreuer war.«

»Wie ist der Name der Studentin?«

»Denise Herbert.«

Keine Reaktion. »In welcher Abteilung ist sie?«

Ich überlegte, was Ashmore gemacht hatte, und sagte: »Biostatistik oder Epidemiologie.«

Sie ging zu einem Aktenschrank und zog einen blauen Ordner heraus. Der Aktenrücken trug die Aufschrift BIO-STAT.

»Da haben wir sie. Sie ist im Doktorandenprogramm der Biostat; ihr Betreuer ist Dr. Janos.«

»Wo finde ich Dr. Janos?«

»Einen Stock tiefer, Raum B345. Soll ich sie anrufen und sehen, ob sie da ist?«

»Das wäre sehr freundlich.«

Sie ging zum Telefon und tippte vier Ziffern ein. »Dr. Janos? Hallo, ich bin's, Merilee. Ich habe hier einen Doktor von irgendeinem Krankenhaus, der mit Ihnen über eine Ihrer Studentinnen sprechen möchte . . . Denise Herbert . . . Oh . . . natürlich. – Wie war noch gleich Ihr Name, Sir?«

»Delaware, vom Western Pediatric.«

Sie gab meinen Namen durch. »Ja, natürlich, Dr. Janos . . . Können Sie sich irgendwie ausweisen, Dr. Delaware?«

Ich zog wieder meinen Fakultätsausweis aus der Tasche.

»Ja, er kann, Dr. Janos.« Sie buchstabierte meinen Namen. »Gut, Doktor, ich sag es ihm.«

Sie legte auf und sagte: »Sie hat nicht viel Zeit, aber wenn Sie gleich runtergehen würden . . .«

Sie sah verstört aus. Als sie mir die Tür öffnete, fragte sie: »Ist sie tatsächlich ermordet worden?«

»Leider, ja.«

»Wie scheußlich!«

Zwischen dem Büro und einem leeren Hörsaal gab es einen Aufzug. Ich fuhr einen Stock tiefer und fand Zimmer B345 ein paar Türen nach links. Die Tür war verschlossen.

Bevor ich zum zweitenmal klopfen mußte, hörte ich eine Stimme: »Einen Moment, bitte!« Eine Frau in den Fünfzigern öffnete die Tür und bat mich herein, und wir tauschten einen Händedruck. Sie war klein, pummelig und blond und hatte einen europäischen Akzent. Ihr Büro war blitzsauber, duftete nach Parfüm und war mit Kunstplakaten dekoriert.

Sie ließ die Tür offenstehen und setzte sich hinter ihren Schreibtisch, die Füße über Kreuz. Ich setzte mich ihr gegenüber.

»Sie sind Arzt?« begann sie.

»Nein, Psychologe.«

»Und welche Verbindung hatten Sie mit Miss Herbert?«

»Ich bin als Berater mit einem Fall im Krankenhaus beschäftigt. Denise hat eine medizinische Akte über den Bruder meiner Patientin entliehen und sie nie zurückgegeben. Ich dachte, sie hätte sie vielleicht hier gelassen.«

»Wie ist der Name des Patienten?«

Als ich zögerte, sagte sie: »Ich kann Ihre Frage schlecht beantworten, wenn ich nicht weiß, wonach ich suchen soll.«

»Jones.«

»Charles Lyman Jones der Vierte?«

Ich war überrascht und fragte: »Haben Sie die Akte?«

»Nein, aber Sie sind der zweite, der danach fragt. Was ist an der Akte so wichtig?«

»Es ist ein komplexer Fall. Schwer zu erklären.«

»Offenbar. Die andere Person hat mir auch keine befriedigende Erklärung gegeben«, erwiderte sie.

»Wer war das?«

Sie schaute mich forschend an und lehnte sich in ihrem Stuhl zurück. »Verzeihen Sie, Doktor, aber ich würde gern den Ausweis sehen, den Sie Merilee gezeigt haben.«

Zum drittenmal innerhalb einer halben Stunde zückte ich meinen Fakultätsausweis, dazu meine brandneue Krankenhausplakette. Sie setzte eine goldgefaßte Lesebrille auf und schaute sich beides eingehend an. Bei dem Krankenhausausweis verweilte sie ein bißchen länger.

»Der andere Mann hatte auch solch eine Plakette«, sagte sie, als sie sie mir zurückgab. »Er behauptete, er sei dort für die Sicherheit zuständig.«

»Ein Mann namens Hünengart?«

Sie nickte. »Und er wollte genau dasselbe wie Sie.«

»Wann war er hier?«

»Letzten Donnerstag. Machen Sie sich im Western Pediatric für jeden Patienten solche Mühe?«

»Wie gesagt, es ist ein komplexer Fall.«

Sie lächelte. »Meinen Sie, im medizinischen Sinn?«

»Ich kann leider nicht in Einzelheiten gehen.«

»Ihre Schweigepflicht, nicht wahr? Das respektiere ich natürlich, Dr. Delaware. Mr. Hünengart hatte ein anderes Argument. ›Sensitive Informationen‹ oder so etwas. Ich sagte ihm, das klänge ziemlich martialisch, was er gar nicht lustig fand. Er war überhaupt ein grimmiger Kerl.«

»Haben Sie ihm die Akte ausgehändigt?«

»Nein. Ich habe sie nämlich nicht, Doktor. Denise hat keinerlei medizinische Papiere hinterlassen. Es tut mir leid, wenn ich Sie an der Nase herumgeführt habe, aber daß man sich in letzter Zeit so für sie interessiert, hat mich vorsichtig gemacht. Und der Mord, natürlich. Als die Polizei kam und Fragen stellte, habe ich persönlich ihren Schrank ausgeräumt. Alles, was ich fand, waren ein paar Lehrbücher und Computerdisketten mit Daten für ihre Doktorarbeit.«

»Haben Sie die Daten angeschaut?«

»Hat diese Frage etwas mit Ihrem komplizierten Fall zu tun?«

»Möglicherweise.«

»Möglicherweise – na, wenigstens werden Sie nicht grob, wie dieser Hünengart. Der wollte mich zwingen, ihm die Disketten zu übergeben.«

Sie nahm ihre Brille, stand auf und gab mir meine Ausweise zurück. Dann schloß sie die Tür und setzte sich wieder auf ihren Stuhl.

»War Denise in etwas Übles verwickelt?«

»Das ist gut möglich.«

»Mr. Hünengart war ein bißchen direkter als Sie. Er sagte, Denise hätte die Akte gestohlen und es wäre meine Pflicht, sie zurückzugeben. Ziemlich herrisch – ich mußte ihn rauswerfen.«

»Er ist nicht sehr liebenswürdig.«

»Das nenne ich eine Untertreibung. Mich erinnert seine Arbeitsweise an das KGB. Polizeimäßiger als die richtigen Polizisten, die den Mord untersuchten.«

»Welche Art von Fragen hat die Polizei gestellt?«

»Wer ihre Freunde waren, ob sie sich je mit kriminellen Typen abgegeben hätte, ob sie Drogen nahm. Leider konnte ich keine der Fragen beantworten, obwohl sie vier Jahre lang meine Studentin war. Ich wußte praktisch nichts über sie. Zu manchen Studenten entwickelt man eine enge Beziehung, andere kommen und gehen, ohne eine Spur zu hinterlassen. Denise hat wohl zu der zweiten Gruppe gehört. Nicht etwa, weil sie nicht gut war, nein, sie war außergewöhnlich gut, was Mathematik angeht. Deswegen habe ich sie auch angenommen, obwohl ich mir bezüglich ihrer Motivation nicht sicher war. Ich bin immer auf der Suche nach Frauen, die keine Angst vor Zahlen haben, und sie war sehr begabt in Mathematik. Aber wir sind nie warm geworden miteinander.«

»Sie sagten, Sie zweifelten an ihrer Motivation.«

»Ja. Die war einfach nicht vorhanden. Ich hatte immer das Gefühl, sie wäre mehr zufällig zu uns geraten, weil es der Weg des geringsten Widerstands war. Sie hatte sich in der Medizin beworben und war abgelehnt worden. Sie bewarb sich immer wieder, selbst nachdem sie bei uns eingeschrieben war, doch sie hatte nie eine Chance. Außer in Mathematik waren ihre Noten nicht sehr gut. Bei der Aufnahmeprüfung hier blieb sie unter dem Durchschnitt, aber wegen ihrer Leistungen in Mathematik beschloß ich, es trotzdem mit ihr zu versuchen. Ich habe ihr sogar ein Stipendium besorgt, das aber im letzten Frühjahr nicht mehr erneuert werden konnte. Deshalb hat sie die Hilfsassistentinnenstelle im Krankenhaus angenommen.«

»Das Stipendium wurde ihr wegen mangelnder Leistungen gestrichen?«

»Nein, nur mit ihrer Dissertation ging es nicht voran, und Beratung lehnte sie ab. Zu Terminen erschien sie nicht. Sie fand immer eine Entschuldigung, sagte, sie könnte es nicht schaffen und bräuchte mehr Zeit. Ich bin nie richtig zu ihr durchgedrungen. Ich war nahe daran, sie fallenzulassen, als . . . Aber das spielt jetzt wohl alles keine Rolle mehr. Nehmen Sie meine kleine Rede als eine ausführliche Antwort auf Ihre Frage nach den Disketten. Ja, ich hab sie mir angeschaut, und es war nichts darauf, was irgendeinen Sinn ergäbe. Es war noch schlimmer, als ich gedacht hatte. Alles, was sie in der ganzen Zeit zustande gebracht hatte, war eine unfertige Einleitung für ihre Arbeit und eine Tabelle mit Zufallszahlen.«

»Zufallszahlen?«

»Ja, für statistische Proben. Ich bin sicher, Sie wissen, wie so was geht.«

Ich nickte. »Man erzeugt mit einem Computer oder mit anderen Techniken eine Anzahl zufälliger Zahlen und benutzt sie, aus einem Pool von numerierten Kandidaten eine zufällige Auswahl zu treffen. Wenn man zum Beispiel die Zufallszahlen fünf, fünfzehn und dreiundzwanzig hat, nimmt man für die Analyse den fünften, den fünfzehnten und den dreiundzwanzigsten auf der Kandidatenliste.«

»Genau. Denise hatte eine riesige Liste solcher Zufallsdaten – Tausende, Seite um Seite Zahlentabellen. Was für eine idiotische Verschwendung von Rechenzeit! Sie war immer noch Jahre davon entfernt, zu irgendeinem Ergebnis zu kommen. Sie war sich noch nicht einmal über die Methode im klaren.«

»Was war denn ihr Thema?«

»Die Vorhersage von Krebserkrankungen anhand geographischer Daten; konkreter war sie nie geworden. Was auf den Disketten stand, war wirklich zum Heulen. Sogar das bißchen, was sie bis dahin geschrieben hatte, war vollkommen durcheinander, Kraut und Rüben, vollkommen unakzeptabel. Ich mußte mich fragen, ob sie nicht wirklich Drogen genommen hatte.«

»Gab es andere Zeichen, die darauf hinwiesen?«

»Ich nehme an, ihre Unzuverlässigkeit könnte man als Symptom auslegen. Und manchmal schien sie sehr erregt zu sein, fast manisch, wenn sie versuchte, mich – oder sich selbst – zu überzeugen, daß sie Fortschritte machte. Aber Amphetamine hat sie bestimmt nicht genommen, sonst hätte sie nicht so zunehmen können in den letzten vier Jahren – zwanzig Kilo, schätze ich. Am Anfang war sie richtig hübsch gewesen.«

»Vielleicht Kokain?«

»Möglich, aber ich habe auch schon Studenten, die keine

Drogen nahmen, sich soviel Fett anfressen sehen. Die Belastungen während einer Doktorarbeit können jeden zeitweise zum Wahnsinn treiben.«

»Wie wahr«, sagte ich.

»Als ich erfuhr, daß sie ermordet worden war, sah ich sie plötzlich in einem ganz anderen Licht. Bis dahin war ich absolut wütend auf sie gewesen, doch als ich von ihrem Tod hörte und wie sie gefunden worden war, da tat sie mir nur noch leid. Die Polizei sagte, sie sei wie eine Punkerin angezogen gewesen. Mir wurde klar, daß sie ihr wirkliches Leben vor mir verborgen hatte. Sie war einfach ein Mensch, für den Wissenschaft nichts bedeutete.«

»Könnte ihr Mangel an Motivation etwas damit zu tun gehabt haben, daß sie ein Nebeneinkommen hatte?«

»O nein, sie war arm. Als ich sie annahm, flehte sie mich an, ihr ein Stipendium zu besorgen, sonst könnte sie nicht anfangen.«

Ich dachte an ihren sorglosen Umgang mit Geld und an das brandneue Auto, in dem sie gestorben war.

»Wissen Sie etwas über ihre Familie?«

»Ich bildete mir ein, es gäbe eine Mutter – eine Alkoholikerin. Doch die Polizei konnte niemanden finden. Am Ende haben wir hier für ihre Beerdigung gesammelt.«

»Wo stammte sie her?«

»Irgendwo von der Ostküste. Aber nein, Dr. Delaware, sie war nicht reich, ihre Antriebsschwäche muß andere Gründe gehabt haben.«

Sie schaute auf ihre Uhr, dann auf ihre Handtasche. Für einen Augenblick dachte ich, sie wollte aufstehen, doch statt dessen rückte sie ihren Stuhl näher und sah mich scharf an.

»Wozu all diese Fragen, Doktor? Worum geht es Ihnen eigentlich?«

»Ich kann Ihnen wirklich keine Details nennen. Ich weiß, es mag Ihnen unfair erscheinen, aber es geht um eine Patientin.«

Sie war einen Moment still, bevor sie sagte: »Sie war tatsächlich eine Diebin. Die Bücher in ihrem Schrank waren einem anderen Studenten gestohlen worden. Ich habe auch andere Dinge gefunden: einen Pullover, der jemand anderem gehörte, und einen goldenen Kugelschreiber von mir. Ich wäre deshalb nicht überrascht, wenn sie in schmutzige Geschäfte verwickelt gewesen wäre. Meinen Sie, das könnte zu ihrer Ermordung geführt haben?«

»Möglich wäre es.«

»Und was ist Ihre Rolle in dem Ganzen, Doktor?«

»Das Wohlergehen meiner Patientin steht auf dem Spiel.«

»Charles Jones' Schwester?«

Ich war überrascht, daß Hünengart ihr soviel offenbart hatte.

»Vermutet man irgendeine Form von Kindesmißhandlung? Etwas, das Denise herausgefunden haben könnte? Etwas, aus dem sie vielleicht Gewinn zu schlagen versuchte?«

Ich schluckte meine Verblüffung hinunter und zuckte harmlos mit den Schultern.

Sie lächelte. »Ich bin kein Sherlock Holmes, Dr. Delaware, aber der Besuch dieses Hünengart hat mich sehr neugierig gemacht. Ich habe das Gesundheitswesen zu lange studiert, um glauben zu können, irgend jemand würde solchen Aufwand für einen normalen Patienten treiben. Ich bat also meinen Mann, ein paar Erkundigungen einzuziehen über den Jones-Jungen. Er ist Gefäßchirurg und hat Zugang zum Western Ped, wenn er auch seit Jahren nicht mehr dort operiert hat. Ich weiß also, wer die Jones' sind und welche Rolle der Großvater in dem Schlamassel spielt, in dem das Krankenhaus steckt. Ich weiß auch, daß der Junge dem Krippentod erlegen ist und das andere Kind andauernd krank ist. Wenn man dazunimmt, daß Denise die Akte des ersten Kindes gestohlen hat und sich von einer armen Studentin zur großzügigen jungen Dame verwandelte, dann braucht man kein Detektiv zu sein, um gewisse Schlüsse zu ziehen, besonders nicht, wenn unabhängig voneinander zwei Vertreter des Krankenhauses sich die Mühe machen, zu mir zu kommen.«

»Ich bin trotzdem beeindruckt.«

»Arbeiten Sie und Mr. Hünengart gegeneinander?«
»Wir arbeiten jedenfalls nicht zusammen.«
»Auf welcher Seite stehen Sie?«
»Auf der Seite des kleinen Mädchens.«
»Wer bezahlt Sie?«
»Offiziell die Eltern.«
»Würden Sie das nicht einen Interessenkonflikt nennen?«
»Wenn es sich als solcher erweist, dann werde ich keine Rechnung ausstellen.«
Sie schaute mich nachdenklich an. »Ich glaube, ich kann Ihnen vertrauen. Doch nun erzählen Sie mir: Bin ich vielleicht in Gefahr, weil ich die Disketten habe?«
»Ich bezweifle es, aber auszuschließen ist es nicht.«
»Keine sehr beruhigende Antwort.«
»Ich möchte Ihnen nichts vormachen.«
»Dafür bin ich Ihnen dankbar. Was meinen Sie, warum könnten die Disketten so wichtig sein?«
»Sie könnten irgendwelche, in die Zufallstabelle eingebetteten kodierten Informationen enthalten.«
»Ich gebe zu, daran habe ich auch gedacht. Es gab nämlich keinen vernünftigen Grund, warum sie in dieser Phase ihrer Arbeit eine solche Tabelle erstellen sollte. Ich habe also ein paar einfache Programme darauf losgelassen, konnte jedoch kein offensichtliches Muster entdecken. Kennen Sie sich aus mit Kryptographie?«
»Nicht im geringsten.«
»Ich auch nicht. Doch es gibt jetzt einige gute Dekodierprogramme, so daß man nicht unbedingt ein Experte sein muß. Aber warum schauen wir nicht einfach mal gemeinsam? Vielleicht bringt unser kombinierter Spürsinn irgend etwas zutage. Danach übergebe ich Ihnen die Disketten; dann bin ich sie los. Ich werde auch einen Brief an Hünengart und an die Polizei schicken, mit Kopie an meinen Dekan, in dem ich klarstelle, daß ich kein weiteres Interesse an den Disketten habe und sie an Sie weitergegeben habe.«

»Wie wär's, wenn Sie nur an die Polizei schrieben? Ich kann Ihnen den Namen eines Beamten geben.«

»Nein.« Sie nahm einen kleinen Schlüssel aus ihrer Designerhandtasche und schloß den Schreibtisch auf.

»Normalerweise schließe ich nicht alles ein, aber dieser Mann hat mir das Gefühl gegeben, ich sei wieder in Ungarn.«

Sie schaute in eine der Schubladen. Sie runzelte die Stirn und griff tiefer hinein. Nach einigem Tasten und Suchen kam ihre Hand wieder zum Vorschein. Leer.

»Verschwunden«, sagte sie schließlich. »Sehr interessant.«

25

Ich saß im Wagen und versuchte, Ordnung in das Chaos zu bringen, das die Familie Jones in meinem Kopf anrichtete.

Chip und/oder Cindy malträtierten ihre Kinder. Großvater Chuck malträtierte das Krankenhaus. Ashmore und/oder Herbert kommen dem Ganzen oder Teilen der Affäre auf die Spur. Herbert wird ermordet, vermutlich von einem Mann, der aussieht wie Hünengart. Hünengart konfisziert Ashmores Daten.

Die Erpressungsversion lag sogar für zufällige Beobachter wie Dr. Janos auf der Hand. Wenn aber Ashmore und Herbert beide darin verwickelt waren, warum mußte die Frau dann als erste sterben? Und warum hatte Hünengart nach ihrem Tod soviel Zeit verstreichen lassen, bevor er nach den Disketten fragte? Im Fall Ashmore wartete er kaum eine Nacht, bevor er sich über dessen Computer hermachte. Hatte er vielleicht erst aus Ashmores Daten entnommen, daß die Disketten existierten?

Schließlich legte ich mir eine plausible Chronologie zurecht: Herbert hatte als erste auf eine Verbindung zwischen dem Tod des kleinen Chad und Cassies Erkrankungen getippt. Sie verschaffte sich Chads Akte, fand ihren Verdacht bestätigt, speicherte ihre Erkenntnisse – als Zufallszahlen getarnt – auf einer Diskette, die sie in ihrem Schrank in der Uni versteckte, und begann der Familie Jones die Daumenschrauben anzusetzen. Doch vorher hatte sie eine Kopie ihrer Daten angelegt, und zwar in einem von Ashmores Computern ohne dessen Wissen. Zwei Monate nach ihrem Tod fand Ashmore das File und versuchte, daraus Gewinn zu schlagen.

Immer noch geldgierig, trotz seines Millionenbudgets.

Vielleicht hatten Ashmore und Herbert auch auf ganz unabhängigen Schienen operiert. Er hängte sich an Chuck, weil er irgendwelchen Finanzschiebereien auf die Spur gekommen war, und sie versuchte Chip und Cindy wegen der Kindesmißhandlungen zu melken.

Zwei Erpresser im selben Labor? Es konnte einfach nicht wahr sein. Ich grübelte noch eine Weile über Geld und Mord, Dollars und Wissenschaft und konnte mir keinen Reim darauf machen.

Ich schaute auf die Uhr. Es war kurz nach Mittag, noch über zwei Stunden bis zu dem Termin bei Cassie und ihrer Mutter. Vielleicht sollte ich einen Besuch beim Vater einschieben.

Ich rief das West Valley Community College an, um mir den Weg dorthin erklären zu lassen. Bei flüssigem Verkehr waren es vierzig Minuten zu fahren. Ich machte mich sofort auf den Weg und fand das College ohne Schwierigkeiten. Es war das einzige Gebäude weit und breit, mit eigener, nagelneuer Autobahnausfahrt.

Der Campus war nicht zu vergleichen mit dem, den ich gerade verlassen hatte. Soweit ich sehen konnte, bestand er aus einer Reihe von Fertigbungalows und Bauhütten hinter einem riesigen, fast leeren Parkplatz auf fünf Hektar Beton und Schotter, dazwischen trostlose, flüchtig angelegte Grünflächen und nackte Betonfußwege.

Ich stieg aus und fand unter den vereinzelten Studenten, dic mir begegneten, einen, der mir sagen konnte, wo die Soziologie war. Die Sekretärin dort sah aus, als hätte sie selbst gerade die Schule hinter sich. Als ich sie fragte, ob Professor Jones auf dem Gelände war, mußte sie einen Stundenplan zu Rate ziehen.

»Ja, er hatte gerade eine Klasse drüben in Fünf-J.«

»Wann ist die vorbei?«

»In einer Stunde – es ist ein zweistündiges Seminar, von zwölf bis zwei.«

»Macht er eine Pause?«

»Ich weiß nicht.« Sie drehte mir den Rücken zu, und ich trollte mich.

5-J war eine von drei Baubuden auf der Westseite des Campus, direkt neben einem flachen Graben. Trotz der Hitze hielt Chip Jones seinen Unterricht im Freien auf einer der spärlichen Grünflächen, im Schatten einer jungen Eiche. Die zwei Burschen unter seinen zehn Studenten saßen hinten, die Mädchen im Kreis zu seinen Füßen.

In etwa hundert Meter Entfernung blieb ich stehen. Sein Gesicht war halb abgewandt, seine Arme wedelten in der Luft. Er trug ein weißes Polohemd und Jeans. Obwohl er im Schneidersitz saß, gelang es ihm, eine Menge Körpersprache in seinen Vortrag zu bringen.

Mir wurde klar, daß ich ihm nichts zu sagen hatte, daß es überhaupt keinen Grund für meine Anwesenheit gab, und wollte schon weggehen, als ich jemanden rufen hörte. Ich drehte mich um und sah, daß er mir zuwinkte. Er sagte etwas zu seiner Klasse, sprang auf und lief auf mich zu. Als er näher kam, fiel mir sein besorgter Gesichtsausdruck auf.

»Ich dachte schon, daß Sie es sind. Ist alles in Ordnung?«

»O ja, kein Grund zur Sorge. Ich dachte nur, ich schaue bei Ihnen vorbei, bevor ich zu Ihrem Haus fahre.«

»Da bin ich aber erleichtert. Ich wünschte, Sie hätten mir Bescheid gesagt, dann hätte ich mich auf Ihren Besuch einrichten können. Jetzt habe ich noch bis zwei Uhr Seminar. Sie können gern hier bleiben und zuhören, aber wahrscheinlich interessieren Sie sich nicht sehr für die Struktur von Organisationen. Danach muß ich zu einer Fakultätssitzung, und dann, um drei, ist die nächste Klasse an der Reihe.«

»Hört sich nach einem hektischen Tag an.«

»Das ist normal bei mir, aber auf diese Weise lasse ich wenigstens die Sorgen hinter mir. Cindy hat es viel schwerer als ich.«

Er strich sich den Bart. Sein heutiger Ohrring, ein winziger Saphir, funkelte in der Sonne.

»Gibt es etwas Besonderes, worüber Sie mit mir reden wollen? Ich könnte ein paar Minuten Pause einlegen«, bot er mir an.

»Nein, eigentlich nicht.« Die bedrückende Öde des Geländes wurde mir wieder bewußt, als ich mich umschaute.

»Ich weiß, es ist nicht gerade Yale«, las er meine Gedanken. »Aber ich mag es, etwas ganz von Anfang an aufzubauen. Die Gegend hier ist *das* Wachstumsgebiet in Los Angeles. Warten Sie nur ein paar Jahre, dann werden Sie sehen, wie hier alles aufblüht.« Er schaute zu den Studenten, die zu uns herüberglotzten, und hob den Arm. »Wissen Sie, wie Sie von hier zu unserem Haus kommen?«

»Ungefähr. Ich fahre die hundertachtzehn bis zur Ausfahrt Nummer sicbzehn. Ich werde es schon finden.«

Er schaute mich an, doch mit seinen Gedanken schien er woanders zu sein. »Das hier ist alles, was mich noch bei Sinnen hält. Hier fühle ich mich frei. Ich bin sicher, Sie wissen, was ich meine.«

»Absolut.«

»Ich gehe jetzt besser zurück. Schönen Gruß an meine Frauen.«

26

Für die Fahrt zum Haus der Jones' würde ich nicht länger als fünfzehn Minuten brauchen, das hieß, ich hatte vor meinem Besuch bei Cassie noch eine Dreiviertelstunde herumzukriegen. Doch dann dachte ich an Cindys eigenartigen Widerstand gegen einen früheren Termin und entschied mich, sofort loszufahren. Zur Abwechslung sollte mal etwas nach meinen Bedingungen laufen.

Mit jeder Ausfahrt geriet ich tiefer in die Einsamkeit brauner Berge, die nach fünf Jahren Dürre ohne jedes Grün waren. An der siebten Ausfahrt stand ein Wegweiser, der mich auf eine tonrote, kurvenreiche Lehmpiste im Schatten der Berge führte. Nach einigen Minuten ging die Tonpiste in eine vierspurige, neue Asphaltstraße über. Bald darauf kam ich an ein hohes Eisentor; daneben stand eine Holztafel mit der Aufschrift WESTVIEW ESTATES in großen roten Buchstaben und der Zeichnung einer Wohnsiedlung in Pastellfarben zwischen allzu grünen Hügeln.

Ich passierte ein unbemanntes Wachhäuschen, dessen Fensterscheiben noch mit Klebestreifen markiert waren, und einen vollkommen leeren Parkplatz, dessen Ausfahrt zwischen schmalen Beeten gelber Margeriten zu einer breiten, öden Straße namens Sequoia Lane führte. Die Gehsteige waren noch ganz neu und strahlend weiß. Auf der linken Seite war eine efeubedeckte Böschung, und nach hundert Metern ging es rechts ab zu den ersten Häusern. Ich folgte der Hauptstraße weiter und hielt Ausschau nach Dunbar Court. Alle Seitenstraßen, an denen ich vorbeikam, waren irgendwelche »Courts« – überdimensionale Sackgassen, die nach Osten von Sequoia Lane abgingen. Dunbar war der sechste Court, und das erste Haus dort war das der Jones'. Es war eine langgezogene, einstöckige Ranch aus alten Bausteinen mit weißen Stuckverzierungen. In der Mitte des Vorgartens stand ein Kutschrad, das viel zu schwer war für die junge Birke, an der es lehnte. Die Fenster waren blitzblank.

Vor dem Haus parkte ein blaugrauer Plymouth Voyager. In der Einfahrt des Nachbarhauses stand ein brauner Pritschenwagen, beladen mit Schläuchen, Netzen und Plastikflaschen. Auf der Fahrertür las ich die Aufschrift VALLEYBRITE POOL SERVICE. Als ich gerade halten wollte, schoß er rückwärts auf die Straße. Der Fahrer bremste scharf, und ich winkte ihn weiter. Ein junger Mann mit Pferdeschwanz und nacktem Oberkörper steckte den Kopf aus dem Seitenfenster. Nach einer Sekunde grinste er freundlich und zeigte mir den erhobenen Daumen. Er ließ den sonnengebräunten Arm aus dem Fenster hängen, setzte weiter zurück und fuhr davon.

Ich ging zur Tür. Cindy öffnete, bevor ich klopfen konnte. Sie strich sich das Haar aus dem Gesicht und schaute auf ihre Swatch.

»Hallo.« Sie schien außer Atem zu sein.

»Hallo«, sagte ich lächelnd, »es war weniger Verkehr, als ich gedacht hatte.«

»Ach, deshalb. Kommen Sie doch herein.«

Sie trug ihr Haar offen, doch ich sah noch die Wellen, wo es zum Zopf geflochten gewesen war. Sie trug ein schwarzes T-Shirt und sehr knappe weiße Shorts. Das T-Shirt bedeckte kaum ihren Bauch. Sie verschränkte die Arme vor der Brust und fühlte sich offenbar unbehaglich, vielleicht weil sie mir mehr Haut zeigte, als sie vorgehabt hatte.

Ich trat ein, und sie schloß lautlos die Tür hinter mir. Die Wände des Korridors zierten eine blaue, kleinbedruckte Tapete und wenigstens ein Dutzend gerahmter Fotos: Schnappschüsse von Cindy, Chip und Cassie und zwei Fotos von einem hübschen Baby in Blau.

Ein lächelnder kleiner Junge. Ich schaute weg und betrachtete ein größeres Foto, auf dem Cindy mit einer älteren Frau posierte. Cindy schien ungefähr achtzehn gewesen zu sein. Die andere Frau hatte eine Haut wie Leder, und ihre Lippen waren kaum sichtbare, dünne Striche. Beide trugen Sonnenbrillen; beide lächelten. Doch unter dem Lächeln der alten Dame war eiserner Wille zu erkennen. Im Hintergrund Bootsmasten und graugrünes Wasser.

»Das ist meine Tante Harriet«, sagte Cindy.

Sie schaute wieder auf ihre Uhr. »Cassie schläft noch. Sie hält um diese Zeit ihren Mittagsschlaf.«

»Sie hat sich offenbar schnell wieder eingewöhnt«, sagte ich lächelnd. »Sehr gut.«

»Ja, sie ist ein braves Kind. Ich schätze, sie wird bald aufwachen.«

Sie klang wieder nervös.

»Kann ich Ihnen etwas zu trinken anbieten? Ich habe Eistee im Kühlschrank.«

»Ja, gern.«

Ich folgte ihr durch ein großzügig dimensioniertes Wohnzimmer. Drei der Wände waren mit Mahagoni-Bücherregalen bedeckt. Die Möblierung bestand aus Ledersofas und neu aussehenden Clubsesseln. In der vierten Wand waren zwei Fenster mit schweren Vorhängen. Die schwarz-grün karierte Tapete dazwischen ließ den Raum noch dunkler erscheinen und gab ihm eine clubartige, eindeutig maskuline Atmosphäre.

War dies ein Zeichen von Chips Dominanz? Oder zeigte es nur Cindys Gleichgültigkeit, was die Innenausstattung betraf? Ich ging ein paar Schritte hinter ihr und beobachtete, wie ihre nackten Füße in dem dicken braunen Teppich versanken. Ihre Shorts hatten einen Grasfleck auf einer Seite. Ihr Gang war steif, beide Arme dicht am Körper.

Wir gingen durch ein braun tapeziertes Eßzimmer in eine mit weißen Kacheln und Eichenfronten ausgestattete Küche, die groß genug war, einen Fichtenholztisch und vier Stühle zu beherbergen. Die verchromten Armaturen der Küchengeräte waren makellos sauber.

»Setzen Sie sich doch«, bat sie mich.

Sie legte eine Unterlage vor mir auf den Tisch und stellte ein hohes Glas Eistee darauf. »Es ist nur Fertigtee. Ich hoffe, er schmeckt Ihnen trotzdem.« Bevor ich antworten konnte, wandte sie sich ab, nahm einen Putzlappen und wischte über die einwandfrei sauberen Kacheln der Arbeitsfläche.

Ich trank einen Schluck und versuchte mit einem Lächeln, den Kontakt zu ihr wiederherzustellen. Das Lächeln, das ich von ihr zurückbekam, war flüchtig und verkrampft, und sie schien zu erröten. Sie zog ihr T-Shirt herunter und preßte die Beine zusammen, dann putzte sie weiter, wusch den Lappen aus, faltete ihn zusammen und hielt ihn mit beiden Händen, als wüßte sie nicht, was sie damit tun sollte. Schließlich legte sie ihn hinter den Wasserhahn, riß ein Stück Haushaltspapier von einem hölzernen Halter und begann den Hahn zu putzen. War ihr Verhalten nun krankhaft, à la Lady Macbeth, oder war es nur ihre Art, mit der Anspannung fertig zu werden?

»Sie sollte bald aufwachen«, sagte sie. »Gewöhnlich schläft sie von eins bis zwei.«

»Während wir darauf warten: Haben Sie irgendwelche Fragen bezüglich Cassies Entwicklung? Oder sonst irgendwas?«

»Mm . . . eigentlich nicht.« Sie biß sich auf die Lippen und polierte den Wasserhahn. »Ich wünschte nur, jemand könnte mir sagen, was mit ihr los ist.«

Ich nickte, doch sie schaute aus dem Küchenfenster und reagierte nicht. Sie stellte sich auf die Zehenspitzen, lehnte sich über die Spüle und machte sich an den Blumentöpfen auf der Fensterbank zu schaffen. Sie rückte einen der Töpfe zurecht, dann einen zweiten. Den dritten ließ sie fallen. Er krachte auf die Spüle und zersprang. Die Blumenerde ergoß sich über den Fußboden.

Sofort war sie auf allen vieren und begann, mit den Händen den Dreck zusammenzuschieben. Dann holte sie einen Besen aus dem Schrank und fegte den Rest hastig, geradezu wütend zusammen. Als sie den Besen wieder weggestellt hatte, reichte ich ihr ein Stück von der Haushaltsrolle.

Sie war erhitzt und hatte Tränen in den Augen. Sie nahm das Stück Papier, ohne mich anzusehen, und wischte die Hände ab.

»Entschuldigung, ich muß mich jetzt umziehen.«

Kaum hatte sie die Küche verlassen, begann ich sofort, in Schubladen und Schränke zu schauen. Ich kam mir dabei idiotisch vor. In den Schränken fand ich nichts außer Putzmitteln und Fertignahrung. Ich ging zu der Seitentür, durch die sie verschwunden war, und entdeckte dahinter ein Badezimmer und einen Geräteraum, die ich auch gleich inspizierte. Eine Waschmaschine mit Trockner und Schränke voller Waschpulver und Weichspüler und Aufheller, all die Dinge, die unser Leben sauber, weich und duftig machen, das meiste davon giftig, aber was bewies das schon? Ich hörte Schritte und huschte zum Tisch zurück.

Sie trug jetzt eine weite gelbe Bluse, ausgebeulte Jeans und Sandalen – ihre gewohnte Krankenhausuniform. Ihr Haar war lose zusammengeknotet. Ihr Gesicht wirkte zerknittert.

»Tut mir leid«, sagte sie. »Wie kann man nur so ungeschickt sein?«

Sie ging zum Kühlschrank, bot mir noch einen Eistee an, den ich dankend ablehnte, und nahm sich eine Dose Cola, mit der sie sich mir gegenüber setzte.

»Hatten Sie eine gute Fahrt?«

»Ja, sehr hübsch.«

»Die Strecke ist sehr angenehm, wenn nicht viel Verkehr ist.«

»Ja, sehr.«

»Sie wollen demnächst den Anschluß an die Autobahn fertigbauen . . .«

Sie redete und redete, übers Wetter und über den Garten. Dabei rieb sie sich ständig die Stirn.

Sie gab sich alle Mühe, locker zu wirken, und doch machte sie den Eindruck, eine Fremde im eigenen Haus zu sein. Ihre Konversation war steif und unsicher, als hätte sie alles auswendig gelernt und Angst, etwas zu vergessen.

Die Aussicht durch das große Fenster bot nichts als trostlose, unbewegte Öde.

Warum lebten sie hier? Warum hatte sich Chuck Jones' einziger Sohn in die Vorstadtquarantäne seiner eigenen, aus dem Boden gestampften Wohnsiedlung verbannt, obwohl er genug Geld haben mußte, zu wohnen, wo er wollte? Die Nähe zum College war keine Erklärung. Das westliche Ende des Tales war übersät mit zauberhaften Grundstücken und Country-

Club-Siedlungen. Gehörte es zu seiner rebellischen Attitüde? War es Teil seiner Weltanschauung, daß er in der Gemeinschaft leben wollte, die er aufzubauen plante? Es konnte durchaus auch die Geste eines Linken sein, der seine Schuldgefühle wegen der Riesenprofite, die er macht, verdrängen will. Obwohl solche Profite hier offenbar in weiter Ferne lagen.

Ein anderes Szenario hätte allerdings auch gepaßt: Eltern, die ihre Kinder mißhandeln, neigen dazu, sich abzusondern und ihre Familien von möglichen Anklägern zu isolieren.

Cindys Stimme drang wieder zu mir durch. Sie redete über ihre Spülmaschine. In einem nervösen Wortschwall erzählte sie mir, daß sie sie selten benutzte und sich lieber Handschuhe anzog und mit kochendheißem Wasser wusch, so daß das Geschirr sofort trocknete. Sie redete angeregt, als hätte ihr seit langem niemand mehr zugehört. Was vermutlich stimmte, denn ich konnte mir kaum vorstellen, daß Chip sich zu ihr setzte und über den Haushalt plauderte.

Ich fragte mich, wie viele von den Büchern im Wohnzimmer wohl ihr gehörten und was die beiden überhaupt gemeinsam hatten.

Als sie eine Atempause machte, warf ich ein: »Sie haben ein wirklich schönes Haus.«

Das war vollkommen aus dem Zusammenhang, aber sie dankte mir mit einem strahlenden Lächeln und einem Blick aus ihren großen dunklen Augen. Wie hübsch sie sein konnte, wenn sie sich freute.

»Soll ich Ihnen den Rest zeigen?« fragte sie.

»Ja, gern.«

Wir gingen ins Eßzimmer, und sie zeigte mir das silberne Besteck von ihrer Hochzeit, Stück für Stück. Als nächstes war das Wohnzimmer – oder die Bibliothek – an der Reihe, wo sie mir erzählte, wie schwer es gewesen war, einen Tischler zu finden, der massive, gute Regale bauen konnte.

Ich gab vor, zuzuhören, während ich in Wirklichkeit die Buchrücken musterte. Meistens waren es wissenschaftliche Titel: Soziologie, Psychologie, Politik. Dazwischen vereinzelte Romane, aber nichts moderner als Hemingway.

In Lücken zwischen den Büchern hingen Zeugnisse und Urkunden. Eine davon, eine Messingtafel, trug die Gravierung: MIT HERZLICHEM DANK AN MR. C. L. JONES III. SIE HABEN UNS GEZEIGT, DASS LEHRER UND SCHÜLER FREUNDE SEIN KÖNNEN. – LOURDES HIGH-SCHOOL, FORTGESCHRITTENE STUDIENGRUPPE. Die Tafel war zehn Jahre alt.

Darunter hing eine Urkunde aus Yale für CHARLES »CHIP« JONES, IN ANERKENNUNG SEINER GROSSEN VERDIENSTE UM DIE KINDER DER FREIEN KLINIK, NEW HAVEN.

In einem der höheren Regale hing eine weitere Auszeichnung von einer Vereinigung in Yale und zwei Plaketten, verliehen vom College für Geistes- und Naturwissenschaften an der Universität von Connecticut. Alle bescheinigten Chip hervorragende Leistungen in der Studentenausbildung. Papa Chuck hatte nicht übertrieben.

Ich entdeckte auch mehrere neuere Ehrungen vom West Valley Junior College, eine davon vom Studentenrat, für seine Dienste in der Studienberatung, und ein Foto von Chip inmitten von fünfzig lächelnden Studentinnen mit leuchtenden Wangen auf einem Sportplatz. Alle trugen rote T-Shirts mit griechischen Buchstaben, Delta-Psi, auf der Brust. Das Foto war unterzeichnet: »Alles Gute – Wendy; Danke, Prof. Jones – Debra; Alles Liebe – Kristie.« Chip hockte auf einer Seitenlinie, umgeben von strahlenden jungen Mädchen, und sah aus wie ein Mannschaftsmaskottchen.

Ich bemerkte, daß Cindy aufgehört hatte zu reden und mich ansah.

»Er ist ein großartiger Lehrer«, sagte sie. »Möchten Sie sein Arbeitszimmer sehen?«

Dort durfte ich weitere Polstermöbel, vollgestopfte Regale und mehr von Chips in Messing und Holz verewigten Triumphen bewundern. Er war auch stolzer Besitzer eines Fernsehers mit Großbildschirm, einer Stereoanlage und eines Kastens mit alphabetisch geordneten Jazzplatten. Dieselbe clubartige Atmosphäre wie im Wohnzimmer. Das einzige Stück Wand, das nicht mit Regalen bedeckt war, trug wieder eine karierte Tapete, diesmal blau-rot, und bot Platz für Chips zwei Diplome. Darunter, so tief, daß ich in die Knie gehen mußte, um sie genauer anzusehen, hingen zwei Aquarelle. Schnee, nackte Bäume und grobe Holzschuppen. Auf den Rahmen der Bilder klebten Schildchen mit den Titeln »Winter in New-England« und »Herbstruhe«. Beide waren unsigniert. Bilder, wie man sie in Andenkenläden finden konnte.

»Mrs. Jones, Chips Mutter, hat die gemalt«, klärte mich Cindy auf.

»Hat sie an der Ostküste gelebt?«

Sie nickte. »Ja, als Chip noch klein war. – Aha, ich glaube, ich höre Cassie.«

Aus einer der Buchwände kam ein fernes, verzerrtes Weinen. Ich entdeckte den kleinen braunen Lautsprecherkasten in einem der oberen Regale.

»Die Sprechanlage ist immer angeschaltet, wenn Cassie schläft.«

Wir gingen durch einen mit blauem Teppich ausgelegten Korridor vorbei an einem Zimmer, dessen Tür offenstand und das anscheinend ebenfalls von Chip als Arbeitszimmer benutzt wurde. Dann ging es an einem tiefblauen, großen Schlafzimmer mit Ehebetten vorbei und an einer Tür, die vermutlich zu dem Bad zwischen Eltern- und Kinderzimmer führte, von dem Cindy gesprochen hatte. Cassies Reich war ein großzügiges Eckzimmer mit bunten Tapeten und weißen Vorhängen mit rosa Bordüren. Sie saß aufrecht in ihrer Wiege mit Baldachin, in einem rosa Nachthemdchen, mit geballten Fäustchen, halbherzig weinend. Im Zimmer hing süßlicher Babygeruch.

Cindy hob sie hoch und drückte sie an die Brust. Cassies Kopf lag auf ihrer Schulter. Sie schaute mich an und schloß die Augen. Cindy flüsterte ihr etwas zu, worauf sich ihr Gesicht entspannte und ihr Mund sich öffnete. Sie atmete rhythmisch. Cindy wiegte sie in ihren Armen.

Ich schaute mich im Zimmer um und sah zwei Türen an der

Südseite und zwei Fenster. Die Möbel waren mit Hasen- und Entenaufklebern verziert. Neben dem Bettchen stand ein Schaukelstuhl aus Korbgeflecht. Überall Kisten mit Spielzeug und genug Bücher für ein Jahrespensum an Gutenachtgeschichten.

In der Mitte des Zimmers stand ein runder Spieltisch mit drei winzigen Stühlen. Auf dem Tisch lagen ein Stapel Papier, ein neuer Karton mit Farbstiften, drei spitze Bleistifte, ein Radiergummi und ein Bogen Karton mit dem handgeschriebenen Gruß WILLKOMMEN DR. DELAWARE. Vor einer Wand saßen in Reih und Glied mindestens ein Dutzend Häschen.

Cindy setzte sich mit Cassie in den Schaukelstuhl. Cassie lag auf ihr und schien vollkommen zufrieden zu sein. Nicht eine Spur von Anspannung in ihrem kleinen Körper.

Cindy schloß die Augen, schaukelte und streichelte Cassies Rücken und ihr noch vom Mittagsschlaf verschwitztes Haar. Das Kind seufzte tief und schmiegte seinen Kopf unter Cindys Kinn.

Ich ging im Zimmer auf und ab, fuhr mit der Hand über staubfreie Möbel, inspizierte die Spielkiste und versuchte, dabei nicht allzu inquisitorisch auszusehen. Das Spielzeug war erstklassig, genau das Richtige. Alles sicher, dem Alter des Kindes angemessen und pädagogisch sinnvoll.

Aus dem Augenwinkel sah ich den weißen Vorderzahn eines der Hasen blitzen. Im gedämpften Licht des Kinderzimmers schienen er und seine Artgenossen böse, geradezu spöttisch zu grinsen. Mir schoß ein verrückter Gedanke durch den Kopf.

Giftiges Spielzeug. Fahrlässige Vergiftung. Ich hatte davon gelesen, in einem kindermedizinischen Journal. Plüschtiere aus Korea waren mit Abfallfasern aus einer Chemiefabrik gefüllt gewesen.

Delaware löst das Rätsel, und alle gehen glücklich nach Hause.

Ich griff nach dem erstbesten Hasen, drückte seinen Bauch und fühlte das elastische Nachgeben der Schaumfüllung. Ich schnüffelte daran, konnte jedoch nichts Verdächtiges riechen. Auf dem Etikett stand MADE IN TAIWAN AUS UNGIFTIGEN, FEUERFESTEN MATERIALIEN. Darunter das Gütesiegel eines Elternmagazins.

Auf der Naht entdeckte ich zwei Druckknöpfe, die eine Tasche zuhielten. Das Geräusch, das ich machte, als ich sie öffnete, veranlaßte Cindy, sich umzudrehen und mich mit hochgezogenen Augenbrauen anzuschauen. Ich tastete das Innere der Tasche ab, fand nichts und knöpfte den Hasen wieder zu.

»Sie denken an eine Allergie, nicht wahr?« fragte sie fast flüsternd. »Allergie gegen die Füllung. Daran habe ich auch gedacht, doch Dr. Eves hat Cassie testen lassen und nichts gefunden, wogegen sie allergisch wäre. Trotzdem habe ich die Häschen eine Weile lang täglich gewaschen. Ich wusch all ihr Stoffspielzeug mit dem mildesten Mittel, das es gibt. Wir ließen auch die Teppiche hochheben, um zu sehen, ob Schimmel darunter war oder irgend etwas mit dem Leim nicht stimmte. Chip hatte von Leuten gehört, die in Bürogebäuden krank geworden waren. Wir beauftragten eine Firma, die Klimaanlage zu reinigen, und Chip ließ die Anstriche im Haus auf Blei und Chemikalien untersuchen.«

Ihre Stimme war wieder leicht hysterisch geworden. Cassie zappelte, und Cindy wiegte sie, bis sie ruhig war.

»Ich suche ständig nach Ursachen«, flüsterte sie, »die ganze Zeit . . . von Anfang an.«

Sie fuhr mit der Hand zum Mund, dann schlug sie sich klatschend aufs Knie.

Cassie öffnete erschrocken die Augen, worauf Cindy sie schneller und fester in ihrem Arm wiegte. Sie kämpfte um Fassung.

»Erst er und jetzt sie«, zischte sie. »Vielleicht soll es einfach nicht sein, daß ich Kinder habe!«

Ich ging zu ihr und legte meine Hand auf ihre Schulter. Sie zuckte zurück, sprang auf und drückte mir Cassie in die Arme. Ihre Tränen flossen nun in Strömen, und ihre Hände zitterten.

»Hier, nehmen Sie sie, ich weiß doch nicht, was ich tue.«

Cassie begann, zu quengeln und nach Luft zu schnappen. Meine Hände lagen um Cassies Hüfte, sie bog sich zurück, sie wand sich, kämpfte gegen mich an. Ich versuchte, sie zu trösten, doch sie ließ mich nicht.

Cindy riß eine Tür auf; ich sah blaue Fliesen. Sie rannte ins Badezimmer und schlug die Tür hinter sich zu. Dann hörte ich sie würgen und die Toilette spülen.

Cassie zappelte und trat mich und schrie lauter. Ich faßte sie fest um die Taille und tätschelte ihr den Rücken. »Ist schon gut, mein Schatz, Mami kommt gleich zurück. Ist ja gut.«

Sie zappelte noch heftiger und boxte mir ins Gesicht. Ich versuchte, sie festzuhalten und gleichzeitig zu beruhigen. Sie warf das kleine Köpfchen zurück, verfärbte sich scharlachrot und heulte auf. Beinahe ließ ich sie fallen.

»Mami kommt doch schon zurück, Cassie:«

Die Badezimmertür flog auf, und Cindy kam herbeigeeilt. Sie wischte sich die Augen. Ich dachte, sie würde Cassie sofort an sich nehmen, doch sie streckte nur die Arme aus und sagte leise, über Cassies Schreien hinweg: »Bitte«, als ob sie erwartete, ich würde ihr ihr eigenes Kind verweigern. Ich gab ihr Cassie zurück. Sie umarmte das kleine Mädchen und fing an, sehr schnell im Kreis zu gehen. Dabei murmelte sie etwas in Cassies Ohr, das ich nicht verstehen konnte.

Nach zwei Dutzend Runden durchs Zimmer wurde Cassies Schreien schwächer. Nach einem weiteren Dutzend war sie ruhig.

Cindy setzte sich wieder in den Schaukelstuhl und flüsterte heiser: »Es tut mir wirklich, wirklich leid. Ich bin so . . . das war . . . mein Gott, ich bin eine furchtbare Mutter!«

Ihre Stimme war kaum vernehmbar, aber Cassie schien ihre Verzweiflung zu spüren und öffnete die Augen. Sie schaute ihre Mutter an und winselte.

»Nein, nein, mein Liebling, es ist schon gut. Es tut mir leid – es geht mir schon wieder besser.«

Zu mir sagte sie lautlos: »Ich fühle mich furchtbar.«

Cassie begann wieder zu schreien.

»Mama liebt dich doch«, sagte sie in Cassies Ohr. »Und Dr. Delaware ist ein guter Freund, siehst du?«

Cindy drehte Cassies Kopf in meine Richtung, und ich versuchte ein Lächeln, in der Hoffnung, daß es besser aussah, als es sich anfühlte.

Cassie schüttelte heftig den Kopf und schrie: »Nei!«

»Schon gut, Cassie, schon gut«, sagte Cindy sanft.

Ich drehte mich um.

»Wollen Sie schon gehen?« In Cindys Stimme hörte ich Panik.

Ich zeigte auf das Badezimmer. »Darf ich?«

»Natürlich. Unten im Korridor gibt es übrigens auch eine Toilette.«

»Nein, nein, diese hier ist mir schon recht.«

»Bitte. Inzwischen werde ich versuchen, sie zu beruhigen. Es tut mir wirklich so leid.«

Ich schloß die Tür hinter mir und die andere Tür zum Schlafzimmer ab, spülte das Klo und atmete tief durch. Das Wasser war so blau wie die Fliesen. Ich ertappte mich dabei, wie ich in den kleinen azurblauen Strudel starrte. Ich wusch mein Gesicht, trocknete es ab und erblickte mich im Spiegel. Erschöpft und alt vor lauter Mißtrauen. Der Spiegel war die Vorderseite eines Arzneischrankes.

Ich entriegelte die Kindersicherung. Der Schrank war in vier Regalfächer aufgeteilt. Ich drehte das Wasser ganz auf, während ich den Schrank von oben bis unten durchsuchte. Ich fand Aspirin, eine Nagelfeile und ein Magenschmerzmittel, eine kleine gelbe Packung mit Verhütungsschaumkapseln, Wasserstoffperoxid, eine Tube Ohrensalbe, Sonnencreme . . . Ich verschloß den Schrank und drehte das Wasser ab. Durch die Tür hörte ich Cindys beruhigende, mütterliche Stimme.

Bevor ich sie ihrer Mutter abnehmen mußte, hatte das kleine Mädchen mich akzeptiert.

Vielleicht soll es einfach nicht sein . . . ich bin eine furchtbare Mutter.

Steht sie vor dem Zusammenbruch, oder versucht sie, meinen Besuch zu sabotieren?

Ich rieb mir die Augen. Unter dem Waschbecken war ein weiterer Schrank, ebenfalls mit kindersicherem Schloß. Was für aufmerksame Eltern sie waren. Sie ließen die Teppiche heben, wuschen die Stofftiere . . .

Ich ging in die Knie und öffnete den Schrank. Unter dem Siphon waren Kartons mit Papiertüchern und plastikverpackte Toilettenrollen untergebracht, dahinter zwei Flaschen Pfefferminz-Mundwasser und eine Spraydose, die ich mir näher ansah: Desinfektionsmittel mit Fichtenduft. Als ich die Dose zurückstellen wollte, rutschte sie mir aus der Hand. Meine Hand schoß vor, um sie aufzufangen. Das gelang mir auch, doch mein Handrücken stieß dabei an etwas Scharfkantiges in der rechten Ecke des Schrankes. Ich schob die Papierrollen beiseite und holte es heraus.

Es war eine weiße Pappschachtel, etwa zehn Zentimeter im Quadrat, der Deckel mit einem Markenzeichen, einem roten Pfeil, und mit dem Firmennamen in roten Buchstaben, HOLLOWAY MEDICAL CORP., bedruckt. Darüber ein pfeilförmiger goldener Folienaufkleber: »Warenmuster, übergeben an Dr. Ralph Benedict«.

Ich öffnete den Deckel und fand unter einem Stück brauner Wellpappe eine Reihe von Plastikzylindern, etwa so groß wie Kugelschreiber, eingebettet in Styroporchips. Um jeden einzelnen Zylinder war ein Merkblatt des Herstellers gewickelt. Ich nahm einen aus der Schachtel. Es war ein federleichtes Röhrchen und fühlte sich fast billig an. Das eine Ende war mit einem Zahlenring bedruckt und hatte ein Loch mit Innengewinde, das andere eine Kappe, die man drehen, aber nicht abnehmen konnte. Längs der Achse war das Wort INSUJECT zu lesen, in fetten schwarzen Buchstaben. Ich schaute mir die Gebrauchsanweisung an. Holloway war eine Firma mit Sitz in San Francisco. Das Copyright auf dem Zettel war fünf Jahre alt.

Ich las den ersten Absatz:

INSUJECT (TM) ist ein ultraleichtes Injektionsgerät für menschliches oder tierisches Insulin in einstellbaren Dosen zwischen 1 und 3 Einheiten. INSUJECT sollte in Verbindung mit anderen Produkten des Holloway INSUEASE (TM) Systems verwendet werden, namentlich INSUJECT Einwegnadeln und INSUFILL (TM) Insulinpatronen.

Der zweite Absatz hob die Vorteile des Systems hervor: gute Transportfähigkeit, eine ultradünne Nadel, die den Einstichschmerz und das Risiko für Blutergüsse minimierte, die »Leichtigkeit der Anwendung und die präzise Dosierbarkeit«. Eine Reihe von Zeichnungen zeigte, wie man die Nadel einsetzte und die Patrone in den Zylinder lud und wie man das Insulin fachgerecht unter die Haut spritzte.

Die Leichtigkeit der Anwendung.

Die extrem dünne Nadel würde nur winzige Einstichwunden verursachen, genau wie Macauley gesagt hatte. Wenn der Einstichpunkt an einer versteckten Stelle war, wäre er leicht zu übersehen.

Ich tastete in der Schachtel nach Nadeln. Nichts, nur die Zylinder. Auch ein zweiter Blick in die Ecken des Schrankes förderte nichts zutage.

In dem Schrank mochte es gerade kühl genug sein, um Insulin darin zu lagern, aber vielleicht nahm es jemand genauer. Vielleicht waren die Insufill-Patronen säuberlich im Kühlschrank in der Küche gestapelt.

Ich legte die Schachtel auf die Ablage über dem Waschbekken und steckte das Merkblatt in meine Tasche. Die Wasserspülung hatte eben aufgehört zu rauschen. Bevor ich nach weiteren Verstecken suchte, spülte ich noch einmal.

Die einzige Versteckmöglichkeit hier im Badezimmer war der Klotank. Ich hob den Deckel an und lugte hinein: nichts, nur ein Körbchen mit dem Zeug, das das Wasser blau färbte.

Ultradünne Nadeln . . . Das Badezimmer war ein ideales Versteck – auf dem Weg zwischen Ehebett und Kinderzimmer. Ideal, um eine nächtliche Injektion vorzubereiten. Man schloß die Tür zum Schlafzimmer ab, kramte die Utensilien unter dem Waschbecken hervor, setzte sie zusammen und schlich in Cassies Zimmer.

Der Einstich würde die Kleine aufwecken, wahrscheinlich würde sie weinen, aber sie wüßte nicht, was sie aufgeweckt hätte. Niemand würde das wissen. Weinend aufzuwachen ist normal in ihrem Alter. Besonders bei einem Kind, das so oft krank war. Wahrscheinlich würde sie in der Dunkelheit nicht einmal das Gesicht ihres Peinigers erkennen.

Hinter der Kinderzimmertür hörte ich Cindys besänftigende Stimme.

Oder gab es eine ganz andere Erklärung? Vielleicht waren die Zylinder für sie bestimmt. Oder für Chip. Nein, Stephanie hatte sie beide auf Stoffwechselerkrankungen untersuchen lassen und nichts gefunden.

Ich schaute auf die Schlafzimmertür, dann auf meine Uhr. Drei Minuten hatte ich in dieser blaugekachelten Zelle verbracht, doch es kam mir vor wie drei Tage. Ich schloß die Tür auf und schlich ins Schlafzimmer, froh, daß der dicke, feste Teppich meine Schritte dämpfte.

Die Fensterläden waren geschlossen. Das riesige Bett war aufgedeckt, die Abdeckung lag säuberlich zusammengefaltet am Fußende. Im Dämmerlicht erkannte ich die restlichen Möbel, schwere, behäbige Stücke im viktorianischen Stil.

Es roch nach dem Fichtennadelspray, das ich im Bad gefunden hatte. Es roch äußerst stark danach. Warum?

Vor der Wand dem Bett gegenüber stand eine Doppelkommode. Ich öffnete eine der oberen Schubladen und fand, auch nach einigem Herumtasten, nichts als BHs, Schlüpfer, Strümpfe und einen Beutel mit duftenden, getrockneten Blüten. Ich schob sie wieder zu und versuchte die nächste.

Ich arbeitete mich durch neun Schubladen und fand, außer Kleidungsstücken, zwei Kameras, Filme und ein Fernglas. Der Wandschrank auf der anderen Seite des Zimmers war ebenfalls voller Kleider, außerdem Tennisschläger und eine

Dose mit Bällen, ein zusammengelegtes Rudergerät, Reisetaschen und Koffer.

Ich griff in Kleidertaschen: nichts als Fusseln. Vielleicht verbarg sich noch etwas in den dunklen Ecken des Schrankes, doch ich war schon zu lange in diesem Zimmer gewesen. Ich schloß die Schranktür und schlich ins Badezimmer zurück.

Die Spülung hatte aufgehört. Aus Cassies Zimmer kam kein Laut. Hatte Cindy Verdacht geschöpft, weil ich so lange wegblieb? Ich räusperte mich und drehte den Wasserhahn auf. Gleichzeitig hörte ich Cassie, der irgend etwas nicht zu passen schien, und Cindys beruhigende Antwort.

Ich ersetzte die alte Klorolle mit einer neuen aus dem Schrank unter dem Waschbecken. Dann schnappte ich mir die weiße Schachtel und öffnete die Tür zu Cassies Zimmer. Ich fühlte mich elend, doch ich zwang mich zu lächeln.

27

Sie saßen am Spieltisch und hielten Farbstifte in den Händen. Einige der Blätter auf dem Tisch waren mit buntem Gekritzel bedeckt. Als Cassie mich sah, klammerte sie sich an den Arm ihrer Mutter.

»Keine Sorge, Schatz, Dr. Delaware ist unser Freund.« Cindy sah die Schachtel in meiner Hand und kniff die Augen zusammen. Als ich näher kam, schaute sie erst die Schachtel an, dann mich. Ich erwiderte ihren Blick, wartete auf eine verräterische Reaktion, doch ich fand nichts als Verwirrung in ihren Augen.

»Ich habe Toilettenpapier gesucht«, log ich, »dabei bin ich auf das hier gestoßen.«

Sie lehnte sich vor, las, was auf dem goldenen Aufkleber stand, und sah immer noch verblüfft aus. »Eigenartig. Diese Dinger habe ich seit Ewigkeiten nicht mehr gesehen.«

»Es war nicht meine Absicht, herumzuschnüffeln, aber als

ich den Namen ›Holloway‹ las, wurde ich neugierig, weil die Präparate für Diabetiker herstellen. Ich dachte an Cassies Zuckerwerte. Sind Sie oder Chip vielleicht zuckerkrank?«

»Nein. Das waren Tante Harriets Spritzen. Wo haben Sie die nur gefunden?«

»Unter dem Waschbecken.«

»Seltsam, die habe ich seit mindestens vier Jahren nicht mehr gesehen. Ich habe damals ihr Haus ausgeräumt. Ich dachte, ich hätte ihre ganzen Medikamente weggeworfen.«

»Dr. Benedict war ihr Arzt?«

»Und ihr Chef.«

Sie schaukelte Cassie sanft auf ihrem Schoß. Cassie schaute nach oben und begann, sie unter dem Kinn zu streicheln.

Cindy lachte. »Du kitzelst mich . . . Und die ganze Zeit waren die unter dem Waschbecken, seltsam.« Sie lächelte traurig. »Als Hausfrau scheine ich auch nicht viel zu taugen. Es tut mir leid, daß Sie nach Papier suchen mußten. Normalerweise merke ich, wenn die Rolle zu Ende geht.«

»Das macht nichts.«

Mir fiel auf, daß kein Staub auf der Schachtel war. Ich holte einen der Zylinder heraus und rollte ihn zwischen den Fingern.

»Bleichi!« sagte Cassie.

»Nein, das ist kein Bleistift, Schatz.« Cindys Stimme war ruhig. »Es ist . . . etwas anderes.«

Cassie streckte ihren Arm aus und machte große Augen, als ich ihr die Plastikhülse gab. Sie nahm sie in den Mund, zog eine Grimasse und versuchte damit auf ihr Papier zu malen.

»Siehst du, ich hab es dir gesagt. Wenn du malen willst, versuch es besser hiermit.«

Cassie ignorierte den Stift, den sie ihr hinhielt, und beschäftigte sich weiter mit dem Zylinder. Schließlich warf sie ihn auf den Boden und versuchte, von Cindys Schoß zu steigen.

»Soll ich sie lassen?«

»Bitte, sonst bringt sie mich womöglich mit der Einschränkung ihrer Bewegungsfreiheit in Verbindung.«

Cindy ließ sie los. Cassie rutschte auf den Boden und krabbelte unter den Tisch.

»Es tut mir wirklich leid wegen vorhin«, seufzte Cindy. »Ich hab wieder mal alles falsch gemacht. Ich weiß auch nicht, was über mich gekommen ist.«

»Manchmal wird es eben zuviel.« Ich schob die Insuject-Packung von einer Hand in die andere, so daß sie sie sehen und ich nach Zeichen von Nervosität Ausschau halten konnte. »Vielleicht ist es sowieso wichtiger, daß wir beide miteinander reden. Wäre es zuviel verlangt, wenn ich Sie um noch einen Eistee bitten würde?«

»Aber nein, ganz und gar nicht. Cassie, Dr. Delaware und ich gehen jetzt in die Küche.«

Als wir an der Tür waren, kam Cassie unter dem Tisch hervorgekrochen, richtete sich wacklig auf und lief mit ausgestreckten Armen auf Cindy zu, die sie dann hochnahm und durch den Korridor trug. Ich folgte den beiden. Die weiße Schachtel nahm ich mit.

Cindy öffnete mit einer Hand den Kühlschrank und griff nach dem Teekrug, während sie im anderen Arm Cassie hielt, doch bevor sie ihn nehmen konnte, rutschte Cassie tiefer, so daß sie beide Arme brauchte, um sie zu halten.

»Kümmern Sie sich erst mal um die Kleine.« Ich legte meine Schachtel auf den Tisch und trat neben sie.

»Lassen Sie mich wenigstens ein Glas für Sie holen.« Sie ging zu einem Regal auf der anderen Seite der Küche.

Sobald sie mir den Rücken zugekehrt hatte, machte ich mich an eine hektische, visuelle Bestandsaufnahme des Kühlschranks. Das Medizinischste, was ich entdecken konnte, war ein Topf cholesterinfreier Margarine.

Ich nahm den Teekrug und schloß den Kühlschrank. Cindy stellte ein Glas auf einen Untersetzer, das ich halb voll schenkte und austrank. Mein Hals war trocken. Der Tee schmeckte süßer als vorher, fast ekelhaft, aber das war vielleicht nur, weil ich immer an Zucker denken mußte.

Cassie beobachtete mich mit der durchdringenden Neugier

eines Kindes. Als ich sie anlächelte, runzelte sie die Stirn. Während ich das Glas absetzte, fragte ich mich, ob sie je wieder Vertrauen zu mir gewinnen würde.

»Kann ich Ihnen noch etwas anderes anbieten?« fragte Cindy.

»Nein, danke. Ich mache mich jetzt besser auf den Weg. Hier . . .« Ich schob ihr die Schachtel zu.

»O nein, damit kann ich nichts anfangen. Nehmen Sie sie lieber mit. Vielleicht kann sie jemand im Krankenhaus gebrauchen. Die Dinger sind sehr teuer. Deshalb hat Dr. Ralph uns immer Proben gegeben.«

Uns?

»Das ist sehr nett von Ihnen.« Ich nahm den Karton an mich.

»Wir können sie bestimmt nicht gebrauchen.« Sie schüttelte den Kopf. »Seltsam, daß Sie sie nun hier gefunden haben. Das bringt alte Erinnerungen zurück.«

Auf dem Weg zur Haustür schaute ich mir noch einmal die Fotos an. Mir fiel auf, daß von Chips Eltern kein einziges darunter war. Ich blieb bei dem Bild von Cindy und ihrer Tante stehen.

»Das war auf einem Spaziergang am Hafen«, sagte sie. »Sie ist viel spazierengegangen. Lange Spaziergänge, wegen ihrem Diabetes. Sie brauchte die Bewegung, um die Krankheit unter Kontrolle zu halten.«

»Hat sie das gut geschafft – die Krankheit zu kontrollieren, meine ich?«

»O ja, sehr gut. Am Ende ist sie an einem Schlaganfall gestorben. Sie war wirklich sehr diszipliniert, sehr vorsichtig mit dem, was sie zu sich nahm. Als ich bei ihr wohnte, durfte ich weder Süßigkeiten noch Fritten essen. Deshalb bin ich nie auf den Geschmack gekommen, und das kommt jetzt hoffentlich Cassie zugute. Wir haben praktisch nie etwas Süßes im Haus.«

Ich wandte mich von dem Foto ab.

»Wir tun alles für ihre Gesundheit«, fuhr sie fort, »denn

ohne Gesundheit hat doch nichts einen Wert, nicht wahr? Das bekommt man immer erzählt, wenn man jung ist, aber glauben tut man es erst viel später.«

Sie blickte gequält. Cassie zappelte und brabbelte vor sich hin.

»So ist es«, sagte ich. »Wie wär's, wenn wir uns morgen wieder hier treffen?«

»Gut.«

»Wann würde es Ihnen passen?«

»Soll sie dabeisein oder nicht?«

»Wenn möglich, nicht.«

»Dann müßten wir eine Zeit ausmachen, wo sie schläft. Für gewöhnlich ist das ab eins oder zwei, manchmal auch etwas später. Abends verschwindet sie um sieben oder acht. Wie wäre es also um acht? Wenn Ihnen das nicht zu spät ist.«

»Acht Uhr ginge.«

»Chip kann dann wahrscheinlich auch hier sein. Das wäre doch gut – meinen Sie nicht auch?«

»Ganz sicher. Also, bis dann.«

Sie berührte meinen Arm und sagte: »Danke für alles, und es tut mir wirklich leid. Ich weiß, daß Sie uns helfen werden, diese schwere Zeit zu überstehen.«

Ich hielt an der ersten Tankstelle am Weg, um mit Milo zu telefonieren.

»Du rufst im richtigen Moment an«, sagte er. »Eben hatte ich Fort Jackson an der Strippe. Es sieht so aus, als sei unsere liebe Cindy wirklich krank gewesen, und die Zeit stimmt auch, 1983. Nur war es keine Lungenentzündung oder Meningitis, sondern Gonorrhöe. Deshalb hat man sie entlassen, bevor sie hundertachtzig Tage gedient hatte. Das heißt, sie sind sie los geworden, bevor sie einen Anspruch auf Entlassungsgeld hatte.«

»Nur, weil sie einen Tripper hatte?«

»Deshalb und wegen der Art und Weise, wie sie ihn sich gefangen hat. Anscheinend hat sie in den vier Monaten, die sie dabei war, alle Rekorde gebrochen, was die Anzahl der Kerle betrifft, mit denen sie ins Bett hüpfte. Wenn sie jetzt hinter dem Rücken ihres Gatten solch ein Spielchen triebe, dann hieße das nur, daß sich nichts geändert hat.«

»Eine Nymphomanin also. Ich komme gerade von meinem Hausbesuch und habe sie zum erstenmal als sexuelles Wesen erlebt. Ich kam zu früh. Ich war neugierig, warum sie mich nicht vor halb drei sehen wollte. Sie hatte buchstäblich ihr Haar herabgelassen Sie trug enge Shorts und ein knappes T-Shirt. Keinen Büstenhalter.«

»Wollte sie Eindruck auf dich machen?«

»Nein, im Gegenteil, sie schien sich sehr unwohl zu fühlen in den Klamotten. Nach ein paar Minuten beschmierte sie sich mit Blumenerde und verschwand, um sich umzuziehen. Als sie zurückkam, war sie wieder so zugeknöpft wie immer.«

»Vielleicht hast du nur knapp ihren Freund verpaßt.«

»Könnte sein. Sie sagte, Cassies Mittagsschlaf wäre gewöhnlich zwischen eins und zwei, und Chip hat an dem Tag zwischen zwölf und zwei eine Klasse zu unterrichten. Gäbe es eine bessere Zeit für ein Rendezvous? Und im Schlafzimmer stank es nach Raumspray.«

»Um den Geruch der Liebe zu überdecken, meinst du. Aber gesehen hast du niemanden, oder? Ist vielleicht gerade ein Auto davongebraust, als du eintrafst?«

»Da war nur der Swimmingpool-Mann. Er kam aus der Einfahrt des Nachbarhauses . . . Aber du denkst doch nicht wirklich . . .?«

»Natürlich denk ich das«, lachte er.

»Er kam aber nicht aus ihrem Haus.«

»Na und? Es ist für die Typen nicht ungewöhnlich, daß sie mehrere Pools an einer Straße am selben Tag abfertigen. Und wenn es so weit draußen ist, dann machen sie unter Umständen gleich das ganze Viertel. Konntest du einen Blick werfen auf den Chlorknaben?«

»Ja: jung, sonnengebräunt, Pferdeschwanz. Nach dem

Schild auf seinem Wagen ist er vom ValleyBrite Pool Service. ValleyBrite mit i, t, e.«

»Hat er dich kommen sehen?«

»Ja. Er bremste scharf, steckte den Kopf aus dem Fenster und glotzte mich an. Dann grinste er – als seien wir alte Kumpel.«

»Er war also freundlich, nicht wahr? Aber egal – sogar wenn er es kurz vorher mit ihr getrieben hat, ist er vielleicht nicht der einzige. In der Armee war sie jedenfalls alles andere als tugendhaft.«

»Wie hast du das eigentlich herausgefunden?«

»Es war nicht einfach. Die Armee hält aus Prinzip alles geheim, doch nach langem Betteln gaben sie mir schließlich den Namen eines weiblichen Captains, die Korporal gewesen war, als Cindy dazukam. Sie erinnerte sich sehr gut an sie. Anscheinend war unser Liebling Kasernengespräch. Sie trieb sich in der Stadt herum und feierte Partys in den Bars. Es fand erst ein Ende, als sie sich an Teenager heranmachte und einem von ihnen, dem Sohn eines örtlichen Bonzen, den Tripper anhängte. Es folgte ein Besuch des Bürgermeisters beim Standortkommandeur, und das war's dann für sie. Eine schmutzige kleine Geschichte, nicht wahr? Hat das irgendwelche Bedeutung im Zusammenhang mit der Münchhausen-Sache?«

»Promiskuität ist eigentlich nicht typisch dafür, es sei denn, man faßt sie als eine von vielen Methoden auf, die Aufmerksamkeit auf sich zu ziehen. Dann würde wieder alles zusammenpassen. Außerdem berichten Münchhausen-Fälle oft von Inzesterlebnissen in ihrer Kindheit, die ihrerseits häufig zu Promiskuität führen. Und was bestimmt ins Profil paßt, ist die frühe Erfahrung mit Krankheit; der Tripper war nicht die erste. Die Tante, die sie großgezogen hat, war zuckerkrank.«

»Interessant, ausgerechnet Zucker.«

»Und das ist noch nicht alles.« Ich erzählte ihm, wie ich die Insujects gefunden und Cindy gezeigt hatte.

»Ich hoffte, das könnte die Konfrontation werden, auf die wir gewartet hatten, aber sie zeigte keinerlei Schuld- oder

Angstreaktionen, nur Verwunderung, was die Dinger unter dem Waschbecken verloren hätten. Sie sagte, sie hätten ihrer Tante gehört, und sie dächte, sie hätte sie weggeworfen nach deren Tod. Andererseits fand ich kein Körnchen Staub auf der Schachtel, das heißt, es war wahrscheinlich auch gelogen.«

»Wann ist die Tante gestorben?«

»Vor vier Jahren. Der Arzt, an den die Muster geschickt worden waren, war der, bei dem sie gearbeitet hatte.«

»Name?«

»Ralph Benedict. Zum Teufel, vielleicht ist er der geheimnisvolle Liebhaber! Wer könnte besser Erkrankungen vortäuschen als ein Arzt? Und wir wissen, daß sie auf ältere Männer steht – schließlich hat sie einen geheiratet.«

»Auf jüngere steht sie aber auch.«

»Ja, ja, aber es macht doch Sinn, oder? Ein Arzt als Geliebter? Benedict gibt ihr die Medikamente und Geräte und bringt ihr bei, wie sie es machen muß.«

»Und was wäre das Motiv?«

»Liebe. Die Kinder sind ihm im Weg, und er will sie loswerden, damit er Cindy ganz für sich allein hat. Chips Geld spielt vielleicht auch eine Rolle. Als Arzt weiß er, wie er es anzufangen hat. Er weiß, welche Vorkehrungen er treffen muß, damit niemand etwas nachweisen kann, denn zwei Kinder in einer Familie, die nacheinander sterben, das ist in jedem Fall verdächtig. Aber wenn die Todesursachen verschieden sind und in beiden Fällen medizinisch alles in Ordnung erscheint, dann könnte es klappen.«

»Ralph Benedict. Ich werde mal bei der Ärztekammer nachforschen.«

»Cindy ist in Ventura aufgewachsen. Es könnte sein, daß er noch dort lebt.«

»Wie war noch der Name der Firma, die ihm diese Zylinder überließ?«

»Holloway in San Francisco.«

»Vielleicht kann ich herausfinden, was sie ihm sonst noch

geschickt haben und wann. Zylinder, sagst du – meinst du einfach leere Röhrchen?«

»Sie sind Teil eines Bausatzes.« Ich beschrieb ihm das Insuject-System.

»Nadeln oder Ampullen hast du aber nicht gefunden?«

»Nein, jedenfalls nicht unter dem Waschbecken. Aber sie könnten irgendwo anders im Haus versteckt sein. Besteht die Chance, einen Durchsuchungsbefehl zu bekommen?«

»Nur auf der Basis der Röhrchen? Zweifelhaft. Wenn sie fix und fertig mit Nadel und Insulinpatrone gewesen wären, vielleicht. Das könnte als Beweis für den Vorsatz gelten, obwohl sie immer noch sagen könnte, ihre Tante hätte sie so hinterlassen.«

»Nicht, wenn das Insulin frisch wäre. Ich weiß nicht genau, wie lange man Insulin lagern kann, aber vier Jahre sind es bestimmt nicht.«

»Okay. Dann finde mir etwas frisches Insulin, und ich werde zum Richter gehen. Im Moment gibt es jedenfalls noch keine Beweiskette.«

»Auch nicht, wenn man Cassies Zuckerwerte dazunimmt?«

»Leider auch dann nicht. Ich frage mich, wieso sie die Zylinder unter dem Waschbecken aufbewahrt.«

»Wahrscheinlich dachte sie, dort würde nie jemand schauen. Sie lagen in der hintersten Ecke des Schrankes. Ohne zu wühlen, hätte ich sie nie gefunden.«

»Und sie war kein bißchen sauer, daß du in ihrem Bad herumschnüffelst?«

»Wenn sie es war, dann hat sie es nicht gezeigt. Ich erfand eine Geschichte, daß das Klopapier alle war und daß ich nach einer neuen Rolle gesucht hätte, worauf sie sich entschuldigte, daß sie ihren Haushalt nicht besser im Griff hat. Es war vollkommen unwirklich. Und als Therapeut bin ich keinen Schritt weitergekommen.«

Ich erzählte ihm, wie Cindy mir die Kleine in die Hand gedrückt hatte und wie Cassie dann in Panik geriet.

»Bis dahin machte ich ganz gute Fortschritte in meiner Beziehung zu Cassie. Das ist nun alles zum Teufel, Milo. Vielleicht war das Cindys Absicht.«

»Du meinst, sie will die Führung behalten in dem Tanz.«

»Ja. Überhaupt scheint Kontrolle unheimlich wichtig zu sein für sie. Als Kind durfte sie keinerlei Süßigkeiten essen, das hat sie mir erzählt. Ihre Tante hatte es verboten, obwohl es schließlich nicht Cindy war, die Zucker hatte. Das mag zwar kaum etwas mit dem Münchhausen-Syndrom zu tun haben, aber es hat schon etwas Krankhaftes an sich, einem gesunden Kind die gelegentliche Portion Eis zu verbieten.«

»Du meinst, die Tante projizierte ihre Krankheit auf Cindy?«

»Genau. Und wer weiß, vielleicht projizierte sie auch die Begleitumstände der Krankheit – die Injektionen, zum Beispiel. Ich will nicht sagen, daß sie ihrer Nichte Insulin injizierte, aber vielleicht Vitamine oder so etwas. Cindy erzählte mir auch, daß sie es nun ihrer Tante nachmacht und Cassie keine Süßigkeiten gibt. Auf den ersten Blick scheint das eine sinnvolle Sache zu sein, vernünftiges Gesundheitsbewußtsein einer Mutter, die schon ein Kind verloren hat. Aber vielleicht handelt es sich auch um eine Art von Besessenheit mit allem, was irgendwie mit Zucker zu tun hat.«

»Die Sünden der Mütter«, bemerkte Milo.

»Ja, die Tante hat schließlich die Rolle der Mutter gespielt. Und schau dir das Rollenmodell an, das sie ihr vermittelt hat: eine Frau im Gesundheitsdienst, die an einer chronischen Krankheit leidet und sie im Zaum hält. Cindy sprach mit Stolz davon. Sie ist damit aufgewachsen, Weiblichkeit – Mütterlichkeit – mit Krankheit und emotionaler Härte in Verbindung zu bringen. Kontrolle erfahren und Kontrolle ausüben. Es überrascht nicht, daß sie gleich nach der Schule zum Militär ging – von einer geregelten Welt in die andere. Als das nicht funktionierte, war der nächste Schritt die Ausbildung zur Beatmungsassistentin. Weil Tante Harriet sagte, das sei ein guter Beruf. Kontrolle und Krankheit – immer das gleiche Schema.«

»Hat sie je erwähnt, warum sie die Ausbildung abbrach?«

»Nein. Was denkst du – die gleiche Geschichte wie bei der Armee?«

»Ich glaube nicht an sich wiederholende Muster. Was hat sie denn als nächstes angefangen?«

»Sie ging zur Schule zurück, und dort traf sie Chip. Dann ging sie ab und heiratete. Sie wurde sofort schwanger – lauter große Veränderungen in ihrem Leben, die ihr das Gefühl geben mußten, keine Kontrolle zu haben. Sozial war die Heirat ein Aufstieg, doch gleichzeitig führte sie zu einem einsamen Leben.«

Ich beschrieb Dunbar Court und die Gegend, in der es lag.

»Für jemanden, der sich nach Aufmerksamkeit sehnt, bedeutet das einen langsamen Tod, Milo. Auch wenn Chip zu Hause ist, ändert das nicht viel, darauf wette ich. Er ist sehr engagiert in der Arbeit mit seinen Schülern. Er ist ein großer Fisch in einem kleinen Teich. Ich habe auf dem Weg zu seinem Haus in seinem College vorbeigeschaut und ihn beim Unterricht beobachtet. Er sah aus wie ein Guru, umgeben von seinen Jüngern. Das ist seine Welt, und Cindy hat keinen Anteil daran. Das ganze Haus spiegelt das wider – überall *seine* Bücher, *seine* Trophäen, *seine* Möbel. Von ihr gibt es nichts, sie hat keinen Einfluß auf ihre Umgebung.«

»Also übt sie ihren Einfluß auf das Kind aus.«

»Ja, und zwar mit Mitteln, die ihr von ihrer eigenen Kindheit vertraut sind: Insulin, Nadeln, andere Gifte. Sie kontrolliert, was Cassie zu sich nimmt, genau wie ihre Tante es bei ihr getan hat.«

»Und was ist mit Chad?«

»Entweder er starb wirklich den Krippentod – noch eine traumatische Krankheit in Cindys Leben und vielleicht der Funke, der ihre Psychose zum Ausbruch brachte –, oder sie hat ihn selbst erstickt.«

»Glaubst du, sie wird die Finger von der Kleinen lassen, jetzt wo du die Zylinder gefunden hast?«

»Das wäre logisch, aber in dem Machtspiel, das Münchhausens treiben, könnte es auch genau das Gegenteil bewirken. Es könnte sie herausfordern, es mir heimzuzahlen. Vielleicht habe ich die Gefahr für Cassie noch erhöht, wie soll ich das wissen?«

»Wo sind die Zylinder jetzt?«

»Ich hab sie bei mir, im Auto. Kannst du sie auf Fingerabdrücke untersuchen lassen?«

»Sicher, aber Cindys oder Chips Abdrücke würden nicht viel bedeuten. Einer von beiden muß die Schachtel schließlich in den Schrank gelegt haben, auch wenn es Jahre her ist und sie sie seitdem vergessen haben.«

»Und was ist mit dem fehlenden Staub?«

»Es ist eben ein sauberer Schrank, oder du hast den Staub selbst verwischt, als du die Schachtel herausnahmst. Ich rede jetzt wie ein Strafverteidiger, obwohl wir noch längst nicht so weit sind, daß jemand einen benötigte. Benedicts Fingerabdrücke würden natürlich auch nichts heißen, denn er war es schließlich, an den die Schachtel zunächst geschickt worden war.«

»Nach dem Tod der Tante hätte er eigentlich keinen Grund mehr, sie an Cindy weiterzugeben.«

»Ja, richtig! Wenn diese Zylinder nachweislich später verschickt worden wären, dann hätten wir etwas in der Hand. Gibt es vielleicht Seriennummern auf den Dingern oder einen Lieferschein?«

»Laß mich nachsehen . . . kein Lieferschein, aber hier sind die Nummern. Das Copyright auf dem Merkzettel ist übrigens fünf Jahre alt.«

»Gut. Gib mir die Nummern, und ich werde mich darum kümmern. Inzwischen halte ich es für das beste, du rückst Cindy weiter auf die Pelle. Mach weitere Treffen mit ihr aus, ohne das Kind.«

»Das habe ich schon getan. Ich sehe sie morgen abend. Chip wird dann auch dabeisein.«

»Noch besser. Du mußt sie jetzt frontal angreifen. Sag ihr, jemand macht Cassie krank und du wüßtest auch, wie. Halte ihr einen dieser Zylinder unter die Nase und sag ihr, du würdest ihr nicht abnehmen, sie wären von ihrer Tante übriggeblieben. Du mußt Risiken eingehen, Alex, den großen Bluff wagen. Sag, du hättest mit dem Staatsanwalt gesprochen und der sei bereit, Anklage wegen versuchten Mordes zu erheben. Ich wette, dann bricht sie zusammen.«

»Und wenn nicht?«

»Dann bist du den Fall los, na und? Jedenfalls weiß sie dann, daß jemand ihr auf den Fersen ist. Ich sehe nicht, was es bringen könnte, noch länger zu warten.«

»Und was soll ich mit Stephanie machen? Soll ich sie einweihen? Ist sie nicht mehr verdächtig?«

»Ich würde dir raten, ihr erst mal von den Insulinzylindern zu erzählen und zu sehen, wie sie reagiert. Wenn du danach meinst, du kannst ihr trauen, erzählst du ihr den Rest.«

Die Insujects hatten mich meinen Besuch bei Dr. Janos ganz vergessen lassen. Ich erzählte Milo, wie Hünengart mir bei den Disketten zuvorgekommen war. Ich erwähnte auch meine Anrufe bei Ferris-Dixon und bei Professor Zimberg und wie sich meine Erpressungstheorien entwickelt hatten.

»Alles sehr spannend«, sagte Milo, »aber laß dich nicht ablenken, es geht immer noch um Cassie. An Hünengart bin ich noch dran, bisher aber ohne Erfolg. Wo finde ich dich, falls ich etwas Neues herausfinde?«

»Ich werde jetzt zum Krankenhaus weiterfahren. Wenn Stephanie da ist, werde ich mich gleich mit ihr unterhalten. Andernfalls werde ich zu Hause sein.«

»In Ordnung. Vielleicht sollten wir uns später zusammensetzen und unsere Theorien wälzen. Wäre dir acht recht?«

»Ja, acht Uhr geht. Danke für alles.«

»Bedanke dich lieber nicht. Es wird noch eine Zeit dauern, bis wir mit uns zufrieden sein können.«

28

Es war kurz vor vier, als ich im Ärzteparkhaus aus dem Wagen stieg. Ich klemmte mir meinen Ausweis ans Revers und machte mich auf den Weg zur allgemeinen Kinderklinik.

Stephanies Tür war abgeschlossen. Ich schrieb einen Zettel, daß sie mich anrufen sollte. Als ich mich gerade bückte, um ihn unter der Tür durchzuschieben, hörte ich eine rauhe, weibliche Stimme hinter mir.

»Kann ich Ihnen irgendwie helfen?«

Ich richtete mich auf, drehte mich um und stand einer Frau, etwa Ende Sechzig, gegenüber. Über einem hoch geschlossenen schwarzen Kleid trug sie den weißesten weißen Kittel, den ich je gesehen hatte. Ihr Gesicht war tief gebräunt, faltig und verkniffen unter einem Helm aus glattem weißem Haar. Ihre Augen waren klein, türkisfarben und sehr alert.

»Sie sind sicher Dr. Kohler«, sagte ich. »Darf ich mich vorstellen: Alex Delaware.«

Wir tauschten einen Händedruck aus, sie las meine Plakette. Die Verwirrung stand ihr gar nicht gut.

»Ich habe früher dazugehört«, erklärte ich. »Wir haben auch manchmal zusammengearbeitet.«

»Ach ja, ich erinnere mich.« Das stimmte zwar nicht, aber ihr warmes Lächeln machte die kleine Lüge entschuldbar. »Suchen Sie Stephanie?«

»Ja, ich muß wegen einer Patientin mit ihr reden.«

Ihr Lächeln war noch da, doch ihr Blick wurde eisig. »Ich suche sie zufällig auch. Sie sollte eigentlich hier sein. Aber unsere zukünftige Abteilungsleiterin ist wohl zu beschäftigt.«

Ich heuchelte Überraschung.

»O ja«, sagte sie, »ihre Beförderung ist ausgemachte Sache, sagen die, die es wissen sollten. – Na, ich wünsche ihr alles Gute. Ich hoffe nur, sie lernt, ein bißchen besser mit ihren Terminen umzugehen. Soeben ist unangemeldet einer ihrer jungen Patienten erschienen, ein Junge von vierzehn. Jetzt ist er draußen im Wartezimmer und macht eine Szene. Und Stephanie geht weg, ohne sich abzumelden.«

»Das sieht ihr gar nicht ähnlich.«

»Ach, wirklich nicht? In letzter Zeit scheint das für sie eher normal geworden zu sein. Vielleicht hat sie sich im Geist schon selber befördert.«

Eine Schwester kam vorbei.

»Juanita?«

»Ja, Doktor Kohler?«

»Haben Sie Stephanie gesehen?«

»Ich glaube, sie ist weggegangen.«

»Aus dem Krankenhaus?«

»Ich glaube, ja, Doktor. Sie hatte ihre Handtasche bei sich.«

»Danke, Juanita.«

Als die Schwester verschwunden war, zog Kohler ein Schlüsselbund aus der Tasche, rammte einen der Schlüssel in Stephanies Schloß und öffnete mir die Tür.

»Bitte schön!« Sie zog den Schlüssel mit einem Ruck heraus und stolzierte davon.

Die Espressomaschine war noch warm, und auf dem Schreibtisch, neben Stephanies Stethoskop, stand eine halbvolle Tasse. Der Duft frischen Röstkaffees überdeckte den beißenden Geruch nach Desinfektionsmitteln, der aus dem Untersuchungszimmer herüberwehte. Auf dem Schreibtisch lagen auch noch ein Stapel Patientenakten und eine Schreibunterlage, die gleichzeitig als Notizblock diente. Als ich meinen Zettel hinlegte, bemerkte ich auf dem obersten Blatt der Unterlage eine einzelne, hastig hingekritzelte, kaum lesbare Zeile: *B, Brwsrs, 4*

»Browsers« – der Buchladen, wo sie den ledergebundenen Byron erworben hatte, der oben im Regal stand.

B wie Byron? Wollte sie sich noch einen kaufen? Oder wollte sie sich mit jemandem treffen? Wenn die vier bedeutete, daß es heute um vier war, dann müßte sie jetzt dort sein.

Ein seltsamer Termin, mitten an einem hektischen Nachmittag.

Das sah ihr wahrhaftig nicht ähnlich. Jedenfalls nicht bis vor kurzem, wenn man Dr. Kohler glaubte.

Ging es um etwas Romantisches, das sie aus der Gerüchteküche des Krankenhauses heraushalten wollte, oder suchte sie nur ein wenig Privatsphäre, ein bißchen Ruhe inmitten verstaubter Bücher?

Auf ihre Privatsphäre hatte sie weiß Gott ein Recht. Zu schade, daß ich sie stören mußte.

Es war nur eine halbe Meile vom Krankenhaus nach Los Feliz, doch der Verkehr war so zäh, daß ich fast zehn Minuten brauchte.

Der Buchladen war auf der Westseite der Straße. Die Fassade war noch dieselbe wie vor zehn Jahren: ein cremefarbenes Schild mit schwarzen, gotischen Buchstaben, »Antiquarische Buchhandlung«, über staubigen Fenstern. Ich fuhr vorbei und hielt nach einem Parkplatz Ausschau. Auf meiner zweiten Runde um den Block erspähte ich einen alten Pontiac mit leuchtenden Rückfahrscheinwerfern und wartete, bis eine sehr kleine, sehr alte Dame sich aus der Parklücke gekämpft hatte. Als ich gerade mit dem Einparken fertig war, kam jemand aus dem Buchladen.

Presley Hünengart.

Sogar aus dieser Nähe war sein Schnurrbart kaum sichtbar. Ich rutschte tiefer in meinen Sitz. Er fummelte an seiner Krawatte, setzte seine Sonnenbrille auf und warf flinke Blicke in alle Richtungen. Ich rutschte noch tiefer und war ziemlich sicher, daß er mich nicht gesehen hatte. Er faßte sich noch einmal an seinen Schlips und marschierte los Richtung Süden. An der nächsten Ecke bog er rechts ab und verschwand, und ich konnte mich wieder ordentlich hinsetzen.

Zufall?

Er hatte kein Buch in der Hand gehabt, doch es war schwer zu glauben, daß er derjenige war, den Stephanie treffen wollte. Außerdem, warum sollte sie ihn »B« nennen? Sie mochte ihn nicht, er war ihr »unheimlich«. Sie hatte sogar mich dazu gebracht, ihn unheimlich zu finden. Und doch waren es seine Chefs, die sie befördern wollten.

Hatte sie die Rebellin gespielt und gleichzeitig mit dem Feind fraternisiert? Alles um der Karriere willen?

Jeder andere Arzt, mit dem ich im Krankenhaus gesprochen hatte, dachte daran, wegzugehen, doch sie ließ sich lieber befördern. Und Rita Kohlers Verhalten kündigte an, daß der Übergang nicht ohne Reibungen vonstatten gehen würde. Wurde Stephanie für gutes Benehmen belohnt, weil sie die Enkelin des Vorstandes behandelte, ohne Staub aufzuwirbeln?

Ich erinnerte mich, daß sie bei Ashmores Gedenkversammlung auch nicht dabei war und wie sie später auftauchte und sagte, sie sei aufgehalten worden. Vielleicht stimmte das ja, aber früher hätte sie sich die Zeit genommen, und nicht nur das, sie hätte auf der Bühne gestanden.

Dies waren meine Gedanken, als ich im Wagen saß, und es gelang mir nicht, es anders zu sehen. Schon gar nicht mehr, als ich Stephanie aus dem Laden kommen sah, auf ihrem Gesicht ein zufriedenes Lächeln.

Auch sie hatte kein Buch bei sich, und sie blickte sich genauso verschwörerisch um wie er kurz zuvor.

Dr. Eves hatte große Pläne. Doch seit wann sprangen Ratten auf ein sinkendes Schiff?

Ich war mit der Absicht hergekommen, ihr die Insulinhülsen zu zeigen. Ich war bereit gewesen, ihre Reaktion abzuwarten, sie für unschuldig zu erklären und sie auf die morgige Konfrontation mit Cindy Jones vorzubereiten. Doch nun wußte ich nicht mehr, wo sie stand. Milos erster Verdacht gegen sie begann sich zu erhärten.

Etwas stimmte nicht. Etwas stimmte ganz und gar nicht.

Ich sank wieder in meinen Sitz und beobachtete, wie sie wegging. In dieselbe Richtung wie er. Als sie an der Ecke war, schaute sie rechts die Straße hinunter, dorthin, wo er verschwunden war. Sie blieb für eine Weile stehen. Sie lächelte immer noch. Schließlich überquerte sie die Straße und ging weiter.

Ich wartete, bis sie außer Sicht war, bevor ich nach Hause fuhr.

Was hatte Stephanie nur im Sinn, daß sie sich mit Hünengart traf?

War es nur übler Karrierismus, oder hatte auch sie jemand in der Zange? Vielleicht wegen der alten Alkoholgeschichte? Oder war ihre Trinkerei gar keine alte Geschichte? Erpreßten sie sie, weil sie immer noch an der Flasche hing?

Wenn ich mich nicht täuschte und Chuck Jones wollte wirklich das Krankenhaus schließen, dann machte es wunderbar Sinn, eine kompromittierte Abteilungsleiterin zu beschäftigen.

Die Ratte, die aufs sinkende Schiff springt . . . Ich mußte an jemanden denken, der es verlassen hatte. Was hatte Melendez-Lynch am Ende dazu getrieben, wegzugehen?

Ich wußte nicht, ob er mit mir sprechen würde. Unsere letzte Begegnung hatte im Schatten seiner Demütigung gestanden. Einer seiner Fälle war böse danebengegangen. Ungewollt hatte ich davon erfahren.

Aber was hatte ich schon zu verlieren?

Die Auskunft in Miami hatte eine Nummer unter seinem Namen im Marienhospital. In Florida war es jetzt halb neun. Seine Sekretärin würde nicht mehr dasein, aber wenn Raoul sich keiner Persönlichkeitstransplantation unterzogen hatte, säße er noch bei der Arbeit.

Ich wählte. Eine immer noch vertraute Stimme antwortete: »Dr. Melendez-Lynch.«

»Raoul? Hier spricht Alex Delaware.«

»Alex! Wie geht es dir?«

»Gut, Raoul, und dir?«

»Viel zu fett und viel zu beschäftigt, aber sonst ausgezeichnet. Was für eine Überraschung! Bist du in Miami?«

»Nein, immer noch in Los Angeles.«

»Aha. Sag, was hast du in den letzten Jahren getrieben?«

»Dasselbe wie früher.«

»Du praktizierst wieder?«

»Ja, ich nehme Beratungsaufträge an, kurzfristige Geschichten.«

»Kurzfristig ... ein ruhiges Leben also.«

»Das gerade nicht. Und wie sieht es bei dir aus?«

»Auch noch dasselbe. Wir machen ganz aufregende Sachen hier – Studien über die Durchlässigkeit von Zellwänden im Zusammenhang mit Krebsentstehung. Wir haben eine Reihe von Pilotprojekten mit Testmedikamenten und bekommen sogar Geld dafür. Womit verdiene ich denn die Ehre, daß du mich anrufst?«

»Ich wollte dich etwas fragen, aber es ist persönlich, nicht wissenschaftlich. Wenn du also nicht antworten willst, dann sag es nur.«

»Persönlich?«

»Es geht um dein Weggehen vom Western Ped.«

»Was möchtest du wissen?«

»Warum bist du gegangen?«

»Und warum, wenn ich fragen darf, interessiert dich das so plötzlich?«

»Weil ich wieder dort zu tun habe, als Berater in einem bestimmten Fall. Es ist wirklich traurig, Raoul, wie es dort aussieht. Die Moral ist auf Null. Die Leute kündigen reihenweise – Leute, von denen ich das nie gedacht hätte. Dich kenne ich am besten von den Ehemaligen, deshalb frage ich dich.«

»Die Frage ist allerdings persönlich, aber es macht mir nichts aus. Die Antwort ist sehr einfach. Ich bin gegangen, weil ich unerwünscht war.«

»Unerwünscht bei der neuen Verwaltung?«

»Ja. Sie stellten mich vor die Wahl, den Hut zu nehmen oder beruflich unterzugehen. Es war eine Frage des Überlebens. Was immer man dir erzählt, Geld spielte keine Rolle dabei. Niemand im Western Ped hat je wegen des Geldes dort gearbeitet, das weißt du. Obwohl auch die Bezahlung schlechter wurde, als Jones die Kontrolle übernahm. Gehaltserhöhungen gab es nicht mehr, statt dessen einen Einstellungsstopp. Sekretärinnen wurden uns weggenommen, die ganze

Einstellung der Verwaltung gegenüber den Ärzten war vollkommen arrogant. Wir wurden wie Dienstboten behandelt. Sie wagten es sogar, uns in Bauwagen auf der anderen Straßenseite zu stecken, wie Obdachlose. Ich konnte das alles ertragen, weil ich meine Arbeit hatte. Meine Forschung. Doch als man mir auch das wegnahm, gab es keinen Grund mehr für mich, zu bleiben.«

»Sie untersagten dir deine Forschung?«

»Nicht direkt. Sie verkündeten einfach eine neue Politik: Wegen finanzieller Probleme war der Vorstand nicht mehr bereit, Forschungsprojekte verwaltungsmäßig mitzutragen. Du weißt ja, wie die Forschungsförderung funktioniert. Wenn die Regierung oder sonstwer dir Geld gibt, dann gehen sie davon aus, daß dein Arbeitgeber für die Infrastruktur aufkommt. Manche private Förderer machen das sogar ausdrücklich zur Voraussetzung. In meinem Fall kam das ganze Geld vom Bundes-Krebsinstitut. Mit der Streichung der Infrastrukturhilfe vom Western Ped konnte ich meine Projekte alle vergessen. Ich versuchte, mit ihnen zu reden, ich schrie sie an, zeigte ihnen Zahlen und Fakten, machte ihnen Ziel und Zweck unserer Forschung klar. Es ging schließlich um Krebs. Und um Kinder. Es war alles vergebens. Also flog ich nach Washington und versuchte die Regierungsvertreter zu überzeugen, die Infrastrukturklausel zu streichen. Auch umsonst. Was sollte ich tun, Alex? Sollte ich als überqualifizierter Techniker die Stellung halten und fünfzehn Jahre Forschung in den Wind schreiben? Es tat weh, aber am Ende erwies es sich als richtig, wegzugehen.«

»Sie waren dumm, dich gehen zu lassen.«

»Natürlich. Sie haben mir nicht einmal eine Uhr geschenkt zum Abschied.« Er lachte. »Diese Leute haben nicht den geringsten Respekt vor Ärzten. Denen geht's nur ums Geld.«

»Redest du von Jones und Plumb?«

»Die und die beiden Kerle, die hinter ihnen her dackeln — Novak und der andere, ich weiß nicht mehr, wie er heißt. Hör auf meinen Rat, Alex: Halt dich da raus.«

»Könnte ich dich noch etwas anderes fragen?«

»Auch was Persönliches?«

»Nein. Was weißt du über das Ferris-Dixon-Institut für Chemie?«

»Nie gehört. Warum?«

»Es hat einen Arzt am Western Ped finanziert. Mitsamt der Infrastruktur.«

»Wirklich? Und wer ist der Glückliche?«

»Ein Toxikologe namens Laurence Ashmore. Er hatte ein Epidemiologie-Projekt über die Ausbreitung von Krebs bei Kindern.«

»Ashmore . . . den Namen habe ich auch noch nie gehört. Weißt du Genaueres über sein Projekt?«

»Es ging um den Zusammenhang von Pestiziden und Krebsentstehungsraten. Sehr theoretisch.«

Er grunzte. »Wieviel hat das Institut ihm gegeben?«

»Fast eine Million Dollar. Ganz schön üppig, nicht wahr?«

»Die Summe ist absurd! Was war wieder der Name der Stiftung?«

»Ferris-Dixon. Sie förderten daneben nur ein weiteres, wesentlich kleineres Projekt. Der Empfänger war ein Ökonom namens Zimberg.«

»Hm . . . interessant. Ich werde das mal nachprüfen, Alex. Danke für den Tip. Und denk an meinen Rat.«

Mein nächster Anruf galt Milo. Am anderen Ende im Parker Center meldete sich eine hohe, näselnde männliche Stimme.

»Ja, Archiv?«

»Inspektor Milo Sturgis, bitte.«

»Der ist aber nicht hier.«

»Wann kommt er zurück?«

»Wer spricht denn da?«

»Alex Delaware. Ein Freund.«

Er wiederholte meinen Namen, als sei er eine Krankheit. Dann sagte er: »Da hab ich leider gar keine Ahnung, Mr. Delaware.«

»Wissen Sie, ob er heute noch mal wiederkommt?«

»Wüßt ich nicht zu sagen.«

»Spreche ich vielleicht mit Charlie?«

Eine Pause und Räuspern. »Ja, allerdings, *Charles* Flannery. Kennen wir uns etwa?«

»Nein, aber Milo hat mir erzählt, wieviel Sie ihm beigebracht haben.«

Lange Pause und noch mehr Räuspern. Dann: »Wie nett von ihm. Wenn Sie sich für die Termine Ihres *Freundes* interessieren, dann schlage ich vor, Sie rufen im Büro des stellvertretenden Chefs an.«

»Wissen die dort mehr?«

»Bestimmt, Mr. Delaware, er ist nämlich gerade dort. Seit einer halben Stunde schon. Und fragen Sie mich bitte nicht, warum, denn das weiß ich auch nicht. Mir erzählt hier ja keiner was.«

Das Büro des Stellvertretenden. Das hieß, Milo hatte mal wieder Ärger. Ich hoffte, es war nicht wegen mir.

29

Milo meldete sich den ganzen Nachmittag nicht mehr, obwohl ich noch zweimal versucht hatte, ihn zu erreichen. Ich zweifelte allmählich, daß er unseren Acht-Uhr-Termin schaffen würde. Als er um zwanzig nach noch nicht da war, befürchtete ich Schlimmes, doch um acht Uhr siebenunddreißig klingelte es an meiner Tür. Es war Milo. Er hatte jemanden bei sich.

Presley Hünengart.

Milo bemerkte meine Verblüffung und zwinkerte mir beruhigend zu. Er klopfte mir auf die Schulter und kam herein. Hünengart zögerte einen Moment, bevor er folgte. Er hatte keine Kanone in der Hand, nicht einmal ein ausgebeultes Jakkett. Kein Zeichen von Zwang.

Die beiden hätten ein Polizeiteam sein können.

»Mach dir keine Sorgen«, flüsterte Milo, bevor er in die Küche verschwand.

Hünengart blieb an der offenen Tür stehen. Seine Augen tasteten blitzschnell den Raum ab.

Im Wohnzimmer wartete er, bis ich mich auf mein Ledersofa gesetzt hatte, dann knöpfte er seine Jacke auf und ließ sich auf einem Sessel nieder.

Ich hörte Milo in der Küche fuhrwerken.

»Ein schönes Haus«, sagte Hünengart. »Hat es auch eine Aussicht?«

Es war das erstemal, daß ich seine Stimme hörte. Sein Tonfall klang nach Mittlerem Westen, die Stimme war nicht sehr kräftig, eher dünn. Am Telefon würde man sich ihn als einen viel kleineren Mann vorstellen.

Ich antwortete nicht. Er legte die Hände auf die Knie und schaute sich im Zimmer um. Dann blickte er in Richtung Küche, aus der immer noch Geräusche drangen, und sagte: »Was mich betrifft, ist das Privatleben von Leuten deren Sache, solange sie mir nicht in die Quere kommen. Oft kann ich ihnen sogar helfen.«

»Toll. Würden Sie mir jetzt bitte sagen, wer Sie sind?«

»Sie haben versucht, mir zu folgen, aber in Wirklichkeit haben Sie keine Ahnung, was vorgeht«, fuhr er unbeirrt fort.

»Komisch, ich dachte, ich wäre der Verfolgte.«

Er schüttelte ernst den Kopf, als ob er ein Lehrer wäre und ich der Schüler, der eine falsche Antwort gab.

»Dann belehren Sie mich mal.«

»Sie müssen sich zu vollkommener Verschwiegenheit verpflichten.«

»Worüber?«

»Über alles, was ich Ihnen erzähle.«

»Hat es mit Cassie Jones zu tun?«

Er trommelte mit den Fingern auf die Knie. »Nicht direkt.«

»Wenn es Cassie schadet, kann ich mich zu nichts verpflichten.«

»Sie sind auf dem Holzweg«, sagte er und schüttelte wieder den Kopf. »Wenn Sie sich wirklich um sie sorgten, dann würden Sie mich nicht behindern.«

»Wie ist das zu verstehen?«

»Weil ich auch ihr helfen kann.«

»Wenn Sie die Mißhandlungen stoppen können, warum haben Sie es nicht längst getan?«

Er hörte mit dem Trommeln auf und legte die Spitzen seiner Zeigefinger gegeneinander. »Ich sage nicht, daß ich allwissend bin. Aber ich kann nützlich sein. Sie haben doch bisher keine großen Fortschritte erzielt, oder?«

Bevor ich antworten konnte, stand er auf und ging in die Küche. Er kam mit Milo zurück, der drei Tassen Kaffee brachte. Ich nahm ihm eine ab; Milo stellte die anderen beiden auf den Kaffeetisch und setzte sich ans andere Ende des Sofas. Unsere Blicke trafen sich. Er nickte mir zu, als wollte er sich entschuldigen.

»Was nun?« fragte ich.

»Mr. Hünengart«, sagte Milo, »mag nicht besonders diplomatisch sein, aber vielleicht kann er tun, was er verspricht.«

Hünengart blitzte ihn an. Milo trank einen Schluck Kaffee.

»Sie sind doch aus freiem Willen hier, oder?« fragte ich Hünengart.

»Alles ist relativ«, sagte Milo und zu Hünengart: »Nun hören Sie auf, den Nachwuchsagenten zu spielen, und geben Sie dem Mann ein paar Daten.«

Hünengart starrte ihn noch ein bißchen an, dann drehte er sich zu mir, schaute auf seine Tasse und streichelte seinen Schnurrbart.

»Diese Theorie von Ihnen«, fing er endlich an, »daß Charles Jones und George Plumb das Krankenhaus zugrunde richten: Haben Sie darüber mit jemand gesprochen?«

»Das ist nicht *meine* Theorie. Alle im Krankenhaus denken, die Verwaltung sei dabei, Western Ped kaputtzumachen.«

»Das scheinen aber nicht alle so ernst zu nehmen wie Sie. Mit wem außer Lou B. Cestare haben Sie noch geredet?«

Ich verbarg meine Verblüffung und meine Furcht. »Lou hat nichts mit der Sache zu tun.«

Hünengart lächelte schwach. »Unglücklicherweise doch, Doktor. Ein Mann mit seinen Verbindungen in der Finanzwelt . . . Er hätte mir ziemliche Schwierigkeiten bereiten können, aber zum Glück ist er kooperativ. Jetzt, in diesem Moment, konferiert er mit einem meiner Kollegen oben in Oregon. – Haben Sie also noch mit anderen Leuten gesprochen außer Mr. Cestare? Ihre Freundin, Miss Castagna, meine ich da nicht, keine Sorge. Wie ich sie einschätze, ist es nicht sehr wahrscheinlich, daß sie die Geschichte dem *Wall Street Journal* steckt.«

»Was wollen Sie, zum Teufel?«

»Die Namen von allen, die Sie in Ihr Gedankenspiel eingeweiht haben. Besonders Leute mit Verbindung zur Geschäftswelt oder solche, die Gründe haben könnten, Jones oder Plumb in die Pfanne zu hauen.«

Ich schaute Milo an. Er nickte mir aufmunternd zu, wenn er auch nicht sehr glücklich dabei aussah.

»Da fällt mir nur einer ein«, sagte ich, »ein Arzt, der früher am Western Ped gearbeitet hat. Er lebt jetzt in Florida. Aber ich habe ihm nichts erzählt, was er nicht schon wußte, und wir sind nicht ins Detail gegangen.«

»Dr. Melendez-Lynch?«

Ich fluchte. »Verdammt, woher wissen Sie das? Hören Sie etwa mein Telefon ab?«

»Nein, das war nicht nötig. Dr. Lynch und ich unterhalten uns von Zeit zu Zeit. Schon seit Jahren.«

»Er hat Sie also auf mich gehetzt?«

»Wir wollen nicht abschweifen, Dr. Delaware. Die Hauptsache ist, daß Sie mir von ihm erzählen. Das ist gut, bewundernswert offen. Das zeigt mir, daß ich Ihnen vertrauen kann.«

»Wie schön, ich bin tief gerührt. Und was ist meine Belohnung? Verraten Sie mir vielleicht Ihren richtigen Namen?«

»Die Belohnung ist meine Zusammenarbeit. Vielleicht können wir uns gegenseitig helfen. Vielleicht können wir gemeinsam Cassie Jones helfen.«

»Was können Sie dazu beitragen?«

Er verschränkte die Arme vor seinem mächtigen Brustkasten. »Ihre Theorie – die Theorie der ganzen Belegschaft – ist reizvoll. Sie würde sich gut im Fernsehen machen, als rührselige Seifenoper: Gierige Kapitalisten saugen barmherzigen Samaritern Blut aus den Adern. Dann kommen die Guten und sorgen für Gerechtigkeit. Eine hübsche Seifenoper, wie gesagt, nur ein bißchen zu platt vielleicht.«

»Und wer sind die Guten in diesem Fall?«

Er legte eine Hand aufs Herz »Doktor, Sie kränken mich.«

»Wo kommen Sie her? FBI?«

»Nein, es ist eine andere Reihe von Buchstaben, die Ihnen nichts sagen würde. Lassen Sie uns zu Ihrer Theorie zurückkehren. Reizvoll, aber falsch. Erinnern Sie sich an Cestares erste Reaktion, als Sie ihm davon erzählten?«

»Er sagte, es sei unwahrscheinlich.«

»Und warum?«

»Weil Chuck Jones jemand ist, der aufbaut, nicht zerstört. Doch dann schaute er sich Plumbs Lebenslauf an und fand, daß die Firmen, mit denen der zu tun hatte, nie lange überlebten. Vielleicht hat Jones also seinen Stil geändert und ist unter die Plünderer gegangen.«

»Plumb ist tatsächlich solch ein Plünderer«, sagte Hünengart. »Er hat eine ganze Latte von Firmen reif gemacht für finanzielle Freibeuter. Beim Ausverkauf hat er dann jeweils eine dicke Provision kassiert. Aber die Firmen hatten alle etwas zu bieten, das es lohnend machte, sie zu plündern. Wo ist der Anreiz, einc Verlustfabrik wie das Western Ped aufs Korn zu nehmen? Wo ist die Beute, Doktor?«

»Nehmen Sie die Grundstücke, auf denen Western Ped steht.«

»Die Grundstücke!« Wieder Kopfschütteln, dazu ein erhobener Zeigefinger. Der Knabe hatte etwas eindeutig Schulmeisterhaftes an sich. »Die gehören der Stadt und sind für neunundneunzig Jahre an das Krankenhaus vermietet. Der Mietvertrag ist auf Wunsch des Krankenhauses für weitere neunundneunzig Jahre verlängerbar, und die Miete ist ein Dollar im Jahr. Das können Sie alles im Grundbuchamt nachlesen, genau wie ich es getan habe.«

»Sie sind sicher nicht hier, weil Jones und seine Bande unschuldig sind«, sagte ich. »Was ist also Ihr Punkt?«

Er rückte auf seinem Sessel vor. »Denken Sie an verwertbares Eigentum, Doktor, das massive Portefeuille aus Qualitätsaktien und Wertbriefen, über die Jones verfügen kann.«

»Wollen Sie sagen, er sahnt daraus ab?«

»Nein, Doktor, knapp daneben, aber kein schlechter Tip. Nur ist das Krankenhaus-Portefeuille leider nicht mehr als ein schlechter Scherz. Nach dreißig Jahren, in denen es zum Ausgleich der Bilanzen herangezogen wurde, ist es bis auf die Knochen abgemagert. Unter Chuck Jones hat es sich eher ein bißchen erholt – er ist ein sehr geschickter Investor. Aber die steigenden Kosten zehren immer mehr davon auf. Es wird nie mehr die Größenordnung erreichen, die es für Jones interessant machen würde.«

»Wo wird es denn für ihn interessant?«

»Bei achtstelligen Dollarbeträgen – Finanzmanipulation allergrößten Stils. In der Öffentlichkeit hat er das Image des Magiers. Er hat vielleicht sogar die eine oder andere Firma vor dem Untergang gerettet. Aber sein wahres Interesse sind Plünderungen. Der Mann hat mehr Unternehmen auf dem Gewissen als die Bolschewiken.«

»Er ist also doch ein Freibeuter. Es muß nur die Beute groß genug sein. Wieso ist das nicht allgemein bekannt?« fragte ich.

»Das wird es bald sein«, sagte er kalt. »Ich bin seit viereinhalb Jahren hinter ihm her, und endlich bin ich ihm auf den Fersen. Und niemand wird es vermasseln. Deshalb brauche ich vollkommene Diskretion. Niemand darf mir jetzt in die Quere kommen. Verstanden?«

Er lockerte seinen Schlips.

»Jones ist jedenfalls sehr diskret«, fuhr er fort. »Seine Abschirmung ist phantastisch, aber ich werde ihn auf seinem eigenen Feld schlagen.«

»Was ist seine Abschirmung?«

»Mehrere Schichten von Gesellschaften und Finanzfirmen, zwielichtigen Syndikaten und ausländischen Bankkonten. Er betreibt buchstäblich Hunderte von Geschäftskonten parallel. Dazu kommen Bataillone von Lakaien wie Plumb, Roberts und Novak, von denen die meisten nur einen kleinen Ausschnitt des Bildes kennen. Seine Deckung ist so wirksam, daß nicht einmal Spezialisten wie Mr. Cestare sie durchdringen, doch wenn er stürzt, dann stürzt er tief, Doktor, das verspreche ich. Er hat schon Fehler gemacht; es geht bergab mit ihm.«

»Worum geht es ihm also im Western Ped?«

»Die Einzelheiten brauchen Sie nicht zu wissen.«

Er nahm seine Tasse und trank einen Schluck.

Ich dachte an mein Gespräch mit Lou zurück. *Warum kauft ein Syndikat eine Firma, wenn sie sie gleich danach zumacht? – . . . Vielleicht waren sie nur hinter dem Kapital her – zum Beispiel Maschinen und Gebäude oder die Pensionskasse . . .*

»Die Ärztepensionskasse!« rief ich. »Die verwaltet er doch auch, oder?«

Hünengart setzte seine Tasse ab. »Nach der Krankenhaussatzung ist er dafür verantwortlich.«

»Was hat er damit angestellt? Hat er sie zu seiner Privatkasse gemacht und sich bedient?«

»So ungefähr.« Hünengart runzelte die Stirn.

»Der Pensionsfonds ist achtstellig?« fragte ich.

»Locker.«

»Nun kommen Sie, wie ist das möglich?«

»Ein bißchen Glück, ein bißchen Geschick, aber die Masse des Geldes sammelt sich im Lauf der Jahrzehnte von selber an. Haben Sie sich je ausgerechnet, was ein Tausender nach siebzig Jahren in einem Sparkonto, zu fünf Prozent verzinst, wert ist? Rechnen Sie das mal. Der Ärztepensionsfonds repräsentiert eine siebzig Jahre alte Sammlung solider Aktien und

Schatzbriefe, deren Wert sich im Laufe der Zeit verzehnfacht, verhundertfacht hat. Der Fonds hat sich Dutzende Male gespalten und neu formiert, hat Dividenden an sich selbst ausgezahlt und reinvestiert. Die Aktienmärkte sind seit dem Zweiten Weltkrieg praktisch ununterbrochen im Aufschwung gewesen. Die Kasse ist voller Juwelen, zum Beispiel IBM-Aktien, erworben für zwei Dollar das Stück, XEROX-Papiere für einen Dollar. Und, anders als bei kommerziellen Investmentfonds: Es gibt praktisch keinen Schwund. Die Regeln des Fonds besagen, daß seine Einnahmen nicht für den Betrieb des Krankenhauses benutzt werden dürfen. Die einzigen Ausgaben sind Pensionszahlungen an Ärzte, die in den Ruhestand gehen, und das ist nicht viel, weil die Regeln auch die Ausgaben an Mitarbeiter minimieren, die weniger als fünfundzwanzig Dienstjahre hinter sich haben.«

»Und jemand, der vor einer bestimmten Frist weggeht, bekommt gar nichts.«

Er nickte begeistert. Endlich hatte der Schüler verstanden.

»Ja, die meisten Pensionskassen sind so geregelt. Angeblich, um Loyalität zu belohnen. Als die medizinische Fakultät vor siebzig Jahren die Kasse gründete, bestand sie darauf, daß Kollegen, die vor Ablauf von fünf Dienstjahren weggingen, keinen Pfennig bekommen. Dasselbe gilt für alle, die irgendwann die Fakultät verlassen und weiter für ein vergleichbares Gehalt praktizieren. Weil Ärzte sehr leicht den Arbeitsplatz wechseln können, machen diese beiden Gruppen neunundachtzig Prozent aller Fälle aus. Von den übrigen elf Prozent dienen nur ganz wenige Ärzte die fünfundzwanzig Jahre ab, die nötig sind, sich für den vollen Pensionssatz zu qualifizieren. Aber die Beiträge, die für jeden Arzt eingezahlt wurden, bleiben in der Kasse und tragen Zinsen.«

»Wer außer der Fakultät zahlt noch ein?«

»Sie waren doch da beschäftigt. Haben Sie Ihre Pensionspapiere nie gelesen?«

»Psychologen waren nie Mitglieder dieser Pensionskasse.«

»Richtig, man besteht auf dem Dr. med. . . . Seien Sie froh, daß Sie kein ›richtiger‹ Doktor sind.«

»Wer zahlt also noch ein?«

»Das Krankenhaus schießt den Rest dazu.«

»Die Ärzte selbst zahlen demnach gar nichts?«

»Keinen Pfennig. Deshalb haben sie die strikten Regeln akzeptiert. Aber das war sehr kurzsichtig. Für die meisten ist die Pension wertlos.«

»Gezinkte Karten, und Jones kann eine achtstellige Finanzreserve für seine Zwecke benutzen. Deshalb macht er der Belegschaft das Leben sauer. Er will das Krankenhaus gar nicht vernichten. Er will, daß es vor sich hin vegetiert und daß kein Arzt es lange dort aushält. Er forciert den Personalumschlag, sorgt dafür, daß die Ärzte kündigen, bevor sie ihre fünf Jahre hinter sich haben oder solange sie noch jung genug sind, um vergleichbare Stellen zu finden. Der Fonds wächst und wächst und zahlt Dividenden aus, die er selbst einstreicht, weil keine Pensionen anfallen.«

»Ähnliches passiert überall im Land. Es gibt über neunhunderttausend Pensionskassen in den Vereinigten Staaten. Zwei *Billionen* Dollar in Treuhand für achtzig Millionen Beschäftigte. Als der letzte Boom diesen Fonds Milliardengewinne einbrachte, bedrängten die Unternehmen den Kongreß, bis der die Regeln lockerte, wie diese Gewinne genutzt werden dürfen. Das Geld ist jetzt nicht mehr Eigentum der Belegschaft, sondern gehört der Firma. Im letzten Jahr allein bekamen auf diese Weise die sechzig größten Unternehmen der USA sechzig Milliarden Dollar in die Hand. Einige Unternehmen haben sich rückversichert, so daß sie auch an den Kapitalstock ihrer Pensionsfonds herankommen. Das Ganze ist Teil der Deregulierung, die den Zirkus der Firmenübernahmen in Gang gebracht hat. Der Zustand der Pensionskasse ist das erste, was die Freibeuter überprüfen, wenn sie sich ihre Opfer aussuchen. Sie lösen die Firma auf und benutzen den Kapitalüberschuß, um die nächste Firma auszuheben und zu schließen, und so weiter und so fort. Die Angestellten stehen natürlich auf der Straße – Pech, aber so geht es nun mal. Die Unternehmen werden reicher und reicher, ohne irgendwelche Produkte oder Dienstleistungen zu erzeugen. Und wenn ein Unternehmer erst einmal meint, ihm gehört die Pensionskasse, dann wird auch die Versuchung größer, die Regeln zu lockern. Illegale Manipulationen mit Pensionen breiten sich aus wie eine Seuche – Unterschlagung, Privatkredite aus Pensionsfonds, die Vergabe der Kassenverwaltung an Kumpane, die Wuchergebühren kassieren, mit saftigen Handgeldern als Gegenleistung: Da geht es dann in Wirtschaftskriminalität über. – Andere Unternehmen ändern die Regeln mitten im Spiel, indem sie den Pensionsmodus ändern. Anstatt monatlicher Rente erhält der Ehemalige eine einmalige Zahlung, die sich nach seiner Lebenserwartung berechnet. Das ist im Moment noch legal, obwohl es dem eigentlichen Zweck von Pensionen zuwiderläuft – der Altersversicherung für Lohnempfänger. Der durchschnittliche Fabrikarbeiter hat keine Ahnung, wie er seine Abschlagszahlung investieren soll, deshalb versickert das meiste davon als Nebenkosten. Am Ende sitzt der Arbeiter auf dem trockenen.«

»Sie reden von Boom und Milliardengewinnen, aber was passiert, wenn die Konjunktur träge ist, so wie jetzt?«

»Wenn eine Firma den Bach runtergeht und der Pensionsfonds geplündert ist, muß die Belegschaft sich an private Versicherer halten und dort versuchen, ihr Geld zurückzubekommen. Es gibt auch einen staatlichen Fonds, der ist aber, genau wie staatliche Bankendeckung und Ähnliches, um Größenordnungen zu klein. Wenn genug Firmen mit geplünderten Pensionskassen bankrott gehen, dann haben wir eine Krise, gegen die der Zusammenbruch der Bausparkassen vor ein paar Jahren ein Picknick war. Sogar wenn die staatliche Deckung funktioniert, dauert es Jahre, bis der Arbeiter sein Geld sieht. Die Beschäftigten, die das meiste zu verlieren haben, sind die Ältesten und Gebrechlichsten – die loyalen Mitarbeiter, die ihr Leben der Firma geopfert haben. Die Leute leben von der Sozialhilfe, warten und sterben weg.«

Hünengarts Gesicht war rot angelaufen. Seine Hände waren zu großen, fleckigen Fäusten geballt.

»Ist der Ärztefonds in Gefahr?« fragte ich.

»Noch nicht. Aber die Plünderei hat schon begonnen. Jeden Dollar, den die Kasse gewinnt, holt Jones heraus.«

»Wie kann er nur damit durchkommen?«

»Er ist der einzige, der den Überblick hat. Er benutzt den Fonds auch für persönliche Transaktionen und als Parkplatz für seine eigenen Papiere. Er verschmilzt Pensionskonten mit Jones-Konten – er kontrolliert stündliche Geldbewegungen. Er *spielt* mit dem Geld. Er kauft und verkauft unter Dutzenden, täglich wechselnden Namen. Hunderte von Transaktionen am Tag.«

»Und haufenweise Provisionen für ihn.«

»Jede Menge. Außerdem macht er es auf diese Weise sehr schwer, ihm auf der Spur zu bleiben.«

»Aber Sie haben es geschafft.«

Er nickte. Er war immer noch rot im Gesicht. Jagdfieber. »Ich habe viereinhalb Jahre gebraucht, aber jetzt habe ich endlich Zugang zu seinen Daten gefunden, und bis jetzt weiß er noch nichts davon. Er hat keinen Grund, sich beobachtet zu fühlen, denn normalerweise kümmert sich die Regierung nicht um Pensionskassen. Hätte er nicht ein paar Fehler gemacht bei Firmen, die er gekillt hat, dann wäre er jetzt in Sicherheit.«

»Welche Art Fehler?«

»Das spielt keine Rolle!« bellte Hünengart. Ich glotzte ihn an. Er beruhigte sich und zwang sich zu einem Lächeln.

»Die Hauptsache ist, Doktor, daß sein Panzer endlich Risse zeigt, und ich bin kräftig dabei, die zu verbreitern. Ich bin sogar in ausgezeichneter Position, den Panzer zu sprengen. Dies ist ein entscheidender Augenblick, Doktor. Deswegen werde ich pampig, wenn Leute anfangen, hinter mir herzulaufen. Verstehen Sie? Sind Sie jetzt zufrieden?«

»Nicht ganz«, sagte ich. »Da sind zum Beispiel diese zwei Morde. Warum mußten Laurence Ashmore und Denise Herbert sterben?«

»Ashmore war ein komischer Vogel«, sagte Hünengart kopfschüttelnd. »Ein Arzt, der etwas von Finanzen verstand und die nötigen fachlichen Fähigkeiten besaß, sein Wissen anzuwenden. Er wurde reich, und wie die meisten reichen Leute begann er zu glauben, schlauer zu sein als jeder andere. So schlau, daß er keine Steuern zu zahlen brauchte. Für eine Weile schlüpfte er damit durch, doch am Ende kam ihm natürlich die Steuerfahndung auf die Schliche. Er wäre für einige Zeit ins Gefängnis gewandert, wenn ich ihm nicht geholfen hätte.«

»Er hat für Sie in Jones' Daten herumgehackt, nicht wahr? Der perfekte Mann für Sie – ein Arzt ohne Patienten. War sein Doktortitel überhaupt echt?«

»Lupenrein.«

»Sie vermittelten ihm ein Millionenbudget plus Spesen und kauften ihm einen Job. Im Grunde wurde das Krankenhaus dafür bezahlt, ihn einzustellen.«

Er lächelte zufrieden. »Der Köder wirkt immer.«

»Sind Sie von der Steuerfahndung?«

Er lächelte immer noch. »Nein, aber gelegentlich gibt es Berührungspunkte zwischen den verschiedenen Fangarmen der Regierung.«

»Sie haben also bei der Steuerfahndung eine Bestellung aufgegeben – gebt mir einen Arzt mit Steuerproblemen und Computerkenntnissen –, und die hat dann prompt geliefert?«

»So einfach war es nicht. Es dauerte einige Zeit, jemanden wie Ashmore zu finden. Und ihn gefunden zu haben, war einer der Faktoren, die meine ... Vorgesetzten überzeugten, mein Projekt zu finanzieren.«

»Ihre Vorgesetzten im Ferris-Dixon-Institut für Chemie? Was ist das überhaupt?«

»Den Namen hat sich Ashmore ausgedacht. Für ihn war alles ein Spiel. Er wollte eigentlich einen poetischeren Namen, aber ich überzeugte ihn, auf dem Teppich zu bleiben.«

»Wer ist Professor Walter William Zimberg? Ihr Boß? Oder noch ein Hacker?«

»Er ist ein Niemand, sozusagen.«

»Das heißt, er existiert gar nicht?«

»Nicht wirklich.«

»Jedenfalls scheint er ein Büro an der Universität von Maryland zu haben. Ich hatte seine Sekretärin am Telefon. – Warum war es so wichtig, daß Ashmore vom Krankenhaus aus operierte?«

»Weil sich dort Jones' zentrale Datenstation befindet. Ich wollte, daß er direkten Zugang zu dessen Hard- und Software hat.«

»Unten im Kellergeschoß?«

»Jedenfalls tief vergraben, wo sie schwer zu finden ist. Als Sicherheitschef habe ich dafür gesorgt.«

»Fanden Sie es nicht schwierig, sich selbst in die Verwaltung einzuschleusen?«

Darauf bekam ich keine Antwort.

»Sie haben mir noch nicht erzählt, warum Ashmore gestorben ist.«

»Das weiß ich nicht. Noch nicht.«

»Was hat er gemacht? Wollte er am Ende vielleicht ohne Sie operieren? Benutzte er, was er während seiner Arbeit für Sie herausfand, um Chuck Jones zu erpressen?«

Hünengart leckte sich die Lippen. »Möglich. Die Daten, die er gesammelt hat, sind noch in der Analyse.«

»Bei wem?«

»Bei Leuten.«

»Was ist mit Denise Herbert? War sie beteiligt?«

»Ich weiß nicht, welches Spiel sie spielte. Ich weiß nicht einmal, ob sie überhaupt eins spielte.«

Seine Frustration schien echt zu sein.

»Warum haben Sie sich dann die Mühe mit ihren Disketten gemacht?«

»Weil Ashmore sich dafür interessierte. Als wir anfingen, seine Daten zu entschlüsseln, tauchte plötzlich ihr Name auf.«

»In welchem Zusammenhang?«

»Er hinterließ eine verschlüsselte Nachricht, sie ernst zu

nehmen. Er nannte sie eine ›negative Größe‹, sein Ausdruck für jemand Verdächtigen. Aber da war sie schon tot.«

»Was sagte er sonst über sie?«

»Bis jetzt haben wir nicht mehr gefunden. Er hat alles verschlüsselt – kompliziert verschlüsselt. Es braucht seine Zeit, da durchzukommen.«

»Er war doch einer von euch – kennt ihr die Codes nicht?«

»Nicht alle.« Wut verengte seine runden Augen.

»Also stahlen Sie ihre Disketten.«

»Ich habe sie nicht gestohlen, ich habe sie an mich genommen. Sie gehören mir. Sie hat sie beschrieben, während sie für Ashmore arbeitete, und Ashmore arbeitete für mich. Rechtlich sind sie also mein Eigentum.«

Die beiden letzten Worte spuckte er aus, wie ein Kind, das sein neues Spielzeug verteidigt.

»Dies ist nicht nur ein Job für Sie, nicht wahr?«

Sein Blick huschte durchs Zimmer, bevor er mich wieder ansah. »Ein Job, genau das ist es, und zufällig liebe ich diesen Job.«

»Sie haben also keine Ahnung, warum Denise Herbert ermordet wurde.«

Er zuckte die Schultern. »Die Polizei sagt, es war ein Sexualmord.«

»Glauben Sie das auch?«

»Ich bin kein Polizist.«

»Nein?« Sein Blick brachte mich dazu, weiter zu bohren. »Ich wette, Sie waren ein Polizist von der einen oder anderen Sorte, bevor Sie auf die Schulbank zurückkehrten. Bevor Sie lernten, wie ein Lehrer an der kaufmännischen Schule zu reden.«

»Was ist das? Eine Gratis-Psychoanalyse?«

»Wie ein Dozent für Management oder Ökonomie.«

»Ich bin ein bescheidener Beamter, Doktor. Mein Gehalt kommt aus Ihrer Steuer.«

»Ein bescheidener Beamter mit einem falschen Namen und über einer Million Dollar an vorgeblichen Forschungsgeldern.

Sie sind Zimberg, nicht wahr? Aber das ist wahrscheinlich auch nicht Ihr richtiger Name. Wofür steht das ›B‹, das Stephanie für Sie benutzt?«

Er blickte mich an, stand auf, lief im Zimmer herum und begutachtete eines meiner Bilder.

»Viereinhalb Jahre«, sagte ich. »Sie haben eine Menge gegeben, um ihn zu fangen.«

Er antwortete nicht, aber seine Halsmuskeln strafften sich.

»Was ist Stephanies Rolle in alldem?« fragte ich. »Abgesehen von der wahren Liebe, meine ich.«

Er drehte sich um und wurde wieder rot, doch diesmal nicht vor Wut, sondern vor Unbehagen. Wie ein Teenager, der beim Knutschen erwischt wird.

»Warum fragen Sie sie nicht selbst?« sagte er leise.

Ihr Wagen, ein dunkler Buick Regal, stand an meiner Einfahrt direkt hinter der Hecke, von der Terrasse aus nicht zu sehen. Ein Lichtpunkt flitzte im Innenraum umher wie ein eingesperrtes Glühwürmchen.

Stephanie saß auf dem Beifahrersitz und benutzte eine Taschenlampe zum Lesen. Das Fenster auf ihrer Seite war geöffnet.

»'n Abend«, sagte ich.

Sie schaute auf und schloß ihr Buch. Dann öffnete sie mir die Tür und rutschte auf den Fahrersitz. Ich stieg ein und setzte mich auf den von ihr angewärmten Platz. Ihr Piepser lag auf dem Armaturenbrett.

»Tut mir leid, daß ich dir nichts erzählt habe, aber er ist angewiesen auf Geheimhaltung.«

»Wie nennst du ihn? Pres oder Wally?«

Sie biß sich auf die Lippen. »Bill. Seine Freunde nennen ihn so.«

»Mir hat er seinen Namen jedenfalls nicht verraten. Wahrscheinlich bin ich nicht sein Freund.«

»Schau: Ich weiß, ich habe dir ein bißchen was vorgemacht, aber das ist meine Sache. Was ich in meinem Privatleben mache, geht dich nichts an, okay?«

»Ein bißchen was vorgemacht? Das Hausgespenst ist immerhin dein ständiger Begleiter. Gibt es sonst noch etwas, das du mir nicht erzählt hast?«

»Nein. Nichts, was mit dem Fall zu tun hat.«

»Wirklich? Er sagt, er kann Cassie helfen. Warum hast du ihn dann nicht früher ins Spiel gebracht?«

Sie legte die Hände ums Lenkrad. »Es ist sehr kompliziert.«

»Das glaube ich dir aufs Wort.«

»Ach, komm!« Sie schrie fast. »Ich habe dir erzählt, er sei unheimlich, weil das das Image ist, das er sich zugelegt hat, okay? Es ist wichtig für seine Arbeit, daß er als Bösewicht erscheint. Was er tut, ist wichtig, Alex. So wichtig wie unsere Arbeit. Er ist seit langer Zeit an der Sache.«

»Ich weiß, viereinhalb Jahre, ich kenne die ganze Historie. Ist deine Beförderung zur Abteilungsleiterin Teil des großen Plans?«

Sie sah mir ins Gesicht. »Ich muß das nicht beantworten, Alex. Ich verdiene diese Beförderung. Rita ist total von gestern. Sie weiß absolut nicht mehr, wo es langgeht. Was kann sie schon anfangen mit unserer Art von Patienten? – Sicher, für ihn wäre es auch nicht schlecht, wenn ich die Abteilung übernähme. Je mehr Freunde er im Krankenhaus hat, desto größer ist die Chance, Informationen zu bekommen, mit denen er die Jones' festnageln kann. Was ist also falsch daran? Wenn er sie nicht kriegt, dann wird es bald kein Krankenhaus mehr geben.«

»Freunde? Bist du sicher, er kennt das Wort? Laurence Ashmore hat auch für ihn gearbeitet, und von dem redet er nicht gerade freundschaftlich.«

»Ashmore war ein Idiot – ein unmöglicher kleiner Zyniker.«

»Ich dachte, du kanntest ihn kaum.«

»Das stimmt auch. Aber ich habe dir erzählt, wie er mich behandelt hat – wie blasiert er sich benahm, als ich seine Hilfe brauchte.«

»Wessen Idee war es, Chads Akte von ihm überprüfen zu

lassen? Deine oder Bills, der versuchte, mehr Dreck gegen die Jones' aufzuschaufeln?«

»Was macht das für einen Unterschied?«

»Es wäre nett zu wissen, ob wir hier über Politik oder über eine Patientin reden.«

»Was macht es für einen Unterschied, Alex? Verdammt noch mal! Wichtig ist doch das Ergebnis. Ja, er ist mein Freund. Ja, er hat mir eine Menge geholfen, das heißt, wenn ich ihm jetzt helfe, dann ist das in Ordnung! Was hast du dagegen? Wir ziehen doch alle am selben Strang!«

»Warum helft ihr dann nicht erst mal Cassie?« Ich schrie jetzt auch. »Ich bin sicher, ihr habt über sie geredet. Warum muß sie eine Sekunde länger leiden, wenn Superman der Qual ein Ende bereiten kann?«

Sie sank zusammen. Ihr Rücken lehnte an der Fahrertür. »Was erwartest du von mir? Vollkommenheit? Tut mir leid, damit kann ich nicht dienen. Ich habe es versucht. Es ist der direkte Weg ins Elend. Also hör auf, ja? Hör auf!«

Sie begann zu weinen.

»Vergiß es«, sagte ich. »Konzentrieren wir uns lieber auf Cassie.«

»Das tue ich die ganze Zeit«, sagte sie mit brüchiger Stimme. »Glaub mir, Alex, ich konzentriere mich auf sie – das habe ich immer getan. Wir konnten nichts tun, weil wir nichts wußten. Wir mußten sicher sein. Deshalb habe ich dich gerufen. Bill wollte es nicht, aber ich habe darauf bestanden. Ich mußte mich durchsetzen – wirklich.«

Ich sagte nichts.

»Ich brauchte deine Hilfe, um sicher zu sein, daß Cindy wirklich die Verantwortliche ist. Erst dann kann Bill uns helfen. Erst dann könnten wir es ihr auf den Kopf zusagen.«

»Ist es nicht eher so, daß du auf Bills Signal wartest, bis er soweit ist, die ganze Familie auszuheben?«

»Nein! Er . . . wir wollten es nur auf eine Weise machen, die . . . effizient ist! Sich einfach hinzustellen und sie anzuschuldigen, wäre . . .«

». . . strategisch unklug?«

»Nicht effizient! Oder nicht ethisch. Es wäre nicht richtig gewesen. Was, wenn sie unschuldig wäre?«

»Du meinst, wenn Cassie etwas Organisches fehlte oder etwas mit ihrem Stoffwechsel nicht stimmte?«

»Warum nicht? Ich bin Ärztin, verdammt, nicht Gott. Wie sollte ich wissen, was mit ihr los ist? Wenn Chuck ein Dreckskerl ist, heißt das noch nicht, daß Cindy kleine Kinder umbringt! Ich war mir nicht sicher! Der Sache auf den Grund zu kommen, ist dein Job – deshalb habe ich dich gerufen.«

»Danke für die Überweisung.«

»Alex«, sagte sie flehend, »warum machst du es so schwer für mich? Du weißt doch, wie ich bin.«

Sie schniefte und rieb sich die Augen.

»Seit ich an dem Fall bin, fühle ich mich wie in einem Labyrinth«, sagte ich.

»Ich doch auch. Glaubst du, es ist einfach, in diese Besprechungen zu gehen und zu tun, als sei man ihr gehorsamer Diener? Plumb denkt, seine Hand sei dazu erschaffen, meine Knie zu betatschen.« Sie verzog das Gesicht und schob ihren Rocksaum tiefer. »Glaubst du, es ist einfach, mit anderen Ärzten durch die Halle zu gehen und zu hören, was sie über Bill sagen, wenn er uns begegnet? Ich weiß, er entspricht nicht gerade deiner Vorstellung von einem netten Kerl, aber du kennst ihn nicht. Er ist ein guter Mensch. Er hat auch mir geholfen.« Sie schaute aus dem Seitenfenster. »Ich hatte ein Problem . . . die Einzelheiten gehen dich nichts an. – Ach, zum Teufel, warum nicht? Ich hatte ein Alkoholproblem, okay?«

»Okay.«

Sie drehte sich abrupt zu mir. »Du bist nicht überrascht? Hast du es mir angesehen?«

»Nein, aber es passiert den nettesten Leuten.«

»Ich habe es nie gezeigt?«

»Ich kenne dich nicht gerade als die lallende Säuferin.«

»Nein«, lachte sie, »ich bin eher von der komatösen Sorte, genau wie meine Mutter – die guten alten Gene.«

Sie lachte wieder und umklammerte das Lenkrad.

»Dagegen mein Vater: das Musterbeispiel des aggressiven Säufers. Und mein Bruder Tom war der vornehme Trinker: witzig und charmant. Alle liebten es, wenn er ein paar zuviel intus hatte. Er war Industriedesigner, viel cleverer als ich, viel kreativer. Vor zwei Jahren starb er an Leberzirrhose. Er war achtunddreißig.«

Sie zuckte die Schultern. »Ich wartete ein bißchen mit meinem Alkoholismus. Ich wollte immer alles anders machen als der Rest der Familie. Es war erst während meiner Assistenzzeit, daß ich beschloß, der Familientradition zu folgen. Ich soff an meinen freien Tagen. Ich war wirklich Spitze darin, Alex. Ich hatte den Dreh raus, genau zum richtigen Zeitpunkt wieder intelligent und adrett auszusehen. Doch irgendwann wurde ich nachlässig. Meine Zeitplanung kam durcheinander. Das Timing ist immer ein Problem, wenn du ein heimlicher Säufer bist. Vor ein paar Jahren hat man mich dann wegen Trunkenheit am Steuer drangekriegt. Ich hatte einen Unfall verschuldet, Alex. Wenn ich mir vorstelle, daß jemand hätte zu Schaden oder ums Leben kommen können . . .«

Sie weinte wieder. Dann wischte sie sich die Augen so heftig, daß ich dachte, sie könnte sich verletzen.

»Ach, Mist«, sagte sie, »immer dieses Selbstmitleid. Meine Kumpels bei den Anonymen Alkoholikern sagten immer, ich solle es endlich aufgeben. Ein Jahr habe ich mich mit denen getroffen. Dann habe ich damit aufgehört. Ich hatte keine Zeit, und schließlich ging es mir ja gut, oder? Dann, voriges Jahr, hatte ich eine Menge Streß und fing wieder an. Du kennst vielleicht die kleinen Fläschchen, die man im Flugzeug bekommt. Die habe ich gesammelt, auf dem Rückflug von Konferenzen. Nur ein Schlückchen vor dem Schlafengehen. Dann ein paar mehr. Am Ende fing ich an, die Dinger zur Arbeit mitzunehmen. Für den berühmten Augenblick der Ruhe am Ende des Arbeitstages. Aber ich war vorsichtig. Die leeren Flaschen habe ich immer wieder eingepackt und mit nach Hause genommen, um keine Spuren zu hinterlassen. Du siehst, auch ich kann mein Geheimnis wahren. Du hast doch bisher nichts davon gewußt, oder? O Scheiße!«

Sie schlug auf das Lenkrad und stützte den Kopf darauf. »Eines Nachts, als es wirklich dicke kam, kranke Kinder in allen Ecken, haute ich ein halbes Dutzend dieser Fläschchen weg und schlief an meinem Schreibtisch ein. Bill fand mich um drei Uhr früh, als er seine Runde machte. Ich hatte meine ganzen Patientenkarten vollgekotzt. Als ich ihn vor mir stehen sah, dachte ich, ich würde sterben. Aber er hielt mich fest und machte mich sauber und brachte mich nach Hause – er kümmerte sich um mich, Alex. Das hatte noch nie jemand für mich getan. Es ist nur wegen ihm, daß ich mich seitdem zusammengenommen habe. Hast du bemerkt, wieviel Gewicht ich verloren habe, wie ich mich kleide, und meine Frisur?«

»Du siehst großartig aus.«

»Es ist mir endlich einmal wichtig, wie ich aussehe. Bill kaufte mir auch die Kaffeemaschine. Er versteht mich, denn seine Familie war auch . . . sein Vater war ein wirklich schlimmer Säufer. Er trank jedes Wochenende, aber er schaffte es trotzdem, fünfundzwanzig Jahre in derselben Fabrik zu arbeiten. Die Fabrik wurde dann übernommen und zugemacht. Sein Vater wurde arbeitslos, und es stellte sich heraus, daß die Betriebsrentenkasse geplündert worden war, bis auf den letzten Pfennig. Sein Vater fand nie mehr Arbeit und trank sich zu Tode. Er verblutete in seinem Bett. Bill ging noch zur Schule. Er kam vom Fußballtraining nach Hause und fand ihn. Siehst du, warum er mich verstehen kann und warum seine Arbeit für ihn so wichtig ist?«

»Sicher«, sagte ich und fragte mich dabei, wieviel von der Geschichte wohl stimmte. Ich mußte an die Identikit-Zeichnung denken, an den Mann, der in jener Nacht mit Denise Herbert gesehen worden war.

»Seiner Mutter hat er auch aus dem Schlamassel geholfen«, fuhr Stephanie fort. »Er hat ein Talent dafür, Probleme zu lösen. Deshalb wurde er Polizist, deshalb nahm er sich die Zeit, noch einmal die Schulbank zu drücken und Wirtschaft zu studieren. Er hat promoviert, Alex, er ist ein Doktor, auch wenn du es ihm nicht ansehen magst.«

»Wer ist Presley Hünengart?«

Sie zögerte.

»Noch ein Staatsgeheimnis?« fragte ich.

»Es ist . . . okay, ich erzähl es dir, weil ich will, daß du mir vertraust. Es steckt auch gar nicht viel dahinter. Presley war ein Freund von Bill aus Kindertagen, der mit acht an einem Hirntumor starb. Bill nahm seine Identität an, weil es außer einer Geburtsurkunde nichts über ihn gibt, und das Alter stimmt genau.«

Sie war aufgeregt, atemlos. Bill und seine Welt bedeuteten ihr offenbar mehr als nur Beistand.

»Ach, Alex, warum vergessen wir das jetzt nicht alles und versuchen einfach zusammenzuarbeiten? Ich weiß Bescheid über die Insulinspritzen – dein Freund hat Bill davon erzählt. Er vertraut ihm. Warum raufen wir uns nicht zusammen und überlegen, wie wir die Sache zum Abschluß bringen können? Bill wird uns helfen.«

»Und wie?«

»Das weiß ich nicht, aber er wird uns helfen, du wirst sehen.«

Sie hakte den Piepser an ihrem Gürtel ein, und wir gingen zusammen ins Haus zurück. Milo saß noch auf der Couch. Hünengart/Zimberg/ Bill stand in einer Ecke und blätterte in einer Zeitschrift.

»Hallo, Jungs«, sagte Stephanie. Ihre Stimme war eine Spur zu heiter.

Hünengart klappte die Zeitschrift zu, faßte sie am Arm und führte sie zu einem Stuhl. Dann setzte er sich neben sie und machte eine Bewegung, als wollte er sie berühren, doch statt dessen knöpfte er sein Jackett auf. Sie wandte die ganze Zeit keinen Blick von ihm.

»Wo sind Denise Herberts Disketten?« nahm ich das Gespräch wieder auf. »Und erzählen Sie mir nicht, das sei nicht wichtig; das ist es nämlich. Ganz gleich, ob sie wußte, woran Ashmore für Sie arbeitete, ich bin ziemlich sicher, sie hatte einen Verdacht bezüglich der Jones-Kinder. Apropos, haben Sie Chads Akte gefunden?«

»Nein, noch nicht.«

»Und die Disketten?«

»Die habe ich zur Analyse geschickt.«

»Wissen die Leute, die die Analyse machen, überhaupt, um was es geht? Kennen sie die Bedeutung der Zufallstabelle?«

Er nickte. »Der Schlüssel sollte kein größeres Problem darstellen.«

»Wie können Sie das sagen, wo Sie es immer noch nicht geschafft haben, durch Ashmores Daten zu steigen?«

Er schaute Stephanie an und lächelte milde. »Der Kerl gefällt mir.«

Sie lächelte nervös zurück.

»Ich glaube, die Frage ist berechtigt«, sagte Milo.

»Ashmore ist ein besonderer Fall«, erklärte Hünengart. »Er war ein ausgesprochener Zahlenfreak und wahnsinnig intelligent.«

»Und Denise Herbert war das nicht?«

»Nicht nach dem, was ich von ihr gehört habe.«

»Und das wäre?«

»Nicht mehr als Sie auch schon wissen: etwas Talent in Mathematik, aber im Grunde war sie eine Kleptomanin und Stromerin, und sie nahm Drogen – hoffnungslos.«

Stephanie zuckte bei jedem Prädikat zusammen. Er bemerkte es und preßte kurz ihre Hand.

»Falls etwas aus den Disketten hervorgeht, das für Sie interessant sein könnte, werden Sie davon erfahren, das verspreche ich.«

»Hast du ihm von unserem Freund im Club erzählt?« fragte ich Milo.

Er nickte.

»Die ganze Geschichte?«

»Sie brauchen nicht um den Brei herumzureden«, sagte

Hünengart, »ich hab das Meisterwerk gesehen, das euer verkokster Barmann produziert hat, und meine Antwort ist: Nein, das bin ich nicht. Ich schlitze keine Frauen auf.«

»Wovon redet ihr?« fragte Stephanie.

»Ach, Blödsinn«, erklärte er ihr. »Sie haben eine Beschreibung eines Mordverdächtigen – jemand, der vielleicht dieses Mädchen umgebracht hat –, und sie meinten eine gewisse Ähnlichkeit mit einem großen, bösen Sicherheitschef zu erkennen.«

Sie schaute ihn erschrocken an. Er lachte. »Keine Sorge, Steph, so dünn wie der Kerl auf der Zeichnung war ich zuletzt mit sechzehn.« Und zu mir: »Können wir uns jetzt vielleicht an die Arbeit machen?«

»Ich bin schon die ganze Zeit dabei«, erwiderte ich. »Haben Sie irgendwelche Informationen über Vicki Bottomley?«

Hünengart winkte Milo zu. »Erzählen Sie.«

»Wir haben ihr Telefon angezapft, um zu sehen, ob sie bei den Jones' oder in Chips Büro anruft.«

»Wir?« sagte Hünengart und hob die Brauen.

»Er, meine ich, mit Erlaubnis der Bundesregierung.«

»Und?«

»Nichts, keine Anrufe. Und niemand in Bottomleys Nachbarschaft hat Cindy oder Chip je gesehen. Wenn es also eine Verbindung gibt, dann ist die verdammt gut versteckt. Mein Gefühl ist, daß sie nichts mit der Sache zu tun hat. Die Hauptgiftmischerin ist sie bestimmt nicht. Erst wenn wir das ganze Puzzle zusammenhaben, werden wir sehen, wo sie hineinpaßt.«

»In welche Richtung sollen wir also marschieren?« fragte ich.

Milo schaute Hünengart an. Hünengart schaute mich an und zeigte auf die Couch.

»Danke, ich habe den ganzen Tag gesessen«, sagte ich.

Er runzelte die Stirn, faßte sich an den Schlips und schaute in die Runde. »Also gut. Als erstes möchte ich meine Forderung nach totaler Diskretion wiederholen – vollkommene Kooperation von beiden von Ihnen. Schluß mit dem Improvisieren, ist das klar?«

»Und was wäre Ihre Gegenleistung?« fragte ich.

»Wahrscheinlich ausreichend technische Unterstützung, um Cindy zu überführen. Ich habe von der Regierung freie Hand bezüglich Chuck Jones. Ein Anruf genügt, den Junior und alles, was er besitzt, in die Vollmacht einzubeziehen. Und dann kann es losgehen – totale Überwachung auf Schritt und Tritt, Mikrofone und Kameras bei ihm zu Hause und am Arbeitsplatz. Gebt mir zwei Stunden allein in ihrem Haus, und es wird verdrahtet sein wie ein Filmstudio. Wir haben eine Kamera, die in den Fernseher paßt, so daß wir sie sehen, sobald sie die Kiste einschalten. Ich kann das Haus auf den Kopf stellen und für euch nach Insulin oder anderem Stoff suchen, ohne daß sie es je merken werden. Das einzige, was ich verlange, ist, daß ihr den Mund haltet.«

»Wir brauchen Wanzen in Cassies Zimmer und in dem Bad, das es mit dem Elternschlafzimmer verbindet.«

»Ist das Bad gekachelt?«

»Ja, Kacheln und ein Fenster.«

»Kein Problem – was immer an Ausrüstung ich nicht hier habe, kann ich innerhalb von vierundzwanzig Stunden kommen lassen.«

»Ich treffe sie morgen abend bei ihnen zu Hause«, sagte ich. »Ich kann versuchen, die Verabredung zu ändern und sie ins Krankenhaus zu bestellen. Werden Sie bis dahin Ihre Ausrüstung zusammenhaben?«

»Wahrscheinlich. Wenn nicht, dann bin ich spätestens übermorgen oder den Tag danach soweit. Können Sie sicherstellen, daß wirklich niemand zu Hause sein wird? Es darf keinen Zwischenfall geben.«

»Warum bittest du nicht beide, Cindy und Chip, zu einer Besprechung?« schlug Stephanie vor. »Sag ihnen, die Labortests hätten etwas ergeben, du müßtest Cassie untersuchen und mit ihnen reden. Und wenn du sie einmal da hast, sorgst du dafür, daß es länger dauert.«

»Das läßt sich machen. Ich kann sie hinhalten.«

»Wie kommt es, daß Sie Chip so einfach in Ihre Untersuchung einschließen können?« fragte ich Hünengart. »Ist er in die Finanzgeschäfte seines Vaters verwickelt?«

Keine Antwort.

»Was ist? Ich dachte, wir wollten offen sein zueinander?«

Hünengart war irritiert. »Er ist zumindest zwielichtig«, sagte er zögernd.

»Denken Sie an die fünfzig Parzellen, die ihm gehören? Ist er nur ein Strohmann für Chuck?«

»Nein, das Land ist doch nichts wert. Chuck ist zu clever für so was. Der Junior ist ein Versager. Seine Hauptbeschäftigung scheint zu sein, das Geld seines Vaters zu verplempern.«

»Hat er noch andere Hobbys außer Grundstücken? Sein Lebensstil scheint doch recht normal zu sein.«

»Das ist nur Fassade. Er stellt sich als Selfmademan dar. Alles Schwindel. Das aus dem Boden gestampfte College, wo er lehrt, zahlt ihm vierundzwanzigtausend im Jahr. Meinen Sie, davon könnte er sich ein Haus in Westview, geschweige denn den ganzen Batzen Land erlauben? Nicht, daß es ihm noch gehörte.«

»Wem gehört es?«

»Der Bank, die das Projekt finanziert hat. Papi hat das Land vor Jahren gekauft, zu einem Schleuderpreis. Dann gab er es Junior. Er dachte, der würde es zum richtigen Zeitpunkt verkaufen und selbst ein bißchen Geld machen. Er sagte Junior sogar Bescheid, als der richtige Zeitpunkt da war, aber der wollte nicht auf ihn hören. Und nicht zum erstenmal. Als er noch in Yale war, machte Junior seine eigene Firma auf. Er wollte Vorlesungsskripte verscherbeln, er dachte, er könnte alles besser als andere, die das schon taten. Papi finanzierte ihn mit hunderttausend oder so. Das war zum Fenster rausgeschmissen, nicht nur, weil es eine schwachsinnige Idee war, sondern auch, weil Junior einfach das Interesse verlor. Das ist seine Schwäche. Er fängt etwas an und bringt es nicht zu Ende. Ein paar Jahre danach, auch noch als Student, beschloß er, unter die Verleger zu gehen. Eine Soziologiezeitschrift, populärwissenschaftlich. Damit war eine weitere Viertelmillion von Vaters Geld zum Teufel. Es folgten noch mehr Projekte, die alle genauso endeten. Nach meiner Rechnung verschwanden auf diese Weise etwa eine Million Dollar, den Landkauf nicht eingeschlossen. Nicht viel nach dem Maßstab seines Vaters, aber man sollte eigentlich meinen, daß jeder Idiot mit so einer Unterstützung etwas auf die Beine stellen könnte, nicht wahr? Aber nicht unser Junior. Er ist eben zu *kreativ.*«

»Was ist mit den Grundstücken schiefgegangen?« fragte ich.

»Nichts, aber wir befinden uns in einer Rezession; die Grundstückspreise sind gefallen. Anstatt schnell zu verkaufen und seine Verluste zu begrenzen, beschloß Junior, in die Baubranche zu gehen. Papi wußte, daß das dumm war, und verweigerte ihm die Finanzierung, also ging Junior zu einer Bank, mit Vaters Namen als Sicherheit. Wie gewöhnlich verlor er bald das Interesse. Die Subunternehmer merkten natürlich, daß sie es mit einem Amateur zu tun hatten, und hauten ihn entsprechend übers Ohr. Kein Zweifel, die Bank wird sich bestimmt zuerst an den Vater wenden, bevor sie ihn enteignen läßt. Und der wird wahrscheinlich wieder für alles geradestehen. Der liebt nämlich seinen Junior. Er erzählt jedem, was für ein großer Gelehrter sein Söhnchen ist – welch ein Witz. Junior hat dauernd sein Studienfach gewechselt und seinen Doktor hat er nie fertig gemacht.«

»Bei einer Sache ist er aber geblieben«, warf ich ein, »beim Lehrerberuf. Darin ist er offenbar gut. Er hat immerhin Preise gewonnen.«

»Ach ja, Organisationstheorie, New-Age-Managementtechniken, Marx und Rock 'n' Roll. Er ist doch nur ein Alleinunterhalter. Wenn Sie sich die Videos anschauen, die ich von seinen Vorlesungen habe, dann sehen Sie; daß er den Studenten alles erzählt, was sie hören wollen: antikapitalistische Rhetorik, Gejammer über die Korruption in der Wirtschaft. Man braucht nicht Freud zu heißen, um zu erkennen, was mit ihm los ist. Er tut alles, um seinen Vater zu verletzen. Sogar seine Frau gehört zu diesem Programm.«

»In welcher Weise?«

»Na, kommen Sie, Doktor! Milo hat mir von ihrer militärischen ›Karriere‹ erzählt. Das Mädchen ist doch eine Nutte, unterste Schublade. Und dann vergreift sie sich noch an dem Kind. Das ist bestimmt nicht die Schwiegertochter, die der Alte sich vorgestellt hat.«

Er grinste. Er war wieder puterrot und schwitzte heftig. Sein Haß war greifbar. Auch Stephanie spürte ihn. Ihre Augen waren voller Spannung.

»Was ist mit Chips Mutter?« fragte ich. »Woran ist sie gestorben?«

»Na, raten Sie mal: Selbstmord natürlich. Schlaftabletten. Die ganze Familie hat doch einen Hau. Und der Mutter kann ich nicht mal einen Vorwurf machen, es war nämlich alles andere als ein Zuckerschlecken mit dem Alten. Er hat offen mit Weibern herumgemacht, möglichst mit drei oder vier auf einmal, junge, vollbusige Blondinen mit minimaler Intelligenz.«

»Am liebsten würden Sie die ganze Familie in die Pfanne hauen, nicht wahr?«

»Die Familie ist mir egal«, sagte Hünengart kalt. Dann stand er auf, ging ein paar Schritte und reckte sich. »Morgen also. Sie locken sie aus dem Haus, und ich geh rein und bereite die Videoshow vor.«

»Großartig, Bill«, sagte Stephanie. Im selben Moment meldete sich jemand auf ihrem Piepser. Sie nahm ihn vom Gürtel und las die Nummer, die sie anzurufen hatte. »Wo ist dein Telefon, Alex?«

Ich führte sie in die Küche und blieb neben ihr stehen, während sie wählte.

»Dr. Eves hier. Ich habe eben . . . Was? . . . Wann? . . . Geben Sie mir den diensthabenden Arzt . . . Jim? Hier spricht Stephanie. Was gibt's? . . . Ja, es ist nicht das erstemal, es steht alles in ihrer Akte . . . Unbedingt, laß sie am Tropf. Soweit hast du alles richtig gemacht, aber ihr müßt unbedingt sofort die volle Giftroutine durchziehen. Laß sie besonders auf Insulin oder Ähnliches untersuchen. Und Einstichwunden, such nach Einstichwunden. Es ist wichtig, Jim, bitte . . . danke. Du mußt sie total isolieren. Keiner darf zu ihr . . . die vor allem nicht . . . Was? . . . Draußen im Gang. Laß die Vorhänge offen, damit sie sie sehen können, aber reingehen darf niemand . . . das ist mir egal . . . ich weiß. Ich nehm das auf meine Kappe, Jim . . . Was? . . . Nein! Sie muß auf der Intensivstation bleiben, auch wenn es ihr besserzugehen scheint . . . Da kann ich mich nicht drum kümmern, Jim. Find ein Bett, irgendwo. Es ist unheimlich wichtig . . . Was? Bald, sobald ich kann – eine Stunde vielleicht . . . Ja, das mach ich. Danke, ich werde mich revanchieren.«

Sie legte auf. Sie war kreidebleich. Ihre Brust bebte.

»Diesmal ist sie bewußtlos.«

30

Ich saß vor einem kleinen Monitor, auf dem verschwommene Schwarzweißbilder flimmerten.

Die Luft in dem Raum, zwei Türen von Cassies Zimmer entfernt, war kalt und steril. Medikamentengeruch hing in der Luft, obwohl er seit Monaten nicht mehr benutzt worden war. Ich hatte den größten Teil des Tages und den ganzen Abend hier verbracht.

Die Tür war verriegelt. Es war dunkel bis auf den scharfen gelben Lichtkreis unter einer Stehlampe in einer Ecke des Zimmers. Vor den Fenstern hingen zwei Lagen Vorhangstoff.

In der Nähe der Lampe saß der Mann, der sich Hünengart nannte, auf dem Boden vor dem Bett. In seinem Schoß lag ein kleines schwarzes Funksprechgerät. Die Bettwäsche war entfernt worden, und auf der Matratze, die er als Schreibtisch benutzte, hatte er Papiere ausgebreitet, Regierungsdokumente. Mit einem davon war er jetzt seit über einer Stunde beschäftigt. Das Blatt, das er gerade las, war voller Zahlen und Fußnoten; darunter stand, soweit ich erkennen konnte: LETZTE VERSION.

Ich hatte auch etwas zu lesen: die neusten Laborberichte über Cassie und ein druckfrisches Manuskript, das mir Hünengart in die Hand gedrückt hatte. Fünf maschinengeschriebene Seiten über betrügerische Manipulation von Pensionskassen, von Professor W. W. Zimberg.

Mein Blick ging zurück zu dem Monitor. Auf dem Bild war keine Bewegung zu erkennen, nur das stetige Tropfen von Zuckerwasser in Plastikschläuchen. Hinter Gittern auf dem Kissen sah ich ein Büschel dunklen Haars und eine aufgedunsene Babywange. Ebenfalls im Bild war der Regler des Tropfes mit seinen Eingangs- und Ausgangsschläuchen und Ventilen . . .

Hünengart nahm einen Stift in die Hand und strich etwas durch.

Die Dokumente, die er Milo im Büro des stellvertretenden Chefs gezeigt hatte, besagten, daß er in der Nacht, als Denise Herbert ihr Leben verlor, in Washington gewesen war. Milo hatte das nachgeprüft, wie er mir erzählte, als wir kurz vor Sonnenaufgang zusammen ins Krankenhaus fuhren. »Für wen arbeitet er genau?« hatte ich ihn gefragt.

»Die Einzelheiten kenne ich nicht, aber es ist eine Art Sonderkommando, wahrscheinlich irgendwie mit dem Finanzministerium liiert.«

»Ein richtiger Geheimagent?«

»Das hab ich mich auch gefragt. Aber eins sag ich dir, Alex – der Typ ist mehr als nur ein einfacher Agent. Er hat den vollen Durchblick.«

»Durchblick und Motivation. Viereinhalb Jahre, um seinen Vater zu rächen. Wie ist er wohl zu dem Millionenbudget gekommen?«

»Wer weiß? Vielleicht ist er nur den richtigen Leuten in den Hintern gekrochen. Wie auch immer, er ist auf Draht.«

»Und ein guter Schauspieler. Es ist bestimmt nicht einfach, so nah an Jones und Plumb heranzukommen.«

»Ja. Vielleicht kandidiert er eines Tages für die Präsidentschaft. Weißt du übrigens, daß du viel zu schnell fährst?«

»Wenn ich einen Strafzettel bekomme, kannst du das sicher für mich regeln, oder? Jetzt, wo du wieder ein richtiger Polizist bist. – Wie hast du das übrigens geschafft?«

»Ich mußte gar nichts machen. Als ich ins Büro des Stellvertretenden beordert wurde, war Hünengart schon da. Er sprang mir buchstäblich ins Gesicht und wollte wissen, warum ich ihm nachspürte. Ich dachte kurz nach und sagte ihm die Wahrheit. Was blieb mir schon übrig? Wenn ich stur geblieben wäre, hätten sie mich wegen Diebstahls von Arbeitszeit und Rechenzeit, die der Polizei gehören, drangekriegt. – Dann fing er an, eine Menge Fragen über die Jones' zu stellen. Die ganze Zeit saß der Stellvertretende hinter seinem Schreibtisch und sagte keinen Ton. Ich dachte schon, das war's dann wohl, ab jetzt bin ich nur noch Privatdetektiv, doch als er mit mir fertig war, dankte mir Hünengart für meine Hilfe und sagte, es sei eine Schande, daß ein Kerl mit meiner Erfahrung vor dem Bildschirm hängt, anstatt Verbrechen aufzuklären. Mein Chef sah aus, als hätte er Jauche gesoffen, aber er hielt den Mund. Dann fragte Hünengart, ob er mich für seinen Fall ausleihen könnte. Mein Chef sagte verdattert, sicher, es sei schon immer geplant gewesen, mich wieder in den aktiven Dienst zu nehmen. Hünengart und ich gingen zusammen aus dem Büro, und sobald wir allein waren, sagte er, daß ich ihm als Person scheißegal wäre, daß sein Fall gegen Jones kurz vor dem Abschluß steht und daß ich mich deswegen hüten soll, ihm bei dessen Vernichtung in die Quere zu kommen.«

»Vernichtung – hm.«

»So ist er eben. Ein richtiges Seelchen ... Dann sagte er: ›Wie wär's mit einem Handel? Sie machen mir keine Schwierigkeiten, und ich werde Ihnen helfen.‹ Stephanie hatte ihm von Cassie erzählt, aber er hatte nichts unternommen, weil es keine ausreichenden Beweise gab, jedenfalls bisher nicht.«

»Und was hat sich daran so plötzlich geändert?«

»Wahrscheinlich denkt er, den Großpapa hat er jetzt sicher

im Sack, und nun kommt er auf den Geschmack und will gleich die ganze Familie fertigmachen. Es würde mich nicht überraschen, wenn er Cassies Martyrium irgendwie genösse – als Teil des Fluchs, der auf der Familie Jones liegt. Er haßt sie inbrünstig, Alex. Andererseits, was sollten wir ohne ihn machen? Profitieren wir also von ihm und sehen, was passiert.«

Auf dem Bildschirm bewegte sich etwas. Dann wieder Ruhe. Mein Genick war steif; ich veränderte meine Position, ohne die Augen vom Monitor zu wenden.

Hünengart war immer noch bei seinen Hausaufgaben. Es waren Stunden vergangen, seitdem ich mir das letztemal seine Aufmerksamkeit verdient hatte. Die Zeit verging mit quälender Langsamkeit.

Wieder bewegte sich etwas, ein schwarzer Schatten in der Bildecke oben rechts. Dann wieder nichts; ich wartete weiter. Dann . . .

»He«, rief ich.

Hünengart schaute widerstrebend von seinem Dokument auf. Der Schatten im Bild wurde größer und heller und nahm Gestalt an, weiß und verschwommen. Eine Hand. Ein Gegenstand zwischen Daumen und Zeigefinger.

Hünengart richtete sich auf.

»Los!« sagte ich. »Es ist soweit!«

Er lächelte.

Die Hand auf dem Bildschirm bewegte sich, wurde größer, groß und weiß . . .

»Nun machen Sie schon!« drängte ich.

Hünengart legte seinen Artikel weg und kam zu mir herüber.

Die Hand bewegte sich auf den Tropfregler zu. Hünengart schien das Bild zu genießen. Ein breites Lächeln erschien unter seinem kleinen Schnurrbart.

Das Ding zwischen den Fingern der Hand näherte sich einer kleinen Gummimembran am Tropfregler. Hünengart hielt das Funkgerät vor den Mund und sagte: »Auf die Plätze.«

Das Ding zwischen den Fingern hatte eine feine Spitze. Ein weißer Zylinder, einem Kugelschreiber nicht unähnlich, mit ultrafeiner Nadel. Es schnellte vor und stach in die Membran.

»Los!« rief Hünengart in sein Funkgerät.

31

Zimmer 505 W stand schon weit offen. Cassie lag in ihrem Bett auf dem Rücken und atmete durch den Mund. Der Tiefschlaf nach einem Anfall. Sie war bis zum Hals zugedeckt. Unter der Bettdecke schlängelten sich die Schläuche der Tropfanlage hervor.

Auch Cindy schlief. Sie lag auf dem Bauch und ließ einen Arm aus dem Bett baumeln.

Milo stand neben dem Tropfgestell. Er trug einen formlosen grünen Chirurgenanzug. An seinem Hemd klemmte ein Krankenhausausweis, Dr. M. B. Sturgis, mit einem Foto, auf dem er recht verdrießlich aussah.

Sein wirkliches Gesicht in diesem Moment war polizeigeschäftsmäßig, unbeteiligt. Mit einer seiner fleischigen Hände umklammerte er Chip Jones' Handgelenk, mit der anderen drehte er dessen Arm auf den Rücken. Chip schrie vor Schmerzen.

Milo überhörte das und betete ihm seine Rechte vor.

Chip trug einen kamelhaarfarbenen Jogginganzug und braune Laufschuhe. Sein Rücken krümmte sich unter Milos Griff, seine Augen waren glasig und vor Angst weit aufgerissen.

Seine Angst machte mich so wütend, daß ich ihn hätte umbringen können.

Ich rannte zum Bett und sah nach dem Tropfventil. Es war versiegelt – mit Kleber verschlossen. Das war Stephanies Idee gewesen. Nichts aus dem Zylinder konnte in Cassies Blutbahn gelangen. Eine gute Idee, aber auch riskant. Ein paar Sekunden später hätte Chip den Widerstand in der Spritze gespürt und gewußt, daß der Regler blockiert war.

Milo hatte ihm inzwischen Handschellen angelegt. Chip begann zu heulen, aber nach kurzer Zeit fing er sich wieder.

Hünengart war ins Zimmer gekommen, ohne daß ich es bemerkt hatte. Er leckte sich die Lippen und baute sich vor Chip auf. »Du bist im Arsch, Junior.«

Chip starrte ihn an. Sein Mund stand offen. Sein Bart zitterte. Er ließ etwas auf den Boden fallen, einen weißen Zylinder mit einer winzigen Spitze. Es rollte über den Teppich und blieb liegen. Chip hob einen Fuß und versuchte, es zu zertrampeln, doch Milo riß ihn herum. Hünengart zog sich einen Gummihandschuh an, hob die Spritze auf und wedelte mit ihr vor Chips Gesicht. Chip winselte.

Ich ging zu Cindy und stieß sie an. Sie drehte sich um, wachte jedoch nicht auf. Ich rüttelte sie an der Schulter, sie wachte immer noch nicht auf. Ich rüttelte fester und rief ihren Namen, ohne Erfolg.

Auf dem Boden, in der Nähe ihrer baumelnden Hand, stand eine halbvolle Tasse Kaffee.

»Was haben Sie ihr gegeben?« fragte ich Chip.

Er antwortete nicht. Ich wiederholte die Frage, er schaute auf den Boden. Sein Ohrring heute abend war ein Smaragd.

»Womit haben Sie sie stillgelegt?« fragte ich noch einmal, während ich eine Telefonnummer wählte.

Keine Antwort.

Ich bekam die Zentrale an den Apparat und bestellte ein Wiederbelebungsteam. Chip schaute mir zu, mit großen Augen. Hünengart sah aus, als wollte er die Antwort aus Chip herausprügeln.

»Wenn Sie es uns nicht erzählen, machen Sie alles nur noch schlimmer«, sagte Milo.

Chip räusperte sich, als wollte er etwas Wichtiges verkünden, aber dann sagte er doch nichts.

»Okay«, sagte Milo, »auf zum Gefängnis.« Er schob Chip

vor sich her. »Die werden hier schon rausfinden, was Sie ihr in den Kaffee getan haben.«

»Wahrscheinlich Valium«, sagte Chip endlich, »aber nicht ich habe es ihr gegeben.«

»Wieviel?« fragte ich ihn.

»Gewöhnlich nimmt sie vierzig Milligramm.«

Milo schaute mich an.

»Wahrscheinlich nicht tödlich«, sagte ich, »aber für ihre Größe ist es eine mächtige Dosis.«

»Keine Sorge«, sagte Chip, »sie ist daran gewöhnt.«

»Ach ja?« Ich preßte meine Hände gegeneinander, damit das Zittern aufhörte.

»Was soll das?« sagte Chip. »Sie können mich ja durchsuchen.«

»Wir werden nichts mehr finden, weil Sie ihr alles gegeben haben«, sagte Hünengart.

Chip brachte ein Lachen zustande, obwohl seine Augen voller Angst waren. »Nun machen Sie schon, durchsuchen Sie mich.«

Hünengart tastete ihn ab, drehte seine Taschen um und fand nur eine Geldbörse und ein Schlüsselbund.

Chip schüttelte sich das Haar aus den Augen und lächelte.

»Denken Sie an etwas Lustiges, Junior?«

»Sie machen einen großen Fehler«, sagte Chip. »Wenn ich nicht das Opfer davon wäre, würden Sie mir leid tun.«

Hünengart lächelte. »So, so.«

»Ja, Sie könnten mir leid tun.«

»Unser Junior hier denkt, die Sache ist lustig, meine Herren.« Er stand Auge in Auge mit Chip. »Was denkst du eigentlich, was hier Sache ist? Glaubst du, einer von Papis Anwälten wird dich hier rausholen? Wir haben dich auf Video, wie du versuchst, dein Kind umzubringen, alles, vom Augenblick, wo du die Spritze lädst, bis du sie einstichst. Möchtest du raten, wo die Kamera ist?«

Chip lächelte immer noch, doch in seinen Augen war blanke Panik. Sie klappten auf und zu und quollen vor, seine Blikke rasten durchs Zimmer. Dann ließ er den Kopf hängen und murmelte etwas in seinen Bart.

»Was war das?« sagte Hünengart. »Was haben Sie gesagt?«

Im Bett rührte sich etwas. Cassie drehte sich um. Chip blickte zu ihr hinüber. Sie bewegte sich noch einmal und schlief weiter.

Ein furchtbarer Ausdruck kam in sein Gesicht – die Enttäuschung darüber, daß er wieder etwas nicht zu Ende hatte bringen können. Genug Haß, um einen Krieg in Gang zu halten.

Wir sahen es alle drei. Das Zimmer war plötzlich sehr klein. Hünengart wurde rot und blies sich auf wie ein Ochsenfrosch.

»Ein schönes Leben wünsch ich dir noch, Arschloch«, flüsterte er. Dann stampfte er hinaus. Als er weg war, begann Chip zu kichern, doch es klang gezwungen. Milo schob ihn zur Tür, und sie verschwanden, kurz bevor Stephanie mit dem Wiederbelebungsteam eintraf.

32

Ich betrachtete die schlafende Cassie. Das Notfallteam rollte Cindy hinaus, und eine halbe Stunde später kam Stephanie zurück.

»Wie geht es Cindy?« fragte ich.

»Sie wird wahrscheinlich grauenhafte Kopfschmerzen haben, aber sie wird überleben.«

»Unter Umständen braucht sie einen Entzug.« Ich dämpfte meine Stimme zu einem Flüstern. »Er sagte, sie sei an die Droge gewöhnt, wenn er auch bestritt, daß er etwas damit zu tun hat. Er regte sich richtig auf und sagte, er hätte keine Drogen bei sich. Aber ich bin sicher, er hat es ihr in den Kaffee getan. Jedesmal, wenn ich ihn hier traf, hatte er eine Tasse in der Hand.«

Stephanie setzte sich aufs Bett und nahm ihr Stethoskop

vom Hals. Sie hauchte die Horchplatte an, um sie zu wärmen, legte sie auf Cassies Brust und lauschte. Als sie fertig war, fragte ich, ob man in Cassies Körper irgendwelche Drogen gefunden hatte.

»Nein, nur sehr niedrige Zuckerwerte«, flüsterte sie. Sie hob Cassies freien Arm und fühlte den Puls. »Schön regelmäßig.«

Für einen Augenblick saß sie nur da, dann deckte sie Cassie zu und streichelte ihre Wange.

»Ich verstehe es nicht«, sagte sie, »warum benutzt er unmittelbar, nachdem du die Zylinder gefunden hast, wieder Insulin? Es sei denn, Cindy hat ihm nichts davon erzählt. Meinst du, ihre Kommunikation war so schlecht?«

»Ganz sicher hat sie ihm davon erzählt, und das ist genau der Grund, weshalb er es heute benutzte. Er hatte die Zylinder im Badezimmer deponiert, damit ich sie finde. Er rief eigens an, um nachzufragen, ob ich wirklich komme, und um sicherzustellen, daß er dann nicht zu Hause sein würde. Er spielte den besorgten Vater, doch in Wirklichkeit hatte er alles geplant. Er wußte, daß wir mittlerweile Münchhausen vermuten mußten, und hoffte, ich würde herumschnüffeln, die Zylinder entdecken und Cindy verdächtigen – was ich auch tat. Was wäre logischer? Es waren Proben, die ihrer Tante gehört hatten, und sie machte den Haushalt, also war sie am ehesten verdächtig, sie im Bad versteckt zu haben. Und sie ist die Mutter – das sprach von Anfang an gegen sie. Beim erstenmal, als ich ihn traf, betonte er, daß sie eine konventionelle Ehe führten – für die Kinder war sie allein zuständig.«

»Er orchestrierte alles so, daß es gegen sie sprach, von Anfang an.«

»Ja, es ist teuflisch. Selbst wenn ich die Zylinder gestern nicht gefunden hätte, hätte es noch beliebig andere Gelegenheiten gegeben, ihr die Schuld zuzuschieben.«

»Monströs.«

»Heute abend war das letzte Kapitel an der Reihe. Cassie sollte einen tödlichen Anfall erleiden, und Cindy wäre dabeigewesen, so daß jeder sie verdächtigt hätte. Wenn wir ihn nicht erwischt hätten, hätte er die Nadel vermutlich in ihrer Handtasche oder irgendwo anders untergebracht, wo es sie kompromittiert. Das Valium in ihrer Blutbahn hätte sie nur noch schuldiger erscheinen lassen. Es wäre als Selbstmordversuch nach der Tat oder als Ausdruck ihrer Geistesgestörtheit aufgefaßt worden.«

Stephanie rieb sich die Augen. »Was für eine unglaubliche Bosheit . . . Wie ist er überhaupt an den Wachen vorbeigekommen?«

»Dein Freund Bill sagt, er sei nicht durch den Haupteingang gekommen. Wahrscheinlich hat er einen der Schlüssel seines Vaters und einen Hintereingang benutzt, möglicherweise an einer der Laderampen. Um diese Zeit ist dort kein Mensch. Eine der Kameras hat aufgezeichnet, daß er die Treppen hochkam und dann hier oben wartete, bis die Schwester im Ostflügel in ihr Zimmer ging, bevor er sich auf die Privatstation schlich. Wahrscheinlich hat er es beim erstenmal, als Cassie einen Anfall hier im Krankenhaus hatte, genauso gemacht. Da war die Generalprobe. Er schleicht sich am frühen Morgen ein, injiziert ihr gerade genug, daß die Wirkung verzögert eintritt, dann fährt er nach Hause und wartet auf Cindys Anruf, bevor er wieder herkommt, um ihr im Untersuchungszimmer beizustehen.«

»Und die ganze Zeit war ich von Cindys Schuld überzeugt«, sagte Stephanie. »Saubere Arbeit, Dr. Eves.«

»Ich hatte mich auch auf sie eingeschossen. Wir alle haben das getan. Es ist eben alles vorhanden bei ihr: geringes Selbstwertgefühl, sympathisches Benehmen, frühe Erfahrungen mit schwerer Krankheit und eine Ausbildung im Gesundheitswesen. Wahrscheinlich stieß er in seiner Literatur auf das Münchhausen-Syndrom, erkannte, daß alles paßte und daß er sie auf diese Weise vernichten konnte. Deswegen hat er Cassie nicht in ein anderes Krankenhaus gegeben. Er wollte uns Zeit lassen, den Verdacht gegen Cindy zu entwickeln. Er benutzte uns als sein Publikum – so wie er es mit seinen Studenten machte.

Er ist tatsächlich ein Exhibitionist, Steph, und wir waren blind dafür, weil die Bücher sagen, es sind immer Frauen.«

»Er hat Chad umgebracht, nicht wahr?«

»Das ist sehr wahrscheinlich.«

»Warum, Alex? Warum benutzt er die eigenen Kinder, um seine Frau zu treffen?«

»Ich weiß nicht, aber eins kann ich dir sagen: Er haßt Cassie. Bevor Milo ihn abführte, hat er sie in einer Weise angeschaut, die mich erschauern ließ. Der reine Haß. Wenn das auf Band ist und es bei Gericht zugelassen wird, dann ist das alles, was der Ankläger braucht.«

Stephanie streichelte Cassies Haar.

»Das arme Baby. Das arme, kleine, unschuldige Baby.«

Ich saß da und wollte nicht denken, nicht reden und nichts fühlen. Zu meinen Füßen saß ein Trio von Stoffhasen. Ich hob einen auf. In seinem Bauch fühlte ich etwas Hartes. Ich knöpfte die Klappe auf und stocherte in der Schaumfüllung, genau wie ich es bei Cassie zu Hause getan hatte, und diesmal wurde ich fündig. Es war ein kleines Päckchen, etwa zwei Zentimeter im Durchmesser, eingepackt in Papiertuch, zusammengehalten mit Tesafilm. Ich öffnete es und fand vier blaßblaue Pillen, jede mit einer herzförmigen Kerbe.

»Valium«, sagte Stephanie.

»Das also ist das geheime Lager.« Ich packte die Pillen wieder ein und legte sie für Milo beiseite. »Deshalb hat er so betont, daß er nichts bei sich hatte. Es ist alles ein Spiel für ihn.«

»Vicki hat diese Hasen gekauft. Vicki hat damit angefangen.«

»Mit der werde ich als nächstes reden.«

Im Kinderbett piepste es. Cassies Augen öffnete sich zaghaft. Ihr kleiner Mund arbeitete. Sie blinzelte. Stephanie beugte sich zu ihr hinunter.

»Ja, meine Kleine?«

Cassie brachte einen Laut zustande.

»Es ist gut, mein Schatz. Es wird alles gut. Du wirst bald gesund sein.«

Cassie blinzelte in die Welt und zitterte. Sie versuchte, sich zu bewegen, schaffte es nicht und weinte vor Enttäuschung. Grübchen in ihren Wangen, Grübchen im Kinn.

Stephanie nahm sie aus dem Bett und wiegte sie. Cassie versuchte, sich ihr zu entziehen. Sie kämpfte, genau wie sie gegen mich gekämpft hatte, als ich sie trösten wollte. War es die Angst ihrer Mutter, die sie abwehrte, oder war es die Erinnerung an einen Mann, der nachts kam, wenn es dunkel war, und ihr weh tat?

Doch warum war sie nicht in Panik ausgebrochen, wenn Chip erschien? Wieso hatte sie sich so unbesorgt an ihn geschmiegt, als ich sie das erstemal zusammen sah?

»Geh wieder schlafen, mein Baby«, sagte Stephanie. Die Kleine schloß die Augen. Kurz danach leises Schnarchen. Stephanie hielt sie noch für ein paar Augenblicke, dann legte sie sie ins Bett zurück.

»Ich scheine ein Händchen dafür zu haben«, sagte sie traurig. Dann hängte sie sich ihr Stethoskop um den Hals und ging hinaus.

33

Bald darauf erschienen eine Schwester und eine Polizistin. Ich gab der Polizistin das Päckchen Valium und stolperte aus der Station.

Ich fuhr mit dem Fahrstuhl ins Untergeschoß. Die Cafeteria war geschlossen. Ich ließ mir einen Automatenkaffee heraus, suchte ein Telefon und fragte die Auskunft nach Jennifer Leavitts Nummer. Unbekannt. Bevor man am anderen Ende auflegte, bat ich, nach irgendwelchen Leavitts im Bezirk Fairfax zu suchen. Es gab zwei. Eine der beiden Nummern klang vage nach Jennifers Eltern, soweit ich mich erinnern konnte.

Es war halb zehn. Ich wußte noch, daß Mr. Leavitt früh

schlafen ging, weil er morgens um fünf mit dem Backen anfangen mußte. Ich hoffte, es war nicht zu spät, und wählte.

Ich hatte Glück. Ihre Mutter kam an den Apparat, wir plauderten ein bißchen – sie war sehr stolz auf ihr Wunderkind –, dann gab sie mir die Nummern von Jennifers Apartment und von ihrem Büro an der Uni.

Im Apartment meldete sich niemand, doch im Büro hörte ich nach dem ersten Rufton ihre Stimme: »Leavitt.«

»Jennifer, hier ist Alex Delaware.«

»Hallo, Alex. Hast du dein Münchhausen-Problem geknackt?«

»Es war ein Krimi, sag ich dir, aber er ist noch nicht ganz zu Ende. Immerhin wissen wir nun, daß es der Vater war.«

»Na, das ist vielleicht eine Wendung! Es ist also nicht immer die Mutter.«

»Er hatte damit gerechnet, daß wir das denken. Das war sein Dreh, sie fertigzumachen.«

»Nicht ungeschickt.«

»Er hält sich für einen Intellektuellen. Er ist ein Professor.«

»Hier etwa?«

»Nein, an einer Oberschule. Ich habe das Gefühl, daß er ausgiebig über das Syndrom gelesen hat, um einen Musterfall zu produzieren. Sein erstes Kind starb den plötzlichen Krippentod. Das war ein Musterfall, und ich möchte wissen, ob er da nicht auch Regie geführt hat.«

»Das klingt aber ziemlich . . . na ja, grotesk, findest du nicht?«

»Ich dachte an euer Referenzsystem. Wenn er ein Rechenzeitkonto bei euch hätte, wäre es möglich, das herauszufinden?«

»Die Bibliothek hat natürlich ein Benutzerregister, für die Kostenabrechnung.«

»Steht da auch drin, welche Artikel ausgeliehen wurden?«

»Aber sicher. Wie spät ist es jetzt? Neun Uhr siebenundvierzig. Die Bibliothek ist bis zehn geöffnet. Ich könnte dort anrufen und fragen, ob jemand, den ich kenne, noch da ist. Gib mir mal den Namen des Kerls.«

»Jones, Charles L., Soziologie, West Valley Community College.«

»Gut, das hab ich. Bleib bitte dran. Ich gehe auf die andere Leitung. Kannst du mir deine Nummer geben, nur falls wir unterbrochen werden?«

Fünf Minuten später war sie wieder da.

»Voilà. Der Idiot hat eine wunderbare Papierspur hinterlassen. Über drei Themen hat er alles ausgeliehen, was es gibt in der Datenbank – Münchhausen, plötzlicher Säuglingstod und die soziologische Struktur von Krankenhäusern. Außerdem einzelne Artikel über zwei andere Themenkreise: die Toxizität von Valium und – halt dich fest – weibliche Phantasien über Penisgröße. Ich hab alles hier, die Titel und jeweils Datum und Uhrzeit der Entnahme. Ich mache dir für morgen einen Ausdruck fertig.«

»Phantastisch. Ich bin dir wirklich dankbar, Jennifer.«

»Da ist noch etwas«, sagte sie. »Er ist nicht der einzige, der das Konto benutzt hat. Einige Anforderungen tragen eine andere Unterschrift – Kristie Kirkash. Kennst du jemanden mit dem Namen?«

»Nein, aber es würde mich nicht überraschen, wenn sie jung, süß und eine seiner Studentinnen wäre.«

34

Am nächsten Morgen flimmerte das Tal vor Hitze. Auf der Schnellstraße war ein Tieflader umgekippt und hatte Eier über sämtliche Fahrspuren verstreut. Sogar der Seitenstreifen war blockiert, und Milo mußte einige Zeit mit einem Verkehrspolizisten streiten, bevor man uns durchließ.

Wir kamen zehn Minuten später im West Valley College an,

als wir geplant hatten. Die Vorlesungen hatten schon begonnen.

Wir stiegen die Stufen zu dem Bauwagen hinauf. Ich blieb in der Tür stehen, während Milo nach vorn zur Tafel ging.

Es war ein kleiner Raum: die Hälfte des Wagens, abgetrennt durch eine Faltwand. In der Mitte ein großer Tisch und ein Dutzend Klappstühle.

Zehn der Stühle waren besetzt mit acht Frauen und zwei Männern. Eine der Frauen war über sechzig, der Rest waren junge Mädchen. Die beiden Männer waren um die vierzig, der eine weiß mit hellbraunen Locken, der andere ein bärtiger Hispano. Der Weiße schaute kurz auf, dann vergrub er sich wieder in ein Buch.

Milo nahm einen Zeigestock in die Hand und klopfte auf die Tafel. »Mr. Jones kann heute nicht kommen. Mein Name ist Sturgis; ich vertrete ihn.«

Alle Augen richteten sich auf ihn, außer denen des Mannes mit dem Buch. Eins der Mädchen fragte mit besorgter Stimme: »Ist er krank?« Sie hatte langes, dunkles, krauses Haar, ein schmales, hübsches Gesicht und trug Ohrgehänge mit lila-weißen Plastikkugeln. Ein enges schwarzes Trägerhemd betonte ihren großen Busen und ließ die glatten, gebräunten Schultern frei. Sie trug zu blaue Lidschatten und zu rosa Lippenstift, und beides zu dick aufgetragen. Trotzdem sah sie besser aus, als das Foto in ihrer Schulakte versprochen hatte.

»Nicht direkt, Kristie«, sagte Milo.

Ihr Mund stand offen. Die anderen Studenten glotzten sie an.

Sie sagte: »Was geht hier vor?« und griff nach ihrer Handtasche. Milo holte seine Polizeimarke aus der Tasche und hielt sie hoch.

»Das würde ich gerne von dir hören, Kristie.«

Sie erstarrte.

Der weiße Mann schaute verstohlen über den Buchrand. Milos Blick wanderte hinunter zu seinen Schuhen.

Klobige schwarze Schuhe, Knobelbecher, die nicht zu seinem Seidenhemd und den Designerjeans paßten.

Milos Augen verengten sich zu Schlitzen. Der Mann schaute nun mich an, dann hob er das Buch vor sein Gesicht.

Kristie begann zu weinen.

»Auf, Joe, Zellenkontrolle!« rief Milo unvermittelt. Der Bücherwurm schaute auf wie im Reflex, nur für eine Sekunde, aber das genügte. Aus zehn Metern Entfernung würde er aussehen wie der nette Mann von nebenan, aber aus der Nähe waren Details zu erkennen, die diesen Eindruck Lügen straften: das schlechtrasierte Kinn, Pockennarben auf den Wangen, eine Narbe quer über die Stirn, eine Tätowierung auf dem Handrücken.

Und der Schweiß. Eine Schweißschicht so glänzend wie frischer Lack.

Er stand auf. Seine Augen waren hart und schmal; er hatte riesige Hände und dicke Unterarme mit weiteren groben blaugrünen Tätowierungen.

Er nahm seine Bücher und trat mit gesenktem Kopf vom Tisch zurück.

»Keine Mätzchen«, warnte Milo.

Der Mann blieb stehen, duckte sich und versuchte, Milo die Bücher an den Kopf zu werfen. Dann rannte er zur Tür.

Ich stellte mich ihm in den Weg, aber er rammte mich mit voller Wucht mit seiner Schulter, so daß ich gegen die Tür geworfen wurde. Die Tür sprang auf, ich stürzte rückwärts auf den Zement und landete hart auf dem Steißbein. Ich streckte die Arme aus und kriegte zwei Hände voll Seide zu fassen. Er fiel auf mich und boxte sich verzweifelt frei.

Milo zog ihn weg, schlug ihm blitzschnell ins Gesicht und in den Bauch und drückte ihn gegen die Wand. Der Mann wehrte sich, bis Milo ihm einen harten Nierenhaken verpaßte. Er sank stöhnend zusammen, und Milo legte ihm Handschellen an. Dann legte er ihn flach auf den Bauch und drückte ihm sein Knie aufs Kreuz.

Die Durchsuchung erbrachte einen Stapel Banknoten, ein

Klappmesser mit schwarzem Griff, ein Röhrchen Pillen und eine billige Plastikbrieftasche. Milo leerte sie aus und fand drei Führerscheine.

»Sieh mal an, was haben wir denn da? Sobran, Karl mit K, Sebring, Carl mit C, und . . . Ramsey, Clark Edward. Da kann ja wohl nur einer echt sein, mein Kleiner, oder leidest du vielleicht an Persönlichkeitsspaltung?«

Der Mann sagte nichts. Milo trat sanft gegen einen der schwarzen Schuhe. »Die Machart kenn ich. Hast du die im Bezirksgefängnis gekauft, oder war es ein Staatsgefängnis?«

Keine Antwort.

»Du brauchst neue Absätze, Bücherwurm.« Dann wandte sich Milo zu mir und sagte: »Ruf die Polizei in Devonshire an. Sag, wir haben einen Verdächtigen in einem Mordfall des City-Reviers. Gib ihnen Denise Herberts vollen Namen.«

Der Mann auf dem Boden rührte sich und sagte: »So ein Quatsch.« Seine Stimme klang tief und gepreßt.

Eine der jungen Studentinnen – zwanzig oder einundzwanzig Jahre alt mit Engelsgesicht – kam zu uns heraus und sagte ängstlich: »Kristie geht es gar nicht gut.«

»Sagen Sie ihr, daß wir uns in ein paar Minuten um sie kümmern werden«, sagte Milo.

»Ja, danke. Was hat Karl denn angestellt?«

»Bei den Hausaufgaben gepfuscht.«

Der Mann am Boden knurrte.

»Halt's Maul!« rief Milo. Das Mädchen zuckte zusammen. Milo beruhigte sie: »Keine Sorge. Gehen Sie nur rein und warten Sie.«

»Das ist doch nicht wieder so ein Experiment, oder?«

»Ein Experiment? Was meinen Sie?«

»Ein Rollenspiel. Dr. Jones macht manchmal solche Sachen.«

»Das glaube ich sofort. Aber nein, Miss, das hier ist echt. Soziologie in Aktion. Schauen Sie es sich genau an – es könnte in der Abschlußprüfung vorkommen.«

35

Der Umschlag kam um sieben Uhr abends per Bote, kurz bevor Ruth nach Hause kam. Ich legte ihn beiseite und versuchte, einen normalen Abend mit ihr zu verbringen. Nachdem sie schlafen gegangen war, öffnete ich das Kuvert, zog mich in meine Bibliothek zurück und las.

VERNEHMUNGSPROTOKOLL
AZ #102-789793/#64-458990/#135-935827

ORT: L. A. Stadtgefängnis, Hochsicherheitstrakt
ZEIT: 1.6.89, 19:30
VERDÄCHTIGER: Jones, Charles, Lyman III., männl., weiß, 190 cm, braun, blau, 38 Jahre
ANWALT DES VERDÄCHTIGEN: Tokarik, Anthony M.
VERNEHMENDE POLIZEIBEAMTE: Milo B. Sturgis #15994, West L. A. (Sonderkommando); Stephen Martinez #26782, Devonshire

STURGIS: Dies ist die zweite Vernehmung des Verdächtigen Charles Lyman Jones III. Der Verdächtige ist bei seiner Verhaftung wegen versuchten Mordes über seine Rechte belehrt worden. Die Rechtsbelehrung wurde während der ersten Vernehmung, am ersten Juni 1989 um elf Uhr, wiederholt und auf Tonband aufgenommen und am selben Tag um vierzehn Uhr niedergeschrieben. Besagte Vernehmung wurde auf Antrag des Rechtsbeistands des Verdächtigen, Mr. Anthony M. Tokarik, unterbrochen. Die jetzige Vernehmung stellt die auf Mr. Tokariks Wunsch anberaumte Wiederaufnahme des besagten Verhörs dar. Soll ich die Rechtsbelehrung wiederholen, Herr Rechtsanwalt, oder erachten Sie die Prozedur zu Beginn der früheren Vernehmung als hinreichend?
TOKARIK: Sie genügt, es sei denn, Professor Jones möchte eine Wiederholung. Chip?
JONES: Nein. Laßt uns die Sache hinter uns bringen.
T.: Bitte beginnen Sie.
S.: Guten Abend, Chip.

T.: Ich würde es vorziehen, wenn Sie meinen Mandanten respektvoller anreden würden.
S.: Ist Professor okay?
T.: Ja, aber wenn Ihnen das zu schwierig ist, würde auch »Mr. Jones« genügen.
S.: Haben Sie ihn nicht eben Chip genannt?
T.: Ich bin sein Anwalt.
S.: Aha, hm, natürlich. Ich würde ihn sogar »Doktor« nennen, wenn er den nur fertig gemacht hätte, nicht wahr, Chip? – Mr. Jones? – Was sagen Sie? Ich kann Sie nicht verstehen.
J.: (Unverständlich)
S.: Sie müssen schon deutlicher reden, Mr. Jones. Mit Grunzen kommen wir nicht weiter.
T.: Warten Sie. Wenn sich Ihr Ton nicht ändert, werde ich dieses Verhör sofort beenden.
S.: Machen Sie, was Sie wollen – es schadet nur Ihrem Mandanten. Ich dachte, Sie wüßten gern, welche Beweise gegen den guten Chip wir inzwischen gesammelt haben. Gegen Mr. Jones, meine ich. Entschuldigung.
T.: Nach den Verfahrensregeln kann ich mir Ihre Beweise jederzeit vom Staatsanwalt besorgen, Inspektor.
S.: Na schön, dann warten Sie eben bis zur Verhandlung. Komm, wir gehen, Steve.
MARTINEZ: Klar, laß uns gehen.
J.: Langsam! (Unverständlich.)
T.: Warten Sie. Chip? (Unverständlich.) Ich möchte mich mit meinem Mandanten privat unterhalten, wenn Sie nichts dagegen haben.
S.: Wenn es nicht zu lange dauert.
(Band abgeschaltet: 19:39; Band eingeschaltet: 19:51)
T.: Also, zeigen Sie uns, was Sie haben.
S.: Gut, aber wird Mr. Jones auch Fragen beantworten, oder haben Sie eine Ein-Mann-Show mit mir als Alleinunterhalter im Sinn?
T.: Mein Mandant behält sich das Recht vor, die Aussage zu verweigern. Nun machen Sie weiter, wenn Sie möchten.

S.: Was meinst du, Steve?
M.: Ich weiß nicht.
T.: Haben Sie sich entschieden, meine Herren?
S.: Gut, okay . . . Also, Chip – Mr. Jones –, es freut mich, daß Sie einen so hochbezahlten Anwalt wie Mr. Tokarik gewählt haben, denn den werden Sie sicher –
T.: Dies geht sicherlich in die falsche Richtung. Meine Gebühren haben nichts zu tun –
S.: Was soll das hier werden, Anwalt, verhören wir einen Verdächtigen, oder wollen Sie nur meinen Stil kritisieren?
T.: Ich protestiere nachdrücklich gegen Ihre –
J.: Nun halt endlich das Maul, Tony! Die ganze Sache ist doch lächerlich!
S.: Was ist lächerlich, Professor Jones?
J.: Der Fall, den Sie gegen mich zu haben glauben.
S.: Sie haben nicht versucht, Ihrer Tochter, Cassandra Brooks, Insulin zu injizieren?
J.: Natürlich nicht. Ich fand die Nadel in Cindys Tasche, wurde aufgeregt, weil es meinen Verdacht gegen sie bestätigte, und wollte nachsehen, ob sie die Dosis schon in Cassies Tropf gespritzt hatte. Schau mich nicht so an, Tony – meine Zukunft steht hier auf dem Spiel. Ich will hören, welche Geschichte sie sich zusammengesponnen haben, und die Sache ein für allemal aufklären.
S.: Sie meinen, wir spinnen?
T.: Chip –
S.: Ich mache nicht weiter, wenn –
J.: Er ist der Anwalt meiner Wahl. Machen Sie weiter.
S.: Sind jetzt alle soweit? Gut. Als erstes: Wir haben Sie auf Video, wie Sie versuchen, das Insulin in –
J.: Falsch. Ich sagte doch, daß ich nur versuchte zu sehen, was Cindy angestellt hatte.
S.: Wie gesagt, wir haben Sie auf Video, wie Sie versuchen, Insulin in den intravenösen Schlauch Ihrer Tochter zu spritzen. Außerdem haben wir Aufnahmen vom Eingang des Western Pediatric Medical Centers, die belegen, daß Sie das Kranken-

haus nicht durch den Vordereingang betraten. Einer der Schlüssel an Ihrem Bund ist als Hauptschlüssel fürs Krankenhaus identifiziert worden. Wahrscheinlich haben Sie den benutzt, um durch die –
T.: Ich protestiere –
J.: Tony.
T.: Ich verlange eine kurze Besprechung mit meinem –
J.: Hör endlich auf, Tony. Ich bin nicht einer von deinen schwachsinnigen Soziopathen. Machen Sie weiter mit Ihrem Märchen, Inspektor. Sie haben übrigens recht, ich habe wirklich einen von Vaters Schlüsseln benutzt. Na und? Immer wenn ich ins Krankenhaus gehe, versuche ich den Haupteingang zu umgehen. Ich will kein Aufsehen erregen. Ist das etwa verboten?
S.: An einem Automaten im Krankenhaus kauften Sie zwei Becher Kaffee, dann gingen Sie die Treppen hinauf zum fünften Stock. Dort oben haben wir Sie auch gefilmt, im Korridor zwischen Fünf-Ost und der Privatstation. Sie haben einen Becher in jeder Hand und schauen durch einen Schlitz in der Tür. Für mich sieht das aus, als warteten Sie, bis die Nachtschwester in ihr Zimmer verschwindet. Dann begeben Sie sich zum Zimmer 505 West, wo Sie sich fünfundfünfzig Minuten aufhalten, bis ich dazukomme und Sie erwische, wie Sie gerade die Nadel in den Tropf Ihrer Tochter einstechen. Wir zeigen Ihnen jetzt all diese Videoaufzeichnungen, okay?
J.: Das erscheint mir höchst überflüssig, aber machen Sie, was Sie wollen.
(Band abgeschaltet: 20:22; Band eingeschaltet: 21:10)
S.: Irgendwelche Kommentare?
J.: Ist nicht gerade ein Godard.
S.: Ach nein? Ich denke, es hat eine Menge *vérité*.
J.: Sind Sie ein Fan von *cinéma vérité*, Inspektor?
S.: Eigentlich nicht, Mr. Jones. Es erinnert mich zu sehr an meine Arbeit.
J.: Haha, das gefällt mir.
T.: Ist das alles? Sind das Ihre Beweise, in toto?

S.: In toto? Kaum. Jetzt haben wir also gesehen, wie Sie mit der Nadel –

J.: Ich habe Ihnen gesagt, was ich da machte: Ich überprüfte, ob der Einlaß am Tropfregler noch intakt war oder ob Cassie die Spritze schon benutzt hatte.

S.: Und warum?

J.: Warum? Um mein Kind zu beschützen!

S.: Wieso verdächtigten Sie Ihre Frau, daß sie Ihrer Tochter Schaden zufügte?

J.: Wegen der Umstände. Wegen der Fakten, die vorlagen.

S.: Die Fakten.

J.: Genau. Ihre Persönlichkeit – die Dinge, die mir auffielen. Sie benahm sich seltsam – abwesend. Und Cassie schien immer krank zu werden, nachdem sie eine Zeit mit ihrer Mutter verbracht hatte.

S.: Wir haben auch eine Einstichnarbe in Cassies Ellbogengegend gefunden.

J.: Das bezweifle ich nicht, aber ich habe sie ihr nicht beigebracht.

S.: Aha. Und was ist mit dem Valium, das Sie Ihrer Frau in den Kaffee taten?

J.: Das habe ich Ihnen schon im Krankenhaus gesagt. Ich habe es ihr nicht gegeben. Sie nimmt es für ihre Nerven, vergessen Sie das nicht. Sie war einem Zusammenbruch nahe. Sie hatte das Zeug schon eine ganze Weile genommen. Wenn sie das abstreitet, lügt sie.

S.: Das streitet sie in der Tat ab. Sie sagt, sie hätte nie gemerkt, daß Sie sie damit vollpumpen.

J.: Sie ist eine gewohnheitsmäßige Lügnerin – merken Sie das nicht? Wenn Sie mich aufgrund ihrer Aussage anklagen, dann bauen Sie einen Syllogismus auf vollkommen falschen Prämissen. Verstehen Sie, was ich sage?

S.: Sicher, Herr Professor. In einem von Cassies Stofftieren hat man Valium-Tabletten gefunden – in einem Hasen.

J.: Da haben Sie's. Wie sollte ich davon wissen?

S.: Nach den Angaben Ihrer Frau haben Sie mehrere dieser Hasen gekauft.

J.: Ich habe Cassie alles mögliche Spielzeug gekauft. Andere Leute haben ihr auch solche Hasen geschenkt, zum Beispiel diese Schwester, Bottomley – eine sehr zwielichtige Figur. Haben Sie schon überprüft, ob sie nichts damit zu tun hat?
S.: Warum sollte sie?
J.: Sie und Cindy scheinen sich sehr nahezustehen – zu nahe, dachte ich immer. Ich wollte sie versetzen lassen, aber Cindy weigerte sich. Überprüfen Sie sie – mit ihr stimmt etwas nicht, glauben Sie mir.
S.: Wir haben sie überprüft. Sie hat den Lügendetektor und alle anderen Tests, die wir mit ihr versucht haben, glänzend bestanden.
J.: Lügendetektoren sind vor Gericht nicht zulässig.
S.: Würden Sie sich denn einem Test unterziehen?
T.: Chip, nein –
J.: Dazu sehe ich keinen Grund. Die Sache ist einfach zu lächerlich.
S.: Weiter. Hatten Sie ein Rezept für das Valium, das wir in Ihrem Büro im College gefunden haben?
J.: (lacht) Nein. Ist das ein Verbrechen?
S.: Sie werden sich wundern, aber das ist es. Wo haben Sie es her?
J.: Von irgendwo. Ich kann mich nicht erinnern.
S.: Von einem Ihrer Studenten?
J.: Selbstverständlich nicht.
S.: Von einer Studentin namens Kristie Marie Kirkash?
J.: Mm – bestimmt nicht. Vielleicht lag es noch von früher herum.
S.: Für Sie selbst?
J.: Natürlich. Vor einigen Jahren nahm ich Valium – ich stand unter großem Streß. Wenn ich darüber nachdenke, ja, ich bin sicher, so war es. Jemand hatte mir damit ausgeholfen – ein Kollege aus der Fakultät.
S.: Wie ist der Name dieses Kollegen?
J.: Das weiß ich nicht mehr. Es war nicht so wichtig. Valium

ist heutzutage kaum mehr als ein Lutschbonbon. Ich bekenne mich schuldig, Valium ohne Rezept zu besitzen, okay?
T.: Was haben Sie eben aus Ihrem Aktenkoffer genommen, Inspektor?
S.: Etwas, das ich laut verlesen werde, fürs Protokoll.
T.: Zuerst will ich eine Kopie davon. Zwei Kopien – eine für mich und eine für Professor Jones.
S.: Das nehme ich hiermit zur Kenntnis. Wir gehen zum Kopierer, sobald wir hier fertig sind.
T.: Nein, ich möchte den Text vor mir haben, wenn Sie ihn –
J.: Hör auf damit, Tony. Laß ihn vorlesen, was er will. Ich will heute noch hier rauskommen.
T.: Chip, nichts ist mir wichtiger als deine bevorstehende Entlassung, aber ich –
J.: Still, Tony. Lesen Sie, Inspektor.
T.: Nein, tun Sie das nicht. Ich bin ganz und gar nicht einverstanden mit –
J.: Lesen Sie, Inspektor.
S.: Haben Sie sich jetzt geeinigt? Gut. Dies ist die Niederschrift des Inhalts einer verschlüsselten Computerdiskette, Marke 3M, DS, DD, RH, doppelseitig, doppelte Datendichte, Serie Q, ferner markiert mit FBI-Indizienaufkleber Nummer 133355678345 Strich 452948. Die Diskette wurde in der Kryptographieabteilung des Nationalen Kriminologischen Labors des FBI in Washington, D. C., entschlüsselt und kam heute morgen um 6:45 per Regierungspost im Hauptquartier der Polizei von Los Angeles an. Ich werde den Text in Gänze verlesen, nachdem ich einmal begonnen habe, selbst wenn Sie während der Verlesung mit Ihrem Mandanten den Raum verlassen wollen, Herr Anwalt. In dem Fall ist klar, daß wir Ihnen dieses Beweisstück zur Kenntnis angeboten und Sie abgelehnt haben, es anzuhören. Verstanden?
T.: Wir üben alle unsere Rechte aus und fühlen uns an nichts gebunden.
J.: Lesen Sie schon, Inspektor, ich bin gespannt.
S.: Ich verlese.

Ich habe diesen Text verschlüsselt, um mich zu schützen. Der Schlüssel ist ein einfacher Substitutionscode – bestimmte Zahlen stehen für bestimmte Buchstaben –, Sie sollten damit fertig werden, Ashmore.

Charles Lyman Jones III., genannt Chip, ist ein Ungeheuer.

Er war Tutor an meiner High-School und machte mich sexuell und emotionell von sich abhängig. Das war vor zehn Jahren. Ich war siebzehn und im letzten Jahr des Förderprogramms Mathematik, doch ich brauchte Hilfe in Englisch und Sozialwissenschaften. Er war achtundzwanzig und Doktorand. Er verführte mich, und wir hatten über einen Zeitraum von sechs Monaten wiederholt Sex miteinander, in seiner Wohnung und in der Schule. Dazu gehörten Aktivitäten, die ich persönlich abstoßend fand. Er war häufig impotent und machte ekelhafte Sachen mit mir, um sich zu erregen. Am Ende wurde ich schwanger, und er sagte, er würde mich heiraten. Wir haben natürlich nie geheiratet, wir lebten nur zusammen, in einem Loch in der Nähe der Universität von Connecticut. Dort wurde es schlimmer.

1. Er erzählte seiner Familie nichts von mir. Er hielt sich eine andere Wohnung in der Stadt; dort empfing er seinen Vater, wenn der zu Besuch kam.

2. Er fing an, sich wirklich verrückt zu benehmen. Er mischte Drogen in meine Getränke und spickte mich mit Nadeln, während ich schlief. Zuerst begriff ich nicht, was vor sich ging, wenn ich mit lauter Einstichwunden aufwachte. Er behauptete, ich sei anämisch und die Flecken kämen von geplatzten Gefäßen, wegen der Schwangerschaft. Da er mir erzählt hatte, er hätte in Yale einige Jahre Medizin studiert, glaubte ich ihm. Dann wachte ich eines Nachts auf und sah, wie er mir gerade eine braune, ekelhaft aussehende Brühe injizieren wollte – heute bin ich sicher, daß es Fäkalien waren. Offenbar hatte er mich nicht genug mit Drogen vollgepumpt, deshalb wachte ich

auf; vielleicht war ich auch schon so daran gewöhnt, daß ich mehr brauchte, um bewußtlos zu werden. Die Spritze enthielt angeblich irgendeine organische Vitaminlösung – er sagte, es sei alles zu meinem Besten.

Ich war jung und glaubte all seine Lügen. Doch eines Tages wurde es mir zuviel, ich drehte durch. Ich verließ ihn und versuchte, bei meiner Mutter unterzukommen, aber die war die ganze Zeit betrunken und wollte mich nicht aufnehmen. Außerdem glaube ich, daß er ihr Geld gab, denn gerade um die Zeit kaufte sie sich einen Haufen neuer Kleider. Ich ging also zu ihm zurück, und je länger ich schwanger war, um so gemeiner und grausamer wurde er. Einmal regte er sich furchtbar auf und sagte, das Baby würde alles zwischen uns kaputtmachen und daß es wegmüsse. Dann wieder behauptete er, es sei gar nicht von ihm, was lächerlich war, denn ich war noch Jungfrau, als ich ihn kennenlernte, und habe nie mit irgend jemand anderem rumgemacht. Am Ende führte der Streß, unter den er mich setzte, zu einer Fehlgeburt. Ich bekam Fieber und schlimme Kopfschmerzen und fühlte mich andauernd schwindelig. Eine Weile dachte ich, ich würde wahnsinnig. Schließlich gab er mir einen Scheck über zehntausend Dollar und sagte, ich sollte aus seinem Leben verschwinden, für immer. Das war damals für mich eine Menge Geld, und ich tat, was er sagte. Ich fühlte mich zu kaputt zum Arbeiten, also landete ich auf der Straße, wurde mein Geld los und heiratete einen schwarzen Gelegenheitszuhälter. Das ging ungefähr sechs Monate lang gut. Danach ging ich in Entzug und aufs College.

Ich nahm Mathe und Informatik als Hauptfächer und hatte Bestnoten, doch dann verführte mich ein anderer Lehrer, Ross M. Herbert. Ich war zwei Jahre mit ihm verheiratet. Er war kein Ungeheuer wie Chip Jones, aber er war langweilig und unhygienisch. Ich ließ mich scheiden und verließ das College nach drei Jahren.

Ich fand einen Computerjob, aber das war ziemlich unkreativ; also beschloß ich, Ärztin zu werden, und bereitete mich auf die Vorprüfungen vor. Nachts mußte ich arbeiten; das Studieren lief nebenher, deswegen waren meine Resultate nicht so gut, wie sie sein sollten. Aber in Mathe war ich Spitze.

Ich bestand schließlich meine Prüfung und bewarb mich bei einer Reihe von Universitäten für Medizin, doch keine wollte mich nehmen. Ich arbeitete ein Jahr als Laborassistentin und wiederholte danach die Aufnahmeprüfung, diesmal mit mehr Erfolg. Ich bewarb mich also wieder und schaffte es auf ein paar Wartelisten. Ich bewarb mich dann auch für Doktorandenstellen in öffentlicher Gesundheit, um etwas zu machen, das wenigstens mit Medizin zu tun hat. Das beste Angebot kam dann aus Los Angeles. Also kam ich hierher.

Vier Jahre lang hangelte ich mich so durch und bewarb mich die ganze Zeit weiter für Medizin. Dann eines Tages las ich die Zeitung und sah einen Artikel über Charles Lyman Jones jr. Das mußte sein Vater sein. Mir wurde klar, wie reich sie waren und wie er mich abgespeist hatte, und versuchte, seinen Vater anzurufen. Ich kam nie zu ihm durch, also schrieb ich Briefe, die er aber nie beantwortete. Dann schlug ich Chips Namen im Stadtverzeichnis nach und fand seine Adresse draußen im Tal. Ich fuhr also hin, um zu sehen, wie er lebte. Das tat ich nachts, damit es nicht auffiel. Irgendwann sah ich dann seine Frau und war total verblüfft, wie sehr sie mir glich, bevor ich soviel zugenommen hatte. Und seine kleine Tochter war echt süß. Ich kann gar nicht sagen, wie leid mir die beiden taten.

Ich wollte ihnen keine Angst einjagen – der Frau und dem kleinen Mädchen –, aber ich dachte auch, ich müßte sie warnen, mit wem sie es zu tun hatten. Außerdem war er mir was schuldig.

Ich fuhr immer wieder hin und überlegte, wie ich es anstellen sollte. Dann eines Abends fuhr ein Krankenwagen vor seinem Haus vor. Kurz danach kam er in seinem Volvo

nach Hause. Er fuhr hinter dem Krankenwagen her, und ich folgte ihm unauffällig bis zum Western Pediatric Medical Center. Ich ging ihm nach und hörte ihn nach seiner Tochter Cassie fragen.
Am nächsten Morgen fuhr ich zum Western Ped zurück und ging ins Archiv. Ich trug meinen weißen Laborkittel und gab mich als Dr. Herbert aus. Es war ganz einfach; Sicherheit gab es so gut wie keine. Die hat man erst später verstärkt. Die Akte seiner Tochter war nicht da, aber es gab eine Karte, auf der all ihre früheren Einweisungen aufgelistet waren. Da wußte ich, daß er wieder bei seinem Spiel war. Das arme kleine Ding.
Jetzt gab es kein Halten mehr. Es ging nicht mehr nur ums Geld, Ashmore, ob Sie es glauben oder nicht. Als ich das kleine Mädchen sah, wußte ich, daß ich etwas gegen ihn unternehmen mußte. Ich ging zur Personalabteilung und bewarb mich für einen Laborjob. Nach drei Wochen bekam ich Antwort. Sie boten mir eine Halbtagsstelle an, bei Ihnen, Ashmore. Es war ein mieser Job, aber wenigstens konnte ich Cassie unbemerkt beobachten. Schließlich bekam ich Cassies Akte in die Finger und sah, was er mit ihr anstellte. Dort las ich auch, daß sie einen kleinen Jungen gehabt hatten, der gestorben war. Ich beschaffte mir dessen Akte und fand heraus, daß es Krippentod gewesen war. Chip hatte also tatsächlich jemanden umgebracht. Das nächstemal, als ich Cassie auf der Liste der Aufnahmen und Entlassungen sah, hielt ich nach ihm Ausschau, folgte ihm auf den Parkplatz und stellte ihn zur Rede.
Er war völlig überrascht und tat so, als würde er mich nicht kennen. Dann versuchte er mich kleinzumachen, doch ich ließ mich nicht einschüchtern und sagte, ich wüßte, welches Spiel er trieb, und er sollte sofort damit aufhören. Und wenn er mir nicht eine Million Dollar gäbe, ginge ich zur Polizei. Er fing tatsächlich an zu flennen und sagte, es sei nicht seine Absicht, jemanden zu verlet-

zen. Genau wie damals, als wir zusammenlebten. Doch diesmal ging ich ihm nicht auf den Leim.
Er sagte, er wäre bereit, mir sofort zehntausend Dollar zu geben, und würde versuchen, mehr zu beschaffen, aber er bräuchte Zeit und es könnte nicht annähernd eine Million werden – soviel Geld hätte er nicht. Ich forderte fünfzigtausend als Anzahlung, und wir einigten uns auf fünfundzwanzig. Am nächsten Tag trafen wir uns in einem Park in Hollywood, und er gab mir das Geld in bar. Ich sagte, er müßte bis Ende des Monats mindestens zweihunderttausend mehr herausrücken, damit ich den Mund hielte. Da fing er wieder an zu heulen und sagte, er würde es versuchen. Dann bat er mich, ihm zu vergeben. Ich ließ ihn stehen und kaufte mir mit dem Geld einen neuen Wagen. Chad Jones' Akte legte ich in ein Schließfach am Flughafen – LAX, United Airlines, Nummer 5632 –, und am nächsten Tag kündigte ich im Krankenhaus.
Jetzt warte ich bis Ende des Monats und schaue, was passiert. Ich will reich werden, und ich will Ärztin werden, weil ich das verdient habe. Aber für den Fall, daß er einen Rückzieher macht, lege ich diese Diskette in einen Schreibtisch im Labor und schließe ab. Eine Kopie habe ich in meinem Schrank in der Uni hinterlegt. Wenn Sie dies lesen, ist mir wahrscheinlich etwas passiert, aber was soll's. Ich habe keine andre Wahl.

7. März 1989

Denise Rose Rockwell Kent Herbert

S.: Das ist alles.
T.: Erwarten Sie, daß wir beeindruckt sind von diesem chiffrierten Hokuspokus? Sie wissen, daß das als Beweismittel vollkommen unzulässig ist.
S.: Wenn Sie meinen.
T.: Komm, Chip, laß uns hier verschwinden – Chip?
J.: Mm?

S.: Sind Sie sicher, daß Sie gehen wollen? Es kommt noch mehr.
T.: Danke, wir haben genug gehört.
S.: Wie Sie wünschen, Herr Anwalt. Aber verschwenden Sie keine Zeit, indem Sie Kaution beantragen. Der Staatsanwalt ist in diesem Augenblick dabei, Anklage wegen Mord ersten Grades einzureichen.
T.: Mord ersten Grades? Das ist unerhört. Wer soll denn das Opfer sein?
S.: Denise Herbert.
T.: Mord ersten Grades? Auf der Basis dieses Gestammels?
S.: Auf der Basis der Aussage eines Augenzeugen, der Aussage eines Komplizen, eines aufrechten Bürgers namens Karl Sobran.
T.: Wer?
S.: Karl Edward Sobran. Wir haben eine blutverschmierte Windjacke und ein Geständnis, das Ihren Mandanten belastet. Und Sobrans Referenzen sind einwandfrei. Sein Examen in zwischenmenschlicher Gewalt hat er im Knast von Soledad abgelegt; weiterführende Studien absolvierte er in verschiedenen anderen Institutionen. Ihr Mandant heuerte ihn an, Miss Herbert umzubringen und es wie ein Sexualdelikt aussehen zu lassen. Das war kein Problem für ihn, denn Sobran hat sowieso einen Hang zu Gewalt gegen Frauen – er hat schon wegen Vergewaltigung gesessen. Seinen letzten bezahlten Urlaub hat er oben in Ventura verbracht, im dortigen Zuchthaus, wegen Diebstahl. Dort begegnete er unserem guten Professor Chip, der ebenda mit seinen Studenten ein sozialwissenschaftliches Projekt durchführte. Chip schrieb einen Empfehlungsbrief für Sobrans Begnadigung, in dem er ihn als Testperson für sein Projekt bezeichnete und versprach, ihn unter seine Fittiche zu nehmen. Sobran wurde entlassen und schrieb sich am West Valley Community College ein, für Soziologie. Was er mit Denise machte – wie würden Sie das bezeichnen, Professor? Als Praktikum vielleicht?

T.: Dies ist das Lächerlichste, was ich je gehört habe.
S.: Der Staatsanwalt denkt anders darüber.
T.: Der Staatsanwalt handelt aus politischen Motiven. Wäre mein Mandant irgendein anderer Jones, dann säße er jetzt nicht hier.
S.: Okay, was meinst du, Steve? Ich glaube, wir gehen lieber.
M.: Ja, Zeit, auf Wiedersehen zu sagen.
T.: Verschlüsselte Disketten, das angebliche Geständnis eines verurteilten Verbrechers – absurd.
S.: Fragen Sie Ihren Mandanten, ob es absurd ist.
T.: Ich werde nichts dergleichen tun. Komm, Chip, wir gehen.
J.: Kannst du mich hier rausholen, gegen Kaution, Tony?
T.: Dies ist nicht der Ort, um –
J.: Ich will hier raus, Tony. Ich hab keine Zeit, ich muß Prüfungsarbeiten korrigieren.
T.: Natürlich, Chip, aber es könnte noch etwas –
S.: Er wird nirgendwohin gehen, das wissen Sie, Herr Rechtsanwalt. Würden Sie das Ihrem Mandanten klarmachen?
J.: Ich will hier weg. Ich find es deprimierend hier, ich kann mich nicht konzentrieren.
T.: Natürlich, Chip. Du weißt, ich werde alles unternehmen –
J.: Ich will raus, Tony, ich bin ein guter Mensch. Das hier ist vollkommen kafkaesk.
S.: Ein guter Mensch, was? Ein Lügner, Folterer, Mörder ... ja, wenn man diese Kleinigkeiten beiseite läßt, könnte man Sie glatt zum Heiligen erklären.
J.: Ich bin ein guter Mensch.
S.: Erzählen Sie das Ihrer Tochter.
J.: Sie ist nicht meine Tochter.
T.: Chip –
S.: Cassie ist nicht Ihre Tochter?
J.: Nein. Obwohl ich sie als meine eigene großziehe. Ich habe die ganze Verantwortung, aber keine Freude.
S.: Wessen Tochter ist sie dann?

J.: Wer weiß? Ihre Mutter ist wie eine läufige Hündin. Sie treibt es mit allem, was Hosen anhat. Gott weiß, wer der Vater ist. Ich kann es nicht sagen.
S.: Mit »ihrer Mutter« meinen Sie doch Ihre Frau, Cindy Brooks Jones, nicht wahr?
J.: Meine Frau ist sie nur auf dem Papier.
T.: Chip –
J.: Sie ist ein Raubtier, Inspektor. Lassen Sie sich nicht von ihrem unschuldigen Äußeren trügen. Kaum hatte sie mich in ihren Klauen, zeigte sie ihre wahre Natur.
S.: Und die wäre?
T.: Ich breche dieses Verhör jetzt ab. Für jede weitere Frage tragen Sie die rechtliche Verantwortung, Inspektor.
S.: Tut mir leid, Chip, Ihr Rechtsverdreher verbietet Ihnen den Mund.
J.: Ich rede, mit wem ich will und wann ich will, Tony.
T.: Um Himmels willen, Chip –
J.: Sei still, Tony, du wirst mir lästig.
S.: Hören Sie lieber auf ihn, Professor, er ist der Experte.
T.: Genau. Die Sitzung ist geschlossen.
S.: Wie Sie wünschen.
J.: Hört auf, mich wie ein kleines Kind zu behandeln. – *Ich* bin es, der hier in der Falle sitzt. Meine Rechte werden mit Füßen getreten. Was muß ich tun, um hier rauszukommen, Inspektor?
T.: Chip, in diesem Stadium kannst du leider gar nichts tun.
J.: Wofür brauche ich dich dann? Du bist gefeuert.
T.: Chip –
J.: Halt endlich den Mund und laß mich einen Gedanken aussprechen, ja?
T.: Chip, ich kann nicht guten Gewissens –
J.: Du hast gar kein Gewissen, Tony, du bist ein Anwalt. Wie spricht der Dichter? »Tod den Anwälten.« Verstanden? Also, hört zu, ihr seid doch Polizisten, ihr versteht die Leute da draußen, ihr wißt, wie sie lügen. Genauso ist Cindy. Sie lügt im Schlaf, sie lügt aus Gewohnheit. Sie konnte mich lange Zeit zum Narren halten, weil ich sie liebte – »Wenn meine

Liebste schwört, sie sei der Born der Wahrheit, so glaub ich ihr, obwohl ich weiß, sie lügt.« Shakespeare – alles steht bei Shakespeare geschrieben. Wo war ich stehengeblieben . . .?
T.: Chip, zu deinem eigenen Wohl –
J.: Sie ist erstaunlich. Sie wickelt jeden um den Finger. Sie bringt mir das Abendessen und lächelt und fragt mich, wie mein Tag gewesen ist – und eine Stunde davor hat sie in unserem Ehebett den Swimmingpool-Mann gevögelt.
S.: Wenn Sie »Swimmingpool-Mann« sagen, meinen Sie sicherlich Greg Worley von ValleyBrite?
J.: Ihn und andere – was spielt das für eine Rolle? Schreiner, Klempner, alles, was Jeans und einen Werkzeuggürtel trägt. Wir hatten nie Schwierigkeiten, Handwerker zu bekommen, o nein. Die sind in meinem Haus ein und aus gegangen wie in einem Puff. Es ist eine Krankheit, sie kann nichts dafür. Eigentlich tut sie mir sogar leid. Sie ist Spielball eines unbeherrschbaren Triebs. Aber mich hat sie damit fertiggemacht. Ich bin das Opfer.
T.: (Unverständlich.)
S.: Was sagen Sie, Herr Rechtsanwalt?
T.: Ich möchte meinen Einspruch gegen diese ganze Vernehmung zu Protokoll geben.
J.: Vergiß mal dein Ego, Tony. Ich bin das Opfer – benutz mich nicht, um dein Ego aufzumöbeln. Das war schon immer mein Problem – die Leute benutzen mich, weil sie wissen, wie naiv ich bin.
S.: Auch Denise Herbert?
J.: Ganz bestimmt. Der Unsinn, den Sie da vorgelesen haben, ist von vorn bis hinten erdichtet. Sie war drogensüchtig, als ich sie kennenlernte. Ich versuchte ihr zu helfen, und das ist nun der Dank.
S.: Und was ist mit Kristie Kirkash?
J.: (Unverständlich.)
S.: Wie bitte, Professor?
J.: Kristie ist eine Studentin von mir, na und? Sagt sie, sie sei mehr als das?

S.: Das tut sie in der Tat.
J.: Dann lügt sie – noch so eine.
S.: Noch so eine was?
J.: Noch ein Raubtier. Glauben Sie mir, sie ist viel reifer, als sie aussieht. Ich scheine diese Bestien anzuziehen. Kristie erwischte ich einmal beim Pfuschen während einer Klausur. Danach gab ich ihr etwas Nachhilfe in Ethik. Ich rate Ihnen, glauben Sie ihr kein Wort.
S.: Sie sagt, sie hätte ein Postfach für Sie gemietet, oben in den Agoura-Bergen. Hast du die Nummer da, Steve?
M.: Ja, es ist die Nummer 1498 bei einer Firma namens Mailboxes Plus.
J.: Das war für Forschungszwecke.
S.: Welche Art Forschung?
J.: Es ging um ein Projekt über Pornographie, das mir vorschwebte. Rituelle Bilder in einer überorganisierten Gesellschaft. Natürlich wollte ich kein Material nach Hause oder in mein Büro geschickt bekommen – Sie wissen, wenn man einmal auf der Perversenliste steht, wird man mit allem möglichen Dreck belästigt. Deshalb besorgte mir Kristie das Postfach.
S.: Gibt es einen Grund, warum Sie es nicht selbst gemietet haben?
J.: Ich war beschäftigt, und Kristie wohnt dort draußen. Es hat sich einfach so ergeben.
S.: Und warum gaben Sie den Namen Dr. med. Ralph Benedict als Adresse an? Den Namen eines Arztes, der seit zweieinhalb Jahren tot ist und der zufällig die Tante Ihrer Frau wegen Diabetes behandelte?
T.: Beantworte das nicht.
S.: Können Sie mir sagen, warum Sie Dr. Benedicts Namen und Nummer im Ärzteregister benutzten und medizinisches Gerät an das Postfach liefern ließen?
T.: Antworte nicht.
S.: Können Sie mir den Grund nennen, warum Sie Insulin und Insuject-Injektionsmaterial wie das, welches wir in Ihrer

Hand im Krankenzimmer Ihrer Tochter fanden, an das besagte Postfach schicken ließen, unter Dr. Ralph Benedicts Namen?
T.: Antworte nicht.
J.: Lächerlich. Cindy wußte von dem Postfach. Ich gab ihr den Zweitschlüssel. Sie hat sich das Insulin und die Spritzen wahrscheinlich ans Postfach liefern lassen.
S.: Sie sagt, sie hätte es nie benutzt.
J.: Sie lügt.
S.: Wenn das so ist, warum benutzten Sie dann Benedicts Namen, als Sie das Postfach übernahmen?
T.: Beantworte das nicht, Chip.
J.: Ich will aber antworten. Ich muß meine Unschuld beweisen, Tony. In aller Ehrlichkeit, Inspektor, ich kann es Ihnen nicht sagen. Benedicts Name muß meinem Unterbewußtsein entsprungen sein. Cindy muß ihn erwähnt haben – ja, das hat sie getan, ich bin sicher. Wie Sie sagten, er war der Arzt ihrer Tante, sie redete viel über ihn, und irgendwie blieb mir der Name im Gedächtnis haften. Als ich dann einen Namen für das Postfach brauchte, war er der erste, der mir einfiel.
S.: Warum brauchten Sie überhaupt ein Alias?
J.: Das hab ich doch schon erklärt. Wegen der Pornographie – die Sachen, die ich bekam, waren zum Teil wirklich ekelhaft.
S.: Ihre Frau sagt, sie weiß nichts von dem Postfach.
J.: Natürlich weiß sie davon. Sie lügt. Wirklich, Inspektor, Sie müssen den Kontext sehen – Sie müssen die Dinge in einem anderen Licht sehen, eine andere Linse benutzen.
S.: Und in welchem Licht muß ich das hier sehen, Herr Professor?
T.: Was ziehen Sie jetzt wieder aus dem Hut?
S.: Ich glaube, es ist klar, was es ist. Eine Maske.
T.: Ich sehe nicht, wo –
J.: Die Maske stammt vom Karneval – vom Delta-Psi-Karneval. Die Studenten hatten mich als Hexe verkleidet. Ich habe die Maske als Andenken behalten.

S.: Sie war in Kristie Kirkashs Besitz. Sie haben sie ihr vorige Woche zum Aufbewahren gegeben.
J.: Und?
S.: Und ich glaube, Sie haben diese Maske immer dann aufgesetzt, wenn Sie Cassie eine Injektion verpaßten. Damit Sie wie eine Frau aussehen – die böse Hexe.
T.: Lächerlich.
J.: Diesmal muß ich dir zustimmen, Tony.
S.: Ein Andenken also. Warum haben Sie es Kristie gegeben?
J.: Sie gehört zum Delta-Psi-Club. Ich dachte, der Studentenverein würde sie gern behalten.
S.: Sehr aufmerksam von Ihnen.
J.: Ich bin ihr Studienberater. Was ist daran so –
S.: Sie haben eine Schwäche für Studentinnen, nicht wahr? Haben Sie nicht so auch Ihre Frau getroffen? Sie war doch Ihre Studentin?
J.: Das ist nichts Ungewöhnliches. Die Lehrer-Schüler-Beziehung führt oft . . . manchmal zu mehr.
S.: Sie waren ihr Tutor, stimmt das?
J.: Ja, das stimmt, aber sie war hoffnungslos – einfach zu dumm.
S.: Aber geheiratet haben Sie sie trotzdem. Wie kommt das? Wo Sie doch so ein kluger Mann sind?
J.: Ich war verknallt. Ich war bis über beide Ohren verliebt, und sie hat das ausgenutzt. Das ist meine romantische Ader.
S.: Und Karl Sobran? Hat der Sie auch ausgenutzt?
J.: Mit Karl war es etwas anderes. Ihm gegenüber war ich einmal nicht naiv. Ich wußte von Anfang an, mit was für einem Menschen ich es zu tun hatte, aber ich hatte das Gefühl, daß ich ihm helfen konnte, seine Triebe zu kanalisieren.
S.: Und was war er Ihrer Meinung nach für ein Mensch?
J.: Ein klassischer Soziopath, ein Asozialer. Doch entgegen der landläufigen Meinung, fehlt es diesen Leuten nicht an Gewissen, sie können es nur nach Belieben unterdrücken.

Karl ist sehr intelligent. Ich hoffte, ich könnte ihm helfen, seine Intelligenz konstruktiver einzusetzen.
S.: Zum Beispiel als gedungener Mörder?
T.: Antworte nicht.
J.: Hör auf zu seufzen, Tony. Das ist lächerlich. Natürlich nicht. Hat Karl das tatsächlich behauptet?
S.: Woher soll ich es sonst wissen, Professor?
J.: Absurd. Aber er ist eben ein Soziopath, vergessen Sie das nicht. Ein geborener Lügner. Schlimmstenfalls habe ich mich schuldig gemacht, ihn unterschätzt zu haben, nicht erkannt zu haben, wie gefährlich er ist. So wenig ich Denise als menschliches Wesen schätzte – als ich hörte, daß sie ermordet worden war, erschrak ich doch. Wenn ich das geahnt hätte, hätte ich nie den Brief an den Begnadigungsausschuß geschrieben. Ich hätte auch nie . . . Mein Gott.
S.: Sie hätten nie was?
J.: Ich hätte nie leichtfertig mit ihm geredet.
S.: Über Denise?
T.: Beantworte das nicht.
J.: Tony, du nervst mich allmählich. Ja, ich habe über sie geredet und über andere Dinge. Ich fürchte, ich habe in einer Weise über Denise gesprochen, die Karl aufs schrecklichste mißverstehen konnte.
S.: Was haben Sie ihm zum Beispiel erzählt?
J.: Nein, ich kann mir einfach nicht vorstellen . . . Na ja, ich erwähnte, wie sehr sie mich belästigt. Das muß er wohl falsch verstanden haben. Mein Gott, welch furchtbares Mißverständnis!
S.: Sie wollen sagen, er hat Ihre Kommentare mißverstanden und sie aus eigenem Antrieb ermordet?
J.: Glauben Sie mir, Inspektor, bei dem Gedanken wird mir übel, aber anders kann es nicht gewesen sein.
S.: Was genau erzählten Sie Sobran über Denise?
J.: Daß sie jemand aus meiner Vergangenheit war und daß sie mir Schwierigkeiten machte.
S.: Das ist alles?

J.: Ja.
S.: Es gab keinen Auftrag, sie zu ermorden oder zu verletzen?
J.: Ganz bestimmt nicht.
S.: Aber es hat eine Zahlung gegeben, Professor. Zweitausend Dollar, die Sobran am Tag nach dem Mord auf sein Konto einzahlte. Einen Teil von dem Geld hatte er in der Tasche, als ich ihn festnahm. Er sagt, er hätte es von Ihnen.
J.: Stimmt. Ich half Karl über längere Zeit aus, damit er ein neues Leben anfangen konnte und nicht wieder straffällig wurde.
S.: Zweitausend Dollar?
J.: Manchmal bin ich ein bißchen zu freigebig. Das ist wohl Berufsrisiko.
S.: Als Soziologieprofessor?
J.: Es hat mehr damit zu tun, wie ich aufgewachsen bin. Reichtum kann wirklich ein Fluch sein, wissen Sie? Deshalb habe ich immer versucht, so zu leben, als existierte das Geld nicht. Mein Lebensstandard ist bescheiden. Ich will nichts zu tun haben mit Geld und Geschäften.
S.: Und was ist mit Ihren Immobilienspekulationen?
J.: Das war alles für Cindy und die Kinder. Ich wollte ihnen ein wenig finanzielle Sicherheit verschaffen. Nur mit meinem Lehrergehalt wäre das unmöglich. Das war, bevor ich erkannte, was sie anstellte.
S.: »Was sie anstellte«: Meinen Sie damit ihr Sexualverhalten?
J.: Genau. Sie treibt es mit jedem, der ins Haus kommt. Die Kinder waren zwar nicht von mir, aber ich kümmerte mich trotzdem um sie. Ich bin eben zu gutmütig. Das sollte ich endlich ändern.
S.: Chad war auch nicht von Ihnen?
J.: Ausgeschlossen.
S.: Woher wissen Sie das so sicher?
J.: Ein Blick genügte. Er war einem Dachdecker, der in un-

serem Viertel gearbeitet hatte, wie aus dem Gesicht geschnitten. Die Ähnlichkeit war frappierend.
S.: Und deswegen haben Sie ihn umgebracht?
J.: Verkaufen Sie mich nicht für dumm, Inspektor. Chad erlag dem Krippentod-Syndrom. Es war ein Fall wie aus dem Lehrbuch. Ich habe es nachgelesen, nachdem der kleine Kerl gestorben war. Ich versuchte, zu verstehen, um damit fertig zu werden. Es war eine furchtbare Zeit für mich. Er war nicht mein Fleisch und Blut, aber ich liebte ihn trotzdem.
S.: Gut, nun zu Ihrer Mutter. Warum haben Sie sie umgebracht?
T.: Ich protestiere!
J.: Sie verdamm –
S.: Sie sehen, ich habe auch ein bißchen nachgeforscht.
J.: Sie fettes, dummes –
T.: Ich erhebe Einspruch! Ich muß nachdrücklich protestieren gegen diese –
S.: Ich versuche nur, Sie zu verstehen, Professor. Ich habe mit Leuten über Ihre Mutter gesprochen. Sie würden sich wundern, wie gern die Leute reden, wenn jemand erst einmal –
J.: Sie sind dumm. Sie sind ein Psychopath . . . Sie sind so abgrundtief dumm und schwachsinnig, daß ich mich frage, wieso ich eigentlich mit Ihnen rede, mit so einem –
T.: Chip –
S.: Ihre alte Mutter war hypochondrisch, da sind sich alle einig, die ich befragt habe. Sie war gesund wie ein Pferd und gleichzeitig überzeugt, unheilbar krank zu sein. Eine Person, mit der ich sprach, sagte, ihr Schlafzimmer hätte wie ein Zimmer im Krankenhaus ausgesehen – sie hatte sogar ein richtiges Krankenhausbett. Erinnern Sie sich noch an den kleinen Tisch, auf dem all die Pillen und Fläschchen herumlagen? Und auch Nadeln, viele Nadeln. Sie spritzte sich selbst. Oder mußten Sie das für sie machen?
J.: Sie war es! Sie hat sich selbst und mich gestochen! Sie hat mir weh getan! Sie gab mir Vitamin-B-12-Schüsse, zweimal

am Tag, Proteine und Antihistamine, obwohl ich überhaupt nicht allergisch war! Mein Hintern war ihr verdammtes Nadelkissen! Antibiotika beim ersten Husten. Tetanusspritzen beim kleinsten Kratzer. Lebertran und Rizinusöl beim kleinsten Furz, und wenn ich es auskotzte, mußte ich es aufwischen und bekam die doppelte Dosis. Sie konnte sich immer Medikamente beschaffen, weil sie Krankenschwester gewesen war – so hat sie ihn getroffen, im Armeehospital. Er war in Anzio verwundet worden, der große Held. Für ihn war sie da, doch zu mir war sie wie eine sadistische Hexe . . . Sie können sich nicht vorstellen, wie es war!

S.: Anscheinend hat Sie niemand vor ihr geschützt.

J.: Niemand! Es war die Hölle. Jeden Tag gab es eine neue Überraschung. Deshalb hasse ich Überraschungen, ich verabscheue sie.

S.: Sie haben lieber alles geplant, nicht wahr?

J.: Organisation. Ich mag Organisation.

S.: Ihr Vater hat Sie im Stich gelassen?

J.: (lacht) Das hat er immer getan.

S.: Also gehen Sie Ihren eigenen Weg.

J.: Not macht erfinderisch.

S.: Lassen Sie uns für einen Augenblick zu Ihrer Mutter zurückkehren – wie sie starb: Valium-Überdosis, Plastiktüte über dem Kopf. Wahrscheinlich werden wir nie nachweisen können, daß es kein Selbstmord war.

J.: Das können Sie nicht, weil es einer war. Mehr habe ich dazu nicht zu sagen.

S.: Aha . . .ja . . . Sie wollen mir also erzählen, daß Sie das Opfer sind, und alles ein großes Mißverständnis ist.

J.: (Unverständlich.)

S.: Bitte?

J.: Der Kontext, Inspektor, der Kontext.

S.: Die andere Linse.

J.: Genau.

S.: Sie haben über den Krippentod nachgelesen, weil Sie Chads Tod verstehen wollten, nicht wahr?

J.: Richtig.

S.: Und Sie haben über Stellvertreter-Münchhausen nachgeforscht, weil Sie versuchten, Cassies Erkrankungen zu verstehen?

J.: Ja, das hab ich. Alle Experten schienen ratlos zu sein angesichts von Cassies Symptomen.

S.: Denise Herbert sagte, Sie hätten einmal Medizin studiert.

J.: Sehr kurz nur. Ich verlor das Interesse.

S.: Warum?

J.: Es war mir zu konkret, es gab keinen Raum für Phantasie. Ärzte sind nichts anderes als eine Art Klempner.

S.: Sie trugen also alles zusammen, was es zum Thema Münchhausen gibt.

J.: (lacht) Was soll ich sagen? Es war eine Erleuchtung, glauben Sie mir. Nicht, daß ich mir vorstellen konnte, daß Cindy ihr so etwas antat – am Anfang jedenfalls nicht. Vielleicht war ich zu schwerfällig, aber meine eigene Kindheit . . . die Erinnerung tat einfach zu weh. Wahrscheinlich wollte ich es verdrängen. Aber dann, als ich darüber las . . .

S.: Was? Warum schütteln Sie den Kopf?

J.: Es ist so schwer, darüber zu sprechen . . . so grausam . . . Sie glauben, Sie kennen jemanden, und dann . . . Aber es paßte alles zusammen, alles wurde plötzlich klar. Cindys Vergangenheit, ihr Gesundheitsfimmel. Die Methoden, die sie benutzt haben muß . . . abscheulich.

S.: Welche Methoden?

J.: Mit dem Kissen ersticken, um Atemstillstand zu simulieren, zum Beispiel. Es war immer Cindy, die aufstand, wenn Cassie weinte. Sie rief mich nur, wenn es ganz schlimm war. Und dann diese furchtbaren Magenprobleme und Fieber. Einmal entdeckte ich etwas Braunes in Cassies Babyflasche. Cindy sagte, es sei organischer Apfelsaft, und ich glaubte ihr. Heute weiß ich, daß es sich um Fäkalien gehandelt haben muß. Sie vergiftete Cassie mit ihren eigenen Ausscheidungen, damit sie eine Infektion bekam – eine Selbstinfektion. In den Bluttests würden keine Fremdkörper gefunden werden. Ekelhaft, nicht wahr?

S.: Das ist es, Professor. Was halten Sie von den epileptischen Anfällen?

J.: Offenbar niedriger Blutzuckerspiegel. Eine Überdosis Insulin. Cindy war mit Insulin vertraut, wegen ihrer Tante. Ich hätte sofort darauf kommen müssen – sie sprach ununterbrochen über die Zuckerkrankheit ihrer Tante und wollte Cassie keine Süßigkeiten geben, doch ich wollte es wohl einfach nicht sehen. Aber die Beweise – ich meine, irgendwann kann man sie einfach nicht mehr verleugnen. Sicher, Cindy hatte – hat – ihre Fehler, und ich war wütend auf sie wegen ihrer Eskapaden, aber daß sie das eigene Kind . . .

S.: Es ist nicht Ihr gemeinsames Kind.

J.: Und wenn schon, kein Kind möchte man so leiden sehen.

S.: Sie gingen also in die Universitätsbibliothek und benutzten dort die Ausleihe-Datenbank, das SAP-System.

J.: (Unverständlich.)

S.: Wie bitte?

J.: Keine Fragen mehr, okay? Ich werde ein bißchen müde.

S.: Habe ich irgend etwas Falsches gesagt?

J.: Tony, sorg dafür, daß er aufhört.

T.: Die Vernehmung ist beendet.

S.: Sicher, aber das verstehe ich nun nicht. Wir unterhalten uns gemütlich, und dann, sobald ich die SAP-Datenbank erwähne, dieses großartige Computersystem, das man dort hat, wo man Artikel direkt auf den Bildschirm holen und ausdrucken kann, macht es plötzlich Klick bei unserem Professor. Fällt ihm vielleicht ein, daß die Bibliothek monatliche Rechnungen ausstellt, alle Artikel einzeln aufgeführt, mit Datum und Uhrzeit der Entnahme?

T.: Mein Mandant und ich wissen nicht, wovon Sie reden.

S.: Steve?

M.: Hier, bitte schön.

T.: Noch etwas aus der Trickkiste?

S.: Schauen Sie sich das an, Herr Rechtsanwalt. Die Artikel

mit dem roten Stern daneben sind über Krippentod. Überprüfen Sie die Daten, wann Ihr Mandant und Miss Kirkash sie aus dem Computer holten. Sechs Monate vor Chads Tod. Die mit dem blauen Stern sind übers Münchhausen-Syndrom. Schauen Sie sich die Daten an. Sie werden feststellen, daß er sie ausdruckte, als Cassie zwei Monate alt war – lange bevor ihre Symptome auftraten. Für mich riecht das nach Vorsatz, was meinen Sie, Herr Anwalt? Das Theater, das Herr Professor uns eben vorgespielt hat, fand ich trotzdem ganz lustig – vielleicht können seine Kumpel im Knast darüber lachen. Falls Sie es irgendwann schaffen, ihn aus der Hochsicherheit herauszubekommen, so daß er sich unters Gefängnisvolk mischen und den Soziopathen ein wenig Soziologie beibringen kann, nicht wahr, Herr Anwalt? – Wie bitte?

J.: (Unverständlich.)

T.: Chip –

S.: Seh ich da Tränen, Chip? Armes Baby. Bitte lauter. Ich kann Sie nicht hören.

J.: Laßt uns verhandeln.

S.: Verhandeln? Worüber?

J.: Über die Anklage. Wie wär's mit Körperverletzung – Körperverletzung mit einer tödlichen Waffe. Für mehr haben Sie sowieso keine Beweise.

S.: Ihr Mandant möchte verhandeln, Herr Rechtsanwalt. Ich schlage vor, Sie beraten ihn.

T.: Sag nichts, Chip, laß mich das machen.

J.: Ich will verhandeln, verdammt noch mal! Ich will hier raus!

S.: Was können Sie denn anbieten, Chip?

J.: Informationen – harte Fakten über die Aktivitäten meines Vaters. Echter Mord. Es gab im Krankenhaus einen Arzt, Dr. Ashmore. Er muß meinen Vater mit irgend etwas belästigt haben. Ich hörte, wie mein Vater sich mit einem seiner Lakaien unterhielt – ein Wurm namens Novak. Ich hörte sie reden, als ich meinen Vater besuchte. Sie waren in der Bibliothek und hatten keine Ahnung, daß ich vor der Tür stand. Sie beachteten mich sowieso nie. Sie sagten, um diesen Kerl, diesen Arzt, müßte man sich kümmern. Daß es bei all den Sicherheitsproblemen im Krankenhaus ziemlich einfach wäre. Ich dachte mir nicht viel dabei, aber einen Monat später wurde Ashmore im Parkhaus ermordet. Verdächtig, nicht wahr? Ich bin sicher, mein Vater hat ihn umbringen lassen. Schauen Sie sich den Fall genau an – und glauben Sie mir, dagegen ist der Quatsch hier vollkommen unbedeutend.

S.: Der Quatsch hier?

J.: Glauben Sie mir, untersuchen Sie die Sache.

S.: Es macht Ihnen nichts aus, Ihren alten Herrn zur Hölle fahren zu sehen, nicht?

J.: Er hat für mich auch nie etwas getan. Er hat mich nie beschützt, nicht ein einziges Mal!

S.: Hören Sie das, Rechtsanwalt? Da haben Sie Ihre Verteidigung: eine schwere Kindheit. Wiedersehen, Chip. Komm, Steve.

M.: Wir sehen uns dann vor Gericht.

J.: Warten Sie –

T.: Chip, du brauchst nicht –

ENDE DER AUFZEICHNUNG

36

Die Anklage schaffte es auf die dritte Seite der nachrichtenarmen Samstagszeitung. Die Überschrift lautete: PROFESSOR DES MORDES UND DER KINDESMISSHANDLUNG BESCHULDIGT. Ein altes College-Foto von Chip war auch dabei. Er sah darauf aus wie ein glücklicher Hippie. Der Artikel beschrieb ihn als »anerkannten, mehrfach ausgezeichneten Sozialwissenschaftler«. Auch die obligate Sammlung von Aussagen ungläubiger Kollegen fehlte nicht.

Die Story der folgenden Woche kam größer heraus: Chuck Jones' und George Plumbs Verhaftung wegen Verschwörung zum Mord an Laurence Ashmore.

Ein Mitverschwörer namens Warren Novak – einer der grauen Männer – war einen Handel eingegangen und hatte alles erzählt, einschließlich der Tatsache, daß Plumb ihn beauftragt hatte, Bargeld von einem Krankenhauskonto abzuheben, um einen gedungenen Mörder zu bezahlen. Der Mann, der Ashmores Schädel zertrümmert hatte, wurde als ein früherer Leibwächter von Charles Jones beschrieben. Ein Foto zeigte, wie er von einem ungenannten FBI-Mann abgeführt wurde.

Ich fragte mich, warum ein Bundesagent die Verhaftung in einem Mordfall vornahm, bis ich zum letzten Absatz kam: Bundesanklagen gegen Chuck Jones und seine Bande wegen »angeblicher finanzieller Verfehlungen, die eine langfristige Untersuchung der Regierung ans Tageslicht gebracht hatte«, standen unmittelbar bevor. Namenlose »Bundesbeamte« wurden zitiert. Die Namen Hünengart und Zimberg erschienen an keiner Stelle.

Um vier Uhr nachmittags an einem Dienstag versuchte ich zum viertenmal, Anna Ashmore zu erreichen. Vorher hatte nie jemand geantwortet in dem Haus am Whittier Drive. Diesmal kam ein Mann an den Apparat.

»Ja, bitte? Mit wem spreche ich?« sagte er.

»Alex Delaware. Ich gehöre zum Western Pediatric Hospital. Vor einigen Tagen habe ich Mrs. Ashmore einen Beileidsbesuch abgestattet. Nun wollte ich hören, wie es ihr geht.«

»Ach so. Ich bin ihr Anwalt, Nathan Best. Es geht ihr gut, den Umständen entsprechend. Sie ist gestern abend nach New York geflogen, um alte Freunde zu besuchen.«

»Wissen Sie vielleicht, wann sie zurückkommen wird?«

»Ich bin nicht sicher, ob sie überhaupt zurückkommt.«

»Wenn Sie mit ihr reden, würden Sie ihr von mir bitte alles Gute wünschen?«

»Das kann ich tun. Wie war noch Ihr Name?«

»Delaware.«

»Sind Sie Arzt?«

»Psychologe.«

»Sie sind nicht zufällig interessiert an ein paar Immobilien zu wirklich günstigen Preisen, Doktor? Mrs. Ashmore möchte sich mehrerer Objekte entledigen.«

»Nein, danke.«

»Wenn Sie jemanden kennen, der interessiert sein könnte, erzählen Sie ihm bitte davon. Auf Wiederhören.«

Um fünf Uhr fuhr ich gemäß einer Routine, die ich vor kurzem aufgenommen hatte, zu einem kleinen weißen Haus in einer schattigen Sackgasse in West-L. A., östlich von Santa Monica.

Diesmal kam Ruth mit. Ich parkte und stieg aus. »Es wird nicht lange dauern.«

»Laß dir nur Zeit.« Sie schob ihren Sitz zurück, legte die Füße aufs Armaturenbrett und begann, auf einem Bogen Skizzenpapier Perlmuttintarsien für ihre Instrumente zu entwerfen.

Die Gardinen in dem Haus waren wie immer geschlossen. Ich ging den kurzen Pfad aus Eisenbahnschwellen hinauf, der über den Rasen gelegt war, und klopfte an die Tür. Ein Guckloch öffnete sich, in dem ein blaues Auge erschien. Die Tür ging auf, Vicki Bottomley trat zur Seite und bat mich herein. Sie trug einen blaßgrünen Schwesternkittel und hatte eine kürbisfarbene Tasse in der Hand.

»Möchten Sie einen Kaffee?« fragte sie. »Es ist noch ein bißchen übrig.«

»Nein, danke. Wie geht es heute?«

»Besser, würde ich sagen.«

»Beiden?«

»Besonders der Kleinen. Sie kommt jetzt richtig aus sich heraus. Sie rennt herum wie ein kleiner Bandit.«

»Gut.«

»Und sie führt Selbstgespräche – ist das in Ordnung?«

»Ganz sicher.«

»Ja, das dachte ich auch.«

»Worüber redet sie denn, Vicki?«

»Das weiß ich nicht. Meistens plappert sie nur vor sich hin. Sie sieht aber ganz glücklich dabei aus.«

»Sie ist ein zähes kleines Ding. Wie ist ihr Schlaf?«

»Sehr gut. Von Cindy kann ich das leider nicht sagen. Sie steht mehrmals auf, mitten in der Nacht, und schaltet den Fernseher ein; das höre ich immer. Vielleicht ist es der Valiumentzug, oder? Obwohl keine anderen Symptome zu bemerken sind.«

»Entweder das oder einfach die Aufregung.«

»Ja. Aber sie wird schon gesund werden. Das muß sie ja schließlich, nicht wahr?«

»Wie meinen Sie das?«

»Na ja, sie ist schließlich Mutter.«

Wir gingen zusammen durchs Wohnzimmer zu einer gläsernen Schiebetür, die weit offen stand. Hinter dem Haus waren eine Terrasse und ein Stück Rasen mit einem Apfelsinenbaum in der Mitte, schwer mit fast reifen Früchten.

Cassie saß auf dem Gras und nuckelte an ihren Fingern, während sie eine rosa Plastikpuppe inspizierte. Auf dem Gras lagen Puppenkleider verstreut. Nicht weit weg von ihr saß Cindy, die Beine über Kreuz.

»Wir unterhalten uns später«, sagte Vicki. Sie gab mir einen leichten Rippenstoß und ging ins Haus zurück. Ich trat auf die Terrasse hinaus.

Cassie schaute mich kurz an und wandte sich wieder der nackten Puppe zu. Sie schien ein bißchen Gewicht zugelegt zu haben.

Cindy entknotete ihre Beine und stand auf. Sie trug Shorts, die knappen weißen, in denen sie mich in ihrem Haus empfangen hatte, dazu ein weißes T-Shirt. Ihr Haar war offen und glatt nach hinten gebürstet. Auf Kinn und Wangen hatte sie ein paar Pickel, die sie mit Make-up zu überdecken versuchte.

»Hallo«, sagte sie.

»Hallo.« Ich lächelte und hockte mich zu Cassie. Cindy blieb einen Augenblick stehen, dann ging sie ins Haus. Cassie hob das Kinn und öffnete den Mund.

»Mami kommt gleich zurück«, beruhigte ich sie und nahm sie auf den Schoß. Einen Moment lang sträubte sie sich, und ich ließ sie los. Als sie nicht mehr versuchte, von meinem Schoß zu krabbeln, legte ich sanft eine Hand um ihren kleinen, weichen Bauch und hielt sie fest. Sie saß still. Nach einer Weile sagte sie: »Hopperei!«

»Sollen wir Hoppe-Reiter spielen?«

»Hoppereit!«

»Also, los geht's.« Ich schaukelte sie auf meinem Knie. Sie kicherte und warf die Arme hoch.

Als wir aufhörten, lachte sie, kroch von meinem Schoß und stolperte Richtung Haus. Ich folgte ihr in die Küche.

Vicki stand vor der Spüle. Ihr Arm steckte bis zum Ellbogen in einer verchromten Kaffeekanne.

»Na, schaut, was der Wind uns da hereingeweht hat!« rief sie.

Cassie rannte zum Kühlschrank und versuchte ihn zu öffnen. Sie schaffte es nicht und begann zu quengeln.

Vicki stellte die Kanne weg, legte ein Scheuertuch beiseite und stemmte die Hände in die Hüften. »Na, mein Fräulein, was möchtest du denn jetzt wieder?«

Cassie schaute zu ihr hoch und zeigte auf den Kühlschrank. »Ei!«

»Du meinst bestimmt Eis, nicht wahr? Das dachte ich mir.«

Vicki öffnete den Kühlschrank und nahm einen Karton aus dem Eisfach.

»Pfefferminzsplitter«, sagte sie zu mir. Sie runzelte die

Stirn. »Gefrorene Zahnpasta, wenn Sie mich fragen, aber sie mag es – Kinder sind ganz verrückt danach. Möchten Sie auch eins?«

»Nein, danke.«

Cassie führte in freudiger Erwartung einen kleinen Tanz auf.

»So, junge Dame. Wir setzen uns lieber an den Tisch und essen wie menschliche Wesen.«

Cindy kam herein und trocknete sich die Hände ab. Vicki sagte: »Zeit für eine kleine Zwischenmahlzeit. Wahrscheinlich wird es beim Abendessen etwas schwierig werden, aber heute mittag hat sie dafür ganz gut zugelangt. Einverstanden?«

»Sicher«, sagte Cindy. Sie lächelte Cassie zu und küßte sie auf den Scheitel.

Vicki stellte eine Schale Eis vor Cassie auf den Tisch und steckte einen Löffel in die grünliche Substanz. Cassie leckte sich die Lippen und hüpfte in ihrem Stühlchen.

»Laß es dir schmecken, Schatz. Ich bin im Garten, wenn du mich brauchst«, sagte Cindy.

Cassie war schon mit ihrem Eis beschäftigt. Ich folgte Cindy nach draußen. Sie lehnte am Zaun.

»Gott, ist es heiß heute«, stöhnte sie.

»Ja, furchtbar. Haben Sie irgendwelche Fragen heute?«

»Nein, eigentlich nicht. Es scheint ihr gutzugehen. Ich glaube, wenn ... wenn die Verhandlung losgeht, wird es schwerer werden, nicht wahr? Wenn alle auf uns schauen ...«

»Für Sie wird es schwerer sein als für die Kleine. Wir werden schon dafür sorgen, daß man sie in Ruhe läßt. Natürlich wird die Presse versuchen, Fotos von Ihnen beiden zu bekommen. Sie werden noch öfter umziehen müssen, aber Cassie können wir auf jeden Fall abschirmen.«

»Das ist das einzig Wichtige. Haben Sie etwas von Dr. Eves gehört?«

»Ich habe gestern abend noch mit ihr gesprochen. Sie sagte, sie würde heute am späten Nachmittag hier vorbeikommen.«

»Wann geht sie nach Washington?«

»In zwei Wochen.«

»Hatte sie schon länger geplant, dorthin zu ziehen, oder . . .«

»Das müssen Sie sie selber fragen. Aber ich weiß sicher, daß es nichts mit Ihnen zu tun hat. Es sind persönliche Gründe.«

»Sie ist eine sehr nette Frau – ein bißchen ernst vielleicht, aber ich mag sie. Zur Verhandlung kommt sie sicher zurück?«

»Ja.«

Sie öffnete den Mund, wollte etwas sagen, doch statt dessen legte sie eine Hand auf die Lippen.

»Sie hatten ihn schon länger in Verdacht, nicht wahr?«

»Ich? – Wie kommen Sie darauf?«

»Die letzten beiden Male, als wir uns unterhielten, vor seiner Verhaftung, hatte ich das Gefühl, Sie wollten mir etwas sagen, aber etwas hielt Sie zurück. Genau wie jetzt.«

»Es war kein richtiger Verdacht. Es war nur ein Gedanke, mehr war es nicht.«

»Wann hatten Sie diesen Gedanken zum erstenmal?«

»Ich weiß nicht – ich kann mich nicht erinnern. Sie denken, Sie kennen jemanden, und dann passieren Sachen . . . ich weiß nicht.«

»Irgendwann werden Sie darüber reden müssen. Vor Anwälten und Polizisten.«

»Ja, ja, und ich habe Angst davor, glauben Sie mir. Ich will gar nicht daran denken. Es ist einfach zu . . .«

Sie schaute zu Boden. Erst als ich die Tränen von ihrem Kinn tropfen sah, merkte ich, daß sie weinte. Ich berührte ihre Schulter. Zuerst zuckte sie zurück, doch dann gab sie ihren Widerstand auf, warf sich an meine Brust und weinte hemmungslos. Unter Schluchzen begann sie zu reden.

»Sie denken, Sie kennen jemanden. Sie denken, es liebt

Sie jemand, und dann . . . dann bricht alles zusammen. Alles, was ich für wirklich gehalten habe, entpuppt sich als . . . Täuschung. Nichts – nichts bleibt übrig. Nichts. Ich . . .«

»Ganz ruhig, Cindy. Erzählen Sie es mir.«

»Ich hätte . . . aber ich konnte es einfach nicht glauben!«

»Was konnten Sie nicht glauben?«

»Damals . . . er war es, der Chad damals fand. Sonst war ich es immer, die aufstand, wenn Chad weinte oder wenn er Bauchweh hatte. Ich war die Mutter – es war meine Aufgabe. Er stand nie auf. Nur das eine Mal, sonst nie. Ich hatte nichts gehört. Das konnte ich einfach nicht verstehen. Warum hatte ich nichts gehört? Warum? Ich wachte sonst immer auf, wenn meine Kinder weinten. Ich bin immer aufgestanden und habe Chip schlafen lassen, nur das eine Mal nicht. Ich hätte es wissen müssen!«

Sie boxte gegen meine Brust und rieb ihren Kopf an meinem Hemd, als wollte sie den Schmerz abreiben.

»Ich hätte wissen müssen, daß etwas nicht stimmte, als er mich weckte und sagte, Chad sähe nicht gut aus. Sähe nicht gut aus! Er war vollkommen blau angelaufen! Als ich in sein Zimmer kam, lag er einfach da, regungslos. Und seine Farbe . . . Es war . . . es war alles *falsch!* Er war nie vorher aufgestanden, wenn der Kleine schrie. Es stimmte einfach nicht. Von da an hätte ich es wissen müssen, dann wäre alles . . .«

»Sie konnten es nicht wissen«, sagte ich, »niemand konnte es wissen.«

»Aber ich bin doch die Mutter! Ich hätte es spüren müssen!«

Sie stieß mich weg und trat gegen den Zaun. Sie trat auf den Zaun ein, immer fester, sie schlug mit der flachen Hand gegen die Bretter und heulte wie ein verwundetes Tier.

Ich stand daneben und wog meine Worte, meine Pausen und mein Schweigen.

Als ich zum Auto zurückkam, war Ruths Skizzenbogen mit

Zeichnungen bedeckt. Ich setzte mich hinter das Steuer, und sie legte das Blatt in ihre Mappe.

»Du bist ja schweißgebadet.« Sie wischte mir das Gesicht ab. »Dir ist doch nicht schlecht?«

»Ich kann mich gerade noch aufrechthalten. Es ist die Hitze.« Ich ließ den Motor an.

»Keinen Fortschritt?«

»Kaum. Es wird noch sehr lange dauern.«

Ich setzte zurück, wendete und fuhr los, doch nach hundert Metern lenkte ich an den Randstein und hielt wieder. Ich zog die Handbremse an, lehnte mich über den Sitz und drückte Ruth an mich. Sie warf die Arme um meinen Hals, und wir küßten uns lange.

Ein lautes »Ähem« riß uns auseinander. Wir schauten auf und sahen einen alten Mann, der einen Schlauch schwenkte und seinen Rasen sprengte. Er hatte einen breitkrempigen, löchrigen Strohhut auf, der ein faltiges, sauertöpfisches Gesicht beschattete, das seinen Abscheu kaum verbergen konnte.

Ruth lächelte ihm zu.

Er schüttelte den Kopf. Das Wasser aus seinem Gartenschlauch spritzte im hohen Bogen auf den Bürgersteig.

Ruth steckte den Kopf durchs Seitenfenster und rief: »Was ist los? Haben Sie was gegen wahre Liebe?«

»Kein Anstand, dieses junge Gemüse!« war sein Kommentar.

Wir fuhren davon, ohne uns für das Kompliment zu bedanken.

Sie war eine Schönheit, bekannt aus Fernseh-Talkshows: die Autorin Hope Devane. Jetzt findet man sie in einer verlassenen Seitenstraße – ermordet mit drei Messerstichen.

Die Polizei von Los Angeles ist ratlos und schaltet den Kriminalpsychologen Alex Delaware ein. Er taucht in das Leben der Ermordeten ein, das einer Achterbahnfahrt glich – zwischen bürgerlicher Wohlanständigkeit und sexueller Obsession. Aber alle Spuren führen ins Nichts. Bis Delaware eine entscheidende Entdeckung macht: Die Anordnung der Messerstiche ist eine Botschaft für den, der sie lesen kann ...

ISBN 3-404-12998-9

BASTEI LÜBBE